El beso de Thor

CRISTINA VATRA

Editado por HarperCollins Ibérica, S.A.
Núñez de Balboa, 56
28001 Madrid

El beso de Thor
© 2021 Cristina Jones
© 2021, para esta edición HarperCollins Ibérica, S.A.

Diseño de cubierta: CalderónStudio
Imagen de cubierta: Shutterstock

ISBN: 978-84-18976-01-8
Depósito legal: M-19464-2021

Índice

A mi padre
A Jose
A Raul

Por todos los viajes inolvidables

«La dicha suprema de la vida es la convicción de que somos amados, amados por nosotros mismos; mejor dicho, amados a pesar de nosotros».

VICTOR HUGO, *Los Miserables*

PITTSBURGH

1

A Reina le gustaban los hombres con narices grandes, porque los hombres con narices grandes, decía, no roncan. Y los hombres que no roncan, mantenía, no abundan. Para Reina el sueño era algo sagrado. Por eso le irritaba tanto haberse quedado embarazada precisamente de Mikkha, ese petulante engreído de nariz romana y discretos orificios nasales que roncaba como una morsa varada pidiendo auxilio y al que despidió de su cama sin miramientos tras una horrible noche en vela. Y, ahora, la puñetera cara sonriente del Predictor le anunciaba con descaro que la simiente del infame Mikkha había arraigado en su vientre, dando vida a una criatura indeseada e inesperada que, probablemente, roncaría como el vanidoso de su padre, condenándola a un insomnio perenne desde el momento en que se abriera paso entre sus firmes y bronceadas piernas hasta que se fuera de casa y, con toda probabilidad, mucho más allá.

Reina chasqueó la lengua antes de tirar la prueba de embarazo a la basura, subirse las bragas y tirar de la cadena. «Lo primero es lo primero», pensó y, tras enfundarse su mejor traje de ejecutiva agresiva, pintarse los labios de un rojo furioso, de negro la raya del ojo y perfumarse discretamente, se dirigió al enorme edificio de oficinas donde trabajaba el causante de sus desdichas.

Había tenido infinidad de reuniones en Baker and Maker y pasar el control no fue ningún problema. Lo difícil vendría a continuación, y por eso repasó con calma su estrategia en el trayecto del ascensor, rodeada de hombres trajeados como ella. Cuando llegó a su destino, se giró para dedicarle una mirada penetrante al tipo que no había parado de mirarle el trasero desde la tercera planta y salió sin despedirse. Una vez se cerraron las puertas y comprobó que estaba sola, se ajustó la falda, la blusa y la chaqueta, se atusó la espesa melena castaña, respiró hondo y, girando a su izquierda, se dirigió con decisión a las puertas acristaladas de la oficina de Mikkha. Confiaba en encontrarle solo, pero no sabía si tendría esa suerte. Entró sin llamar en su despacho, dando gracias al constatar que su temible secretaria, Mildred, no estaba en su puesto. Durante un breve instante el tiempo se paró y, mientras abría la puerta, Reina lo vio todo a cámara lenta: Mikkha, atlético y espigado, con las mangas de la camisa arremangadas hasta los codos, dejando al descubierto, intencionadamente, seguro, sus fibrosos antebrazos cubiertos de un vello fino y rubísimo, la cadenita dorada colgada al cuello, los hombros anchos y sus estrechas caderas adornadas por un cinturón que costaría, seguro, más de lo que ella ganaba en un mes. Estaba de pie, echado hacia delante, con las manos apoyadas sobre la mesa de cristal, departiendo con dos miembros de su equipo y, por un segundo, por una milésima de segundo, Reina lo admiró en todo su esplendor. Los hombres de nariz estrecha solían ser irritantemente atractivos, era innegable. Pero luego recordó por qué había ido hasta allí y se recompuso. Echó un rápido vistazo a los colaboradores de Mikkha para evaluar su categoría y descubrió al punto que no eran más que un par de tiernos y receptivos recién llegados, sin poder, ni contactos, ni credibilidad; un par de cachorritos cargados de fantasiosas ambiciones que pronto se verían obligados a convertirse en agresivos perros de presa o a perecer en el intento.

Para entonces, Mikkha ya se había percatado de su presencia y —¿parecía eso el inicio de una sonrisa sincera?— estaba a punto de hablar, pero Reina, haciendo uso de su voz más fría y controlada, se adelantó.

—Mikkha Nordjstein, mamonazo, me has dejado preñada y no te imaginas cuánto te odio por ello. —Había utilizado la palabra «preñada» expresamente, escupiéndola como si fuera un veneno corrosivo, y pareció surtir el efecto deseado. Reina observó cómo el color abandonaba el rostro de su último compañero de cama y no sintió la más mínima compasión, sino, más bien, un agradable regocijo que le duró lo que dura un pestañeo.

Sin darle tiempo a reaccionar y antes de que pudiera decir nada, Reina le mandó callar con el índice de la mano izquierda mientras, con la derecha, rebuscaba en su bolso hasta sacar una carpeta azul con un breve documento que depositó con ceremonia en la mesa, ante la mirada patidifusa de los dos novatos, que no sabían muy bien dónde meterse.

—No hace falta que digas nada porque no hay nada que decir —continuó—. Lo hecho, hecho está. Solo tienes que firmar este papel y luego continuar con tu vida tal y como la tenías antes de que entrara por la puerta. Yo seguiré con la mía.

Reina rezó por que firmara en silencio, por que no tuviera que escuchar su voz aterciopelada balbuceando preguntas absurdas e irritantes: «Pero ¿cómo?», «¿Cuándo?», «¿Cómo sabes que yo soy el padre?». Sin embargo, y por primera vez, Mikkha se salió de su papel y la sorprendió con un discreto «¿Qué es esto?», una pregunta a todas luces lógica, dadas las circunstancias. Haciendo alarde de sus buenos reflejos, el Mikkha legal se había impuesto al desentrenado Mikkha parental.

—Es un documento por el que renuncias a todos los derechos sobre la criatura que me has regalado sin mi permiso.

Reina había practicado la frase una y otra vez desde que salió de casa y pensó que le había salido bastante bien.

—¿Y por qué habría de firmarlo?

Ahora le tocó a Reina sorprenderse, pero no se permitió flaquear.

—Si no te gusta ese, tengo este otro. —Y sacó otro impreso de la carpeta.

—¿Y qué pone en este?

—Que eres pleno responsable de la criatura y que te harás cargo de ella en cuanto se haya cortado el cordón umbilical.

Mikkha le sonrió como le sonrió el día que se liaron. Esa maldita sonrisa fue la llave que abrió su coño de par en par y la responsable del tremendo apuro en el que se encontraba. Sintió un torbellino de emociones arrasando su interior: debilidad, ira, indignación, miedo y, sobre todo, una profunda nostalgia al saber que ya nada nunca volvería a ser como antes.

—¿Y si no firmo ninguno de los dos?

Reina miró a los dos chavales que se interponían entre su oponente y ella y les ladró un «largo» seco. Ellos miraron a Mikkha al unísono y él lo repitió: «largo». Se estaba divirtiendo. El cabrón se estaba divirtiendo de lo lindo. Seguro que estaba empalmado. Casi podía oler su excitación.

Y, de una manera extraña y retorcida, Reina se sintió enardecida también. No era lascivia, sin embargo, sino algo diferente, como la electricidad que recorre la piel del guerrero antes de entrar en una batalla a vida o muerte. Era una lujuria mental, exaltada al saber que tenía ante sí a un contrincante formidable, de orificios nasales perfectos y escasas habilidades sociales, pero magistral en su trabajo. Alguien que, como ella, disfrutaba con los desafíos y que podía arruinarle la vida para siempre. ¿Sabía Mikkha lo que le había hecho? ¿Era realmente consciente de la sentencia a cadena perpetua a la que la había condenado, de cómo la había atado a otro ser humano en contra de su voluntad?

—Si no firmas —respondió, una vez que los dos mamarrachos hubieron salido del cuarto—, convertiré tu vida en un infierno.

Encaramada a sus zapatos de tacón se acercó lentamente a Mikkha, plenamente consciente de la abertura de la blusa y de su escote, de sus piernas enfundadas en las negras medias de seda, de sus pendientes balanceándose en los lóbulos de sus orejas. A Mikkha le volvían loco los lóbulos de sus orejas. Y ella lo sabía.

Él la esperaba de pie, erguido, aceptando la pelea de buen grado. Levantó una ceja invitándola a continuar.

—Te mandaré botes con cada orina que me haga levantarme en mitad de la noche, empapelaré tu coche con mis análisis de sangre y mis ecografías, tiraré bolsas con mis vómitos matutinos a las impolutas ventanas de tu casa, te llamaré al móvil cada vez que tenga un calambre en las piernas y ahogaré tu WhatsApp con cientos de fotos de los modelos premamá que me compre.

—¿Lo vas a tener? —la interrumpió Mikkha, extrañado. Reina, sorprendida, calló por un segundo.

—Eso lo decidiré yo y nadie más que yo —atajó ella—. Y, si no firmas ninguno de estos papeles y decido no tenerlo, te mandaré el feto en un bote de cristal para que nunca te olvides de lo que nos hiciste. Puede que yo no vuelva a dormir nunca más como antes de haberte conocido, pero juro por Dios que tú tampoco lo harás.

Y la batalla terminó. Reina sabía que había ganado. O tal vez no. Tenía la desagradable sensación de que no había ninguna forma de ganar en realidad.

Sin decir nada, Mikkha cogió la Montblanc negra que siempre llevaba en el bolsillo de su camisa y firmó con energía el primer documento. Luego se acercó a ella y la estrechó contra sí. Reina no le devolvió el abrazo, pero tampoco se apartó.

—¿Estás segura? —preguntó, mirándola a los ojos con semblante serio. Reina asintió en silencio y notó cómo los labios de él le susurraban algo al oído. Luego se separó de él con suavidad, rescató el papel de la mano de Mikkha y salió del despacho sin mirar atrás.

El trayecto hasta la salida se le hizo eterno, le dolían los pies y el alma. Solo cuando estuvo sentada en su coche se permitió registrar lo que le había dicho Mikkha. «Me habría operado la nariz por ti». Y con un lamento desolador, Reina Ezquerra Goodwell se desmoronó por completo.

2

Cuando sonó el timbre, Joe estaba viendo una película. Hacía semanas que no tenía la casa para él solo —mucho menos la tele— y se sintió profundamente irritado. Pero el timbre sonaba y sonaba y no le quedó más remedio que levantarse para cagarse en la madre que parió a aquel visitante indeseado. Su sorpresa fue mayúscula cuando se encontró con una mujer de unos treinta y cinco años, enfundada en un horrible chándal rosa y la cara bañada en lágrimas.

—¿Reina?

La mujer alzó el rostro y Joe no supo qué decir. Jamás, en sus casi treinta años de amistad, la había visto así.

—Pero, Reina, cielo, ¿qué te pasa? ¿Estás bien?

Sabía que preguntar eso era una soberana gilipollez, porque era obvio que no lo estaba, pero a Joe le resultaba muy difícil quedarse callado cuando alguien a quien quería lo estaba pasando mal.

Reina seguía llorando a lágrima viva con el dedo todavía pegado al timbre.

—Ya puedes dejar de llamar, cariño. Vamos a entrar. Tengo millones de toallitas húmedas para limpiarte esos mocos.

Mientras sentaba a su amiga en el sofá y buscaba las malditas toallitas por toda la casa, se preguntó qué demonios habría pasado. Reina era la persona más fuerte que conocía, incluyendo a sus compañeros de *rugby* y a sus alumnos de baloncesto. Era resistente como el acero, fría como el acero y sólida como el acero. Y condenadamente exagerada. Y dramática y explosiva, pero no se derrumbaba, jamás se había derrumbado así. O al menos no delante de él, y conocía a Reina mejor que nadie. Y viceversa.

Joe y Reina hablaron por primera vez en la ruta escolar a los siete años, cuando Joe leyó la palabra «Ezquerra» en uno de los cuadernos de ella y se atrevió a preguntarle, en español, de dónde era. Se encontró frente a una muchachita con una cara limpia y despejada. Tenía el pelo castaño y corto, y pecas en la nariz. Llevaba unos pantalones grises de pata ancha y talle bajo y una camiseta blanca de manga corta. En los pies, unas zapatillas negras con tres rayas amarillas y nada más. Ni pendientes, ni collares, ni pulseras de colores. Dos segundos más tarde, descubrió sus enormes ojos color chocolate, anegados en una emoción tan evidente que supo que, de una manera u otra, esa pregunta le cambiaría la vida.

—De Madrid, España, ¿y tú?

—De aquí, de Chicago, pero mi madre es de Barcelona.

Ella se movió hacia la ventana para hacerle sitio a su lado y comenzó a hablar y a preguntarle todo tipo de cosas como si fuera una ametralladora. Joe solo pudo sonreír, porque en aquel autobús escolar, sentado en ese asiento polvoriento, escuchando el español atropellado de aquella desconocida y con el sol primaveral brillando por la ventana, se sintió como en casa.

—Toma —dijo en cuanto regresó al salón—. No he sido capaz de encontrar las toallitas y eres muy grande para quitarte los mocos con la mano como hacía con mis hijos. Suénate de una vez y dime qué demonios pasa.

—Esto es una toalla, Joe. No puedo sonarme con una toalla de bidé.

—Era eso o papel del culo. Pensé que la toalla era más elegante.

—Espero que esté limpia.

—¡Que te suenes, coño!

Ella obedeció sonoramente y Joe se sentó a su lado y silenció la televisión. Adiós a su sesión intensiva de pelis de superhéroes.

—Estoy preñada —le soltó de sopetón mientras doblaba la toalla con mucha pulcritud.

Joe se quedó helado. Eso sí que no se lo esperaba. Se había imaginado todos los escenarios posibles: un despido sorpresivo, la muerte de un ser querido, su apartamento destruido por un rayo caído del cielo, una enfermedad incurable… Casi cualquier cosa, menos un bebé. La posibilidad de que Reina Ezquerra estuviera embarazada sin haberlo decidido previamente era, simplemente, inconcebible.

—Di algo —susurró ella.

—No sé qué decir.

—Ya. Yo tampoco.

—Pero ¿cómo…?

—Por ahí no.

—¿Quién?

—Por ahí tampoco.

—Joder, Reina, no me lo pones nada fácil.

—Lo sé. Lo siento. Me siento TAN avergonzada.

—¿Avergonzada? ¿Tú? ¿Avergonzada de qué? ¡Tú no has hecho nada malo!

—Por haber dejado que pasara, por haberlo elegido a él, por meterlo en mi casa y en mi cama, por no haberme negado en redondo cuando me suplicó «solo la puntita…». Pero estaba pasándolo bien, Joe, tan bien… El tío tiene muchísimos defectos, pero sabe lo que se hace, créeme. Fue un momento, un instante. Al segundo estaba fuera, tal y como había dicho. Se puso un condón y lo demás fue como debía ir. Luego se durmió y todo se fue a la mierda.

—¿Como un cerdo?

—Como uno enorme. ¡Como el huracán Katrina! Aguanté casi una hora y luego lo despaché. El pobre no entendía nada, hasta que le enseñé el vídeo de más de un minuto de ronquidos atronadores que había grabado y se fue sin más. Creo que no se había escuchado nunca.

—Ya no volverá a ser el mismo.

—Desde luego que no. Ni yo.

Se hizo el silencio y Reina se tapó la cara con las manos.

—¿Qué voy a hacer, Joe? ¿Cómo demonios me he metido en esto?

Por toda respuesta Joe la abrazó con fuerza con su brazo derecho, apretándola contra sí. Se quedaron en silencio unos minutos, como solían hacer cuando no había nada que decir. Las coloridas imágenes de la película danzaban, mudas, en la pantalla de la televisión.

—¿Qué estás viendo? —preguntó Reina al cabo de un rato.

—*Thor Reloaded*.

—¿Qué?

—*Thor Reloaded*. La undécima peli de Thor. Lisa está fuera con los niños. Llevo toda la semana esperando este momento.

—Lo siento. Ya sabes que tengo el don de la oportunidad.

—Lo tienes, estos días son escasos, ¿sabes? No creo que vuelva a tener la casa para mí solo hasta dentro de tres o cuatro meses. Por lo menos. Pero no pasa nada.

—Podemos verla, me vendrá bien entretenerme.

—*Nah*, no hace falta. Puedo quedarme aquí, escucharte despotricar del padre de la criatura y darte la razón en todo lo que digas.

—No, de verdad. Necesito distraerme y me apetece verla, hace mucho que no veo una de superhéroes. Prometo portarme bien y no preguntar demasiado.

—Ja.

—Prometo intentarlo.

—Bueno, vale. Ve a lavarte la cara, hacer pis o lo que tengas que hacer mientras preparo más palomitas. Odio tener que parar la película a la mitad.

—Lo sé de sobra. Por eso no has querido verla con los chicos, ¿verdad? —preguntó ella mientras se encaminaba al aseo.

Reina se refería a Tania y Steve, los mellizos adolescentes de Joe. Sorprendentemente, el pequeño Luke aún no había sucumbido a los encantos de las sagas de superhéroes.

—¿Estás de coña? Aparte de que ya la habrán visto con sus respectivos amigos repelentes, se pasarían media película mirando el móvil y preguntándome qué ha pasado cada cinco minutos porque se lo han perdido. Tania no pararía de reírse y hacer ruiditos al leer sus mensajes de WhatsApp y Steve se burlaría de la mitad de los personajes por el mero placer de sacarme de quicio. Ni ellos quieren verla conmigo ni yo con ellos. No pasa nada, aún tengo a Luke para disfrutar de la paternidad. Vete ya, date prisa. No sé qué hacéis las mujeres en los lavabos que siempre tardáis una eternidad en salir.

Joe y su mujer, Lisa, se quedaron embarazados de Luke por sorpresa cuando sus hijos mayores tenían siete años. Pasaron una crisis terrible en la que Reina consoló pacientemente a Joe. Lisa y él estaban aterrorizados. ¿Y si volvían a salir mellizos? ¿Y si el embarazo no se desarrollaba con normalidad? Además, con dos hijos ya criados no se veían con fuerzas ni ánimos suficientes para pasar otra vez por eso. «¿De dónde voy a sacar el dinero para sus estudios y la energía para criarle?», se lamentaba Joe con amargura. «¡Sus hermanos mayores me la han quitado toda! ¡Soy una sombra de lo que fui!».

Cuando les confirmaron que no era un embarazo múltiple, el alivio fue instantáneo y, aunque con aprensión, siguieron adelante. Meses más tarde, nacía Luke, un bebé adorable del que Reina era orgullosa madrina. Ya fuera por su carácter divertido y bondadoso o por la diferencia de edad, lo cierto era que cuidar y querer al pequeño era lo único en lo que todos parecían estar de acuerdo en esa casa.

Reina regresó al salón y el olor de las palomitas recién hechas le arrancó una sonrisa. En pleno siglo XXI, Joe seguía prefiriendo hacerlas a la vieja usanza: al fuego y en una olla. Decía que con los transgénicos y las palomitas de microondas cada vez le costaba más encontrar granos de calidad. Por suerte, no hacía mucho, había encontrado un *dealer* de confianza al que pagaba generosamente.

«No fuma, no bebe y no ve porno compulsivamente. Si quiere pagar el maíz a precio de oro, no voy a ser yo quien se lo niegue», solía decir Lisa.

—Te pongo al día —se ofreció Joe una vez estuvieron acomodados en el sofá—. Este Thor no es como los demás, es el fruto de Odín y una misteriosa y poderosa diosa africana llamada Oshun.

—¿Me tomas el pelo?

—Para nada. Verás, resulta que, por si no lo sabías, los dioses no entienden de razas y colores, sino de poderes, sabiduría y destreza, y la bellísima Oshun domina una de las armas más poderosas del mundo: el amor. ¿Cómo no iba a caer Odín rendido a sus pies? Viajero y curioso empedernido se encontró con ella al pie de una preciosa cascada africana, porque Oshun es también diosa de los ríos y las aguas dulces. Oshun sintió curiosidad por ese hombre blanco y tuerto, con ese aire tan beligerante y adusto, y se acercó a él, pues siendo diosa del amor podía amar a quien le viniese en gana. Según dice la leyenda, los dos se miraron a los ojos sin parpadear durante tres horas y treinta y ocho minutos exactos, ya que ninguno quería ser el primero en dar el primer paso. Pero, entonces, una enorme tormenta estalló, el viento enfurecido bramó en el cielo y Oshun y Odín, empapados, se vieron empujados el uno hacia el otro. Sin dejar de mirarse, extendieron las palmas de sus manos y se tocaron. Un rayo enorme iluminó el cielo y en ese momento exacto se rindieron el uno al otro, convertidos en carne caliente y respiraciones agitadas.

—No sabía que fueras un poeta, Joe.

—No me interrumpas, mujer. Una vez se hubieron corrido los dos varias veces...

—Así mejor.

—Una vez que hicieron temblar el universo con su éxtasis divino, decía —continuó Joe con sorna—, cada uno se fue por su lado, pero Odín había conquistado el vientre de Oshun, o tal vez Oshun le había robado su semilla a Odín. El caso es que nueve meses más tarde nació un precioso bebé, hijo de la guerra y del amor, concebido bajo la tormenta, que se llamó Thor. Oshun lo cuidó y lo amó, lo colmó de regalos y lo educó en el noble arte de la sensualidad, y el día de su decimoquinto cumpleaños lo llevó al pie de una cascada donde les esperaba un hombre blanco con un parche en el ojo. Dos enormes cuervos sobrevolaron al chico, que reconoció a su padre al instante. Thor besó a su madre en la frente y ella le abrazó y le entregó un martillo de poder para que nunca la olvidara. Thor marchó con Odín y con él se convirtió en el héroe que conocemos ahora.

—Un héroe mulato.

—Un héroe mulato de putísima madre, sí.

—Pues tal y como me lo cuentas creo que me va a encantar. Lo del momento de placer y éxtasis y el embarazo me viene que ni al pelo.

—Ah, no. Eso era solo el prólogo.

—¿El prólogo?

—Sí, son los tres primeros minutos. Ya los he visto y paso de volver a verlos.

—Pero, entonces, ¿de qué va la peli exactamente?

—De Thor repartiendo hostias y salvando el mundo.

—Ah, eso ya me encaja más. ¿Y qué es lo que amenaza al mundo?

—El cambio climático propiciado por seres humanos gilipollas y una plaga de mosquitos mutantes que propagan el ébola por todos los continentes.

—Joder.

—*Yeah.* Ni alienígenas con pistolas, ni gigantes, ni mierdas, *baby.* El Apocalipsis de verdad.

—¡Cállate y ponla de una vez!

En su juventud, Joe y Reina solían ver muchas películas juntos. Quedaban los fines de semana y hacían maratones de Alien, Terminator, Los Gremlins y cualquier saga emocionante que estuviera disponible en el videoclub. Se tragaron, entre risas y comentarios mordaces, todas las pelis de Crepúsculo y vieron todas las entregas de Harry Potter, vestidos de Gryffindor y Slytherin respectivamente. «Siempre he sentido debilidad por los capullos», se justificaba ella. Luego llegaron los superhéroes: X Men, Iron Man, Capitán América y todos los demás, así como alguna que otra peli de autor, subtitulada, en la que disfrutaban del cine para ellos solos. Sin embargo, con el paso del tiempo, las obligaciones familiares de Joe y las exigencias laborales de Reina fueron poco a poco alejándolos de las pantallas.

—¿Quién es la albina ciega? —preguntó Reina a los cinco minutos.

—Es Luka, una superdotada megaágil y experta en virus mortales. Deja de preguntar de una vez y mira la película. ¡Eres peor que Tania!

Para cuando la película terminó, Reina casi había logrado olvidarse de su problema, pero en cuanto la pantalla se fundió en negro la realidad se abalanzó de golpe contra ella, recordándole su inesperada situación.

—Ojalá viniera Thor a arreglar mi mundo con su martillo.

Joe no pudo contener una risita tonta.

—¿No crees que ya has tenido suficientes martillos por el momento?

—Tonto —se quejó Reina con una mueca—. Me refiero a que con alguien así a mi lado todo sería mucho más fácil.

—¿Tú crees? Yo me he imaginado un millón de veces cómo sería mi vida con Michelle Pfeiffer o Monica Bellucci, pero no sé si «fácil» sería la palabra adecuada.

—En realidad no lo sé, pero esa escena del beso entre Thor y Luka, rodeados de mosquitos muertos, la mano en la nuca, en la cintura, en los hombros, los ojos cerrados. Los labios hinchados, ese cuerpo mulato, esos brazos poderosos…

—Córtate un pelo, que me vas a manchar el sofá.

—Idiota. —Reina le dio un manotazo en el brazo y luego se quedó pensativa—. Me pregunto si alguien me volverá a besar de esa manera algún día, siendo madre de un hijo inesperado o la mujer que se deshizo de un hijo que no quería. ¿Me besaría Thor a mí, Joe? ¿Podré ganarme el amor de un hombre bueno algún día?

—¿Tendrá un hombre bueno la suerte de poder besarte como Thor, Reina? ¿Por qué eres tan dura contigo misma?

Reina no supo qué contestar.

—Me voy a casa. Necesito pensar. Eres genial, lo sabes, ¿verdad?

—Tú también eres genial, Queenie. Todo va a ir bien. Date un respiro y te llamo en un par de días. Sabes que nos tienes aquí para lo que necesites.

Reina sonrió al oír el mote que Joe le había adjudicado en su juventud para hacerla rabiar y que ahora solo usaba para reconfortarla.

—Lo sé. Os quiero. Ya te contaré.

Y, abrochándose la chaqueta más horrenda y fluorescente del universo, salió a la luz del día con sombríos pensamientos revoloteando dentro de su cabeza.

3

La oscuridad inundaba la habitación. Las persianas estaban cerradas a cal y canto, tal y como le gustaba a Reina. No venían con la casa, eran un capricho que se había dado con el primer sueldo del bufete de abogados en el que entró a trabajar como especialista en derecho fiscal más de diez años atrás. Por aquel entonces, el apartamento no tenía mesas, ni sofá, ni siquiera un triste taburete en la cocina, pero todas y cada una de las ventanas tenían persiana propia. Las casas en Pittsburgh no tenían persianas, no como las entendía ella, al menos, esos aparatosos mecanismos que se instalaban por fuera del cristal para impedir la entrada de la luz del sol. Pero Reina las adoraba, era una de las cosas que más añoraba de su país paterno. La posibilidad de tirar de una banda flexible y crear un espacio propio, ajeno al exterior, y adaptarlo al humor en el que estuviera su alma: completamente subida cuando se sentía radiante y llena de energía, sin bajar del todo los días perezosos o indolentes, dejando que multitud de puntitos de luz se colaran en la estancia como si estuviera en un apacible Estudio 54. O bajada a cal y canto cuando se encontraba destrozada, como en aquel momento. Muchos le aconsejaron que se pusiera una cortina doble, como las de los hoteles, una tela opaca que se corría de un lado a otro con una varilla. «¡Blasfemia!». Eso era lo que ella pensaba de esas cortinas de mierda. Nada igualaba la oscuridad perfecta de una buena persiana española. Y era ese el tipo de oscuridad que reinaba en su dormitorio cuando el móvil sonó aquella tarde, su tono reverberando en el silencio inmaculado del que había estado disfrutando las últimas veinticuatro horas. Tardó tanto en dar con él que, cuando descolgó, pensó que ya no habría nadie al otro lado. Se equivocaba.

—¿Reina?

—¿Sí? —respondió ella, adormilada.

—Reina, soy Lisa. ¿Cómo lo llevas? ¿Dónde estás?

—Bien, bien. Estoy en casa, me he cogido unos días en el trabajo.

—Joe me lo ha contado todo. Lo siento muchísimo. Sé que no querías que fuera así.

—Tienes razón. No quería que fuera así.

Hubo un segundo de silencio, luego Lisa volvió a hablar.

—¿Podemos ayudarte? ¿Necesitas algo?

—Estoy bien, gracias. Solo estoy intentando decidir qué hacer. No es fácil.

—No lo es, ya lo sé. No lo es en absoluto.

Y entonces fue Lisa la que calló.

Durante un momento las dos se quedaron así, sin decir nada y diciéndoselo todo.

—Si necesitas cualquier cosa, lo que sea, llámanos. ¿De acuerdo? —se aventuró a decir Lisa por fin.

—De acuerdo.

La conversación finalizó y Reina se volvió a quedar sola en su mar de penumbra.

Debieron de pasar un par de horas, tres a lo sumo, cuando unos fuertes golpes en la puerta principal la sobresaltaron. Estaba despierta y no tardó en abrir. Era Joe, enorme y cercano como siempre. Las arrugas en su frente y el rictus de sus labios denotaban su preocupación. Entró sin esperar a que lo invitaran, porque no necesitaba invitación en realidad.

—¡¿Qué coño te pasa?! —exclamó nada más pisar el salón y fue entonces cuando Reina descubrió que no estaba preocupado, sino cabreado. Mucho—. Te fuiste de casa con tu chándal rosa y me dijiste que me contarías. Llevo tres días llamándote y no me has cogido ni una vez. Llamé a tu oficina y me dijeron que no habías ido a trabajar. ¿Sabes lo preocupado que he estado? ¿Debatiéndome entre dejarte espacio o venir a comprobar que no has hecho ninguna barbaridad?

A duras penas dominaba el volumen de su voz mientras paseaba su nerviosismo con las manos hundidas en su flamante mata de pelo oscuro.

—Lo siento mucho —respondió su amiga mientras lo abrazaba con cariño. Y como si hubiera accionado un interruptor mágico, la ira de Joe se apagó por completo.

—¿Qué pasa? —preguntó, mirándola fijamente a los ojos.

—Estoy paralizada. Nunca antes me había sentido así. Hace un rato, cuando me ha llamado Lisa, me ha dicho «Lo siento muchísimo». No es una frase que se suela decir a las mujeres embarazadas y sin embargo yo también lo siento muchísimo. No estoy nada contenta. Es mi cuerpo, mi vida, mi dinero y mi tiempo. No estaba preparada para esto. No lo había planeado. Es demasiado grande. Por otra parte, ya tengo una edad y tampoco es que me negara en redondo. Es solo que ahora no me viene bien.

—Nunca viene bien, amiga.

—Lo sé, lo sé. Ya sé que nunca se está preparado. Tengo un montón de gente a mi alrededor que me lo recuerda a todas horas, pero ya sabes lo que quiero decir. Debería QUERER tenerlo. Al menos debería desear estar embarazada, ¿no? Debería tener algo que decir.

—Deberías, pero a veces no es así.

—Ah, ¿sí? No me había dado cuenta. ¡No me jodas, Joe! —La acidez y la furia de sus palabras le sorprendieron incluso a ella.

—¡No me jodas tú a mí! —contraatacó Joe—. Mi mujer ha estado ahí, yo he estado ahí. No me trates como a un felpudo.

—Sabes que no es por ti —le apaciguó Reina, suavizando su tono de voz—. Cualquier bebé debería tener una madre o un padre capaz de quererlo y darle amor y yo, ahora mismo, no puedo garantizarle ninguna de las dos cosas. Siento una presión enorme enorme sobre mi cabeza y sobre mi vientre. Necesito gritar.

—Pues grita.

En lugar de hacerlo, Reina se mordió los carrillos con fuerza y luego continuó.

—Y luego no puedo parar de pensar: ¿y si no aprovecho esta oportunidad? ¿Y si espero a encontrar al hombre de mi vida y no aparece nunca? ¿Y si aparece y no conseguimos quedarnos embarazados? ¿Y si espero a tenerlo cuando yo quiera y no puedo? ¿Y si, y si y si? ¿Os hacéis vosotros esta cantidad de preguntas cuando dejáis embarazada a una mujer? Simplemente, ¡no puedo más! Y para colmo, el otro día tuve una crisis nerviosa en el trabajo.

—¿De verdad? ¿Qué tipo de crisis?

—Estaba en una reunión con un cliente, para ver cómo podía aprovechar al máximo las deducciones fiscales en su declaración de la renta y me bloqueé.

—Te bloqueaste quiere decir…

—Perdí el hilo de la conversación, me quedé muda. El tipo me preguntaba qué me pasaba y yo no le contestaba. Parece que me quedé inmóvil como una estatua, con el boli en una mano y un vaso de agua a medio camino de mi boca en la otra. Aluciné. Tuvo que salir a pedir ayuda y se encontró con mi jefe, que se puso a dar palmas delante de mi cara y a zarandearme del hombro hasta que se le ocurrió la brillante idea de tirarme el agua del vaso por la cabeza para hacerme reaccionar. Entonces me puse de pie de golpe y le grité que de qué iba, que si estaba loco, que qué se había creído. Hasta lo empujé con las manos. Y todo esto delante del cliente, y con una camisa blanca empapada pegada a mi sujetador que me hizo pensar si la sensación sería igual si en vez de agua fuera leche materna.

—Parece todo de lo más divertido. —Joe intentaba controlar la expresión de su cara sin conseguirlo.

—Cuando me tranquilicé y me hube secado la blusa con el secador del lavabo, mi jefe me llamó a su despacho. No estaba enfadado, pero tampoco preocupado, cosa que me escamó. Sentía curiosidad. «¿Qué te ha pasado?», me preguntó. «Primero llegaste tarde la semana pasada y ahora esto. Llevas las cuentas más importantes, Reina, te necesitamos al cien por cien, al doscientos por cien, ya lo sabes».

»Le dije: «No es nada, Fred». ¡Nada! ¿Te lo puedes creer? Solo un montón de células creciendo en mi vientre. ¿Te imaginas si se lo digo? Se habría desplomado en el sitio. «Lo sé, Reina, lo sé», contestó él, «eres nuestra estrella, nuestra número uno. Siempre arriba, siempre a tope», y me lanzó una de sus detestables sonrisillas.

»Me volví a mi mesa y aguanté el resto de la mañana. Luego me comí un triste sándwich de pepino ahí mismo. Cuando lo terminé, me levanté y volví al despacho de Fred. Parecía perplejo de verme ahí otra vez.

»Dijo: «¿Sí?», sin levantar apenas la mirada de su ordenador. Yo estaba todavía en el vano de la puerta, pero no me invitó a entrar ni a sentarme. «Fred», dije yo, «quería disculparme otra vez por lo de antes. Últimamente no me encuentro muy bien, ando un poco floja y no sé si habría alguna posibilidad de bajar el ritmo temporalmente, no será mucho. No quiero cometer errores que luego nos puedan pasar factura…» y bla, bla, bla, ya sabes cómo son este tipo de discursos. Es duro.

—Lo sé bien, sí.

—El caso es que me interrumpió. Me cortó en seco con un «Reina» que me puso los pelos de punta. Luego se levantó con parsimonia de su sillón de cuero, rodeó su mesa, se acercó hasta donde estaba y me cubrió los hombros con su brazo. «Reina», repitió, como si fuera una niña con inteligencia limitada, «me extraña mucho esto que me dices porque la verdad es que yo te veo muy bien. Te veo más en forma que nunca, de hecho», y se quedó mirándome fijamente unos segundos, «Estoy convencido de que tus enormes capacidades están intactas y esto es algo pasajero. ¿A que sí?».

»Me quedé boquiabierta. ¿Crees que lo enseñan en la carrera? ¿Tácticas para quitarse de encima a los empleados molestos o algo así?

—Estoy convencido de ello.

—Le dije que claro, que por supuesto, que estaba estupendamente, que había sido un lapsus momentáneo, que me disculpara de nuevo. Me faltó hacerle la reverencia al salir. Luego me fui directa al despacho de Margaret y le dije que quería cogerme mi mes sabático pero ya.

—¿Quién es Margaret y por qué demonios tienes un mes sabático?

—Margaret es la jefa de Recursos Humanos y me adora. Y mi mes sabático es el premio que otorga la empresa a los trabajadores que llevan más de diez años trabajando en ella. Yo llevo casi once y había pensado en renunciar a él por ética profesional. Tengo siempre tanto trabajo encima que me sabe fatal faltar a la oficina, pero ¿sabes qué?

—Qué.

—Que después de la conversación con Fred pensé: ¡A TOMAR POR CULO! Llevo más de la mitad de mi carrera dejándome los cuernos por ese tipo, le he salvado el pellejo más veces de las que puedo recordar, se ha llevado la gloria mientras yo he estado detrás, haciendo el trabajo sucio ¿y me suelta que me ve fenomenal? ¡Que le jodan! Así que le expliqué a Margaret que llevaba retrasando casi un año mi mes sabático y que lo necesitaba de manera imperiosa. Sí, dije «imperiosa», tal cual, no te rías. Ella se quitó las gafas, las sostuvo con dos dedos, me miró a los ojos un buen rato y me respondió: «Yo me encargo. Dime cuándo lo quieres empezar». Así, sin más, como en *Narcos*. Le contesté que cuanto antes y asintió. Luego dejó las gafas encima de la mesa y se reclinó en su silla. «Vete a tomar un café, dame dos horas y te digo algo», me soltó, y dio por zanjada la charla.

»Así que regresé a mi mesa, cerré mi portátil, cogí el bolso y me fui sin decirle nada a nadie. A las dos horas en punto recibí la llamada de Margaret. «Arreglado. El lunes no hace falta que vuelvas. Descansa y pásalo bien». Casi me echo a llorar allí mismo. Le di las gracias como mil veces y juraría que hasta besé el móvil. Antes de colgar, me preguntó si iba todo bien y solo supe contestarle que esperaba que la cosa mejorara pronto, aunque no sé muy bien cómo va a mejorar, la verdad, y ella me dijo: «Cuídate, Reina. Eres una buena chica, nos encanta tenerte con nosotros. Aquí te esperamos».

—¿Y Fred? —preguntó Joe.

—¿Ese? Creo que todavía anda buscándome por el edificio, el muy capullo. No sé nada de él, pero va a tener que ponerse a trabajar por primera vez en su vida o encontrar a alguien que lo haga por él cuanto antes. Una pena no estar allí para verlo, porque será todo un espectáculo, eso seguro.

—¿Y qué vas a hacer con ese maravilloso mes sabático que te ha sido otorgado por obra y gracia de la eficiente Margaret?

—Dormir.

—¿Dormir?

—Dormir.

—¿Me tomas el pelo?

—Para nada. ¿Te acuerdas de la película *Leaving Las Vegas* en la que Nicholas Cage se atiborraba de alcohol para despedirse de su vida? Pues yo voy a hacer lo mismo, pero durmiendo. Pienso pasarme el mes entero en pijama, durmiendo todas las horas que ya no volveré a dormir jamás. Disfrutando de mi cama, de mis sábanas, de mi almohada en soledad antes de que sea demasiado tarde. He visto a mi madre y a mi abuela, Joe, y a Lisa y a Tammy y a Roberta, ¡y a ti, qué coño! Cuando se tiene un hijo no se vuelve a dormir igual. A veces ni durante el embarazo. Todas las madres que conozco son incapaces de dormir más allá de las ocho de la mañana. Se alegran cuando se despiertan a las nueve. ¡A las nueve, Joe! ¡Eso es tempranísimo! Y, cuando envejecen, sufren de insomnio crónico. Una vida entera levantándose en mitad de la noche, madrugando para hacer el desayuno y llevar a los niños al cole, acostándose tarde esperando a que sus retoños vuelvan de fiesta sanos y salvos, retorciéndose en el colchón porque no saben cómo van a pagar la universidad de sus hijos. Y luego, cuando por fin se van de casa, la menopausia. Esto que me pasa es el fin del descanso físico, del dormir a pierna suelta, y el principio de la amargura, el cansancio y la mala leche. No pienso dejar escapar esta oportunidad. Voy a dedicar las próximas setecientas horas de mi vida a inmolarme en mi colchón a golpe de siesta y nadie me lo va a impedir.

—Cualquiera que te oiga diría que estás decidida a tener ese bebé…

—Si decido no tenerlo, su fantasma me perseguirá toda la vida y tampoco me dejará dormir. Haga lo que haga estoy jodida, ergo duermo y así no tengo que pensar.

—Joder, Reina, si yo tuviera un mes sabático ni de coña me quedaba en casa, ¡qué locura! Me cogería el coche y le pisaría hasta que tuviera que volver.

—Pues coméntalo en la universidad, quizá no les parezca mala idea. De todas formas, tienes un montón de vacaciones al año y no veo que viajes demasiado.

El tono de Reina era burlón. Joe era entrenador de baloncesto en Carnegie Mellon, le apasionaba su trabajo, no tenía mal horario y además disfrutaba de las mismas vacaciones que sus alumnos, cosa que a Reina siempre le había dado una envidia tremenda, y, aun así, nunca lo había visto fuera del estado de Pensilvania.

—Eso es porque Lisa le tiene pánico al avión y el coche le aburre una barbaridad, ya lo sabes. Lo que quería decir era que, si yo hubiera tenido una oportunidad como esta estando soltero, jamás la habría desaprovechado así.

—O sí, si te hubieras quedado embarazado sin quererlo.

La tozudez de Reina era legendaria, su amigo lo sabía de sobra y por eso decidió dejarlo estar.

—No hay nada que pueda decirte para hacerte cambiar de opinión, ¿verdad?

—Absolutamente nada.

—Me lo imaginaba.

—Siempre has sido más listo de lo que pensabas.

4

Al quinto día de su mes sabático Reina ya no podía dormir más. El primer día cayó como un tronco, después de la visita de Joe le costó un poco conciliar el sueño y, diecisiete horas después, daba vueltas por la cama con los ojos abiertos como platos. Acababa de volver a hacerse un test de embarazo con la esperanza de que todo fuera una terrible pesadilla, pero se topó de nuevo con esa puta cara sonriente que tanto aborrecía. Frustrada, cogió el móvil y se puso a navegar por internet. Se le ocurrió cotillear el Instagram de Mikkha. Aunque había luchado con todas sus fuerzas para no pensar en él, la confirmación de su embarazo le había hecho darse cuenta del poderoso vínculo que ahora compartían. Aunque no lo volviera a ver, aunque no hablaran nunca más, Reina pensaría en Mikkha el resto de su vida. ¿Tendría su bebé su perfecta (y sonora) nariz? ¿Esa forma tan peculiar de pronunciar las eses? ¿Heredaría su altura y su constitución atlética? ¿Sería Mikkha transmisor de alguna enfermedad genética? ¿Ocultaría algún trastorno psiquiátrico hereditario? No lo sabía. No sabía nada en realidad, salvo que tenía una lengua prodigiosa en más de un sentido, una mente brillante y un ego tan enorme como su encanto. «Podría ser peor», se dijo mientras pasaba de una fotografía a otra.

Fue entonces cuando vio a la rubia despampanante agarrada del bronceado brazo de Mikkha y le dio un vuelco el corazón. Y no porque Mikkha hubiera encontrado a otra mujer que le riera las gracias, sino porque fuera capaz de desplegar esa sonrisa inmaculada sabiendo lo que sabía. ¿Cómo era que ella, siempre tan vital, autosuficiente y resolutiva, estaba hundida en su colchón, frustrada y desorientada y él andaba tan feliz, exhibiendo su envidiable salud mental al lado de una bellísima mujer?

Hirviendo de ira, Reina subió de golpe las persianas, se desnudó y se metió en la ducha, dejando que el agua se llevara toda su desazón. En todos los procesos de duelo que había tenido en su vida, en todos los momentos difíciles de su existencia, ese sentimiento de indignación y enfado había sido una verdadera tabla de salvación. Reconocía y aceptaba sin problemas la debilidad de la tristeza y la congoja, pero revivía con la energía que le daba un buen cabreo. La recogía con gozo en el fondo de sus tripas, la acumulaba en una potentísima dosis concentrada y la usaba para impulsarse hacia delante y llegar exactamente allí donde quería. Había aprendido, mucho tiempo atrás, a manejarla y moldearla a su antojo. Y si bien era consciente de lo fácil que sería liberar su cólera sin más sobre los que la habían ofendido, era lo suficientemente lista como para saber que sería un auténtico desperdicio, en tanto en cuanto esa fuerza, aplicada a su propia vida, podría propulsarla como un cohete y alejarla de donde ya no quisiera estar. Y Reina ya no quería estar encerrada en un cuarto oscuro como si hubiera cometido un terrible pecado. Porque no había cometido ninguno. Se dio cuenta entonces de lo mucho que su piel anhelaba sentir el calor del sol, y aire fresco sus pulmones. Reina deseaba sentirse fuerte y guapa y despreocupada otra vez; y un minúsculo óvulo fecundado no se lo iba a impedir.

Mientras salía de su casa le escribió un mensaje rápido a Joe para avisarle de que iba de camino. El tráfico de la mañana no le molestó, de hecho, invirtió todo el tiempo del atasco en buscar en el móvil planes interesantes en los que invertir su merecido descanso laboral. Para cuando llegó a su destino sabía exactamente lo que quería hacer. Convencer a su amigo de que la acompañara era, sin embargo, harina de otro costal.

—¡Benditos los ojos! —la saludó Joe desde la puerta—. ¿A qué se debe el honor? Creía que no ibas a abandonar tu cama bajo ningún concepto.

—He pensado que un poquito de sol no me vendría mal —replicó Reina—. Y también he estado dándole vueltas a todo lo que dijiste sobre mi mes sabático, lo del tiempo, viajar y todo eso. Creo que tienes razón.

—¿De verdad? ¿Razón yo? ¿Te has dado un golpe en la cabeza?

—Sabes de sobra que no tengo ningún problema en aceptar mis errores, lo que pasa es que no suelo equivocarme nunca y por eso no estoy acostumbrada.

—Jajajajaja. Claro, claro. El mundo siempre se equivoca y Reina siempre tiene la razón.

—Casi siempre. Dormir durante un mes es una idea de mierda.

—*¡Voilà!*

—Por eso he pensado emplear lo que me queda del mes sabático en un viaje.

—Suena bien, continúa.

—En coche.

—Bravo.

—Contigo.

Joe calló, pero Reina vio la emoción danzando en sus pupilas. Sabía lo mucho que le gustaba viajar porque lo habían hecho juntos infinidad de veces. A los catorce años volaron juntos a España, acompañados de una azafata simpatiquísima, para pasar allí el verano y Joe disfrutó cada uno de los días como un enano. Aterrizaron en Madrid y pasaron casi un mes en la ciudad, con la familia de Reina, que vivía en un espacioso piso en una zona residencial con jardines y piscina comunitaria. Cuando la pareja de amigos no estaba chapoteando en el agua con el resto de los vecinos de su edad, o secando sus pequeños cuerpos al sol abrasador de la capital, aprovechaban para visitar el museo de El Prado, hacer excursiones a la sierra madrileña, comer croquetas y jamón serrano por el centro, saborear helados cerca de El Palacio Real o yendo al cine a ver el último estreno familiar. Luego les montaron en un tren nocturno que les llevó a Barcelona, donde les esperaba la familia de la madre de Joe. El viaje fue emocionante. Imaginaron que el tren era el Orient Express y tenían que resolver un macabro asesinato. Pero en cuanto llegó la hora de la cena se olvidaron de todo. En la ciudad condal cambiaron la piscina por la playa, las croquetas por el *pà amb tomàquet*, la sierra por la Costa Brava, y el Palacio Real por la Sagrada Familia, pero siguieron sin faltar los helados, los juegos, las comidas y las cenas a horas tardísimas a las que los dos estaban ya más que acostumbrados. Además, la familia de Joe tenía una casa en el Pirineo aragonés que les permitió conocer el parque nacional de Ordesa y Monte Perdido, comer migas, hacer senderismo, bañarse en ibones helados, visitar pueblos construidos en piedra con altos campanarios, castillos y fortalezas… Fue un verano inolvidable que los dos recordaban con mucho, muchísimo cariño.

Más tarde, en la universidad, viajaron por los Estados Unidos siempre que tuvieron ocasión. En las tardes más frías del invierno, sentados en la cafetería del campus, con un café o una cerveza en la mano, planeaban su retorno a Europa después de licenciarse. Pero en el último año, justo antes de la graduación, Joe y Lisa se quedaron embarazados de los mellizos y nunca más volvieron a viajar como antes.

—Lo estás deseando, no me digas que no —le chinchó Reina.

—Lo estoy deseando, pero tengo una mujer con mucho genio y tres hijos, dos de ellos adolescentes e insoportables.

—Lo sé, por eso creo que lo mejor es darle fiesta a Lisa también.

—¿Y los niños?

—¿Hace cuánto que no ven a tus padres?

Joe se echó a reír con una carcajada que le sacudió de arriba abajo.

—Eres una personita maquiavélica, Reina Ezquerra, ¿lo sabías?

Ella sonrió de oreja a oreja por toda respuesta. Plantada en el césped del jardín parecía una simpática y adorable *girl scout* vendiendo galletas.

—Hay que darle alguna vuelta —dijo Joe al fin—, pero creo que podría funcionar. Te invito a un batido para celebrarlo y me cuentas en qué estás pensando exactamente.

Una vez que estuvieron acomodados en los asientos acolchados de la mejor heladería de todo Pittsburgh, Reina se puso seria y tomó aire.

—Quiero que me escuches y mantengas tu mente abierta, aunque te parezca una auténtica tontería, ¿de acuerdo? Esto es muy importante para mí.

—Desembucha de una vez.

—Es junio, hace sol, tengo un mes de vacaciones —bueno, casi un mes—, tú también estás de vacaciones, los niños están a punto de terminar el cole y yo quiero ir en coche contigo hasta Los Ángeles.

—¿Los Ángeles? ¿Qué se te ha perdido allí? Siempre has renegado de L.A.

—Lo sé, lo sé, pero es que hoy, mientras venía hacia aquí, he visto esta noticia y me ha parecido una señal. —Reina le tendió el móvil y Joe leyó en voz alta un breve artículo de una página especializada en cine.

—Dennis Shawn, el imponente actor que interpreta a Thor en la gran pantalla, se encuentra inmerso en el rodaje de la secuela de Thor Reloaded, *que lleva más de 870 millones de dólares recaudados. La estrella alargará su estancia en L.A. hasta finales de agosto, momento en que retornará a Nueva Zelanda, donde vive habitualmente con su hermosa familia.*

Joe terminó de leer y se quedó mirando a Reina con cara de no entender nada.

—Quiero ir a Los Ángeles y conseguir un beso de Thor. Un beso como el que le da a Luka en la película. Un beso que me diga que todo está bien, que yo también encontraré a alguien que se preocupará por mí y con el que compartiré mis aventuras.

La carcajada de Joe hizo que la camarera se girara y lo fulminara con la mirada.

—Yo me preocupo por ti y comparto tus aventuras —replicó Joe con aire juguetón.

—¿Ahora te me vas a poner celoso? Ya sabes a qué me refiero, no te hagas el tonto.

—Lo sé, y no estás bien de la cabeza. ¿Tú te crees que Dennis Shawn va por ahí besando a todas las tías que se le cruzan por el camino? «Oye, Dennis, los autógrafos están pasados de moda, ¿por qué no me morreas mejor y luego me voy a mi casa como si no hubiera pasado nada?».

—Seguro que no es la primera vez que se lo piden.

—¿Quién eres tú y que has hecho con mi amiga sensata y calculadora? ¿De verdad quieres que nos montemos en un coche, nos hagamos 4000 km y acosemos a un actor megafamoso al que le sacas por lo menos diez años para que te bese como en su película?

—Sí, quiero exactamente eso.

—Es de locos.

—¡No tenemos nada que perder! Y tú podrás hacer todos los desvíos que te plazca para ver lo que quieras y a quien quieras, tanto a la ida como a la vuelta. ¡Lo que te apetezca!

—¿Lo que yo quiera?

—Ajá. Y puedes elegir la música.

—¿Está todo permitido?

—Todo, desde el *Réquiem* de Mozart hasta el *Hallowed be thy name* de Iron Maiden, sin censuras. ¡No tienes nada que perder! Si lo consigo, tú solo tienes que inmortalizar el momento con tu móvil y, si no, tendrás razón y yo me habré equivocado. Te encanta cuando me equivoco y tú tienes razón.

—Pero si no sale bien tendré que consolarte todo el camino de vuelta porque estarás destrozada. Serás una compañera de viaje insoportable.

—No lo seré porque lo voy a conseguir. Y si no lo consigo juro sobre este batido que solo manifestaré mi pena muy discretamente cuando estés dormido.

—Sigo pensando que es una locura y que no te vas a poder acercar a más de cinco kilómetros de Dennis Shawn.

—Sí, pero una locura en vacaciones con un larguísimo y emocionante viaje en coche por delante. Asfalto, gasolina, música, restaurantes de carretera, moteles baratos y cochambrosos. ¿Hace cuánto que no pisas la autopista?

—Si lo planteas así...

—¿Te he dicho alguna vez lo mucho que te quiero?

La llamada de Lisa no se hizo esperar.

—Un pajarito me ha dicho que quieres irte de vacaciones con mi marido.

Reina activó todos sus sensores por instinto, pero no percibió nada raro. Lisa nunca la había visto como una amenaza para su matrimonio y Reina la adoraba por ello, pues era más que consciente de que muy pocas amistades mixtas sobrevivían a la animadversión de alguno de los cónyuges.

—¿Ya te lo ha contado?

—Ha hecho mucho más que eso. Cuando he llegado a casa, me estaba esperando en la puerta. Me ha llevado hasta el sofá, me ha preparado uno de sus deliciosos Bloody Mary. Luego me ha quitado los zapatos y me ha cogido el pie izquierdo para masajeármelo. Yo me he puesto tensa enseguida, por supuesto. Un comportamiento así solo se tiene si se ha hecho algo muy muy malo o se quiere hacer una propuesta sexual poco ortodoxa, y no estaba preparada para ninguna de las dos opciones, la verdad. Pero antes de que pudiera decir nada ha empezado a hablar. «No te preocupes por los niños, cariño. Luke ya se ha acostado y los mayores están leyendo en la cama. Han cenado genial y no hemos tenido ninguna discusión». Le he mirado con la ceja levantada y ha seguido a la velocidad del rayo. «¿Te acuerdas de lo de Reina?». Te juro que, con lo listo que es, no sé cómo puede soltar frases tan estúpidas. Como si de la noche a la mañana se me fuera a olvidar que te has quedado preñada de un tío por el que no sientes absolutamente nada cuando menos te apetecía.

—Lo has resumido bastante bien, sí…

—Obviamente no le he respondido, tan solo he asentido con la cabeza para que continuara y entonces me ha contado tu absurdo plan para que un tal Dennis Shawn que, por cierto, está para hacerle más de un favor, te bese a ti, una plebeya desconocida, treintañera, deprimida y embarazada, como si esa fuera la solución a todos tus problemas.

—Dicho así no suena muy bien…

—Como comprenderás me he puesto hecha un basilisco, gritándole que si me dejaba más de tres días con dos adolescentes salvajes y un niño de siete años me divorciaba. Las manos se me movían solas en todas direcciones, he escupido saliva sin querer y casi tiro el maldito Bloody Mary encima del sofá. Pero entonces me ha cogido la mano por la muñeca y ha depositado las llaves de nuestra casa en mi palma. Me he callado, claro, porque no sabía qué demonios estaba haciendo. Luego ha sacado una cesta con sales de baño y cremas hidratantes perfumadas de debajo de la mesita de centro y varias de mis revistas favoritas de un cajón del aparador. «¿Qué te parece si te dejo la casa para ti sola?», me ha susurrado al oído. «¿Oyes eso? Es el silencio. Si me voy, podrás disfrutarlo todo lo que quieras durante todo lo que dure el viaje». Me he puesto cachonda solo de oírlo, Reina. Me lo habría follado allí mismo, sobre la alfombra del salón, si no hubieran estado los niños, pero no he dicho ni mu. A él lo de los niños no le habría importado y luego no me lo hubiera quitado de encima en toda la noche. Pero, bueno, volviendo a lo que nos ocupa, ¿has sido tú la responsable de este milagro?

—Bueno, yo sugerí darte unos días de descanso, pero lo del Bloody Mary, las sales, las cremas y el silencio ha sido cosa de él —respondió Reina, orgullosa de su amigo. Cuando a Joe se le metía una cosa entre ceja y ceja, hacía todo lo posible para conseguirlo, y solía encontrar vías de lo más imaginativas (y efectivas) para hacerlo.

—Mis suegros están encantados —continuaba Lisa, muy animada—. Joe me ha prometido que llevaréis a los niños personalmente a Chicago antes de lanzaros a la aventura y me ha dado un vale de descuento para Miss Penny Malone, ¿lo conoces? ¿El *spa* que acaban de abrir en Collin con Firth? ¿No? No importa. Lo importante es que, aunque personalmente me parece un plan de lo más absurdo, él está muy ilusionado y yo todavía más, así que todos contentos.

—Pues sí, al menos se le quitará el mono de coche durante una buena temporada. Y creo que a mí también me vendrá bien, Lisa, aunque sea un poco insensato. Necesito un poco de oxígeno.

—Yo no tengo nada más que añadir, cielo. Si es lo que te apetece, ve a por ello. Cuida de él y pórtate bien. Pero llevaos tu coche, ¿de acuerdo? Yo necesitaré el nuestro para irme a todos los sitios a los que hace años que estoy deseando ir.

—Sin problema.

—Pues ahora que está todo aclarado te voy a colgar. Tengo que coger cita en la peluquería.

5

Se pusieron enseguida manos a la obra. Joe se encargó del itinerario y Reina de los detalles logísticos, aunque no pudo organizar demasiado, porque su amigo solo le dio dos o tres fechas y ciudades sueltas para las que requería ayuda y poco más. «Lo iremos viendo sobre la marcha», respondía Joe cada vez que ella intentaba concretar más. «Tú céntrate en tu plan para conquistar a tu dios mulato y yo me encargo de todo lo demás». Y ella obedeció. Buscó un coqueto y céntrico apartamento en Los Ángeles y comenzó a investigar acerca de cómo coincidir con una superestrella de Hollywood como quien no quiere la cosa. Pronto encontró miles de foros en internet y se lanzó a investigar con alegría. Pero a medida que leía toda la información disponible sobre «prismáticos discretos e infalibles», «consejos para colarse en sitios en los que se supone que no debes estar» y «técnicas insuperables para seducir a estrellas de Hollywood», su ánimo se ensombreció. Salvo por algunas entradas hilarantes, escritas con mucho sentido del humor, la mayoría de los textos y comentarios resultaban perturbadores. Reina sentía que no pertenecía a aquella comunidad. Ella no quería casarse con Dennis Shawn, ni tener un hijo suyo, ni ascender en la escala social, ni reprocharle su comportamiento vital o la educación de sus retoños. Ella solo quería un beso de Thor, joder. Una pequeña locura para salir del bache. Al fin y al cabo, el señor Shawn había llegado allí gracias a gente insignificante como ella y Joe. Personas que se gastaban su dinero ahorrado en ir a verlo al cine disfrazado de papanatas y repartiendo leches a diestro y siniestro. No era para tanto, en realidad. Recrear un beso de nada con una adulta simpática y aseada no era mucho pedir, ¿no? Aunque sospechaba que más de la mitad del planeta compartiría su deseo y, si el pobre Dennis tuviera que besar a todos sus fans, se quedaría sin labios y sin tiempo para actuar… Quizá su plan sí que era una tontería después de todo. Estaba claro que las hormonas y la foto de Mikkha con la rubia le habían jugado una mala pasada, pero ahora no se podía echar atrás. Joe estaba como loco, Lisa estaba como loca y sabía Dios que ella necesitaba algo con lo que distraerse. Así que, una por una, cerró todas las siniestras ventanas de búsqueda, entró en YouTube y volvió a buscar la escena del beso entre el Thor mulato y la superdotada Luka para motivarse.

Era, sin lugar a dudas, el mejor beso de película que Reina había visto jamás: la chica, una actriz desconocida sobre la que Reina no había investigado aún, acaba de aplastar al último mosquito mutante y Thor la mira desde lejos con una mezcla inconfundible de admiración y deseo. Ella, que está limpiándose la mejilla con el dorso de la mano manchado de sangre, eleva la mirada y le sonríe al horizonte con sorna. Nadie diría que es invidente, porque sus habilidades físicas están tan desarrolladas que se mueve como si fuera la hija de Bruce Lee y Anna Pávlova. El sol refulge en su pelo albino y una suave brisa mueve la fina tela de los bombachos con los que le gusta pelear. «Puedo pensar, puedo matar, puedo amar, reír y llorar y puedo crear vida. ¡Soy todopoderosa y he venido para quedarme!», le grita al mundo con los brazos extendidos y los pies descalzos hundidos en la tierra. Entonces se oye la estruendosa carcajada de Thor, que se le acerca con decisión. Luka se gira hacia él, los ojos opacos mirando en su dirección, su pecho todavía agitado por el esfuerzo de la batalla. «Eres grandiosa, mujer. Ven conmigo a Asgard. No hay honor como el de haberte conocido y luchar a tu lado. Juntos seremos invencibles», le dice, «y felices», añade después, tímido y vulnerable. Ese «y felices» es como un disparo al corazón de Reina (y al de millones de espectadores de todo el mundo, está segura). Pero Luka, incomprensiblemente, niega con la cabeza. «Mi sitio está aquí. Mi vida está aquí. Mi corazón está contigo, pero no seré la primera ni la última en vivir sin corazón. ¿Quién quiere ser invencible? Quédate conmigo y seamos felices, nada más».

Cómo alguien en su sano juicio podía decirle NO a semejante espécimen masculino resultaba difícil de comprender, pero, en el fondo, Reina entendía la decisión de Luka. Era una mujer inteligente e independiente, había luchado toda su vida para ascender en su carrera científica, había sido clave en la salvación del mundo y tenía su casa, su familia y a sus amigos en el planeta Tierra. ¿Qué tipo de héroe le pide a la mujer que dice amar que lo abandone absolutamente todo para hacerle feliz? ¿Qué clase de amor divino era ese? Los ojos lechosos de Luka habían sabido ver la condena que escondía esa propuesta.

La escena continúa, la cámara enfoca la cara de Thor, que refleja algo asombroso: la derrota. Tiene el ceño fruncido y nostalgia en los ojos. Es una derrota propia y algo vergonzosa porque, teniendo la victoria al alcance de la mano, prefiere dejarla escapar. Así, el dios niega brevemente con la cabeza mientras ciñe la cintura de Luka con su brazo musculoso. Se quedan el uno frente al otro durante un segundo, dos a lo sumo, y entonces Luka alza sus manos hacia el rostro de él, buscando tímidamente sus labios con las yemas de sus dedos. Thor cubre la distancia que los separa y entonces se besan. Y ¡oh, ese beso! Suave y tierno al principio, labio con labio, las manos fijas, apretando la carne desnuda de las mejillas y la nuca. Y luego se va haciendo más y más profundo. Luka y Thor se acercan todavía más, como si quisieran fundirse, las cabezas se mueven, las lenguas se entrelazan, los brazos se agitan, palpando al otro con ansia. Los cuerpos se contorsionan, el deseo rezuma por cada poro de su piel. Entonces Luka rompe el contacto y lo mira sin verlo. «No me lo pongas más difícil». Él continúa abrazándola, observándola con anhelo. «Hazlo de una vez», insiste ella, contrariada. Y entonces Thor, amándola con cada fibra de su ser, alza el martillo y un poderoso haz de luz se lo lleva cielo arriba. Él no deja de mirarla en su ascensión, y solo cuando ha desaparecido por completo, se permite Luka derramar una pequeña lágrima de adiós.

Reina le dio al *play* veintitrés veces antes de apagar el ordenador para terminar de cerrar su maleta. Podría pasarse todas las vacaciones mirando ese vídeo, pero había quedado con Joe en quince minutos y no quería hacerlo esperar.

Cuando llegó, Joe y su familia la estaban esperando en la acera. Tania tecleaba en el móvil a la velocidad del rayo, Steve tenía unos auriculares enormes en las orejas y movía discretamente las manos como si estuviera tocando la guitarra y Luke corrió hacia ella como si fuera un tren descarrilado. «Tía Reiiiinaaaa», exclamó antes de saltar a sus brazos y dejar que su madrina lo abrazara con fuerza y lo cubriera de besos.

—Llegas tarde —la saludó Joe mientras se apresuraba a cargar su mochila en el coche.

—Está insoportable —informó Lisa después de saludarla con un beso en la mejilla—. Pero se le pasará en cuanto arranque el coche, no te preocupes.

—A ti se te ve muy relajada —respondió Reina con una sonrisa traviesa.

—¿Tú crees? Pues espera a verme cuando vuelvas. —Se abrazaron y Lisa dirigió una mirada significativa al vientre de Reina.

—¿Sabes ya qué vas a hacer?

—No tengo ni idea, pero espero que el viaje me ayude a aclararme.

—Seguro que sí. Cuidaos mucho y no hagáis ninguna tontería.

—Ni tú tampoco, que nos conocemos.

Un fuerte bocinazo del Peugeot 406 de Reina puso fin a la conversación. Joe y los niños esperaban sentados y abrochados, impacientes por salir.

—¿Lo llevas todo, cariño? —le gritó Lisa a su marido.

—Creo que sí, pero seguro que me dejo algo.

Lisa se acercó a la ventanilla del conductor y se inclinó para susurrarle algo que lo hizo reír. Él la besó con cariño.

—Disfruta del silencio.

—Y tú de la gasolina.

—Sois un verdadero coñazo —soltó Steve desde el asiento trasero.

—Yo también te voy a echar de menos, cielo —respondió burlona su madre—. Ya voy a besarte, no te pongas celoso.

Y así trascurrieron cinco interminables minutos de caricias, despedidas, caras de disgusto y miradas de amor en los que Reina permaneció callada, preguntándose cómo sería la escena con ella de protagonista. ¿Habría dejado ella marchar a sus hijos y a su marido acompañado de otra mujer con tanta tranquilidad? ¿Conseguiría algún día tener la complicidad que parecían tener Joe y Lisa con alguien? ¿Lograría contener las ganas de propinarle un sopapo a su hijo mayor por hablarle así?

—¡Nos vamos! —tronó Joe encendiendo la radio y liberando un potente solo de guitarra eléctrica que hizo estremecer a Reina de placer.

—¡Quiero el CD de Harry Potter! —gritó Luke desde atrás.

—Oh no, otra vez el audiolibro de Harry Potter no, por favor —se quejó Steve.

—¡Tú tienes los cascos! ¡Déjale en paz! —intervino Tania.

—¡¡HARRY POTTER!! —insistió Luke.

—Bienvenida a tus vacaciones —masculló Joe—, ¿me pasas el CD de Harry Potter?

ETAPA 1:

PITTSBURGH (PENSILVANIA)-CHICAGO (ILLINOIS)

6

Tenían ocho horas de ruta hasta Chicago y al cuarto capítulo de *Harry Potter y la piedra filosofal* Reina supo que iba a comprarse los malditos libros del mago huérfano en cuanto regresara a casa, aunque no paró de ponerle muecas de aburrimiento a Joe para disimular su entusiasmo. Tenía una reputación que mantener. Poco antes del desenlace, Luke se durmió, Joe apagó el audiolibro y un manto de paz cayó sobre los pasajeros: Tania tenía la nariz metida en un libro de cubiertas muy coloridas y Steve miraba por la ventana con los cascos puestos, la mirada imperturbable.

—¿En qué estará pensando? —se preguntó Reina en voz alta.

—¿Quién sabe? —respondió Joe—. Probablemente en nada. A veces pienso que tiene la cabeza llena de serrín.

—Sabes que eso no es así.

—Lo sé, pero prefiero pensar que no piensa en nada en absoluto a pensar en lo que puede estar pensando. No sé si me explico.

—Perfectamente.

—A su edad yo no tenía ni una idea buena. Es decir, eran ideas espléndidas, pero mis padres no solían verlo así; por eso no les decía absolutamente nada. Ahora es él el que no me dice absolutamente nada a mí.

—Ya.

—Es duro tenerlo tan cerca y tan lejos al mismo tiempo.

—Me imagino.

—Pero tiene buenos amigos, o eso creo, y es un chico sensato, o eso nos gusta pensar… Tiene aficiones inofensivas, espero… La verdad es que no tengo ni puta idea de lo que piensa, Reina. Es aterrador.

—Sabéis que os puedo oír, ¿verdad? —interrumpió Tania—. Para que lo sepáis le da al *crack*, le va el *death metal* y realiza ritos satánicos con sus colegas. Nada de qué preocuparse, en realidad —continuó con recochineo.

—Ja, ja —dijo Joe, sin pizca de alegría.

—Qué encanto —comentó Reina, y los dos se quedaron callados un instante para ver si Steve también se manifestaba. El chico seguía mirando al horizonte, impasible, mientras un ruido indefinido proveniente de sus auriculares inundaba el habitáculo.

—Lo lleva siempre a todo volumen, se va a quedar sordo —continuó Joe.

—Suenas igual que tu padre.

—Lo sé. Es de lo más deprimente.

Por toda respuesta Reina le dio unas palmaditas en el hombro y miró por la ventanilla unos minutos. Luego se acercó al oído de Joe para que Tania no la oyera y susurró.

—Tu padre jamás habría ido a Los Ángeles en busca de un actor supercachas para que su amiga embarazada por sorpresa se sintiera mejor. Puede que suenes como él, pero eres mucho más.

Joe giró la cabeza y le dedicó una sonrisa deslumbrante.

—¿A que sí? Y para que conste: yo también estoy supercachas.

La carcajada de Reina despertó a Luke e hizo que Steve, por fin, se quitara los auriculares.

Llegó la hora de comer y el viaje dejó de ser tan apacible. Luke quería un Happy Meal, Steve, *pizza* y Tania tenía antojo de comida china. Los gritos y los insultos reverberaban entre las paredes del coche y mientras Joe apretaba el volante cada vez más fuerte Reina sentía unas ganas irrefrenables de saltar en marcha a la carretera.

—A ver si se ponen de acuerdo —había mascullado Joe al inicio de la pelea, pero habían pasado ya veinticinco minutos y, aunque los berridos de Luke estaban ganando posiciones, Reina no estaba dispuesta a esperar más para averiguar quién se llevaría el gato al agua.

—¿Sabes qué, Joe?, me suena que había un vegetariano macrobiótico riquísimo por aquí cerca —soltó de repente lo suficientemente alto como para que se la oyera por encima del griterío. Joe recogió el guante sin dudarlo.

—¡Es verdad! Era aquel con ese brócoli gratinado tan rico, ¿no? Yo estaba pensando en comer un filete con patatas en cualquier restaurante de carretera, pero, ahora que lo mencionas, hace mucho que no como verdura.

El filete con patatas estaba delicioso y los niños se lo comieron sin decir ni mu.

Llegaron a Chicago a las ocho de la noche y no tardaron en encontrar la casa de los Henderson, situada a las afueras de la ciudad. Era un chalet muy mono y funcional con un jardín lleno de primorosas flores y coloridos enanos de jardín. Los padres de Joe, Helen y Harold, salieron a recibirlos mientras ellos descargaban el equipaje. Reina se alegró mucho de volver a verlos, pues siempre se había sentido muy cómoda con ellos.

La pareja se lanzó al encuentro de sus nietos y procedieron a achucharlos y besarlos con fervor. Solo cuando los chicos hubieron entrado en la casa parecieron reparar en la presencia de los adultos.

—¡Reina, querida! ¿Qué tal estás? —Recordando la costumbre española, Helen le dio un par de besos en las mejillas y Harold, más formal, le cogió una mano entre las suyas y le dio unas palmaditas—. Te veo tan guapa y espigada como siempre, cariño, aunque tienes cara de cansada. ¿Ha ido bien el viaje? —continuó la mujer en perfecto castellano. Era algo que solía hacer siempre que hablaba con Reina. Decía que no tenía muchas oportunidades de practicar su lengua natal y que nada ni nadie le haría perderse ese pequeño placer del que tanto disfrutaba con ella. «Si quieren entender lo que decimos, ¡que aprendan!», repetía siempre que su marido le recordaba que era de mala educación hablar en otro idioma delante de otras personas.

—Ha ido genial. Me alegro mucho de veros de nuevo. Gracias por acogernos —respondió la invitada en el mismo idioma.

—Qué bien, qué bien. Pero pasa, querida, no te quedes aquí parada como un pasmarote que se me va a llenar la casa de mosquitos. Joe me ha dicho que tienes un largo viaje de trabajo por delante y que necesitabas ayuda para conducir el coche. ¿Cómo es que no te pagan un billete de avión? Son muchas horas para una chica sola.

La mentira la pilló desprevenida. Intentó hacer contacto visual con

Joe para saber por qué demonios se había inventado esa historia, pero no lo veía por ninguna parte.

—Sí, bueno, fue una decisión de última hora y los precios de los billetes estaban por las nubes —improvisó—. La empresa me preguntó si podía ir en coche y yo acepté. Me pagarán el doble de kilometraje y correrán con todos los gastos del viaje. Joe fue muy amable por ofrecerse a acompañarme. —Las palabras le salieron con una facilidad pasmosa, pero le quemaron la garganta. De repente, sin saber muy bien por qué, se sintió sucia, indigna.

—Nuestro Joe nunca le dice no a un buen viaje en coche, ya lo sabes. Es una lástima que Lisa se maree tanto, pero seguro que lo pasáis bien. ¿Te ha comentado ya lo de la reunión de los Henderson?

—Sí, sí, seguro que lo pasamos de fábula. Perdona, Helena, ¿me recuerdas por dónde está el lavabo, por favor? Me gustaría refrescarme un poco.

—Por supuesto. Subiendo las escaleras a la izquierda, justo al lado de tu cuarto, el de las paredes verdes.

A Reina el color de las paredes de su cuarto y la maldita reunión de los Henderson le importaban un pimiento. Creía entender por qué Joe había decidido alterar la versión de los hechos, pero eso no hacía que le escociera menos. ¿Habría mentido ella si hubiera sido Joe el que hubiera ido a casa de sus padres? Probablemente no, pero ella no estaba casada, ni tenía una relación seria. Joe no representaría ninguna amenaza para nadie, aunque no por eso dejaba de ser raro a ojos extraños. Y sus padres no pararían de preguntarle por qué, habiendo tantos hombres y mujeres disponibles a su alrededor, tenía que irse de viaje precisamente con un hombre casado. «¡Porque es mi mejor amigo!», habría respondido ella, frustrada. «El resto de la gente no me conoce ni la mitad de bien». Y no habría sido la primera vez. Ya tenía algo de experiencia en el asunto. A lo largo de su vida había ido comprendiendo, a la fuerza, que, a cierta edad, es complicado mantener una amistad con un miembro del sexo opuesto. Estaba bien ser la novia de alguien, su esposa, incluso la amante. Se podían tener colegas laborales y una buena relación con tu jefe. Podías tener muchos amigos y amigas con los que salir en grupo. Hasta podías llevarte bien con los amigos de tu pareja. Pero pasar tiempo a solas con tu amigo casado era tabú. Reina sintió remitir la ola de enfado y se sintió súbitamente agotada. Cerró con fuerza el grifo, se secó la cara y, un poco más tranquila, decidió que no le diría nada a Joe.

El verde de las paredes de su cuarto era en realidad precioso.

A la mañana siguiente, Reina se despertó más descansada que nunca, invadida por una agradable sensación de paz y felicidad. Los rayos de sol se filtraban a través de las cortinas color crema y un pájaro solitario trinaba desde algún lugar cercano a la ventana. Aprovechó el momento para acurrucarse bajo las sábanas, abrazó la almohada, cerró los ojos de nuevo y sonrió. Y entonces llegó, la náusea, atacándola con fervor y sin preaviso. Reina saltó de la cama y se precipitó al pasillo en busca del baño. Cerró de un portazo y se arrodilló frente al retrete justo a tiempo de vomitar toda la cena de la noche anterior: el tierno filete de cerdo, los crujientes granos de maíz asado, el puré de patata acompañado de una deliciosa salsa *gravy* y la manzana asada con azúcar. Todo saliendo precipitadamente por su boca mientras su abdomen se contraía con una fuerza que jamás creyó poseer.

Cuando terminó, se miró al espejo y se vio pálida y sudorosa, el maravilloso descanso nocturno evaporado. Se refrescó la cara, se pellizcó las mejillas para darles un poco de color y, cogiendo aire por la boca, salió al pasillo, donde se dio de bruces con Helen, que la miraba con rostro indescifrable.

—¿De cuánto estás?

El tono de su voz era neutro y Reina se esforzó en detectar alguna pista que le indicara cómo proceder. ¿Debía hacerse la tonta y negarlo todo? Le daba que la mujer no era de las que se dejaran engañar fácilmente y ella misma odiaba las mentiras.

—De poco, no he ido al médico aún.

—¿Es de Joe? —lo soltó a bocajarro, sin miramientos.

—¡¿QUÉ?! —Reina notó cómo el pánico se apoderaba de su voz y de sus manos, que empezaron a moverse convulsivamente—. No. De ninguna manera, no. Tienes que creerme, por favor. No es de él, no es de Joe.

La idea de que la madre de Joe pensara que se había quedado embarazada de su hijo era más de lo que podía soportar en ese momento. Recién despertada, a tope de hormonas y con el estómago vacío, no estaba preparada para tener una conversación así.

La máscara de Helen se resquebrajó y dejó al descubierto una cara amable y preocupada. Reina no supo que la estaba abrazando hasta que la tuvo encima.

—¿De verdad estás en un viaje de trabajo? —murmuró cerca de su oreja.

—No.

—¿Vas a abortar?

Caramba. Reina se preguntó si la madre de Joe habría sido espía en algún momento de su vida. Aquello parecía un interrogatorio de la KGB.

—Sí. No. No lo sé. Esperaba que el viaje me aclarara las ideas, pero quizá no sea tan buen plan después de todo. —Notó cómo los ojos se empañaban sin su consentimiento. Últimamente su cuerpo tomaba muchas decisiones por su cuenta y le resultaba de lo más irritante.

—Te invito a desayunar. Coge tu bolso y no hagas ruido —ordenó la mujer—. Están todos durmiendo.

La orden le cortó el llanto en seco y Reina se recompuso, feliz de salir de una vez de aquel pasillo estrecho y oscuro.

El trayecto hasta la cafetería transcurrió en silencio. Helen se había agarrado al brazo de Reina con naturalidad y ella la dejó hacer. Siempre sentía una paz extraña cuando estaba con aquella mujer, Dios sabría por qué, porque la paz y la calma no eran sus atributos más característicos.

Llegaron a una cafetería cochambrosa situada en una esquina a un par de manzanas de la casa. Unas campanillas sonaron alegres cuando la puerta se abrió y el camarero, apostado en la barra, saludó a Helen con la cabeza. Ella se encaminó con decisión a una mesa del fondo un poco más separada del resto y se sentó en el sillón acolchado de color burdeos, dejándole la silla a Reina.

—Cuéntamelo todo —soltó de sopetón en cuanto se hubo sentado. Estaba seria, pero había un brillo de impaciencia en sus ojos, como si la historia de Reina fuera lo mejor que le hubiera pasado en mucho tiempo. Reina sintió un pinchazo de irritación que decidió ignorar.

—No hay mucho que contar. Un hombre, una mujer, una noche... ya sabes. —No quería dar muchos detalles, pero su interlocutora la sorprendió pasando a otro nivel de intimidad mucho más inquietante.

—¿Tú quieres ser madre? ¿Has querido ser madre alguna vez?

Reina miró a su alrededor para ver si alguien estaba escuchando, pero los pocos parroquianos de la cafetería andaban cada cual a lo suyo: sorbiendo café, echándole sirope a sus tortitas o llevándose sus huevos revueltos a la boca. Sintió un hambre atroz.

—¿Podemos pedir? —imploró—. Me muero de hambre.

Si Helen se dio cuenta de la treta para aplazar la conversación, no lo dejó entrever. Con parsimonia elevó su brazo, pálido y delgado, los bíceps flojos y colgantes, y pidió en cuanto el camarero se acercó.

—Tostadas y café solo para mí y un completo para ella. Sin café. Manzanilla mejor, ¿verdad, querida? —Reina asintió con una sonrisa bobalicona. Una semana atrás le habría arrancado la cabeza a cualquiera que se hubiera atrevido a pedir por ella sin preguntarle antes—. No sabes cómo me gustaría pedir un par de hogazas de pan con tomate y jamón serrano —añadió en castellano—, pero no hay manera de que entiendan cómo se hace. Créeme, lo he intentado ya unas cuantas veces.

Luego se calló y le dirigió una mirada afilada. Reina intentó alargar el momento lo máximo posible, pero su silencio no admitía más que la verdad, aunque ni Reina misma sabía cuál era.

—La verdad es que no sé si quiero ser madre o no. No es algo que deseara de forma consciente. No tengo pareja formal, me gusta mi trabajo, tener mi espacio, mi tiempo… No tenía ninguna prisa en realidad.

La mujer asintió brevemente, animándola a continuar.

—Si te refieres a si fue buscado o premeditado, para nada. No contaba con esto en absoluto.

Helen se recostó sobre el sofá y se alisó los pantalones, preparándose para hablar.

—Verás, querida, la maternidad es… cómo explicártelo… es algo… complejo. O estás dentro o estás fuera. No es algo que se pueda comprender sin experimentarlo. Se puede opinar sobre ella, y sabe Dios que a todo el mundo le encanta hacerlo, pero no sabes lo que es hasta que estás metida hasta las orejas y, claro, para entonces ya no hay marcha atrás.

Reina escuchaba, atenta.

—Yo adoro a mi Joe, ya lo sabes. Lo quiero con locura. Y a mi Frank y a mi Tiffany. No los cambiaría por nada del mundo. Me quedé embarazada de cada uno de ellos con toda la ilusión del mundo.

Pero, se adelantó Reina mentalmente.

—Pero —continuó Helen— supusieron un sacrificio personal enorme. Enorme. —Calló un instante antes de proseguir.

»Verás, querida, mi madre siempre decía que a los bebés hay que quererlos, porque ellos no han pedido venir a este mundo, y a mí siempre me parecieron palabras muy sabias. Lo que más necesita un bebé es amor y tiempo. Cuanto más mejor. Amor, cariño, afecto, tiempo, dedicación… llámalo como quieras. Pero eso no sale de la nada, eso tiene un coste con el que la mayoría de la gente no cuenta hasta que es demasiado tarde. Y está establecido que ese chorro de amor debe provenir principalmente de su madre. No lo has decidido tú, y yo tampoco, desde luego, pero así es. Por supuesto que el padre también puede querer a sus hijos, faltaría más. Harold ha sido el padre más cariñoso del mundo, que me muera ahora mismo si miento, pero eso es un plus. Los papás están para otras cosas, que a menudo no tienen nada que ver con sus propios hijos. A veces ni están, qué te voy a contar a ti, ¿verdad?

Reina no supo si sentirse insultada o desolada. Frunció el ceño, molesta. A Helen no se le escapó su cambio facial.

—Oh, no, no, no, cielo, por favor, no quería ofenderte, de verdad. No es culpa tuya que estés sola, ¿me oyes? No es culpa tuya en absoluto. A veces es mucho mejor estar sola en esto que con algún gandul, aprovechado, papanatas, violento e inútil, créeme, mucho mejor. Pero es difícil, querida. Ser madre es la cosa más difícil del mundo. Y ser madre soltera debe ser, cuando menos, agotador.

Miró un momento por la ventana y se atusó su media melena gris, esmeradamente peinada. Cuando se disponía a continuar, apareció el camarero quien, con gesto ágil y profesional, depositó un plato con un par de tostadas y un café frente a ella y otro, el doble de grande, con tortitas, huevos revueltos, beicon, tomate asado y *baked beans* debajo de las narices de Reina. Cuando terminó de servir la humeante taza de manzanilla y un enorme zumo de naranja recién exprimido, Reina no supo por dónde empezar. Todo tenía una pinta estupenda.

Sin decir una palabra, el chico se fue por donde había venido y la mujer retomó su monólogo.

—Escúchame bien esto que te voy a decir, Reina: es muy difícil. Y es difícil sobre todo aquí.

La madre de Joe se señaló la sien con su índice derecho, luego cogió su taza de café y dio un sorbo silencioso. Con el cuchillo extendió la mantequilla derretida de sus tostadas y a continuación abrió el pequeño envase de confitura de frambuesa que le habían dejado encima de la mesa. Reina sintió su estómago rugir. Agarró sus cubiertos y atacó sin compasión los huevos sin dejar de mirar a Helen, quien, separando bien sus labios pintados de carmín, le dio un mordisco a su tostada y luego la dejó de nuevo en el plato para sacudirse las migas de la mano frotándose las puntas de los dedos entre sí.

—Nunca sabrás si lo estás haciendo bien o mal, siempre pensarás que nunca es suficiente y tendrás la sensación constante de que lo podrías haber hecho mejor. Tus hijos, ciertamente, te recordarán muy a menudo que podrías haberlo hecho mejor… Perderás el control de tu tiempo, de tu cuerpo y de tu vida en general, y te sentirás más sola que la una porque pensarás que nadie —ni tu pareja, si la tienes, ni tus hijos, ni tu familia o amigos, nadie— te entiende ni sabe por lo que estás pasando, aunque en realidad más de la mitad de la población mundial lo ha pasado como buenamente ha podido. La maternidad aísla y hermana como nada en el mundo. Como decía, es difícil de explicar.

Reina ya había dado cuenta del revuelto y se disponía a atacar las tortitas, pero el discurso de Helen le estaba quitando el apetito. Dejó los cubiertos sobre el plato y la miró sin saber bien qué decir. «¿Qué demonios quiere esta mujer de mí?», se preguntaba mientras sorbía su zumo de naranja, por hacer algo. Con el estómago lleno y las hormonas temporalmente bajo control, comenzaba a pensar que no tenía por qué aguantar aquello. Estaba claro que se había convertido en la confidente involuntaria de las desdichas de la madre de Joe y había decidido que no le gustaba un pelo. Ella no era Helen y ya no estaban en el siglo XX. Las mujeres del nuevo siglo trabajaban, eran independientes y tomaban sus propias decisiones, y una sexagenaria resentida no iba a decirle lo que podía o no hacer.

—Por otra parte —continuó la mujer, ajena a las cavilaciones de su interlocutora—, lo que te hacen sentir los hijos, el remolino de sensaciones y sentimientos que provocan… —Una sonrisa misteriosa se dibujó en su rostro arrugado al tiempo que meneaba la cabeza como un caballo que no quisiera que le pusieran las riendas—. Los besos tiernos a primera hora de la mañana, los abrazos minúsculos pero fuertes, esas frases que te descubren un mundo casi olvidado, la sensación de paz que te da un bebé dormido en tu pecho, el orgullo, la alegría, el terror al dolor ajeno... No volverás a pensar como antes, ni a sentir como antes. Lo que le pase a un niño en la otra punta del mundo lo vivirás como no lo has vivido nunca. Querrás gritar, pegar, abrazar, besar, proteger. Y huir y quedarte y llorar y reír, y a veces lo sentirás todo al mismo tiempo. Eso sí que es imposible de entender si no has pasado por ello y ni siquiera voy a intentar explicártelo.

»Lo que te quiero decir, querida, y perdona por favor si me he ido por las ramas, es que hagas lo que te dé la real gana. —Helen clavó su mirada acerada en Reina—. Piensa, repiensa y vuélvelo a pensar. Quédate todas las noches que necesites sin dormir, sopesa los pros, que son muchos, y los contras, que son muchos también, busca en el diccionario la palabra «altruismo» y explora cómo te hace sentir lo que lees, y, una vez que hayas tomado una decisión, sigue adelante contra viento y marea. No dejes que nadie te diga lo que tienes que hacer, ¿me oyes? Y cuenta conmigo para lo que necesites. Lo que sea. Estoy aquí.

Y tras pronunciar esa última frase, dio otro trago a su café, soltó un «¿tienes alguna pregunta?» y apoyó la barbilla en la palma de su mano derecha.

—¿Le soltaste el mismo discurso a Lisa cuando se quedó embarazada de Joe?

Reina sabía que había cruzado una línea roja, pero, dadas las circunstancias, ¿qué más daba?

Helen soltó una risotada franca y sorprendentemente jovial.

—¿A Lisa? ¡No, por Dios! ¡No nos dio tiempo! Y Joe, a pesar de la sorpresa, estaba como loco con sus bebés. Nunca he visto a un hombre involucrarse así. ¿Por qué iba yo a decirles nada a ninguno de los dos? Ya lo han descubierto por sí mismos, créeme. ¿No te lo ha contado Joe? Además, Lisa no necesitó embarcarse en un viaje en coche para aclararse las ideas.

—*Touché* —concedió Reina—. En todo caso, Mikkha no me ha abandonado. Fui yo la que le obligué a firmar un documento legal para que renunciara a todos sus derechos antes de que pudiera darme problemas.

—Chica lista.

El silencio se instaló de repente en la mesa, como un invitado que llegara tarde a su cita. Sin nada que decir, Reina masticaba el último trozo de beicon y la madre de Joe la contemplaba con tranquilidad. La escena se alargó hasta que Reina habló de nuevo.

—Te agradezco mucho tu interés, Helena, de verdad. Es cierto que ando un poco confusa con todo este tema y no quiero precipitarme. Y también que llevo varias noches sin dormir y soy incapaz de llegar a ninguna conclusión. Por eso creo que el viaje me va a sentar bien. Es una tontería, una chiquillada, lo sé, pero necesito desconectar y ver si así doy con la clave para hacer lo correcto. Claro que sé que la maternidad no es un camino de rosas. Tengo amigas con hijos, y he visto a Joe y a Lisa en sus horas más bajas, pero también creo que las cosas han cambiado en los últimos años, aunque te agradezco mucho tu interés.

—No hay de qué, querida. Para lo que quieras, ya sabes. ¿Nos vamos? Los chicos se preguntarán por dónde andamos. Esto queda anotado en mi cuenta.

7

—¿Dónde demonios te habías metido? —le espetó Joe en cuanto estuvieron solos. El paseo de regreso de la cafetería había sido de lo más tranquilo, casi placentero. No se volvió a hablar del tema y, por el contrario, Reina tuvo la suerte de enterarse de las intimidades de todos los integrantes de la vecindad. Cuando entraron por la puerta, se encontraron a Harold en calzoncillos tratando de hacer funcionar la cafetera y a los niños sentados comiendo un plátano verde cada uno con cara de asco.

«Oh, déjame a mí y ve a ponerte unos pantalones, por el amor de Dios», había dicho Helen y luego pasaron dos horas hasta que lograron quedarse a solas.

—Tu madre sabe que estoy preñada —le informó Reina a Joe en cuanto tuvo oportunidad de hablar con él.

—Pero ¿cómo? No llevas aquí ni veinticuatro horas. ¿Te has puesto un pijama con la frase *Me han preñado y no sé qué coño hacer* en la camiseta o qué?

—Me oyó vomitar en el baño esta mañana. Tiene un oído fino, tu madre, y es buena. ¿Sabes si ha trabajado para la policía alguna vez? Me preguntó si era tuyo.

—¡¿Qué?! —Joe no pudo añadir más. Su cara era la definición misma de la palabra «estupor». Estaba completa y absolutamente perplejo—. ¿Pero cómo? Yo nunca… Oh, Reina, cuánto lo siento.

—Déjalo, no pasa nada, en serio, está bien, ya lo hemos hablado. Solo intentaba ayudarme y, en el fondo, ha sido encantadora. ¿Cuánto nos quedábamos aquí? Una noche más y ya, ¿no?

—Pues de eso quería hablarte. Esta mañana mi padre me ha informado de que pasado mañana es el cincuenta aniversario de bodas de sus padres y que cuentan con nuestra asistencia.

—¡¿Perdona?! Espera, ayer al llegar tu madre me comentó algo de una reunión, pero no le presté mucha atención. ¿Un aniversario, dices?

—Sí, cincuenta años juntos. Será una reunión familiar cerca de su residencia, en Atlantic. Se organizará una comida y tendrás ocasión de estar con todos mis parientes, cercanos y lejanos. Solo de pensarlo me echo a temblar. Tengo tantos primos y tíos y sobrinos que voy a tener que estudiarme sus nombres esta noche para no meter la pata.

Reina se frotó el puente de la nariz.

—Pero vamos a ver, Joe, ¿y qué pinto yo en el aniversario de tus abuelos? ¿No deberías llamar a Lisa para que venga ella también?

—Ni me la menciones. Parece que mi madre le escribió un *mail* hace tres semanas con todos los detalles. Ella le dijo que no podríamos asistir porque, por entonces, yo no tenía pensado recorrerme medio país en coche, pero cuando llamé para decir que pasaríamos por casa para dejar a los niños dieron por hecho que acudiríamos a la reunión. Solo que a Lisa se le olvidó comentármelo. O se lo calló aposta, que es lo más probable.

—¿Quieres decir que Lisa sabía que íbamos a acabar en medio de una reunión familiar multitudinaria y no nos dijo nada?

—Es malvada, y ahora mismo estará descojonándose allá donde esté, estoy seguro.

—Ya decía yo que había sido demasiado fácil.

—Bueno, míralo por el lado bueno: un día en el campo, montones de comida y una multitud de parientes preguntándote quién eres tú y dónde está mi mujer.

—Podré decirles que me estás acompañando en un viaje de trabajo que no puedo hacer yo sola. ¿Qué te parece?

No pudo evitarlo, le salió sin más. Se había prometido que no lo mencionaría, pero se lo había puesto en bandeja. Joe tuvo la decencia de sonrojarse y Reina se apiadó de él.

—No te preocupes, es una buena excusa, perfecta para evitarme varios momentos incómodos. Además, eso será lo que digan tus padres, así que solucionado. Y lo de la comida… espero no acabar vomitándola delante de todos. Desde luego, no era así como me imaginaba que iba a ser nuestro viaje. Los niños también vendrán, supongo.

—Sí, pero irán en el coche de mis padres. Nosotros llevaremos a mi primo Lewis y a la tía Doris.

—¿Lewis tu Lewis?

—Lewis mi Lewis, sí. Mi padre se ha pasado veinte minutos hablando de la ilusión que le hace viajar con sus nietos y compartir tiempo con ellos, pero todos sabemos que no lo soporta. Y no es el único.

Lewis Barnavilt había sido un niño repelente y se había convertido en un adulto repelente. Reina había oído cientos de historias sobre él y ninguna buena. Era el único hijo de Doris, la tía paterna de Joe, que enviudó al poco de traerlo al mundo. Decían que la tristeza y la desesperación la empujaron a la botella y que, en realidad, Lewis fue su salvación. Según contaban las malas lenguas, una fría noche de octubre se olvidó el carrito de su bebé en el porche y no se acordó de él hasta la mañana siguiente. El incidente se hubiera quedado en nada de no ser porque Lewis estaba dentro. No se sabía a ciencia cierta cómo logró aguantar más de ocho horas a la intemperie. ¿Acaso no lloró? ¿No lo oyeron sus vecinos? La teoría favorita de Joe era que Lewis era tan pequeño que su llanto no debía ser más fuerte que el maullido de un gatito. Sea como fuere, cuando Doris despertó, no encontró a su hijo por ningún sitio, entró en pánico y comenzó a rezar y a suplicarle a Dios que le devolviera a su pequeño. El alivio que sintió al encontrarlo sano y salvo metido en su cuco fue inconmensurable. Desde entonces no volvió a probar ni una gota de alcohol y expió su profunda culpa dándole a su retoño absolutamente todo lo que le pedía y defendiéndolo con fiereza de cualquier cosa o persona que pudiera amenazarlo, como por ejemplo Joe, un primo de su misma edad que, a los seis años, le sacaba cabeza y media. Según le había dicho Joe, de pequeño Lewis había sido dueño de una fisionomía frágil y enclenque. Su cabello castaño y quebradizo no llegaba a cubrir su frente prominente; y sus ojos oscuros y pequeños, como los de un lechón, contrastaban con su enorme nariz y unos dientes caballunos. Todo Atlantic se preguntaba cómo demonios había sido capaz Doris Henderson de pagar al ortodoncista tamaña obra de ingeniería. El paso del tiempo, sin embargo, le sentó bien. A los catorce años se apuntó a un gimnasio y se hizo cliente habitual de la mejor peluquería de la ciudad. Era increíble lo que una mano habilidosa y unas tijeritas podían conseguir. Y así, a sus treinta y seis años, Lewis Barnavilt se había convertido en un exitoso comercial inmobiliario muy pagado de sí mismo. Aunque seguía siendo una cabeza y media más bajo que su primo, cosa que, por descontado, satisfacía enormemente a Joe.

—¿Entonces nos vamos a chupar todo el día en el coche con Lewis y su encantadora madre?

—Me temo que sí. Pero recuerda que me lo prometiste: donde quiera y con quien quiera. No me apetece una mierda, pero son mis padres y se van a quedar dos semanas con mis hijos, no puedo escaquearme.

—Lo sé —murmuró Reina con los labios fruncidos.

—Imagino que no es el tipo de distracción que esperabas, pero dudo que te quede algo de tiempo para pensar en lo tuyo. —Reina adoraba la manera en que Joe siempre intentaba ver el lado positivo de las cosas y sacarle una sonrisa cuando más la necesitaba—. La buena noticia, por otro lado, es que he chantajeado a mi padre y he conseguido entradas para el partido de esta noche.

—¿Partido, qué partido?

—Pues la final de los Chicago Bulls contra los Spurs. Hace dos décadas que los Bulls no llegan a una final. ¡Va a ser un partidazo!

—¿No es en los Spurs donde juega Gasol?

—Pau, sí. Marc juega en los Raptors.

—¿De verdad vamos a ir a ver jugar a Pau en directo? ¿No me tomas el pelo?

—¿Desde cuándo tienes tú tanto entusiasmo por el baloncesto, eh? —la chinchó su amigo.

Reina no era lo que se dice una fanática de los grandes deportes, pero disfrutaba una barbaridad de todo lo relacionado con los macroeventos deportivos: los perritos calientes, las bebidas gigantes, los puestos de *merchandising*, los dedos de gomaespuma y, sobre todo, la emoción vibrante de todo un estadio repleto de ilusión y esperanza. Y si, además, había una estrella española en la pista, ya no podía ser más feliz.

—No te estoy tomando el pelo, Queenie. Mi padre tiene abono y ha hecho unas cuantas llamadas a su grupo de amigos: ha conseguido cuatro, así que podremos ir los tres con Tania. Ya se lo he dicho y está encantada. Empieza a las seis, así que no nos hagas esperar, por favor.

—Prometido.

8

Para sorpresa de todos, Reina estuvo lista diez minutos antes de lo acordado. Fueron en metro y llegaron al United Center con tiempo de sobra para comprarse camisetas, bebidas y comida como para un regimiento. Harold llevaba una camiseta antigua con el número de Jordan con evidentes signos de uso y Joe una roja de algodón con la palabra BULLS escrita en grandes letras que guardaba en la cómoda de su antigua habitación. Tania, por su parte, se había comprado una negra y minúscula con la cabeza de un toro rojo que sobresalía, desvergonzado, sobre sus incipientes pechos y Reina se agenció una mucho más holgada, también negra, de los San Antonio Spurs, con un 16 enorme impreso en la delantera, que puso por encima de su ropa en cuanto pagó. Había buscado otra de cuando Pau estuvo en los Chicago Bulls en la tienda oficial, pero no quedaba prácticamente nada y tuvo que conformarse con un sencillo *culotte* negro de algodón con un enorme 16 rojo impreso en la parte trasera y dos pequeñas cabezas de toro, rojas también, a la altura de los huesos de las caderas, que era, junto con unos *pins* muy cutres, lo único que les quedaba de él.

El pabellón era enorme y estaba repleto de gente. Había pantallas gigantes por todas partes y todos los focos apuntaban a la pista mientras una selección de los *hits* musicales del momento tronaba por los altavoces.

—Vamos a pasar antes por los lavabos, que nos conocemos —sugirió Joe mientras miraba a Reina y a Tania con una mirada significativa—. Os esperamos aquí. Ni se os ocurra iros por vuestra cuenta o no nos encontraremos nunca.

Joe tenía razón. Más le valía a ella no perderse, pues con su pésimo sentido de la orientación y las dimensiones del lugar, jamás habría encontrado su asiento por sí sola. Por suerte, Joe y su padre se conocían el estadio como la palma de la mano y no tardaron en dar con su fila. Casi todos los asientos estaban ya ocupados y Reina se sorprendió de la calurosa bienvenida que recibieron al llegar a sus sitios. Luego cayó en que Harold y Joe llevaban más de veinte años yendo a ver los partidos juntos. Cuando Joe se mudó a Pittsburgh con Lisa, dejó de ir tan a menudo, pero Harold siguió cumpliendo con la tradición por los dos y se le veía encantado de volver a compartir ese momento con su hijo. Reina se distanció discretamente del grupo y se sentó en la silla más alejada, admirando la buena visibilidad que tenía, a pesar de la distancia. Al poco de sentarse notó cómo alguien se movía hacia ella y vio a Harold avanzando a trompicones con una sonrisa pegada en la cara mientras señalaba con el pulgar a su hijo.

—No lo van a soltar en un buen rato. Hacía por lo menos dos años que no lo veían. Tania lo está esperando, dice que le hace ilusión sentarse con él.

—Por supuesto que sí. —Reina se alegró por los dos. Hacía mucho que la chica no buscaba la atención de su padre y estaba segura de que si no hubiera tanto ruido a su alrededor podría oír a su amigo ronronear de placer.

El partido comenzó y la multitud estalló, enardecida.

—¿Sabes cómo va esto? —vociferó Harold para hacerse entender por encima del rugido de la multitud.

—Unos atacan, otros defienden y el que mete más canastas gana, ¿no? —respondió ella con sorna.

—Más o menos, sí. Aunque no se trata de las canastas que se meten, sino de los puntos —replicó el hombre, mordaz—. Veo que controlas, más o menos, pero si tienes cualquier pregunta me tienes aquí, ¿de acuerdo?

Reina conocía a Harold desde hacía mucho tiempo, pero fue en ese instante cuando entendió de dónde había sacado Joe su amabilidad, su paciencia, su ternura y su desbordante sentido del humor. Miró hacia su izquierda, convencida de que su amigo estaría haciéndole la misma oferta a su hija, aunque estaba segura de que Tania sabría bastante más de baloncesto de lo que su padre creía.

—Muchas gracias, pero no creo que vaya a ser necesario. Mi Pau va a hacerles morder el polvo a los toros y eso no requiere ninguna explicación.

—Eso ya lo veremos, querida.

Y recibió un puñetazo amistoso en su antebrazo justo cuando Pau marcaba el primer tanto.

Los Bulls se defendieron con dignidad, pero para alegría de Reina Gasol y el resto del equipo estuvieron formidables. Aun así, se cuidó mucho de desatar todo su entusiasmo una vez concluido el partido, pues no quería ofender a sus anfitriones.

—Enhorabuena, amiga. —Joe se acercó hasta ella y comenzó a despeinarla con sus manazas, como hacía siempre que a ella le salía algo bien y a él le molestaba particularmente que así fuera—. Llevo años esperando a que los Bulls ganen una maldita final y no hay manera. Estarás contenta, ¿eh? —Reina se encogió levemente de hombros, pero fue incapaz de disimular la sonrisa que luchaba por abrirse paso entre sus labios fuertemente apretados—. Tú adorarás a Pau, pero, desde hoy, yo lo odio un poquitito más.

—Lo adoraré toda la vida, se vaya a donde se vaya y juegue con quien juegue. Es un tío diez.

—Ah, ¿sí? ¿Eso crees? —Un brillo malicioso se encendió en los profundos ojos color chocolate de Joe y Reina dejó de sonreír—. ¿Tanto como para querer que te dé un beso que te deje seca?

Reina lo miró con el ceño fruncido, odiándole profundamente por arruinarle así la velada.

—¿Qué beso? —preguntó Tania. Reina buscó a Harold con la mirada y respiró aliviada cuando lo vio a lo lejos, enfrascado en una conversación con sus amigos.

—Ninguno —atajó, rápida.

—Vamos —continuó Joe—. ¿Por qué no? Tú misma lo acabas de decir, es un tío estupendo, lo sigues desde que empezaste la universidad y está aquí mismo, a menos de un kilómetro de ti. Es tu sueño hecho realidad, ¿no?

Joe había ido enumerando las ventajas de su plan al tiempo que estiraba uno a uno sus largos dedos delante de las narices de Reina, que permanecía callada.

—Estoy convencido de que saldrá a saludar a los fans cuando termine de ducharse y seguro que mi padre puede averiguar dónde hay que esperar. Solo tienes que acercarte y pedírselo. Muy fácil, ¿no? No lo vas a tener más a tiro en la vida y lo sabes. ¿Qué me dices, eh? Tú consigues lo que quieres y luego seguimos con el viaje sin presión.

Tania los miraba sin comprender y, aunque Reina aparentaba estar en calma, la sangre le hervía en las venas. Se preguntó si se le habría encaramado a las mejillas y si los demás podrían confundir el rubor con la excitación de la victoria. Deseó que así fuera.

—¿Te importa si hablamos un momento a solas? —logró mascullar.

—Claro, tontita —aceptó Joe, pavoneándose—. Solo será un momento, cariño —avisó a su hija antes de reunirse con Reina unos metros más allá.

—¿Se puede saber qué coño haces? —explotó ella en cuanto se quedaron a solas.

—¿Yo? Nada. Eras tú la que querías morrearte con un tío a cuatro mil kilómetros de tu casa, ¿no? Pau es cojonudo, tú misma lo has dicho. Te gusta, te alegras de que haya ganado. Sería un buen regalo de felicitación. ¿Cuál es el problema?

—El problema es que yo no quiero besar a Pau y no soy el regalo de felicitación de nadie.

—¿Pero por qué no? Es solo un beso. ¿No está lo suficientemente cachas? ¿No es lo suficientemente guapo para ti?

—¿Se puede saber qué cojones te pasa? Estás comportándote como un capullo.

—Pensaba que te estaba haciendo un favor, eso es todo.

—Pues déjalo. No has entendido nada. Y ya que estás tan altruista déjame que te pida una última cosa: métete tus favores por el culo.

Con toda la dignidad que fue capaz de reunir, se dio la vuelta sin saber dónde esconderse, que era lo único que quería hacer en ese momento.

El trayecto de vuelta fue mucho más que incómodo. El bueno de Harold se esforzaba por mantener un tono animado y dicharachero, comentando los mejores momentos del partido y poniendo al día a su hijo sobre la vida de sus conocidos, pero no tenía un pelo de tonto y Reina sabía que se preguntaría qué estaba pasando. Tania no se despegaba de su padre y de vez en cuando le dirigía una mirada ceñuda que Reina no sabía cómo interpretar. Ella solo quería desaparecer. Si el suelo del vagón se hubiera abierto de sopetón bajo sus pies ahí mismo habría sido la mujer más feliz del mundo. Estaba deseando llegar a casa, encerrarse en su cuarto de paredes verdes y fundirse con las sábanas de su cama para no salir jamás, pero, para su desgracia, Harold había reservado mesa en su pizzería favorita, donde Helen, Steve y Luke les estaban esperando para cenar. El estómago se le cerró por completo y notó cómo sus axilas comenzaban a sudar más de lo deseable. Temió ponerse a vomitar allí mismo.

Por suerte, Luke se empeñó en sentarse encima de ella en cuanto llegaron y le hizo un millón de preguntas que Reina estuvo encantada de responder. ¿Cómo no iba a ser su favorito? Para cuando llegaron las enormes *pizzas*, repletas de queso y *pepperoni*, estaba más relajada y descubrió que tenía un hambre atroz. Helen charlaba animadamente con su nieta y Harold no paraba de preguntarle a Steve por qué no le gustaba el baloncesto como a todos los buenos chicos de su edad. Joe trataba de echarle un capote a su hijo explicando que desde siempre había preferido el fútbol americano. La cena se le pasó volando, pero la emoción del partido, mezclada con el enfado y la vergüenza de su discusión con Joe, le habían pasado factura. Cuando por fin se tumbó en la cama, se quedó dormida al instante.

El sonido de miles de gotas de agua estampándose contra la ventana la despertó de golpe. Un trueno resonó a lo lejos y un relámpago iluminó por un segundo la estancia.

Desorientada, se levantó a mirar, pero solo vio negrura, una oscuridad absoluta que amenazaba con devorarla. Volvió a tumbarse y cerró los ojos. Cambió de posición y se acurrucó. Contó hasta diez, hasta cincuenta, hasta cien. Rezó varios padrenuestros, que era algo que siempre la sumía en un tranquilo sopor, pero nada. Suspiró. Estaba completamente desvelada.

Sola en la habitación se refugió en su cabeza para entretenerse. Rememoró lo ocurrido a lo largo del día. Las palabras de Joe y su madre resonaban en las paredes de su cráneo.

«La maternidad es algo complejo».

«Haz lo que te dé la real gana».

«Es solo un beso».

«¿No está lo suficientemente cachas?».

«¿No es lo suficientemente guapo?».

Notó cómo la indignación trepaba de nuevo por su columna vertebral. ¿Cómo había podido haberle dicho Joe una cosa así? ¿Acaso pensaba que como deseaba besar a un tío que no conocía de nada estaba dispuesta a besar a cualquier desconocido? ¿Besaría él a Steffi Graff porque su adorada Claudia Schiffer estaba demasiado lejos? Probablemente sí, se respondió al segundo. Si las tuviera a tiro las besaría a las dos sin pensárselo dos veces. Y, si diera con Michael Jordan y le diera permiso, también lo besaría a él, sin lugar a dudas. Pero ella no era así, y él debería saberlo, joder. No se trataba solo del beso. Y además ahora se sentía culpable por no querer besar a Pau, con lo majo que era. «Como si él fuera a querer besarte a ti, además. Tú flipas». Y luego estaba lo que le había dicho Helen sobre el tiempo, los niños y todo lo demás. ¿Cómo de difícil podía ser algo que la humanidad llevaba haciendo desde el principio de los tiempos? Llegar a la luna era difícil. ¿Cómo de terrible podía ser traer un bebé al mundo y criarlo decentemente? ¿Y qué demonios quería hacer ella en realidad?

Las ideas iban y venían en su cabeza como murciélagos revoloteando en una cueva oscura. Para relajarse pensó en Thor, tan guapo, tan simpático, fuerte y estupendo. Se dijo que se merecía un descanso y cerró los ojos. Concentrándose, lo imaginó tumbado a su lado, en la cama, con su deslumbrante torso al descubierto, su sonrisa dirigida únicamente a ella, sus labios, húmedos y sensuales besando su boca, su yugular, sus pechos, deslizándose perezosamente más y más abajo… A continuación puso sus manos a trabajar y logró relajarse lo suficiente para dormir dos o tres horas más, antes de que la puta tormenta la despertara de nuevo.

ETAPA 2:

CHICAGO (ILLINOIS)-ATLANTIC (IOWA)

9

Joe se despertó de mal humor. Había pasado la noche inquieto, moviéndose de un lado al otro del colchón de su adolescencia, pensando en cómo arreglar la situación con Reina. En circunstancias normales, el enfado no habría llegado a las tres horas, pero aquella no era una circunstancia normal para nada. Metidos en casa de sus padres, con sus hijos correteando por ahí, y un viaje en coche a un macroevento familiar a la vuelta de la esquina, el asunto era bastante particular. Y Lewis... no había que olvidarse del cabrón de Lewis. Desde luego, la perspectiva no podía ser peor.

Miró el reloj para calcular cuánto tiempo tenía para enmendar la situación. Eran las ocho de la mañana y tenían previsto salir sobre las once. Reina seguramente no se levantaría hasta las diez, como pronto. No había nada que le gustara más que dormir a pierna suelta, nunca había visto nada igual. Eso le dejaba un miserable margen de una hora para hablar con ella. Tal vez podría ir a su habitación y ver si estaba despierta, pero se arriesgaba a que le tirara un jarrón a la cabeza o le dejara un ojo morado, y eso no sería de ayuda para ninguno de los dos.

Todavía no entendía muy bien dónde estaba el problema, la verdad. Vale, la había chinchado como un colegial cuando ella estaba con la guardia baja y en franca desventaja, pero tampoco creía que fuera para ponerse así. Solo había sido una broma y, como ella misma había apuntado, Pau era un tío de puta madre. Hasta él mismo lo besaría si no le importara que lo hiciera. Probablemente. En todo caso, sería un recuerdo bastante más íntimo que una firma en una servilleta, aunque era más que posible que Pau no opinara igual. Y estaba claro que a Reina tampoco le había entusiasmado la propuesta. Aun así, su amiga se las arregló para mantener la compostura durante toda la cena y el trayecto de vuelta, aunque él pudo percibir claramente cómo el humo salía de sus orejas y la furia destellaba en sus ojos en los pocos minutos que Luke no estuvo con ella. Pensándolo bien, quizá no había estado tan mal que hubiera testigos para neutralizar su mala leche, después de todo...

«Así no hacemos nada», pensó mientras apartaba las sábanas y se preparaba para afrontar el día. Lo primero de todo, la ducha. Una buena ducha caliente siempre mejoraba la perspectiva de cualquier reto que tuviera por delante. Luego haría la maleta y bajaría a desayunar cruzando los dedos para que Reina siguiera en la casa y no se hubiera largado de vuelta a Pittsburgh en mitad de la noche. Después, ya se vería. Definitivamente iba a ser un día muy largo.

Cuando llegó a la cocina, un delicioso olor a café recién hecho le dio la bienvenida y se acercó a su madre para darle uno de esos besos de buenos días que a ella tanto le gustaban.

—Buenos días, cielo —le besó ella a su vez—. ¿Has dormido bien? Tu tía y tu primo vendrán en un par de horas y tu padre y yo ya lo tenemos casi todo listo. Solo me queda terminar los sándwiches para el camino. ¿Atún y mayonesa está bien? Eran tus favoritos, ¿verdad? Les he puesto pepinillos, como a ti te gusta. ¿Se han despertado los chicos ya? Habría que empezar a moverse, ya sabes que odio llegar tarde y tu padre conduce como una auténtica tortuga.

Helen podría haber seguido hablando sin parar de no ser porque su marido, bendito fuera, entró en la cocina rascándose con disimulo la entrepierna.

—Pensé que habías dicho que estabais los dos listos —Joe no dejó pasar la oportunidad de interrumpir a su madre.

—Bueno, sí, ya sabes que tu padre desayuna y se viste a la velocidad del rayo, ¿verdad, querido?

Harold le lanzó una mirada muy particular a su hijo antes de darle la razón a su mujer con un abrazo y Joe no pudo menos que sonreír. Podían pasar semanas, meses o años, pero la casa de sus padres, y sus propios padres, continuaban siempre igual, y lo cierto es que le encantaba que fuera así.

Transcurrieron unos quince minutos de auténtica paz, en los que Harold se dedicó a morder con calma su tostada con mermelada mientras pasaba las páginas del periódico, Joe disfrutaba en silencio de su café con leche al tiempo que ojeaba la sección deportiva que le había pasado su padre y Helen trasteaba con su móvil, escribiendo, seguro, a alguna de sus muchas amigas. Pero la calma no tardó en salir por la ventana en cuanto los dos retoños mayores de Joe aparecieron por la puerta.

—¡Papá! ¡El imbécil de Steve me ha quitado el cargador del iPhone y no quiere devolvérmelo! ¡Me queda un cinco por ciento de batería y tengo que ponerlo a cargar YA! —vociferaba Tania.

—No es tuyo, es mío —replicaba su hermano.

—¡Eso no es verdad! Que yo sepa, el tuyo no tenía una pegatina de un sinsajo. ¡Dámelo! Si has perdido el tuyo, es tu problema.

—Yo no he perdido nada —contraatacó Steve, sin inmutarse, mientras mantenía el cargador en alto, donde su encolerizada hermana no podía alcanzarlo—, me he encontrado con este y lo he cogido. Nada más.

—¿Que te lo has encontrado? ¡Has sacado todo lo que había en mi maleta para dar con él! —Tania estaba al borde de las lágrimas. Y Joe también. Con un suspiro se tragó de golpe lo que le quedaba de café y respiró hondo. Sus padres lo habían abandonado. Harold estaba saliendo de la cocina murmurando algo acerca de ir a vestirse y su madre se había refugiado en el fregadero, sabiendo que nadie se acercaba nunca hasta allí por voluntad propia.

«Tres días más. Solo tres días más y serás libre», se dijo Joe. Viendo cómo se habían levantado esos dos, la perspectiva de ir con Lewis y su encantadora madre era casi hasta agradable.

Con calma y sin decir nada se acercó hasta donde estaban sus hijos y se plantó delante de Steve. Mirándole fijamente a los ojos y rezando por que no estuviera en modo retador puso su voz más grave y autoritaria y dijo, muy despacio, «devuélveselo». Steve no dijo nada, y tampoco hizo nada. Se quedaron ahí los tres, quietos como estatuas, conteniendo la respiración, hasta que con un gesto brusco Steve dejó el cargador encima de la encimera y le soltó un «Ahí lo tienes, histérica», de muy malos modos a su hermana. Joe pasó por alto el comentario. Aún no se creía que le hubiera hecho caso a la primera. ¿Cuánto tiempo de autoridad paterna le quedaba? Sospechaba que muy poco. Le echó un vistazo a su madre, quien al parecer también se había quedado congelada, pero en cuanto se vio descubierta agachó la cabeza y continuó frotando con fuerza la sartén. Steve se estaba aproximando a ella como si no hubiera pasado nada.

—Buenos días, abuela. ¿Qué hay hoy para desayunar? ¿Tortitas? ¿Pan con tomate?

—Buenos días, cielo mío —contestó la abuela con una sonrisa cariñosa—, me temo que no queda nada de eso, pero seguro que tú puedes prepararos, a ti y a tu hermana, algo riquísimo. Buenos días a ti también, cariño —añadió, lanzándole un beso por el aire a Tania—. Por cierto, Steve, tengo que subir a terminar de prepararme, puedes fregar lo que queda cuando termines, ¿verdad? Siempre has sido tan buen chico... —Y dándole a su nieto un par de palmaditas en la mejilla antes de quitarse los mojados guantes de goma, se dirigió a la salida de la cocina con la cabeza bien alta.

—Ah, mira, y por aquí viene Reina, seguro que le puedes preparar algo de desayunar a ella también, ¿quieres?, tiene una cara horrible. No te ofendas, querida.

Joe, que no se había perdido detalle de la conversación, contemplaba divertido a su hijo de casi dos metros plantado ante el fregadero, con gesto de no entender nada y la mejilla chorreando agua y jabón, pero en seguida se dio la vuelta para descubrir cómo su amiga, ya vestida y arreglada, arrastraba su maleta escalera abajo.

—No me ofendo, Helena, tranquila —respondió ella en castellano—. No he pasado buena noche.

Su voz sonaba dulce y cansada y a Joe se le encogió el corazón. Le encantaba oírla hablar así con su madre y llamarla por su nombre español. Él siempre había preferido el inglés al castellano. En el instituto se sentía observado cuando hablaba español y algunos de sus compañeros se metían con él cuando conversaba en su lengua materna, por lo que al final dejó de hablarlo. Fue algo paulatino, que se convirtió en permanente cuando confirmó que cuanto menos español hablaba más aceptado se sentía. No era algo de lo que se sintiera especialmente orgulloso, pero no había nada que pudiera hacer. Encajar era sobrevivir, eso siempre lo había tenido muy claro. No así Reina, que disfrutaba soltando palabras en castellano cuando le venía en gana y nunca había dejado de hablarlo. De hecho, en cuanto detectaba a alguien molesto por oírla hablar en su lengua paterna, se ponía exageradamente cerca y lo hablaba más todavía. Y, si no tenía con quién conversar, ponía música latina o española en su móvil o cargaba con libros con títulos en español y los ponía bien a la vista. Naturalmente, eso hacía que la consideraran la rarita de la clase, pero a ella no parecía importarle. «¿Acaso no se escucha música anglosajona en todo el mundo? ¿No están las películas americanas en todas partes? ¿Las series? ¿Los dibujos? No veo dónde está el problema, la verdad». Cuanto más se esforzaba Joe por encajar, más lo hacía Reina por diferenciarse y, aunque eso les pasó factura durante una temporada, finalmente Joe logró aprender a vivir con ello y ella logró aceptar el hecho de que, para su amigo, la lengua española no era tan importante.

Joe miró su reloj. Las nueve de la mañana. Buscó a Reina para conseguir su atención, pero resultaba obvio que ella estaba intentando evitar cualquier tipo de contacto visual.

—Steve, cielo. Serán unos huevos revueltos para Reina —continuó hablando Helen—. Aclara tú la sartén. Y una manzanilla, con una de azúcar. Luego me lo dejas todo bien recogido, ¿eh?

Y dejando en el aire una última y angelical sonrisa, la madre de Joe desapareció por el pasillo.

—Qué madrugadora —Joe se lanzó a romper el hielo. Nunca había soportado bien la tensión.

—Sí, bueno, no he dormido muy bien.

Seguía sin mirarlo a los ojos y sin atreverse a entrar en la cocina.

Steve, sorprendentemente, estaba sacando unos huevos de la nevera y Reina lo interrumpió.

—No hace falta que me hagas nada, Steve. Con un café y una tostada estaré bien.

—Los he cogido para mí, pero si me haces un café te hago la tostada.

—¿Y mi desayuno? —preguntó Tania, desafiante, sin molestarse en saludar a Reina.

—Tu desayuno te lo haces tú, niñata.

Tania no se arredró.

—Muy bien, si quieres que vaya a decírselo a abu Helen…

Steve se encogió por un instante.

—Está bien, enana, pero nada de huevos para ti. Te hago una tostada y te pones tú lo que te dé la gana.

A Joe no dejaba de escocerle cómo Steve trataba a su hermana, como si no tuvieran la misma edad, como si de verdad creyera que él era el más maduro de los dos. Sospechó que, de alguna manera, eso le hacía sentirse mejor. Tendría que pensar en una manera de obligarle a hacerle la maldita tortilla a Tania, no podía salirse con la suya así como así, pero ahora tenía otros asuntos que atender.

Mientras su hijo maltrataba los huevos en un bol Joe le hizo un gesto a Reina para que se reuniera con él en el salón. Su hija no le quitaba los ojos de encima. Reina no parecía estar por la labor, pero al final se apiadó de él y lo siguió arrastrando los pies.

—¿Vienes con nosotros? —preguntó, nervioso.

—¿No quieres que vaya? —respondió ella, a la defensiva.

—No. ¡Quiero decir, sí! Claro que quiero, es que te he visto con la maleta, y te has levantado tan pronto que no sabía…

—¿Y a dónde demonios crees que voy a ir?

—¿A casa? Sé que estás enfadada por lo de ayer y el viaje es largo, la reunión familiar…

—¿Te crees que voy a salir corriendo a la primera de cambio por una estúpida discusión? —A Reina le estaba costando controlar el volumen de su voz—. ¿Quieres que me vaya? Porque si es eso lo que quieres cojo el coche ahora mismo y me voy. Pero, entonces, ¿cómo te vas tú, eh? ¿Y qué le decimos a tus padres? ¿Y a los niños? Pero, vamos, que si lo prefieres así, nos organizamos y…

Joe no la dejó hablar más. Atrapó sus brazos agitados con sus enormes manos y los plegó contra el tronco de su amiga mientras agachaba la cabeza para mirarla directamente a los ojos.

—No quiero que te vayas. Quiero que te quedes. Quiero que me ayudes a soportar al capullo de Lewis y que estés conmigo en la reunión familiar. Ni se te ocurra abandonarme. Lo siento. No tienes que besar a Pau Gasol ni a nadie que tú no quieras. Puedes desear a quien te dé la gana, aunque sea el puto e inalcanzable Dennis Shawn. Quédate, por favor.

Juraría que su amiga hizo un puchero antes de asentir con la cabeza, pero no podría asegurarlo porque se recompuso a la velocidad del rayo. Cuando se hubo asegurado de que estaba más tranquila y todo volvía a estar bien entre ellos, la soltó y juntos se encaminaron a la cocina, de donde salía un espantoso olor a humo.

—Ahí tienes tu tostada —informó Steve con desgana en cuanto la vio—, se me ha quemado.

10

—Bueno, bueno, bueno, así que tú eres la famosa Reina.

—Y tú el famoso Lewis.

Sentada en el asiento de atrás con Lewis Barnavilt a dos palmos de su persona, Reina se sentía atrapada como una rata. Por el contrario, su interlocutor parecía estar la mar de cómodo. Con sus estrechas piernas cruzadas a la altura de la rodilla y su brazo derecho completamente estirado por detrás del reposacabezas del medio, bien podría haber estado en un *jacuzzi* en lugar de en un humilde Peugeot 406.

—El mismo en carne y hueso —respondió al tiempo que desplegaba una sonrisa lobuna—. ¿Y qué hace una chica como tú viajando a la celebración de los abuelos Henderson?

Bueno, decididamente el tipo no se andaba con chiquitas. Reina miró su reloj, calculando cuánto quedaba hasta la próxima parada. Después del descanso para comer pensaba ponerse detrás del volante y darle palique a Doris hasta llegar a Atlantic costase lo que costase.

—Joe y yo pasábamos de visita y nos pilló de sorpresa. Después de la fiesta seguiremos nuestra ruta.

—El bueno de Joe... Me gustaría saber cómo lo hace para rodearse siempre de mujeres tan guapas. ¿Y a Lisa le parece bien?

Lewis la estaba repasando de arriba abajo sin ningún pudor y el pecho de Reina estaba recibiendo atención extra. A pesar de que llevaba una sencilla camiseta de algodón y unos vaqueros anchos, deseó poder ponerse encima un edredón extragrande y taparse hasta la nariz.

—Le parece todo estupendo. —Y volvió la cara hacia la ventanilla para dejar bien claro que no quería seguir con la conversación.

Tenía un problema, resultaba evidente. El primo de Joe no la iba a dejar en paz hasta que lo perdiera de vista. Iba a merodear a su alrededor y a acribillarla con preguntas incómodas y miradas lascivas. Estaba claro como el agua que ella no quería saber nada de él, pero era precisamente eso lo que le ponía. Él era el gato y ella el ratón. El problema era que a Reina nunca le habían gustado los roedores y su mente no dejaba de trabajar, pensando en cómo marcar los límites sin tirar su educación y sus buenos modales por la borda. Si no hubiera sido pariente de Joe se lo hubiera quitado de encima con cajas destempladas, pero era familia de su mejor amigo y el invitado a una macrofiesta de aniversario de una pareja de ancianos encantadores. Tendría que andarse con cuidado. Decidió que no se quedaría a solas con Lewis en ningún momento. Se pegaría como una lapa a cualquiera que pudiera frenarle un poco la lengua. Reina conocía a buena parte de los parientes de Joe, incluidos los más venerables. Habían sido muchos veranos recalando en casa de unos y otros. Sabía ser risueña y encantadora y podía representar el papel de damisela en apuros con los ojos cerrados. Ese cabrón no iba a poder con ella.

Sonriéndole de medio lado a su reflejo del cristal, cerró los ojos y se dispuso a echarse una larga, larguísima siesta.

Llegaron a Atlantic cuando ya había anochecido. Quedaron todos en casa de una tía de Harold y desde ahí hicieron la distribución de invitados.

—Los niños se quedan con los primos Libbit. Los están esperando con los brazos abiertos y vienen a por ellos en diez minutos. Nosotros nos quedamos aquí con los mayores y vosotros en el apartamento de Matt, que no ha podido venir, pero cedió su casa para acoger a todos los invitados. Aquí tenéis las llaves.

Además de una policía sagaz Helen era una estupenda organizadora, la pena era que, por cómo lo había dicho, Lewis iba incluido en el *pack*.

Reina miró a su amigo con desesperación, intuyendo que no había manera de escapar. Habían dividido las casas por grupos de edad y, aparentemente, ellos conformaban el de los treintañeros. Se metieron en el coche como dos borregos camino al matadero, aunque Lewis estaba de un humor excelente.

—¿Qué nos vas a cocinar, Reina? Estoy hambriento —soltó nada más dejar su maleta en el salón y dejarse caer sobre un sofá desvencijado.

—¿No te ha valido la hamburguesa que te has zampado hace menos de dos horas? Pensaba que tenías un límite de calorías al día, primo. Ya sabes lo mucho que te cuesta perder peso cuando te cebas —respondió Joe mientras empujaba a Reina hacia la habitación principal—. Respira hondo y cuenta hasta diez —masculló por el camino—. Yo me encargo. Deja aquí tus cosas y espárcelas bien por toda la cama. Ese hijoputa va a dormir en el sofá como que me llamo Joe Henderson García.

—Me gusta cuando las chicas guapas como tu amiga cocinan para mí, Joe, ¿dónde está el problema? —Lewis continuaba parloteando—. Seguro que a ti te lo ha hecho más de una vez, ¿verdad? Me refiero a cocinar, por supuesto. —Se rio escandalosamente—. Me muero por probar algo típico de su país.

—Su país es este, capullo, y la nevera está vacía. Si tanta hambre tienes, saca tu móvil y encarga una *pizza*. Si la coges con carne y *pepperoni* quizá hasta te ayudo y todo.

Refunfuñando, Lewis se dirigió con su maleta al cuarto principal.

—Ese ya está cogido —gritó Joe desde el cuarto de invitados—. Y este también, pero el sofá tiene una pintaza.

El primo no se quejó. Tal vez ahora fuera un hombretón alto y bien plantado, pero, fuera lo que fuera que pasase en su infancia, estaba claro que Joe era de las pocas personas a las que no se atrevía a molestar. En su lugar se giró y dirigió su resentimiento a la única representante femenina de la casa.

—¿Estás segura de que no quieres compartir esa cama conmigo, Reina? Es un colchón muy grande para un cuerpo tan pequeño.

«Preferiría morirme antes que dormir a tu lado», habría contestado Reina con gusto. Sin embargó se contentó con replicar mordazmente:

—Agradezco tu preocupación por mi bienestar, Lewis, pero mi pequeño cuerpo estará perfectamente a solas. Ahora, si me disculpas — añadió—, me voy a dormir. Es ya tarde y estoy cansada.

—¿Tu amiga es una mujer o una marmota, Joe? —le oyó decir mientras se desvestía en la intimidad de su habitación.

—Lo que pasa es que tú provocas somnolencia, primo. De hecho, a mí también me han entrado unas ganas terribles de echarme a dormir. Felices sueños.

El sonido de la puerta de Joe al cerrarse fue lo último que Reina oyó antes de quedarse dormida.

No tenía ni idea de qué hora era, pero sentía unas ganas terribles de hacer pis. Tardó unos instantes en orientarse y dar con el pomo de la puerta de su cuarto. ¿Dónde demonios estaría el baño? Se quedó quieta, escuchando. La fuerte respiración de Joe se colaba por la puerta de al lado y un desagradable silbido nasal la guio hasta el salón. Si no recordaba mal, el lavabo estaba a su derecha. Iluminando el camino con la pantalla de su móvil, caminó de puntillas tan rápido como pudo. Una vez en el baño la asaltó una terrible duda: ¿debía o no tirar de la cadena? Si lo hacía, era más que probable que los despertara a todos. Pero ¿y si no? ¿Qué pensaría el que se encontrara con su pis por la mañana? Miró el reloj. Las 3:35. Joder. ¿Iba a tener que dejar de beber a las cinco de la tarde para dormir del tirón o qué? Salió sin usar la cisterna. Si alguien decía algo le echaría la culpa a Joe y ya le compensaría de alguna manera más adelante. Ahora solo quería volver a la cama.

Estiró los brazos de nuevo y, como si fuera ciega, inició el camino de vuelta a su habitación. Aquí la encimera, aquí el taburete, el sofá con Lewis a dos metros a su izquierda… Fue entonces cuando oyó el ruido. Dirigió la pantalla de su iPhone al bello durmiente, pero estaba inmóvil. Lo volvió a oír de nuevo. Un roce en la cerradura. Una llave entrando despacio. Un giro controlado. Se alegró de tener la vejiga vacía porque de lo contrario se lo habría hecho todo encima ahí mismo. Con la mano temblando, dirigió el minúsculo haz de luz a la entrada justo cuando se oyó el segundo «clack». Luego se hizo el silencio, justo antes de que la puerta principal se abriera, dando paso a la silueta de un hombre que avanzó con paso cansino hasta el recibidor.

Reina pensó en tirarle el móvil a la cabeza, pero se quedó ahí quieta, petrificada, con su minúscula camiseta de tirantes negra y el *culotte* de los Bulls marcándole el trasero. Tenía las rodillas flexionadas y los brazos en alto, como si la hubieran pillado *in fraganti* robando en el bote de las galletas.

El hombre se la quedó mirando como si fuera un fantasma. Su silueta era alta y delgada y una mochila colgaba desgarbada de uno de sus hombros. Reina se estaba fijando en lo marcada que tenía la línea de la mandíbula cuando el tipo se llevó la mano derecha al bolsillo de atrás con un movimiento brusco.

—¡¡No dispares!! ¡¡No dispares!! —gritó Reina a todo pulmón mientras se tiraba al suelo y se tapaba la cabeza con las manos.

Y entonces se desató el caos: Lewis se levantó como un resorte, mirando frenéticamente a todas partes, intentando entender qué estaba ocurriendo, Joe salió disparado de su cuarto y el hombre encendió el interruptor del salón mientras Reina entonaba en voz baja un suplicante *porfavor, porfavor, porfavor, porfavor* en posición fetal.

—¿Qué cojones…? —gritaba Joe mientras se acercaba al salón—. Como le hayas puesto un solo dedo encima, Lewis, te juro que… ¿Matt? ¿Eres tú? ¿Qué coño haces aquí?

—¿Joe? ¿Eres tú? ¡Es mi casa, joder! ¡¡Qué coño hacéis *vosotros* aquí?!

—¿Matt? —añadió un Lewis vestido únicamente con unos ajustadísimos *slips* burdeos que parecían de seda.

—¿Lewis? —preguntó a su vez el desconocido—. Y la del suelo, ¿quién es?

Reina no contestó. Un candente sentimiento de vergüenza había sustituido al terror que había sentido hacía solo un momento. Cobijada bajo sus brazos, era terriblemente consciente de su desnudez, del estado de su pelo, de la ridícula posición de su cuerpo, desparramado en el frío suelo, y solo deseaba ser invisible, sin más. Y en medio de toda la situación, un pensamiento se repetía una y otra vez en su cabeza: «Por favor, que nadie entre en el baño ahora».

—Es Reina, mi amiga —explicó Joe—. Reina, Reina. ¿Estás bien?

Reina vio los dedos de los pies de Joe a tres centímetros de su mejilla. Luego oyó sus rodillas crujir al agacharse para hablar con ella.

—Venga, Reina, ya pasó. Ya puedes levantarte. Nadie tiene un arma. Vamos, deja que te ayude.

Joe la estaba levantando de las axilas y no le quedó más remedio que dejarse hacer. Por el rabillo del ojo vio a Lewis sentado en el sofá, con las piernas abiertas, mostrando, sin ningún pudor, su paquete envuelto en seda roja y una sonrisa en sus labios. Oh, cómo estaba disfrutando. A su lado, de pie y completamente perplejo, estaba el intruso: alto, delgado y con la mandíbula más marcada que Reina había visto en su vida (sin contar a los modelos de las revistas y los anuncios de las paradas de autobús).

—Hola, soy Reina Ezquerra, encantada de conocerte —logró articular con un graznido horrible, y estiró la mano como si estuviera cerrando un trato con un pez gordo.

—¿Qué leches llevas en la boca? —soltó Lewis con su desagradable voz—. ¿Le das al boxeo o qué?

Reina estalló con la fuerza de una tormenta tropical.

—¡Es una férula de descarga!, ¿te parece bien? —Se le había olvidado que la llevaba puesta. Lo que le faltaba para llegar al pleno. Notó cómo una furia asesina la invadía al tiempo que se quitaba el aparato sin ningún disimulo—. ¿Cuál es tu problema? ¿Te gusta dar por culo al personal? Llevas todo el santo día jodiéndome y estoy hasta el coño. ¿Querías verme? Pues aquí me tienes. En ropa interior, como tú querías. Mírame bien porque no vas a volver a verme así en tu vida. —Y dio una vuelta sobre sí misma con los brazos alzados al techo. Luego se acercó más a él y se encaró de nuevo—. Me he levantado para mear. ¿No te ha pasado nunca, míster perfecto? ¡Pues a mí sí! Estaba durmiendo y me he despertado y no contaba con que iba a entrar un tío por la puerta en mitad de la noche. Si lo hubiera sabido, quizá me hubiera puesto mis mejores galas, pero no ha sido así. Y en lugar de presentarse y decir algo, se ha llevado la mano al bolsillo de atrás. Han matado a tiros a gente en su propia casa, ¿sabes? A hombres sentados en sus sofás que solo miraban la televisión. Y yo no estoy en mi casa. ¡No estoy en mi casa, joder! Y soy medio española y con pinta de serlo, que aquí es lo mismo que llevar una camiseta con un «Dispárame» escrito en ella. Tengo sueño, y frío y llevo una férula de descarga porque me chirrían los dientes cuando duermo. He pasado un miedo de muerte y tus *slips* son la cosa más horrenda que he visto en mucho tiempo. ¿Me puedes dar un respiro de una puta vez, por favor?

Nadie dijo nada y, por una vez, pareció que Lewis, quien se estaba tapando discretamente la entrepierna con un cojín azul, se había quedado sin palabras.

Luego se oyó un carraspeo.

—Yo soy Matt. —El desconocido alargó su mano tal y como había hecho Reina antes de estallar como una bomba nuclear—. No era una

88

pistola, era el móvil. Iba a llamar a la policía. Yo también estaba acojonado. Siento mucho haberte asustado. Encantado de conocerte.

Reina le estrechó la mano y la movió arriba y abajo mecánicamente, sin decir nada. Nunca había tenido un *shock* postraumático, pero sospechó que estaba sufriendo uno en ese mismo instante.

Joe se hizo cargo de la situación.

—¿Y qué haces aquí, Matt? La tía Jenn nos dijo que no ibas a venir.

—Es que no iba a hacerlo. Tenía un compromiso, pero lo cancelaron a última hora y cogí el primer avión hacia aquí. Me hacía ilusión, hace siglos que no veo a la familia, pero se me olvidó que había cedido mi casa para acoger a las visitas. De verdad que lamento todo el follón.

—No pasa nada, ha sido un susto, nada más. Vamos a reorganizarnos y a dormir un poco, que mañana tenemos un día completo. Reina estaba en tu cuarto, yo en el de invitados y a Lewis ya lo ves. ¿Dormimos tú y yo en la cama grande y Reina en la de invitados?

—Sí, claro, como os venga mejor, sin problemas.

—¿Te parece bien a ti, Reina?

—Claro, genial, ahora mismo recojo mis cosas. Pero antes déjame hacer una cosa.

Y dándose la vuelta con la poca dignidad que le quedaba fue al baño y tiró con fuerza de la cadena del váter.

Ahora ya no iba a despertar a nadie.

11

Aunque Reina no había bebido ni una gota de alcohol en los últimos días, se sentía como si tuviera una resaca de las que hacen historia. Las cuencas de sus ojos parecían tener latido propio, la garganta estaba seca, los labios agrietados y la puta náusea se estaba desperezando, una vez más, en el fondo de sus tripas. Por si eso fuera poco, estaba en un piso con tres hombres hechos y derechos que la habían visto en uno de sus peores momentos. Y en ropa interior. Joe no contaba, porque la había visto así en más de una ocasión. Quizá no exactamente cagada de miedo porque alguien fuera a dispararle en la cabeza en mitad de la noche, pero sí en unas cuantas situaciones que la hubieran puesto en más de un aprieto de haber tenido lugar en la era de las redes sociales. A veces, tener cierta edad tenía sus ventajas. Ahora bien, los otros dos eran harina de otro costal. A uno de ellos lo había humillado públicamente, metiéndose con sus calzoncillos y gritándole como una energúmena, y al otro lo había llamado criminal sin conocerlo siquiera. «Bien hecho, Reina». Si pudiera darse palmaditas en la espalda, se daría una ración doble.

Asomó la cabeza por el vano de la puerta y miró a ambos lados antes de salir.

Iba completamente vestida con unos holgados *shorts* de baloncesto y la camiseta XL de los Spurs que había comprado en Chicago. Con la toalla colgada del hombro y su neceser y la ropa limpia en la mano, se dirigió al baño una vez más para darse una ducha.

Era temprano y dio gracias al cielo de que todos siguieran durmiendo.

Una vez limpia y con la náusea bajo control, salió de casa y buscó un supermercado. Pensó que tener el desayuno listo para cuando sus compañeros de piso se levantaran sería una buena ofrenda de paz. Armada con una botella extragrande de zumo de naranja recién exprimido, una bandeja de cafés recién hechos y una enorme caja de dónuts rellenos de chocolate sintió que el día podría ir realmente bien.

Los chicos, Lewis incluido, estuvieron a la altura de la disculpa y no hicieron ningún comentario sobre lo ocurrido de madrugada. Mientras todos sorbían y mascaban con avidez, Joe les fue leyendo en voz alta la orden del día:

—A las once cincuenta nos reunimos todos en la residencia de Maple Street. Han montado un escenario en el comedor de gala. Allí estaremos familiares, amigos, compañeros de trabajo y el personal de la residencia. Los abuelos no saben nada. Piensan que van a ir a comer con Jenn y ya. Esperemos que no les dé un infarto de la emoción. O se caguen encima.

Matt bajó la cabeza para ocultar una sonrisa torcida.

—La celebración como tal será de doce a una. Luego nos trasladaremos a Sunnydale Park, donde tendrá lugar un macropícnic organizado por el clan Henderson para todos los asistentes y habrá actividades varias hasta el atardecer. Id preparando los antiácidos porque los vamos a necesitar.

—¿Cuál es el código de etiqueta? —se atrevió a preguntar Reina, oculta tras su taza de café.

Ante la cara de confusión de su público, reformuló su pregunta.

—¿Cómo vais a ir vestidos? ¿Hay que llevar algún tipo de ropa elegante?

—Vaqueros y camiseta para mí, gracias —respondió Joe. Sus primos asintieron a sus palabras y solo les faltó decir *amén*.

—Es una residencia y un parque, cariño, no el Albert Hall —añadió Lewis con retintín.

Dios, era realmente insufrible.

—Estarás bien te pongas lo que te pongas —remató Joe.

—Gracias —respondió ella.

Tranquilizada por el comentario, Reina fue a su cuarto a cambiarse. Una vez estuvo fuera de la vista, Joe añadió:

—Es lo que siempre le digo a Lisa cuando me pregunta sobre ropa, así acierto seguro.

Y los tres hombres estallaron en carcajadas.

Flores. Vestidos de flores por todas partes. Señoras con tacones y bolsos de piel. Jovencitas maquilladas como puertas. Hombres con traje. Jóvenes con chaquetas y zapatos de cordones. Reina y sus acompañantes no podían desentonar más, pero al menos ellos tres iban iguales, aunque el bastardo de Lewis había cogido una *blazer* marrón oscura a última hora y se la estaba poniendo encima de su camiseta de algodón blanca. Con sus vaqueros azules y sus deportivas *casual* parecía sacado de un catálogo de Tommy Hilfiger.

—Voy un momento al baño —murmuró Reina nada más entrar al edificio.

Bendita fuera la bolsita de maquillaje que siempre llevaba en el bolso. Se aplicó la sombra, el lápiz y el rímel con esmero. Lo que más le gustaba destacar cuando se arreglaba eran los ojos. El fucsia de los labios y un poco de colorete hicieron el resto. ¿Qué más? Tenía que hacer algo con su pelo. Lucía lustroso y recién lavado, pero la melena suelta era demasiado informal. Lo peinó un poco con los dedos y procedió a hacerse una larga trenza de raíz que luego recogió en un moño alto, fijándolo con la goma que siempre llevaba en la muñeca. Se miró al espejo y asintió con aprobación. Solo quedaba echarle algo de imaginación a su atuendo. Se había puesto un blusón ligero azul turquesa, unos vaqueros slim claros arremangados hasta los tobillos y unas sencillas zapatillas de lona blanca. Reina se tocó el vientre, preguntándose hasta cuándo permanecería terso y firme. A continuación, sacó el cinturón fino de piel marrón de la trabilla de los pantalones y lo pasó por encima del blusón a la altura de la cintura, y desdobló los bajos para que taparan los tobillos. No podía hacer más.

Pisando con un poco más de confianza, llegó al salón principal, que a esas alturas ya estaba abarrotado y profusamente decorado con globos de colores, banderolas y plantas y flores de todo tipo. Un par de enormes fotografías de los homenajeados descansaban en sendos caballetes en lo alto del escenario. En la primera, en un elegante blanco y negro, lucían felices y lozanos y en la segunda, ya a color, igual de felices, pero mucho más viejos. En las dos estaban guapísimos y encantadores.

Recorrió la estancia con la mirada buscando a Joe. Como si tuviera ojos en la nuca, su amigo se dio la vuelta y la saludó con la mano. Luego se dio cuenta de su cambio de *look* y sonrió abiertamente mientras levantaba su dedo pulgar por encima de la muchedumbre. Reina caminó hacia él con cuidado de no molestar a nadie y cuando llegó se acercó a su oído.

—¿Se nota algo? —preguntó, tocándose ligeramente el abdomen.

Joe negó con la cabeza.

—Estás estupenda. Ven, te he guardado un sitio.

Reina miró a su alrededor, como buscando a alguien.

—No está aquí. Ha ido a sentarse con su madre.

Leyéndole el pensamiento, Joe movió la barbilla hacia el otro extremo del salón, donde un solícito Lewis ayudaba a su avejentada madre a sentarse.

Más tranquila, Reina tomó asiento y suspiró de felicidad. Por fin podría relajarse un rato.

—Hola —la saludó una voz a su izquierda—. Menudo cambio.

Era Matt, que la miraba asomado a su silla con unos enormes ojos verdes.

—Ah, ¿esto? —respondió Reina señalándose a sí misma con la mano—. No es nada, un poco de chapa y pintura y algunos ajustes de ropa.

—¿Puedes hacerme algo así a mí también? Parece que lo de la camiseta y los vaqueros no ha sido tan buena idea después de todo.

Parecía avergonzado y Reina sintió compasión por él.

—Me temo que en tu caso el pintalabios no va a servirte de nada, pero si te metes la camiseta dentro de los pantalones y te peinas un poco hacia atrás, quizá puedas pasar un poco más desapercibido.

Sin pensárselo dos veces metió sus largos dedos en el pelo de Matt para peinárselo. Luego se retiró un poco, evaluó el resultado con ojo crítico y sonrió ampliamente.

—¡Hecho! ¿Qué te parece, Joe?

—Te tengo dicho que no peines a los desconocidos en lugares públicos —se burló él—. Mira qué cara se le ha quedado al pobre. Estás muy guapo, primo. Pareces un hombre educado y formal. Vamos, todo lo contrario a lo que eres.

94

—¿Quieres que te peine a ti también? —se ofreció Reina.

—Ni de coña, yo estoy guapo me ponga lo que me ponga. Mi yaya siempre me ha visto con camiseta y vaqueros y si aparezco de etiqueta y repeinado no me va a reconocer. Hoy se trata de ellos y no de mí, ni de ninguno de nosotros, en realidad.

—Bueno, vale, tranquilo, fiera. Y los niños, ¿dónde están?

—Con sus primos segundos, poniéndose al día con lo que sea que hacen los jóvenes hoy en día.

—Shhhh —susurró la señora de delante—. Está a punto de empezar.

En efecto, la tía Jenn, muy bien peinada, estaba andando hacia el centro del escenario con un micrófono en la mano.

—Hola a todos y muchas gracias por venir —saludó—. Ahora mismo Ethel y Frank están saliendo de su habitación porque piensan que van a salir a comer, pero todos sabemos que no es así.

Un murmullo alegre y nervioso se extendió por la sala.

—Dentro de un par de minutos se van a apagar las luces y se encenderán en cuanto la puerta se abra—continuó explicando—. Será la señal para que gritemos *¡Feliz Aniversario!* todos juntos. Luego les tenemos preparada una sorpresa que esperamos os guste y después trasladaremos la fiesta hasta Sunnyside Park, donde nos esperan montones de comida y bebida.

Se oyeron algunos aplausos.

—Y ahora os pido silencio, por favor.

Las luces se apagaron y todos se mantuvieron callados. Luego se oyeron unas voces apagadas detrás de las puertas del salón y el crujido del picaporte girando. Un momento después se hizo la luz y los casi doscientos asistentes se levantaron y gritaron *¡Feliz aniversario!* a la vez.

La mujer comenzó a llorar enseguida, como si tuviera un grifo en la nuca y se lo hubieran abierto de golpe. El hombre estaba a todas luces sorprendido, pero centraba su atención en su mujer, a quien sostenía con delicadeza de la mano. Tras un instante, ella se escondió entre sus brazos y luego volvió a levantar la cabeza para mirar al público, riendo y llorando al mismo tiempo.

Reina pensó que era minúscula, pero aun así emanaba una fuerza increíble. Era una fuerza mezclada con ternura y una energía especial. Tenía presencia. El hombre no se quedaba atrás. Parecían reyes, unos reyes longevos y sabios, con un largo camino a sus espaldas y un nuevo sendero a sus pies, que estaban dispuestos a recorrer a su ritmo y juntos. Sintió que estaba siendo partícipe de algo muy especial.

La tía Jenn había salido a recibirlos y los guiaba hacia la tarima, en la que alguien había colocado dos silloncitos y una pantalla blanca.

—Queridos Ethel y Frank —declamó Jenn una vez que estuvieron bien acomodados—, estamos muy contentos y orgullosos de poder acompañaros en vuestro cincuenta aniversario de casados. Sois una inspiración, un ejemplo y una alegría para todos nosotros y así os lo queremos demostrar.

De nuevo, se apagaron las luces y alguien accionó un proyector. Una música suave inundó la sala al tiempo que una película comenzaba en la pantalla. Era una sucesión de fotos, primero en blanco y negro, luego en color. Ethel y Frank de bebés, de niños, de adolescentes. Primero separados y luego juntos, siempre juntos. Patinando sobre hielo, en un campo de maíz, paseando por la playa, en un baile de gala, en un sofá, con amigos, en una fiesta de cumpleaños, con bebés en los brazos, pintando una pared o asando un pavo, rodeados de primos, o tíos, o padres, o hijos, o nietos. Fotos y más fotos de una vida en común. El tiempo pasó volando. Reina no supo cuánto había durado la proyección, pero se le hizo muy corta. Se giró para mirar a Joe y lo descubrió cuchicheando con Matt, los dos con los ojos a punto de desbordarse y luchando por contener la emoción.

Entonces varias jóvenes subieron al escenario y retiraron los asientos, las fotos y la pantalla. Jenn hablaba con la pareja y ellos asentían sonrientes. Cuando todo estuvo despejado, los ancianos se situaron uno enfrente del otro, de pie, y el público comenzó a jalearlos y a aplaudir.

—Esto te va a gustar —le dijo Joe a Reina antes de silbar con los dedos y ponerse a aullar como un lobo.

La música ambiental dejó paso a una canción rápida, con mucho ritmo. Los pies de Reina se movieron como si tuvieran voluntad propia y sus ojos se abrieron como platos cuando vio a los dos ancianos bailar.

Como si fueran los protagonistas de *Rebeldes del Swing*, perfectamente coordinados, Ethel y Frank se movían con sorprendente agilidad por la improvisada pista. Una pierna aquí, otra allá, un giro, una vuelta, una flexión de rodillas, Ethel, agachada, Frank, pasándole la pierna por encima de la cabeza, un pie a la derecha, luego a la izquierda, Ethel, encogida y subiendo de nuevo con asombrosa flexibilidad, una cadera balanceándose, dos manos agarrándose, Matt, dando palmas, Joe, chascando los dedos, el público, enardecido y Reina, boquiabierta.

—Es Lindy Hop —le informó Matt, a gritos—, lo bailan desde que tenían dieciséis. Ganaron varios concursos en su juventud y nunca perdieron la chispa.

—¡Ya lo veo! —gritó Reina emocionada. No había visto nada más bonito en toda su vida.

Tal vez la parada en Atlantic no había sido tan mala idea después de todo.

12

¿Cómo va la reunión familiar?

El wasap de Lisa pilló a Reina comiéndose una enorme pata de pollo frito. A lo lejos, Joe y su extensa familia hacía cola para hacerse las fotos familiares. Se sentó en la primera silla libre que encontró y contestó.

Eres una bruja retorcida y malvada.

Aparecieron tres caras sonrientes y otras tres con lágrimas de risa en los ojos. Reina continuó escribiendo.

Aún estoy flipando con la cantidad de gente que hay por aquí, pero hasta ahora todo bien. Muero de amor por Ethel y Frank.

Son adorables. ¿Han bailado ya?

¡¡¡¡Síííí!!!! ¿Cómo demonios lo hacen? Pensé que se iban a romper la cadera o el coxis o el peroné o todo junto. ¿Tú los habías visto ya?

Llevo casi veinte años casada con Joe, cariño. Lo he visto absolutamente todo en esa familia. ¿Qué tal el viaje? ¿Los niños? Joe solo me dice que todo genial y no me explica nada.

El viaje bien, aunque no contaba con esta parada (carita enfadada, carita sonriente con guiño). *Los niños están desaparecidos. Tania y Ste-ve discutiendo como siempre, Luke, encantado de jugar con los primos, sobrinos, lo-que-sea de su edad y los regalos de los mayores. Joe, relajado. Lewis = capullo total.*

(Cara vomitando)

Vino con nosotros en el coche desde Chicago.

(Cara horrorizada)

Sabías que estaba en Chicago y que tendríamos que traerlo, ¿verdad?

(Tres puntos suspensivos. Cara con guiño y lengua fuera)

(Carita maldiciendo)

Seguro que ahora me entiendes mejor.

Te entiendo perfectamente, sí. Y hablando de gente encantadora, ¿dón-de están tus cuñados? No los he visto por ningún lado.

Frank estaba pelado y no podía pagarse el vuelo, para variar. Tiffany tenía una reunión megaimportante de trabajo en alguna parte del país. Seattle, creo.

Qué novedad, pero me alegro de que le vaya bien. Llevaba años pelean-do para que la ascendieran. Y tú, ¿cómo lo llevas?

Estoy en la gloria. (Selfie de Lisa en bañador echada en una tumbona blanca con una bebida transparente con toda la pinta de ser un *gin-to-nic* en la mano). *Ayer manicura y pedicura. Hoy piscina y spa.*

(Carita riendo, carita riendo). *Tus uñas te han quedado divinas. ¿No les echas de menos? ¿Ni un poquito?*

De momento, no. Creo que no había tenido más de medio día para mí sola desde el 2005. *Quizá dentro de una semana. O dos. Echo de menos los mimitos de Luke, sobre todo por las mañanas. Del resto, nada de nada. ¿Ellos me extrañan a mí?*

Para ser sincera, parece que no.

¿Lo ves? Todos contentos. ¿Y tú?

Yo sí te echo de menos, a veces.

(Cara riendo, cara riendo). *Jajaja. Qué tonta eres. ¿Has decidido algo ya? ¿Estás bien?*

He empezado a vomitar, tengo ataques de hambre voraz, pierdo los nervios a la primera de cambio y me echo a llorar cuando menos me lo espero. Todo fabuloso. (Dedo pulgar arriba) *¡Ah! Y Helen lo sabe.*

¡¡¿¿CÓMO??!!!

Me pilló potando en su cuarto de baño. Me preguntó si era de Joe…

¡¡¡¡WTF!!!!

¿De verdad te sorprende tanto?

La verdad es que no. Siempre le ha ido el morbo, pero no pensaba que tuviera los huevos de decírtelo a la cara.

Casi lo prefiero. En cuanto le expliqué que era de mi último follamigo, del que no he vuelto a saber nada desde hace una semana, se quedó más tranquila.

Pobre mujer. Es maja, pero esto quizá es un poco demasiado. Hasta para ella.

Espero que sea discreta. Como se vaya de la lengua aquí, estoy muerta. (Cara de miedo)

(Cara riendo) *Te digo una cosa, pagaría por ver la cara de todo el clan Henderson enterándose de que Joe está viajando con su mejor amiga embarazada para ir a Los Ángeles a acosar a un actor megacachas.* (Cara partiéndose el culo).

Puta. No tiene gracia.

Sí la tiene. Muchísima.

—¿Con quién te escribes?

Reina levantó la vista y se encontró con Ben, el hermano de Harold. Era exactamente igual que el padre de Joe, pero con cinco años menos.

—Hola, Ben, ¿cómo estás? —Guardándose el móvil en el bolsillo, Reina se levantó y lo saludó con dos besos en la mejilla, como hacía con todos a los que conocía desde joven—. Estaba hablando con Lisa, siente mucho no haber podido venir.

—Seguro que sí… —El hombre no añadió nada más, pero su mueca burlona dejaba claro lo que pensaba al respecto—. Helen me ha dicho que estás de viaje.

—Sí, tengo un asunto de trabajo y Joe se ofreció a acompañarme. Es una extraña mezcla de vacaciones y negocios.

—Nada le gusta más a ese muchacho que una buena carretera asfaltada. Me alegro de que hayáis podido pasaros. Hacía mucho tiempo que no se os veía por aquí.

—Yo también me alegro de haber venido, siempre me hacéis sentir como en casa.

—Pues justo de eso venía a hablarte. Estamos organizando uno de nuestros famosos partidos de *rugby* familiar para cuando termine la sesión de fotos y te quiero en mi equipo. Si no recuerdo mal, te encantaba jugar y eras rápida como un balín. ¿Qué me dices?

—Yo, ehhh, bueno…

Reina descubrió el *rugby* el primer verano que pasó en Atlantic con la familia de Joe y se convirtió en una forofa desde el primer partido. Solía jugar de ala y corría como una gacela, sorteando con gracia a los contrarios. Cada vez que había un partido, era la primera en apuntarse y solía pedirle consejos a Ben para mejorar su técnica de placaje, pues se le daba francamente mal tirarse a los pies de sus rivales.

—No sé si es buena idea, la verdad, aún no he terminado de comerme el pollo y…

—¿Qué no es buena idea? —preguntó Joe por detrás de Ben—. Por fin me he hecho la maldita foto. Los abuelos se van a desmayar del calor, llevan por lo menos tres cuartos de hora allí sentados sin comer.

—Le estaba diciendo a Reina que cuento con ella para el partido de *rugby*. Con ella en la línea y contigo en la delantera seremos invencibles.

El hombre remarcó su entusiasmo dándole un puñetazo en el hombro a su sobrino. Joe miró a Reina con ojos alarmados.

—Le comentaba a tu tío que no sé si es muy buena idea, con el estómago lleno, ya sabes.

—Oh, vamos. No vamos a jugar ahora, será dentro de una hora u hora y media. Tenéis tiempo de sobra para hacer la digestión. Además, será *rugby* touch, que algunos ya estamos mayores y tenemos que cuidarnos.

—Yo… No sé si estoy lo suficientemente en forma.

—¿Para correr? —preguntó Ben sorprendido, y luego añadió preocupado—. ¿Te pasa algo? ¿Estás enferma?

Se acercó a ella y la escudriñó con esos ojos grandes y profundos tan propios de los Henderson. Reina entró en pánico.

—¡No! Estoy perfectamente, y ¿sabes qué?, me parece una idea estupenda. Aprovecharé este rato para calentar.

Levantándose con energía, se alejó haciendo amplios círculos con los brazos.

Joe no tardó en alcanzarla.

—¿Se puede saber qué estás haciendo? ¡No puedes jugar un partido de *rugby* en tu estado!

—Ya has oído a tu tío. No habrá placajes, solo tocar. ¿Qué puede pasarme?

—¿Que te tropieces y te caigas de bruces? ¿Que te golpeen el abdomen con demasiada fuerza? ¿Que te den un balonazo? ¡La lista es infinita!

—¿Te crees que no lo sé? Estoy pensando, ¿vale? —exclamó Reina, nerviosa—. Lo que tienes que entender tú es que no puedo dejar que piensen que me pasa algo. Eso no puede suceder. Yo tengo que ser invisible, no convertirme en el puto centro de atención. Si me tengo que inventar una excusa para no jugar empezarán a lloverme preguntas y tarde o temprano meteré la pata. Hay más de doscientas personas aquí y un tercio de ellas me conocen desde hace años. No pueden saber que estoy embarazada sin haberlo planeado, sin estar casada y que estoy considerando abortar, contigo como acompañante. Y menos en el maldito cincuenta aniversario de bodas de tus abuelos. ¿No lo ves? Eso no puede pasar. Imposible. Encontraré la manera, créeme. De una forma u otra lograré dar con una excusa plausible y razonable para no jugar.

Lamentablemente, no la encontró.

13

Matt estaba ya en línea de defensa cuando una figura menuda y vivaracha atrajo su atención. Era Reina, la amiga rarita de Joe. ¿Qué demonios estaba haciendo allí? Joe andaba pegado a ella, hablándole muy rápido y gesticulando nervioso con las manos. Ella miraba fijamente al suelo, caminando a paso ágil. Tenía un rictus de concentración en la cara, o de enfado, no estaba seguro. Se había quitado el blusón azul y lucía una camiseta de tirantes negra que le sentaba francamente bien. Se paró de repente y puso su mano en el brazo de su amigo en un gesto tranquilizador. Luego llegó el tío Ben y los agarró a ambos de los hombros, palmeándoles las espaldas, para llevarlos con su equipo.

Matt hubiera preferido estar en el equipo de Ben en lugar de en el de Harold, pero, para cuando se enteró de que iba a haber un partido, el padre de Joe ya lo había apuntado en su lista. «El cabrón de mi hermano se ha llevado a los mejores. Eres mi única esperanza, hijo. Contigo como apertura quizá tengamos alguna oportunidad», le había dicho, terriblemente serio.

Era de sobra conocido que los Henderson tenían una extraña fijación con el *rugby*. Al parecer, un antepasado lejano había jugado para la selección de Inglaterra e inculcó a su prole, tanto hijos como hijas, el amor y el respeto por el juego. Ya fueran altos, bajos, gordos o delgados, todos habían encontrado su hueco en la tradición, Matt incluido.

La tradición, sin embargo, se estaba perdiendo irremediablemente. Solo había que mirar a los participantes del torneo: no había nadie por debajo de la treintena. Los más jóvenes ni siquiera estaban entre el público, ocupados en beber refrescos, hacerse millones de fotos en todas las posiciones habidas y por haber con sus *smartphones* o hablando de fútbol americano, *celebrities* y series de televisión. Haciendo de todo excepto ver a sus padres y tíos jugando a un deporte de viejos, vaya.

El árbitro, un sobrino segundo de Harold y Ben, entró en el campo y marcó el tiempo que quedaba para empezar. Los jugadores ocuparon sus puestos. Reina estaba de ala abierto y Joe, que no dejaba de mirarla por el rabillo del ojo, en la segunda línea. Les había tocado atacar y el equipo de Matt se estaba desplegando en una fila defensiva, dispuesto a pararles los pies. A tres puestos de Matt se encontraba Lewis, saludándole con un gesto de victoria. Harold tenía razón, le habían dejado la morralla.

El juego comenzó y el balón comenzó a saltar hacia atrás de una mano a otra, a una velocidad asombrosa. Sus compañeros corrían sin parar, intentando tocar al contrario, pero la pelota volaba segura hacia el final de la línea, donde Reina la recepcionó sin ninguna dificultad. Sin embargo, en lugar de echar a correr hacia el fondo del campo como debía, pareció titubear. Ben le gritaba desde el otro extremo y Joe, adelantado, no le quitaba el ojo de encima. Tras un momento de duda, justo cuando la fornida Annie —¿o se llamaba Margaret?— se lanzaba con la mano extendida hacia ella, pareció tomar una decisión y se lanzó hacia delante. La esquivó, moviéndose hacia la derecha, y siguió su camino como una flecha. Una, otro y otro más, iba dejando a todos sus contrincantes atrás sin que le fallara la respiración. Cuando llegó a la línea de fondo se tiró de rodillas al suelo, ensayó y levantó los brazos en señal de victoria. Su elegante trenza estaba despeluchada y las mejillas, sonrojadas, contrastaban con el blanco de sus dientes, que se mostraban en todo su esplendor en una sonrisa encantadora. Ben ya la había alcanzado y la estaba levantando por los aires, exultante. Joe observaba desde la distancia, ceñudo y Matt no era capaz de entender cómo lograba mantenerse alejado, cuando lo único que él quería era correr para unirse a la celebración. Entonces la vio mirar en su dirección y su corazón se saltó un latido. Pero, espera, no se estaba fijando en él. Giró sobre sus talones y localizó a Lewis un poco más allá. Estaba mortalmente serio. Cuando volvió a mirar a Reina y vio su dedo corazón levantado y su sonrisita de suficiencia supo que, sin saberlo, la chica se había metido en un buen lío.

14

Pensaba fingir que se había torcido un tobillo, de verdad que sí, pero cuando acunó el balón entre sus manos no supo cómo hacerlo. Y luego, al ver a esa línea de contrarios galopando hacia ella, su instinto tomó el control y la puso a correr sin su permiso. Y lo que sintió entonces fue... oh, fue maravilloso.

Reina no era particularmente buena en nada, aparte de en los números y las leyes fiscales. No era especialmente guapa, ni alta, ni delgada, ni elegante. Pero sabía correr. Había destacado en eso desde que tenía memoria: ya fuera jugando al pillapilla, al rescate, a policías y ladrones, compitiendo en los equipos de atletismo del instituto y de la universidad o jugando al *rugby* con la familia de Joe, siempre era de las primeras seleccionadas a la hora de hacer equipos y a menudo la felicitaban por las victorias que conseguía. Cuando era joven, solía pensar que su habilidad para correr era una de las razones por las que siempre se había llevado tan bien con los chicos, que desde siempre la habían tratado como a una igual. Luego creció, le salieron los pechos, empezó a trabajar, dejó de correr y todo cambió. A veces se preguntaba si la enorme brecha que notaba con muchos de sus jefes y compañeros se debería a que nunca la habían visto correr. ¿Y si la mayoría de sus problemas pudieran solucionarse con un par de deportivas y unas cuantas zancadas?

Cuando se lanzó hacia delante con el balón en sus brazos, sintió algo que hacía mucho que no sentía: libertad. Y, por un momento, se olvidó de su embarazo no deseado, de su miedo a ser juzgada por lo que hiciera o lo que no, de la inseguridad que le producía haber visto a una rubia despampanante colgada del brazo de Mikkha... solo existían ella, sus pies, un balón de cuero que había que proteger y llevar a un punto seguro y un montón de obstáculos que sortear. Y los sorteó, vaya si lo hizo, sin apenas esfuerzo. Y por un instante sintió que todo iba a salir bien. Y, cuando Ben la abrazó y la hizo volar por los aires después de haber ensayado, una oleada de alegría, euforia y algo muy cercano a la felicidad la inundó por completo. Y también sintió orgullo, orgullo por ser quien era y por haber conseguido llegar por sus propios medios hasta la meta.

Fue entonces cuando divisó a Lewis a lo lejos, mirándola con sus ojillos de tejón, esos ojillos que la analizaban como si fuera algo diferente a lo que era en realidad. Dios, como odiaba esa sensación. Su mano fue más rápida que su mente: el dedo corazón se levantó como si tuviera un muelle y aunque sabía que había estado mal, lo cierto era que no se había arrepentido en absoluto.

El problema era que ahora Lewis no dejaba de mirarla. Cuando atacaba, apenas prestaba atención al balón, solo a ella. Cuando defendía, corría como los demás y tocaba al que tenía por delante, pero sin quitarle el ojo de encima. Había algo malévolo y retorcido en su mirada, algo que antes no había estado allí, y estaba empezando a ponerse nerviosa. Llevaban solo unas pocas jugadas y, por la razón que fuera, había logrado permanecer relativamente intacta: no se había caído ni recibido un balonazo y nadie la había golpeado en ningún sitio. El juego se estaba desarrollando con total normalidad y lo cierto era que se lo estaba pasando en grande, pero quizá iba siendo hora de dejarlo. Este sería su último ataque, después pararía y pondría alguna excusa tonta para dejar el juego: flato, un dolor muscular, un golpe de calor. Lo que fuera. Había cumplido de sobra con las expectativas de Ben y ya se le había pasado el subidón de la primera carrera. Lo quisiera o no, ahora era una mujer embarazada y sensata y tenía que empezar a comportarse como tal.

El balón comenzó a saltar de nuevo, sus compañeros corrían en una diagonal perfecta y ella esperaba impaciente al final de la cola su turno para avanzar. Cuando finalmente le pasaron la pelota salió disparada. Fintó, dribló, se agachó y amagó hasta que tuvo la línea blanca a la vista.

Fue entonces cuando vio a Lewis avanzando en su dirección como si fuera un toro a punto de embestir. Ni siquiera le correspondía a él encargarse de ella, pero allí estaba, corriendo hacia ella, dispuesto a arrebatarle el balón. Y seguramente algo más. Una promesa brillaba en sus pequeños ojos negros: no iba a ser delicado.

108

15

«¿Qué coño está haciendo Lewis?», pensó Matt mientras corría hacia delante. Su primo se había salido de su posición en el extremo izquierdo y estaba cruzando el campo como una rata con un petardo en el culo. Si lo veía Harold, se lo iba a comer con patatas por abandonar así su posición. A lo lejos, Joe había echado a correr hacia él, como si frenarlo fuera cuestión de vida o muerte, pero ¿por qué? Entonces divisó a Reina y todas las piezas encajaron en un horrible puzle. Lewis tenía toda la intención de destrozarla.

Sin pensarlo ni un segundo aceleró a tope, dispuesto a interceptar a Lewis costase lo que costase. Había estado a medio gas todo el partido. Estaba cansado del viaje en avión y no había dormido una mierda tras la entrada triunfal en su apartamento y tener que aguantar a Joe roncando a su lado el resto de la noche. Además, estaba claro que no iban a ganar ni de coña, así que, ¿para qué esforzarse? Pero su tío había tenido razón al elegirlo: era el mejor de todo el equipo con diferencia e iba a demostrarlo, aunque no fuera precisamente para robar un balón.

Calculó rápidamente la distancia que le separaba de Lewis y vio que era demasiada para interceptarle antes de que llegara a su objetivo, pero Reina estaba más cerca. Forzando sus músculos al máximo, giró bruscamente en dirección a la chica que, asustada, había frenado en seco. Sentía el aliento de Lewis en su nuca, y también su frustración por verlo aparecer en escena. Tres pasos, dos, uno y con toda la delicadeza que uno puede tener cuando está corriendo los cien metros lisos, rodeó la cintura de Reina con sus brazos, la pegó todo lo que pudo contra su cuerpo, corrió tres o cuatro metros más con ella encima y, rotando sobre sí mismo, se dejó caer para aterrizar de espaldas sobre la tierra.

Todo debió ocurrir en milésimas de segundo y aun así le pareció que el tiempo se había detenido. Mientras caía, rezando por no romperse nada, vio a Lewis pasando de largo e intentando frenar mientras gritaba y escupía saliva por la boca, notó las manos de Reina aferrándose a su espalda con fuerza, su pequeño cuerpo tenso, apretándose contra el suyo como si quisiera fundirse con él, su cabeza apoyada en su hombro. Olió el perfume de su cuello y la esencia se le metió hasta lo más profundo de las fosas nasales. El final de la trenza le hizo cosquillas en la nariz. Luego aterrizó contra el suelo y solo sintió un intenso dolor en el hombro izquierdo.

—Joder, Reina, ¿estás bien? —Joe llegó un instante después. Arrodillado al lado de Matt, hablaba muy rápido y muy bajito, como si no quisiera que le oyeran.

Reina seguía apretujada contra él, con la cabeza oculta en el hueco de su cuello. Su peso no le molestaba en absoluto. Todavía la tenía rodeada con los brazos. Haciendo un esfuerzo y a regañadientes, deshizo su abrazo y llevó sus manos hasta la nuca de la chica.

—Eh, ya está, ya pasó. ¿Estás bien? ¿Te has hecho daño? —Casi no reconoció su voz, ronca por la falta de saliva.

Reina levantó la cabeza con cautela y se quedó mirándole embobada, su nariz respingona y pecosa a pocos centímetros de la suya. Respondió a sus preguntas asintiendo y negando brevemente con la cabeza y luego, apoyando las palmas en su pecho, se incorporó poco a poco hasta quedarse sentada a horcajadas sobre él. Con manos temblorosas se tocó la cara, los hombros, los brazos y el abdomen.

—¿Cómo estás? —Joe plantó sus manazas en las mejillas de su amiga—. ¿Todo bien?

Le había cogido las manos y se las apretaba con fuerza. Los dos estaban mirándose a los ojos y, aunque sus labios no se movían, Matt vio que se estaban diciendo muchas cosas.

—Estoy bien —dijo ella al fin y los dos, Matt y Joe, suspiraron de alivio. Reina se puso las manos sobre el ombligo y lo repitió—. Estoy bien.

Visiblemente más tranquilo, Joe se dirigió a su primo.

—Y tú, ¿cómo estás? Ha sido increíble, tío, como sacado de *Matrix*, joder. Eres un puto crack. ¿Te duele algo?

—Creo que he caído con el hombro, pero seguro que se me pasa enseguida.

—Voy a por hielo y a buscar a Catherine, está terminando la carrera de fisioterapia. No te muevas de aquí.

Se había formado un círculo a su alrededor y Reina se levantó muy despacio y le tendió una mano a Matt para ayudarle a incorporarse.

Sus labios articularon un «Gracias» mudo que no vio nadie más que él. «De nada», respondió él, igualmente silencioso, antes de aceptar su ayuda y verse engullido por un montón de parientes preocupados.

—¿Pero qué coño ha pasado? —preguntaba Ben.

—¿Estás bien, querida? —le decía Harold a Reina.

—Abridme paso. —Se oía un poco más allá. Era Helen, avanzando increíblemente rápido hacia ellos—. ¿Se puede saber qué ha ocurrido aquí y por qué está mi invitada en el suelo?

Luego cambió a otro idioma que parecía español y se dirigió exclusivamente a Reina quien, también en español, intentaba aplacarla. Madre mía, qué rápido hablaban esas dos mujeres. Helen no paraba de mirarla de arriba abajo, al igual que había hecho Joe, asegurándose de que estaba intacta. Reina se giraba y se movía como para demostrar que no tenía nada roto. Luego señaló a Matt y Helen se abalanzó sobre él y le plantó dos sonoros besos, uno en cada mejilla.

—Gracias. *Thank you.*

Y luego, con aire contrariado, cogió a Reina de la mano y se la llevó.

A los cinco minutos llegó Joe con una enorme bolsa de hielo y una jovencita que, si no recordaba mal, era su sobrina segunda, o tercera. Matt nunca había sido capaz de memorizar ni una décima parte de su extensísimo árbol genealógico.

—Quítate la camiseta, deja que te vea. Me han dicho que te has dado un buen golpe.

Matt obedeció, dejando al descubierto un torso compacto, definido, que lucía un bonito tono dorado. Catherine se puso detrás de él.

—¿Te duele aquí?

—Sí.

—¿Aquí?

—Sí.

—¿Aquí?

—No.

Tenía las manos sorprendentemente frías para el calor que hacía.

—Levanta. Flexiona. Gira. Cruza. Así. Estira hacia arriba. Hacia abajo. Bien. Tienes una contusión, pero no parece que haya nada roto. Ponte hielo, en abundancia, ahora mismo y varias veces al día durante unos cinco días. Si notas algo raro o el dolor va a más, ve al médico, ¿de acuerdo?

Matt asintió, obediente, se volvió a poner la camiseta y se colocó la bolsa de hielo en la zona al tiempo que echaba un vistazo a su alrededor.

—¿Dónde está Lewis? —le preguntó a Joe.

—Ha desaparecido, pero cuando le pille va a desear no haber nacido.

—Reina le enseñó el dedo después de anotar el primer tanto.

—Lleva buscándola desde que lo recogimos en Chicago. Puede que hacerle una peineta no sea lo más apropiado, pero de allí a querer dejarla en silla de ruedas hay un abismo.

—Ya sabes cómo es.

—No, no tengo ni puta idea de quién leches es ese tío. Ya no tiene quince años. Ya no está en el instituto, ya no tiene que ir demostrando por ahí que es igual de fuerte que los demás. Lo que hacía cuando era pequeño estaba mal, pero ahora es todavía peor. Está mal de la cabeza y a nadie parece importarle una mierda.

—Nadie le soporta.

—Pero nadie le dice nada nunca tampoco. El niñito de mamá, el pequeño, el pobrecito. Se ha convertido en un rinoceronte descontrolado. Por cierto, gracias de nuevo. De no ser por ti habríamos acabado en el hospital.

—No ha sido nada, de verdad. Me alegro de haber llegado a tiempo. Le ha añadido un poco de emoción al partido, me estaba aburriendo como una ostra.

Matt liberó toda la tensión acumulada en una sola carcajada y echó a andar a la zona del pícnic, esperando que su primo no notase que su cuerpo todavía estaba temblando sin que él supiera bien por qué.

16

Dios, necesitaba una cerveza. O un *whisky*. O un chupito de tequila. Algo fuerte que meterse entre pecho y espalda.

La fiesta se había trasladado a un enorme bar en el centro de la ciudad. Los asistentes, con la tez rosada por el sol y el alcohol, se agrupaban a lo largo y ancho del local, charlando animadamente y chocando sus botellines de cerveza. Los vestidos comenzaban a verse arrugados y los elaborados peinados se balanceaban peligrosamente sobre las cabezas de las señoras, que parecían haberse olvidado por completo de su aspecto y se dedicaban a pasarlo bien, como debía ser.

Ethel y Frank parecían estar en su salsa, saludando a todo el mundo, haciendo carantoñas a los bebés, bromeando con la juventud, charlando con sus hijos y, de vez en cuando, sorbiendo de las pajitas de sus respectivos cócteles con sombrillitas de papel.

Reina estaba sentada en una mesa intentando no pensar en todo lo que había pasado. Todavía tenía el susto metido en el cuerpo. Maldito Lewis. ¿Cuál era su problema? Porque estaba claro que tenía uno, y muy gordo, y no se refería a la tremenda bronca que había recibido de Harold y Ben.

Los hermanos Henderson le habían buscado por todas partes hasta dar con él. Lo encontraron sentado en un banco del parque, practicando el *manspreading* y bebiendo un botellín de cerveza a morro. Le encararon sin preámbulos, exigiéndole una explicación.

—Solo quería coger el balón —respondió sin más—. La muñequita iba donde quería y cuando quería sin que nadie le pusiera freno. Estaba empezando a aburrirme y, ya que nadie parecía dispuesto a hacer lo que debía hacerse, decidí encargarme personalmente, eso es todo.

—¿Eso es todo? —había rugido Ben, furioso—. Tú no ibas a tocar, tú ibas a hacer daño. Todos lo hemos visto. Noel y Danny la han parado varias veces, aunque ella también les ha hecho morder el polvo, que era exactamente lo que tenía que hacer. Todo el mundo sabe que no es intocable y si ha ido donde quería y cuando quería es porque juega endemoniadamente bien. Quizá es precisamente eso lo que te ha jodido, ¿eh? Que una chica que no te llega ni a la barbilla se lleve una gloria que tú no te mereces ni de lejos.

Lewis se levantó de golpe, plantándose delante de su tío con las mandíbulas y los puños apretados. Después de un momento muy tenso escupió a un lado y se alejó a grandes zancadas. Su madre, que lo había visto todo, se acercó a sus hermanos, lloriqueando.

—Esa chica nunca tendría que haber jugado en primer lugar. Si se hubiera quedado donde debía, nada de esto hubiera pasado. —Y fue tras su retoño para consolarlo.

Luego Joe, Matt y el resto de los muchachos palmearon las espaldas de los hermanos Henderson y la fiesta continuó. Reina se había enterado de todo más tarde, por su amigo. Helen la había secuestrado y no la dejaba levantarse ni para ir a hacer pis.

—Está cansada, ha sido un buen susto —le decía a todo el que se acercaba a preocuparse por su salud. No solo no se había ido de la lengua, sino que estaba defendiendo su secreto como una verdadera leona. Reina se sintió mal por haber hablado de ella a sus espaldas con Lisa.

—Palitos de queso, patatas fritas y Aquarius de limón. He preguntado si había ensaladas, pero no ha habido suerte, qué se le va a hacer. Además, nunca se sabe si están bien lavadas y pueden ser peligrosas, ya sabes.

La entrada en escena de Helena la devolvió de nuevo al presente. La mujer había llevado comida como para un regimiento, y eso que Reina le había dicho ya varias veces que no tenía hambre.

—Los niños están preparando algo, mira —anunció, sentándose al lado de su protegida.

Efectivamente, los asistentes más jóvenes habían formado un corrillo y parecían estar organizándose, aunque solo ellos sabían para qué. El resto de los invitados seguían ocupados con sus cosas, ajenos a lo que estaba por venir, pero Reina y Helen contemplaban con curiosidad sus idas y venidas, su charla con el encargado del bar, la misteriosa entrega de un *pen drive* que parecía sagrado y su absoluta desaparición un instante después. A continuación, el personal de la sala despejó una de las esquinas más alejadas del bar, de cuya pared colgaba una enorme televisión de plasma y colocaron dos sillas justo enfrente, pero a una distancia prudencial de la pantalla. Cuando el encargado fue a buscar a Ethel y Frank para llevarlos hasta allí y sentarlos en el lugar de honor, la muchedumbre comenzó a arremolinarse en torno a los ancianos. Joe fue a sentarse con Reina y con su madre, que tenían una vista privilegiada del improvisado escenario, y al poco se les unió Matt, con el que Reina no había hablado desde el susto del partido.

—A ver qué ha tramado esa pandilla de maleantes. Nada bueno, seguro —comentó Joe mientras atacaba sin pudor el cestillo de los palitos de queso.

—Me parece a mí que lo tienen todo muy claro y no tiene pinta de ser nada malo —replicó su madre.

—Eso ya lo veremos —contraatacó su hijo justo cuando se apagaron todas las luces menos las que iluminaban el rincón. Poco a poco los murmullos se fueron apagando y, cuando se hizo el silencio, la televisión se encendió sola.

Apareció la imagen de una casa en un soleado barrio residencial y un hombre vestido con vaqueros oscuros y una camisa de manga corta rosa, como de bolera, acercándose a ella. Luego salió un breve texto explicando que el tipo le estaba haciendo una visita sorpresa a su abuela, con motivo de su centenario. La señora, una anciana encantadora que no le esperaba para nada, se emocionaba hasta las lágrimas y entonces el nieto le decía que ese día iban a hacer lo que ella quisiera. «¿Cualquier cosa que yo quiera?», preguntaba ella sin terminar de creérselo. «Cualquier cosa», respondía él. «Oh, Dios, quiero hacerlo todo», confesaba la abuela y, sin más, un piano empezó a sonar. Justo en ese momento todos los nietos y bisnietos de Ethel y Frank salieron desfilando de una puerta lateral y formaron rápidamente dos filas en el escenario, los más altos detrás y los más bajos delante. Con los últimos acordes de piano aparecieron Steve y Luke, vestidos como el hombre del videoclip y sendos micros en las manos. Sin dar tiempo a nadie para aplaudir, Steve empezó a rapear como si lo hubiera hecho toda la vida. Joe, Helen y

Reina abrieron la boca a la vez, como lo hizo Sebastián en la película de la Sirenita, cuando Ariel aparecía tambaleándose con dos piernas en lugar de nadando con su preciosa cola de pez. Steve seguía cantando, y Luke le hacía de contrapunto, los dos perfectamente sincronizados, cantando cada vez más rápido, cada vez más alto, moviéndose con ritmo, agitando sus manos.

Mientras, en la pantalla, la abuela y su nieto hacían un montón de cosas juntos: montarse en un enorme Cadillac descapotable, tirar huevos a una casa, comprar unos zapatos ortopédicos, bailar y cantar en lo que parecía un bar con banderolas de feliz cumpleaños…

Llegó la parte del estribillo y Tania y tres de sus primas se adelantaron y comenzaron a cantar.

Su voz era dulce y preciosa, y llegó hasta el último rincón del bar. Ellas también llevaban la camisa rosa de bolera y estaban haciendo una pequeña coreografía, dedicándosela a sus bisabuelos. Cuando terminaron la estrofa, retrocedieron rápidamente y Steve y Luke regresaron a primera fila para seguir rapeando, con el coro detrás, reforzando la canción.

En la tele, la extraña pareja visitaba unos recreativos, hacía la compra en carritos motorizados, iban a un estudio en el que el nieto se tatuaba el nombre de su abuela y un montón de otras cosas más, incluyendo un *stripper* bombero que hacía que la anciana y sus amigas se desternillaran de risa.

En todo momento los jóvenes cantaron como verdaderos profesionales, sin distraerse, sin desafinar, sin vergüenza ninguna. En el último estribillo, todos los jóvenes se acercaron a las sillas de Ethel y Frank, cantando al unísono, estirando sus manos hacia ellos.

En el vídeo, el nieto y la abuela habían conducido hacia un estanque con muelle y desde allí contemplaban la puesta de sol, la mano de él acariciando la arrugada mano de ella.

Cuando la canción terminó, imperó el silencio y Reina habría jurado que todos los presentes, ella incluida, estaban llorando a mares. Luego alguien jaleó al grupo y estalló una lluvia de aplausos y silbidos que los chavales recibieron con sonrisas y reverencias.

—¿Lo has grabado? Dime que lo has grabado, por favor —le preguntó Joe a su amiga al tiempo que aplaudía, entusiasmado.

—Lo he grabado —le confirmó Reina, que se había puesto en pie y no paraba de aplaudir, emocionada—. ¿Tú sabías algo de esto?

—¿Yo? ¡No tenía ni idea! ¡Llevo años pensando que tengo una panda de haraganes por hijos y resulta que son un trío de artistas como la copa de un pino!

—¿No te importa que le den al rap?

—Cuando íbamos al pícnic, Steve me ha dicho que tenía envidia de su primo Steffan, porque había entrado de asistente en un equipo universitario de fútbol americano. Su trabajo consiste en seguir al entrenador principal como si fuera un perrito faldero y encargarse de que no se choque con nada ni nadie y no se meta en el campo sin querer. Al parecer, el tipo tiene que dedicar toda su atención y concentración al partido y eso significa que no mira por dónde va, y ahí entra Steffan. ¿Te lo puedes creer? ¿Cuatro años en la universidad para acabar así? ¡Venga ya! Si tengo que elegir entre que Steve imite a Steffan o a un rapero que trata bien a su abuela, me quedo con el rapero, gracias. Vamos a verlos. Me muero por darles un abrazo de oso.

—Ellos se morirán, literalmente, si se lo das. Lo sabes, ¿verdad?

Pero Joe se había metido entre la muchedumbre y ya no la oía.

—¿Vienes? —le preguntó Reina a Matt, fijándose una vez más en la línea de su mandíbula y en el hoyuelo que le salía en la mejilla izquierda al sonreír.

—No, id vosotros. Yo me quedo guardando la mesa.

—De acuerdo, como quieras.

Luke se lanzó a sus brazos en cuanto la vio y ella se derritió de amor.

—¡Pero, bueno, pequeñajo! ¿Y esto? ¿Llevabais mucho tiempo planeándolo?

—Sí, desde que papá nos dijo que se iba contigo de vacaciones. Esa misma noche mamá nos dijo que iba a ser el aniversario de bodas de los bisas y que por qué no planeábamos algo para sorprenderlos. Fue idea de Steve. Él eligió la canción —*Glorious*, de Macklemore— y llamó a todos para contárselo. Tania se encargó de la coreo y de encontrar las camisas. La tía Jenn avisó con tiempo al encargado de que necesitaríamos algo de espacio, y hoy, en el parque, hemos estado practicando todos juntos. ¿Te ha gustado?

—¡Me ha encantado, cariño! No teníamos ni idea. Nos habéis dejado de piedra. A tu abuela casi le da un infarto de la emoción, y ha acabado con todas las servilletas de la mesa. No ha dejado ni una sin usar. Quién iba a pensar que una mujer tan pequeña podía producir tantos mocos.

Luke rio con ganas, enseñando su sonrisa desdentada de niño feliz.

—Ven aquí —dijo su madrina, abrazándolo con fuerza—. Vamos a buscar a tu padre, te va a comer a besos en cuanto te vea.

Encontraron a Joe junto a Steve, palmeándole la espalda, hinchado como un pavo real.

—Era la canción que no paraba de escuchar en el coche —informó a Reina en cuanto ella llegó—. ¡No eran cantos satánicos! —se rio, aliviado—. ¿Y tú, renacuajo? ¿También quieres ser rapero?

—No, yo quiero ser explorador. Aunque quizá puedo ser las dos cosas.

—Pues claro que sí, campeón. Tú puedes ser lo que quieras y tu viejo padre estará siempre allí para animarte. Vamos a la barra, os invito a todos a Shirley Temples. Tania, cariño, ven a la barra a tomar un Shirley Temple. ¿Cómo que «no quiero, papá»? ¡Te encantaban los Shirley Temples! ¿Ahora no? ¿Estás segura? Bueno, bueno, ya te dejo, no te pongas así. La verdad, hijos, canta como los ángeles, pero a veces vuestra hermana se porta como una verdadera bruja…

17

La amable jornada familiar se había transformado en una verdadera fiesta. Ethel, Frank y los familiares más mayores hacía tiempo que se habían retirado, cediendo el bar a los adultos y a sus retoños, que se habían enzarzado en una verdadera batalla musical. Uno de los chicos del coro —¿Nicky? ¿Micky?— se había dirigido a una moderna máquina de discos cercana a la pista de baile y al momento comenzó a sonar una canción que Reina no había oído en su vida.

—Es Macklemore, el mismo que el de la canción de los bisas —le informó Steve, que después de tomarse tres Shirley Temples había conseguido, al fin, que su padre le invitara a una cerveza. «¡Pero solo una!», le había advertido Joe, que iba ya algo achispado. Una vez hubo informado a Reina, se levantó de la silla y corrió a la pista para unirse a sus colegas. Tania y Luke ya estaban allí, bailando espasmódicamente y ejecutando, con mucha precisión, unos movimientos que Reina no había visto en su vida. De repente, se sintió muy mayor.

—Ah, ¿sí? Conque esas tenemos, ¿eh? —había dicho Joe, con su famosa sonrisita endemoniada bailando en sus labios, antes de dirigirse a la máquina de discos con paso firme.

Cuando el rap hubo terminado sonaron unos acordes que Reina reconoció de inmediato. Era *Thunderstruck*, de AC/DC. Con un grito de alegría saltó de su silla y corrió a la pista, donde los mayores habían desplazado a los jóvenes y se tambaleaban de un lado a otro, meneando sus cabezas de arriba abajo y tocando guitarras imaginarias.

Así se inició un singular combate entre música moderna y los clásicos de toda la vida en el que todos los adultos participaron, Harold, Ben, Helen y Jenn incluidos. Lady Gaga vs. Nirvana, DNCE vs. Queen, Robin Schulz vs. ABBA, Sia vs. Stevie Wonder, Bruno Mars vs. Iron Maiden, 21 Pilots vs. Dire Straits, Taylor Swift vs. The Smashing Pumpkins, y así habían pasado ya varias horas de baile y risas desenfrenadas.

Reina estaba disfrutando como una enana, y tenía que reconocer que muchas de las canciones que pinchaban los jóvenes le estaban encantando. Iba a tener que pedirle a Steve que le hiciera una lista de recomendaciones para ponerse al día con el panorama musical del siglo XXI.

Joe apareció de repente a su lado.

—Atenta a esta, te va a traer muchos recuerdos...

Reina se quedó escuchando y entonces lo oyó:

Lah, lah, lalalalah; Lah, lah, lalalalah, seguido de un potente solo de batería y guitarra. Reina aplaudió, saltó y abrazó a su amigo, todo a la vez. El disco *SMASH* de The Offspring les había acompañado en casi todos los viajes de su juventud, junto con *Grave Dancers Union,* de Soul Asylum. Ambos se sabían todas las canciones de memoria, y cada vez que sonaba un tema de alguno de los dos discos venían a ellos toneladas de recuerdos de su adolescencia, casi todos relacionados con coches, autobuses, trenes o barcos que les llevaban a algún lugar alejado de sus casas. *Self Esteem* era sin duda la favorita de Reina. Siempre la cantaba a pleno pulmón. Había algo en ella que le hacía sacar toda la rabia que tenía dentro, toda su impotencia y su mal genio y la dejaba como nueva. En realidad, le pasaba con muchas de las canciones. Feliz de tener la oportunidad de escucharla una vez más, después de tanto tiempo, berreó como una maníaca con Joe a su lado. Cuando acabó, se sintió feliz, y agradecida, como si le hubieran hecho un regalo inesperado que no sabía que necesitaba.

—Voy al baño, no aguanto más —informó a su amigo, en cuanto hubo recuperado el aliento.

—Te espero aquí —respondió Joe, aún respirando por la boca como si acabara de correr una maratón en vez de bailar una canción de menos de tres minutos.

La cola para entrar al lavabo era kilométrica y Reina aprovechó para mandarle a Lisa el vídeo de sus hijos cantando.

No teníamos ni idea. Ha sido la leche. Eres una mujer imprevisible y retorcida, pero tienes grandes ideas y te quiero igual.

No sabía si lo vería a esas horas, pero no importaba. Lisa siempre silenciaba el móvil antes de ir a dormir. ¿Estaría Mikkha durmiendo también? El pensamiento la pilló desprevenida. «¿Y a ti qué más te da?» ¿Estaría pensando en ella? «Para», se dijo. «No vayas por ahí. Le echaste de tu vida, está con una rubia, y sabes que no le quieres». No lo quería, era cierto, pero lo echaba de menos. Se odiaba por echarle de menos. Ella era fuerte, independiente, una mujer liberal y liberada. Podía estar perfectamente sola. «No puedes», le dijo una vocecita en su cabeza. «Puedo», se respondió Reina, «pero la verdad es que no quiero».

Y lo cierto era que no quería estar sola. Empezaba a echar de menos tener a alguien con quien compartir su vida. Con Joe había compartido muchas cosas y seguía haciéndolo, pero no era suficiente. De pie, en la cola del aseo femenino de un bar de Atlantic, Iowa, Reina se sentía la mujer más sola del mundo. «No lo estarás por mucho tiempo si no tomas una decisión pronto». La maldita voz iba a volverla loca, pero la fila avanzó y por fin llegó su turno. Mantenerse en equilibrio para no rozar la taza ni las paredes del cochambroso cubículo fue suficiente para distraerla de sus pensamientos. «Poco a poco, decisión a decisión», se dijo al salir. «Lávate las manos, vuelve a la pista, pásalo bien. Encontrarás la respuesta mañana, o pasado. Disfruta mientras puedas».

Iba tan absorta en sus pensamientos que no notó que alguien se acercaba a ella hasta que la cogieron de la muñeca y la acercaron a la pared. Lewis.

—Te he visto bailar esa canción con tu amiguito. Os viene que ni al pelo.

—Suéltame.

Lo dijo sin gritar, tranquila. Estaban en un bar repleto de gente. ¿Qué podía suceder?

—La putita manipuladora y el tonto del culo que hace todo lo que ella quiere menos follársela. Seguro que la escribieron por vosotros. No sé cómo te aguanta. Será por esas tetas y ese culo que tienes. Es lo único que merece la pena de ti. Y tu boca, si la chupas bien. ¿Sabías que se la cascaba pensando en ti? Todo el mundo lo sabía, pajas a todas horas, fantaseando contigo. Encima, debajo, por delante, por detrás. ¿Crees

121

que lo seguirá haciendo? Seguro que sí. ¿Por qué iba a estar aquí si no, en lugar de estar con su mujer, como debería? Yo también me toco pensando en ti, me la pones muy dura.

Bueno, esto era lo que podía pasar. Lewis mantenía su cuerpo alejado del de Reina, solo su mano la estaba tocando, a la altura de la muñeca, apretando con demasiada fuerza. Y sus labios, pegados a su oído. Seguro que desde fuera parecían un par de amigos poniéndose al día después de mucho tiempo sin verse. Ella sabía lo que estaba haciendo. Quería incomodarla, demostrarle que no era nadie, que era minúscula, que podía ponerla donde quisiera, cuando quisiera. El problema era que el muy mamón lo estaba consiguiendo. Sus palabras se vertían en su oído como un veneno caliente, pudriendo su confianza y sus sentimientos, creando imágenes que ella no quería ver, que no quería considerar, sembrando dudas.

Con la mano que tenía libre le empujó en el pecho al tiempo que se sacudía su brazo de encima.

—Tú a mí no me pones nada —respondió con calma fingida—. No me sorprende que te toques, dudo que haya alguien dispuesto a hacerlo por ti, salvo tu madre, por supuesto.

Se liberó con un último tirón y salió escopeteada hacia la pista de baile, buscando a Joe con ojos desesperados. En cuanto lo vio se acercó y le tocó el hombro.

—Me voy a casa. Estoy destrozada.

—¿Ya? ¿No quieres quedarte un poco más?

—No.

—Bueno, deja que te acompañe.

—No hace falta. Has bebido, no quiero que cojas el coche.

—Pero si estamos al lado del apartamento, loquita, está a dos manzanas de aquí. Venga, coge tu bolso y nos vamos.

Reina se quedó sin excusas. Al salir al exterior, el aire fresco de la noche le acarició la cara e inspiró hondo, tratando de tranquilizarse.

—Mañana hay una comida, a las doce, y nos vamos en cuanto termine. Conduzco yo y tú puedes tumbarte atrás y dormir a pierna suelta. Te lo has ganado —le informó él, arrastrando demasiado las palabras.

Reina permaneció callada. No tenía ganas de hablar. Joe, con su par de cervezas de más, no se dio ni cuenta y continuó charloteando de esto, de aquello y de lo de más allá. Reina lo escuchaba a medias y se sentía culpable: por no escucharle, por no contarle lo que había pasado, por haber escuchado a Lewis, por haberle creído…

—Ya estamos, Oak Street.

—Sí que estábamos al lado.

—Te lo dije.

—Gracias.

—De nada. Oye, ¿estás bien?

—Perfectamente.

—¿De verdad?

—Sí, pero hazme un favor.

—¿Cuál?

—No dejes que Lewis venga solo a casa.

Joe frunció el ceño, intentaba atar los cabos que estaban delante de sus narices, pero sin resultado.

—Hecho —dijo al fin, sin más.

—Pásalo bien —le deseó Reina cuando se dirigió de vuelta al bar.

—Y tú descansa —respondió él.

Cuando giró en la esquina, Reina se quedó sola, en la oscuridad de la noche, temblando.

18

¿Dónde demonios se había metido?

Matt andaba buscando a Reina por todo el bar y no la encontraba por ninguna parte. La había visto hablar con Lewis cuando fue a descargar toda la cerveza que se había bebido, y cuando salió ya no estaba allí. Ninguno de los dos estaba. Se había quedado preocupado porque, aunque la luz no era muy buena, Reina no parecía estar disfrutando de la compañía. Tampoco veía a Joe. Eso le tranquilizó. Esperaba que estuvieran juntos, aunque le escocía que no le hubieran incluido en sus planes, o le hubieran informado al menos.

No acababa de entender qué era lo que le molestaba en realidad, al fin y al cabo, hacía veinticuatro horas ni siquiera conocía a esa mujer. Se dijo que era preocupación. Su primo Lewis era un cabrón y había demostrado públicamente que era peligroso. Ese tío no sabía relacionarse con las mujeres. Nunca había sabido. Cumplía el típico perfil de chico-que-molesta-a-la-chica-que-le-gusta-para-llamar-su-atención desde los cinco años. Matt sabía que había tenido alguna que otra novia, pero ninguna le había durado demasiado, y después de cada ruptura Lewis se volvía más y más resentido, y cada vez trataba peor a las mujeres que tenían la desgracia de toparse con él. Lo peor de todo era que, si se lo proponía, podía resultar encantador. Su madre le había enseñado modales y él sabía hacer buen uso de ellos. Vestía bien, tenía un buen trabajo y una interesante agenda de contactos. No era ningún pardillo. Pero ninguna ilusión dura para siempre, y más tarde o más temprano, su verdadero yo acababa saliendo a la superficie, conduciéndole a un nuevo fracaso. Era un círculo vicioso de manual. Matt sospechaba que el único capaz de romperlo era el propio Lewis, pero con su enorme ego y su nulo sentido de la autocrítica, era incapaz de entender, o de aceptar, que el verdadero problema era él y no los que le rodeaban.

Por otra parte, estaba Joe, su primo favorito. Era unos meses mayor que él y siempre había sido un tío muy guay. No guay en el sentido de popular, sino que era muy fácil tratar con él. Era abierto, espontáneo y muy divertido. Al contrario que Lewis, siempre había sido capaz de hablar con las chicas con soltura y naturalidad. Con su desparpajo, su confianza y su desbordante sentido del humor se las metía a todas en el bolsillo casi sin proponérselo y Matt había tomado buena nota de ello.

En realidad, si se paraba a pensarlo, Reina y Joe eran muy parecidos, como el anverso y el reverso de una moneda, el mismo tipo de persona en masculino y en femenino. Un tándem perfecto en su igualdad.

Matt se tocó el pelo, recordando la sensación de los dedos de Reina peinándolo. Lo había pillado desprevenido. Que te peinen con los dedos a la primera de cambio no era algo que pudiera esperarse de alguien a quien apenas conoces. Sin embargo, él le había pedido ayuda y ella se la había dado. Así de simple. Era franca y directa y sin ningún doblez, igual que Joe. ¿Dónde demonios se habrían metido aquellos dos?

Frustrado, se dirigió a la barra para pedirse una copa y divisó a Tania riéndose con sus primas. Se acercó a ella y le tocó el hombro para llamar su atención. Ella se giró y lo miró de arriba abajo, sorprendida. Cuando lo reconoció le dirigió una sonrisa y le saludó con un «Hola» altísimo.

—¿Has visto a tu padre? —le preguntó él mientras sus primas le miraban de soslayo y se reían por lo bajo.

—Ha salido hace un rato, con Reina —respondió Tania con una mueca—, pero imagino que volverá, porque se ha dejado su chaqueta en el perchero.

—Ah, bien. Gracias.

Matt se estaba dando la vuelta cuando Tania volvió a hablar.

—¿Me invitas a algo?

Matt la miró, suspicaz.

—No quiero ligar ni nada, solo tengo sed y no tengo dinero. Con una Coca-Cola bastará.

Matt no tuvo más remedio que aceptar y la siguió hasta el extremo de la barra más alejado de la pista de baile.

—Aquí podremos hablar tranquilos —dijo ella, encaramándose a un taburete acolchado.

—¿Hablar?

—Claro, hace mucho que no nos vemos. Tendremos que ponernos al día, ¿no?

—Pues sí, dicho así suena de lo más normal.

—¡Claro!, para eso están estas reuniones familiares, para conocerse mejor, estrechar lazos y todo eso, ¿no?

Matt no tenía ni la más remota idea de a dónde iba a parar esa conversación y sentía que estaba pisando terreno pantanoso, pero no se le ocurría ninguna excusa plausible para largarse de allí sin más.

—¿Y cómo tenías pensado estrechar lazos, exactamente? —preguntó al fin, a falta de algo mejor.

—Bueno, hablando, naturalmente. ¿De dónde eres, Matt?

Matt soltó una carcajada.

—¿Esto qué es, Tania? ¿Me estás haciendo una entrevista?

La chica no se sonrojó ni lo más mínimo.

—Para nada, papá me contó que pasabais aquí los veranos, pero no sé si sigues viviendo aquí o te mudaste, como él cuando acabó la universidad, o si vives debajo de un puente o si…

—Vale, vale, te lo contaré todo. Mis padres nacieron en Atlantic, mi madre murió de un cáncer de páncreas cuando yo tenía siete años y me mudé con mi padre a Míchigan. Pasé todos los veranos de mi infancia aquí, con mis tíos y mis primos y luego estudié en la Universidad de Iowa. Hace un par de años mi padre murió de un infarto de miocardio y eso es más o menos todo.

Aunque pensó que Tania se conmovería con su historia de reciente orfandad, no fue así.

—¿Y de qué trabajas, Matt? —continuó preguntando, mientras cruzaba una pierna encima de la otra.

—Bueno, ehhh. Trabajaba de informático, que es en lo que me gradué, pero tras la muerte de mi padre tuve una especie de crisis existencial y me pasé a la ilustración y al diseño gráfico. Desde entonces trabajo de *freelance* y voy tirando con lo que me sale.

—¡Oh! ¡Qué guay! ¿Y qué clase de ilustraciones haces? ¿Puedo ver alguna?

—¡Claro! Mira, tengo algunas en el móvil.

Mientras sacaba su teléfono del bolsillo pensó que, después de todo, ponerse al día con la familia no estaba tan mal. Tania le arrebató el aparato y comenzó a pasar pantallas con curiosidad.

—Hago diseño gráfico e ilustración digital, de momento trabajo para varios periódicos y revistas y ya he hecho alguna colaboración con editoriales también. A finales de mes iré al Festival Anual de Diseño de Los Ángeles.

Tania dio un respingo.

—¿Los Ángeles?

—Sí.

—Mi padre y Reina van de camino a Los Ángeles, ¿lo sabías? Están haciendo un absurdo viaje para… no sé muy bien para qué, la verdad, pero sé que van allí. ¿Tú tienes ya billete? Quizá podrían llevarte.

—No he cogido nada aún. Todavía no he decidido si pasar unos días más por aquí, volver a Míchigan o aprovechar y visitar L.A. con calma.

—¿No quieres ir con ellos?

—No. Sí. Quiero decir, no me importaría, no tengo nada en contra de tu padre y su amiga, es que ni siquiera lo había pensado aún.

—¿No te gusta Reina? Es una tía muy maja y tú eres su tipo.

Matt parpadeó un par de veces, muy rápido.

—¿Soy su tipo?

—Créeme, la conozco desde hace años y los hombres como tú la vuelven loca.

—¿Qué quieres decir exactamente con eso de «como yo»?

—Ya sabes: altos, rubios, tú no eres rubio exactamente pero no importa, de ojos claros, sonrisa bonita, ni muy fuerte ni muy flojo. Y con la mandíbula marcada. Las mandíbulas marcadas le flipan. Lo dicho, como tú. No estás mal, ¿sabes?

—Gracias.

—Seguro que le hace mucha ilusión que vayas con ellos, se pondrá supercontenta.

—¿Tú crees?

—Estoy segurísima.

Tania se calló de golpe. Matt se giró sobre el taburete y vio a Joe acercándose hacia ellos.

—Hola, acabo de dejar a Reina en casa, estaba cansada.

—¿Y Lewis?

—¿Qué pasa con él? ¿Por qué todo el mundo me habla del puto Lewis? Joder, qué ganas tengo de perderlo de vista. No tengo ni idea de dónde está, pero espero que esté aquí porque acabo de prometerle a Reina que no le dejaría ir a casa solo.

—¿Y por qué se lo has prometido?

—Porque ella me lo pidió.

Matt se tensó y Joe lo notó.

—¿Pasa algo? —preguntó, mosqueado.

—No, nada.

—¿Estás seguro?

—Segurísimo —Matt cambió de tema—. Tania me ha dicho que vais hacia Los Ángeles y que os sobran plazas. Yo tengo un festival de diseño allí el veintitrés, si queréis un tercer conductor…

Joe se llevó los dedos al puente de la nariz. Era tarde, estaba cansado y había bebido demasiadas cervezas. No tenía fuerzas para solventar otro marrón. Matt no podía enterarse de que Reina estaba embarazada, y menos aún de que él había aceptado ir en busca de un actor cachas para que su amiga intentara besarlo. Eso sí que no podía saberse ni de coña. Pero tampoco podía rechazar a su primo sin más. Le caía muy bien, joder. La verdad es que si las circunstancias fueran diferentes estaría encantado de que les acompañara. Definitivamente estaba muy cansado y no debería beber más. Miró a su hija.

—Matt, podrías dejarme un momento a solas con mi hija, ¿por favor?

—Yep, esta canción me encanta.

Una vez se hubo marchado, Joe se sentó en el taburete que se había quedado vacío y miró a su hija a la cara.

—Vamos a ver, cielo. ¿Se puede saber por qué le has dicho a Matt que íbamos a Los Ángeles y le podíamos llevar?

—No sabía que era un secreto.

—No es un secreto, pero es un viaje de amigos.

—¿Y Matt no es tu amigo?

—Sí, es mi primo, y mi amigo y le quiero mucho.

—¿Entonces?

—Pues que no es tan fácil.

—¿Por qué no es tan fácil?

Dios, necesitaba otra cerveza. O dos.

—Mira, cariño, sé que no lo has hecho aposta, pero me has puesto en un compromiso. No creo que Matt pueda venir y ahora no sé cómo voy a decirle que…

—¿Es porque Reina está embarazada?

¡¡¡¿Pero cómo demonios?!!!, pensó Joe, a punto de atragantarse.

—¡Camarero! Otra cerveza. Y un chupito de tequila también. A ver, cariño, Reina no está embarazada.

—No me mientas. —Tania ya no tenía las piernas cruzadas ni estaba relajada. Su rostro era una máscara de ira y confusión y pena y muchas otras cosas a las que Joe jamás sería capaz de poner nombre, ni siquiera estando sobrio—. La oí vomitar en casa de los abuelos, la oí decírselo a la abuela. Está embarazada y es tuyo. —Se echó a llorar.

—Pero ¿cómo que es mío? —rugió Joe mientras le cogía la cara a su hija—. ¡No es mío! ¿Por qué dices eso?

—Oí cómo la abuela se lo preguntaba. Reina se quedó blanca y se echó a temblar. Luego la abuela se movió y cerré la puerta para que no me viera. Y has dejado sola a mamá, y te has ido de vacaciones con Reina. ¿Por qué te vas a ir tantos días de vacaciones con ella si no es porque es tuyo?

Las lágrimas de Tania se mezclaban con el torrente de mocos que le salían por la nariz.

—Toma, suénate —le ordenó su padre tendiéndole un pañuelo. Tuvo una desagradable sensación de *déjà vu*, como si últimamente su vida solo consistiera en consolar a mujeres llorosas. El camarero llegó con su comanda y Joe se bebió el tequila de un trago.

—Escucha muy bien lo que te voy a decir, cielo. No es mío, es de otro. No he abandonado a tu madre, ella lo sabe todo y está completamente de acuerdo con el viaje. Reina es mi amiga y lo está pasando mal. Me pidió que la acompañara y le dije que sí. Ya está. Deja de montarte películas en la cabeza.

—Siento que te está alejando de nosotros, papá. Solo hablas con ella, o de ella. Estás todo el rato con ella. Y te ríes y estás contento. En casa no estás tan contento. ¿Te vas a divorciar de mamá? Pensé que, si Matt iba con vosotros, te dejaría un poco en paz.

Joe perdió la poca paciencia que le quedaba.

—¡¡¡Estoy contento porque me voy de vacaciones!!! Llevo todo el puñetero año trabajando y, cuando llego a casa, me encuentro contigo y con tu hermano, peleando, o enfadados por Dios sabe qué gilipollez. Nunca os gusta lo que hay para comer, y no queréis hablar. Y cuando por fin lo hacéis es para decirnos a tu madre y a mí lo malos padres que somos. ¿Tú crees que se puede estar contento así?, ¿eh? Reina no me tiene que dejar en paz porque es mi amiga y me conoce y yo la conozco a ella. A veces no tenemos ni que hablar. Me río con ella y discuto con ella, igual que me río y discuto con tu madre, y con vosotros, por cierto, y eso no significa que me vaya a divorciar.

—Entonces, ¿no nos quieres?

—¡¡Que sí que os quiero!! —A punto de perder los nervios, apoyó la frente en la barra y aguantó como un valiente las ganas de llorar de la impotencia—. Me vais a volver loco.... ¿Es que no lo sabes ya? ¿No sabes lo mucho que te quiero? Estuve todo el partido de baloncesto contigo. ¡Y me encantó! ¡Esta noche quería invitarte a un Shirley Temple y me has mandado a la mierda! ¿Es que tú no tienes amigos, eh? ¿Cómo se llama ese chaval con el que vas todo el rato? ¿Tommy? ¿Johnny?

—Tommy.

—Ese, Tommy, ¿no es amigo tuyo? Te he visto hacer los deberes con él, ir al cine con él, tomarte helados con él, y reírte con él. ¿Acaso es tu novio? ¿Acaso te vas a ir a vivir con él? Hace años que tú y yo no tomamos helado juntos, ¿cuándo fue la última vez que te reíste conmigo?, ¿eh? ¿Tengo que llamar a tu madre y decirle que nos dejas? ¿Que te divorcias de nosotros?

—No es lo mismo.

—Ah, ¿no? ¿Estás segura? ¿Y por qué no es lo mismo?

—Tommy no es tan guapo como tú.

Joe se quedó sin argumentos. Ya no podía más. Era demasiado mayor y estaba demasiado borracho para ganar aquella batalla. Lo que hizo, en cambio, fue abrazar a su hija con fuerza y darle un beso en la coronilla.

—Yo no soy el padre, no os voy a dejar, no me voy a divorciar. Solo necesito unas vacaciones y las voy a pasar con mi mejor amiga, que está atravesando un mal momento. ¿Y sabes qué? Se lo debo. Y tú también se lo debes. Porque yo no sería como soy si no fuera por ella. ¿Quién te crees que me enseñó la diferencia entre un támpax y una compresa? ¿Y lo que duele la depilación? ¿Con quién te crees que aprendí a descifrar las señales de vuestros cambios hormonales? ¿O a no pelearme por las cosas en las que sé que no tengo razón? Gracias a Reina os entiendo mejor a tu madre y a ti. Y ella os quiere muchísimo a las dos, no sabes la de horas que os cuidó cuando erais pequeños, y aún hoy sigue enseñándome cosas que sé que me van a servir en el futuro. Aunque espero de todo corazón que nunca más tenga que enfrentarme a otro embarazo inesperado. Júrame que nunca vas a tener sexo sin condón. O que nunca has tenido sexo sin condón. Lo que sea, me da igual. No dejes nunca que nadie entre dentro de ti sin plastiquito, por favor, júramelo.

—¡Papá! —se quejó Tania, avergonzada. Y así fue como Joe supo que habían superado la tormenta.

—¿Todo bien? —preguntó.

—Todo bien.

—¿Le has contado a alguien más lo de Reina?

—No.

—¿Se lo vas a contar a alguien?

—No.

—Gracias. ¿Vamos a la pista? Me gusta esta canción y me encantaría que me enseñaras a bailarla.

ETAPA 3:

ATLANTIC (IOWA)-COLUMBUS (NEBRASKA)

19

Reina pasó una noche agitada. Últimamente estaba durmiendo fatal, y eso siempre le pasaba factura. En verdad, su estancia en Atlantic le había hecho olvidarse bastante de su problemilla y sospechaba que también la había ayudado a tomar una decisión, pero tenía ganas de seguir el viaje, habían sido demasiadas emociones juntas en muy pocos días. Unas cuantas horas rodando por la carretera sin nada más que hacer que escuchar música y conversar con Joe era exactamente lo que necesitaba.

Echó un vistazo a la puerta de su habitación. Se había encerrado allí en cuanto subió de la calle, y lo primero que hizo fue echar el pestillo. A pesar de que Lewis no tuviera las llaves del apartamento era mejor asegurarse. Se miró la muñeca que le había agarrado la noche anterior y se tocó el moratón que le había salido con la yema del dedo índice.

«Se la cascaba pensando en ti».

Se levantó bruscamente y se dispuso a recoger sus cosas. Joe le había dicho que irían a comer y después se marcharían. No veía la hora de alejarse de ese maldito primo suyo.

Un golpe en la puerta la sobresaltó.

—Salimos en diez minutos. ¿Estás lista?

Era Joe, y por la voz parecía que tenía una resaca de las buenas.

—Estoy cerrando la maleta. Ahora salgo.

Se vistió rápidamente, con unos pantalones piratas azul marino y una camiseta roja, y salió sin hacer ruido. No se atrevía a levantar la vista por temor a encontrarse con los ojillos de lechón de Lewis.

—¿Qué haces allí parada como un conejo asustado?

—¿Estamos solos?

Joe se paró en el pasillo y se puso las manos en las caderas.

—Sí, ¿por qué?

—Por nada.

—Ya, claro —suspiró—. Lewis no ha dormido aquí. Su maleta tampoco está. Habrá ido con su madre, creo que había quedado con ella temprano para volver a Chicago. Estaba un poco cabreado por la bronca del parque, imagino que no querría tener que dar más explicaciones a nadie.

—¿Y Matt?

—Pues Matt ha salido a hacer unos recados, y ya que lo mencionas… ¿Te puedes sentar un momento?

—Claro.

Arrastrando su maleta por el parqué, Reina llegó hasta el sofá desvencijado y se sentó para escucharlo.

—A ver cómo puedo explicarte esto. Anoche Tania y Matt estuvieron poniéndose al día y mi primo le contó que a finales de mes iba a ir a un festival de diseño. No sé si te conté que Matt es informático y que hace un par de años se lio la manta a la cabeza y decidió dedicarse al diseño gráfico.

—No lo sabía, no.

—Pues sí, siempre se le ha dado muy bien dibujar y eso, pero su padre le decía que dibujar era de maricas y que se moriría de hambre si se dedicaba a eso, así que se metió en informática y no le iba nada mal, pero su padre murió, y no sé, le dio por probar y ahora está muy contento, aunque no gana tanto dinero, pero ¿acaso no es ser feliz lo más importante?

—¿A dónde quieres ir a parar, Joe?

—Vale, vale, que me lío. Bueno, pues Matt le dijo a Tania que iba a asistir a ese festival y que era en Los Ángeles y Tania le dijo que nosotros íbamos a ir a Los Ángeles y que seguro que estábamos encantados de que nos acompañara. Y entonces Matt me preguntó a mí y yo pensé en ti, y no sé si te parecerá buena idea y yo no le he dicho nada aún, pero me parecería muy mal decirle que no, porque es un tío cojonudo y, bueno… sí, bueno, eso sería más o menos todo.

Reina pensó que ese viaje no estaba saliendo para nada como ella había esperado. ¿Y ahora qué? Si tenía que elegir a uno de los primos de Joe para que les acompañara ese era sin duda Matt. No es que le conociera de mucho, pero parecía un hombre sereno y sensato, y le caía bien a Joe. ¡Ah! Y le había salvado de una muerte segura a manos de Lewis. Ese era un pequeño detalle a tener en cuenta. Y además tenía la mandíbula más marcada y sexi que había visto nunca... Pero, por otra parte, Matt no podía enterarse de su secreto, o de la razón final de su viaje. Eso sería catastrófico y Reina dudaba de que pudiera fingir durante tanto tiempo...

Joe se había sentado en uno de los taburetes de la mesa de la cocina y la miraba con ojos de cachorrito abandonado.

—No sé por qué me miras así si ya sabes que voy a decir que sí.

—¡Sí! —Su amigo hizo un gesto de victoria con los brazos—. No sabes qué marrón me quitas de encima. ¿Te he dicho alguna vez que eres una tía cojonuda?

—Alguna vez, pero eso no será suficiente para pagarme esta deuda...

Joe esperó a los postres para decirle a su primo que le aceptaban como compañero de viaje y Reina aprovechó el momento para salir a tomar un poco el aire. Poco después la puerta se abrió de nuevo y Helen se materializó a su lado con una taza de café.

—¿Qué tal te encuentras?

—Bien, de momento parece que mi estómago todavía es capaz de retener algo de comida.

Helen soltó un ruidito por la nariz y le acarició el hombro.

—Creo que lo voy a tener —soltó Reina de sopetón, más para ella misma que para alguien más—. Yo estaba a gusto con Mikkha, lo pasábamos bien, fue todo consentido... Ya no soy ninguna niña y tengo los medios para cuidar de él, o de ella. Nunca quise ser madre soltera, pero a veces las cosas no salen como uno quiere. Casi nunca, en realidad.

—No hace falta que te justifiques, cielo. Es tu cuerpo, es tu vida y estás sola en esto. No le debes ninguna explicación a nadie, mucho menos a mí.

—Me viene bien, ¿sabes?, repetirme una y otra vez por qué voy a hacer esto. Estoy muerta de miedo.

Helen se cambió el café de mano y le dio un abrazo.

—La actitud es importante. Es importante que quieras hacerlo. El niño no tiene ninguna culpa, pero si tú no lo quieres lo tendríais muy difícil los dos. Tómatelo con calma, ve poco a poco, no te agobies, aprende a hacer yoga y a contar hasta diez. Me alegro de que hayas tomado una decisión, la incertidumbre es horrible. Imagino que ahora podrás disfrutar más del viaje.

—Eso espero, no me gusta estar tan gruñona. Aunque no creo que las náuseas, el cansancio y las constantes ganas de ir al baño vayan a desaparecer de repente, ¿verdad?

—Jajajaja, no, cariño, no, lo mejor aún está por venir.

La puerta del restaurante se abrió de golpe y Joe salió como una tromba.

—Érase dos mujeres al español pegadas... ¿Estás lista? Matt va a recoger sus cosas y nos vamos.

—Sí, estoy lista. Déjame ir al lavabo una vez más. No tardo nada.

Helen aprovechó el momento para acercarse a su hijo.

—¿Estás bien, cariño? Tienes mala cara. Ven aquí, déjame que te toque la frente.

Apuró el vaso de polietileno y lo lanzó a una papelera próxima antes de cogerle la cabeza a su hijo para bajarla a la altura de sus labios y besarle con determinación maternal. Aun así, tuvo que ponerse de puntillas.

—¡Mamá, déjame! Estoy bien.

—No es verdad. Tienes febrícula, y mira esas ojeras.

—Ayer me acosté a las tres de la mañana y me tomé unas cuantas cervezas. ¿Cómo quieres que esté? Creo que no me había corrido una juerga así desde hace por lo menos quince años. Los abuelos deberían cumplir cincuenta años de casados más a menudo, porque fue un fiestón. Menos mal que el trayecto de hoy es corto.

—Mira que eres tonto —replicó su madre con cariño—. Tú estás incubando algo, te lo digo yo. Al menos tómate este ibuprofeno y hazme el favor de mantenerte lejos de Reina. Lo último que necesita es que le pegues lo que sea que hayas cogido.

—A mí no me cuidabas tanto cuando iba a ser papá.

—Tú no lo necesitabas ni la mitad.

—Gracias, mamá.

—De nada, cariño. Deseo de todo corazón que todo le vaya bien.

—Seguro que sí, ya lo verás.

138

—¡Lista! —exclamó Reina en cuanto volvió a salir del local—. ¿Vamos metiendo las maletas en el coche? Gracias por todo, Helena, de verdad. Te mantendré informada.

—Más te vale. Déjame que te ayude.

Mientras cargaban el coche, Matt bajó con una mochila militar colgada del hombro y se dirigió a Reina justo cuando esta cerraba el maletero. Joe acababa de entrar al restaurante en busca de sus hijos, seguido de su madre.

—Perdona, Reina, creo que esto es tuyo. Estaba debajo de mi cama. —Y de su bolsillo vaquero sacó un trozo de tela de color negro.

—¿Qué es? —preguntó ella, con curiosidad, antes de darse cuenta por sí misma y querer meterse debajo del coche: unas braguitas de algodón negro que enseguida reconoció como suyas. «Por favor que estén limpias, por favor que estén limpias», pensó con fuerza.

—No quería que las echaras en falta y pensaras que yo, bueno…—Matt estaba mirándose las puntas de sus zapatillas, evitando a toda costa que sus miradas se cruzaran.

—¡No, por Dios! ¿Cómo iba a pensar eso? Se debieron de caer la noche que llegamos. No queríamos que Lewis cogiera ese cuarto y Joe me dijo que esparciera toda la ropa por la cama. Luego me cambié de habitación y se debieron quedar ahí. Perdóname, por favor. ¡Qué vergüenza! No sé dónde meterme…

Mientras hablaba había estado revisando la prenda y comprobando que estaba perfectamente limpia, cosa que la tranquilizó enormemente.

—No es nada. —Matt se había atrevido a levantar su mirada y sus mejillas lucían un poco sonrojadas—. ¿Todo bien entonces?

—Estupendamente —fue lo único que se le ocurrió decir mientras se metía las bragas en el bolsillo de sus pantalones a falta de un sitio mejor—. Ven, deja que te abra el maletero para que guardes tu mochila.

Luego los dos se quedaron parados en la acera, compartiendo un silencio no del todo cómodo mientras esperaban a que Joe saliera.

En su lugar apareció Luke, seguido de Steve y Tania. El primero se lanzó a los brazos de Reina y ella lo acogió con cariño y lo colmó de besos.

—¿Me traerás algo de Los Ángeles?

—Claro que sí, ¿qué te apetece?

—¡Una palmera grande!

—¿Te vale una pequeñita? Creo que una grande no me va a caber en el coche. Y si quieres, cuando vuelva, la plantamos en tu jardín, ¿qué te parece?

—Genial. Pásatelo muy bien. Voy a terminarme el postre. La abuela me ha dejado repetir.

Y tal y como había llegado se fue.

Steve ocupó su lugar y aunque no le dio un abrazo, ni un beso ni nada de nada, sí le tendió una servilleta de papel garabateada en tinta azul.

—La lista de canciones que me pediste. Hay un poco de todo. Espero que te guste. ¿Me harás tú una de tus clásicos imprescindibles?

—¡Por supuesto!, lo pensaré y te la mandaré al móvil. Y gracias por tu selección. Las voy a escuchar absolutamente todas. —Se inclinó para darle dos besos de despedida, pero el chico ya estaba en retirada. Tania, viendo que estaba a punto de besar al aire, se acercó rápidamente y colocó sus mejillas en el lugar que había quedado vacío.

—Cuídate mucho, ¿vale? —le dijo la chica mirándola a los ojos—. Ten cuidado y pásalo bien. Siento haber estado un poco borde estos días.

—¿Has estado borde? —preguntó Reina—. ¡No me he dado cuenta! Yo tampoco he estado muy fina que digamos… Aprovecha estos días sin padres, ¿eh? Pero sin hacer tonterías, por favor.

Reina le colocó un mechón de pelo detrás de la oreja y luego la dejó ir, aunque en vez de dirigirse a la puerta, la joven se acercó a Matt.

—Buen viaje, Matt, que te vaya muy bien en esa feria de diseño, seguro que arrasas. Por cierto, ¿soy yo o se te ha aclarado un poco el pelo? Te veo más rubio que ayer.

Reina no vio el travieso guiño que le dedicó antes de marcharse.

Y por fin apareció Joe, con las gafas de sol puestas y la palma de su mano derecha abierta, esperando las llaves del coche.

—¿Estáis preparados? ¡El asfalto nos espera! Tú —señaló a Matt con el dedo— conmigo, de copiloto. Y tú —le tocó el turno a Reina— atrás a dormir, que sé que lo estás deseando.

—¿Estás seguro? —titubeó ella—. No tienes muy buen aspecto….

—No hay nada que un buen Red Bull no pueda arreglar. Estoy deseando darle al pedal. ¡Columbus, Nebraska, allá vamos!

Y derrapando por la carretera se alejaron de la ciudad.

20

Una mano le sacudió el hombro con delicadeza.

—Reina, despierta.

Un suave empujón más.

—Despierta, Reina, vamos.

Ella abrió un ojo a medias y se desperezó como una gata.

—¿Hemos llegado ya? —preguntó, somnolienta.

—No, aún no hemos salido de Iowa. Joe no se encuentra bien.

Reina terminó de incorporarse y miró a su alrededor, desorientada.

—¿Dónde estamos?

—En alguna parte entre Atlantic y Omaha.

El coche estaba parado en una cochambrosa gasolinera al pie de una carretera vacía.

—¿Qué ha pasado?

—Empezó a encontrarse mal a la media hora de haber salido. Decía que le dolía la cabeza y tenía una sensación rara en el estómago. Me ofrecí a relevarle, pero el coche es con marchas y yo solo he conducido automáticos.

—Ah, sí. Me saqué el carnet en España y allí casi todos los coches son con marchas. A Joe le enseñó su madre. No pensé que fuera a ser un problema... ¿Dónde está?

—Ha ido al baño nada más aparcar. Lleva un buen rato allí. He comprado Coca-Cola en la tienda. El encargado estaba empezando a mirarme mal. ¿Tú quieres algo?

—Un poco de agua, pero ya voy yo, me vendrá bien despejarme.

Reina salió del coche, se dirigió a los aseos de caballeros y llamó a la puerta con los nudillos.

—¿Joe? ¿Estás ahí? ¿Va todo bien?

—No —respondió una voz lastimera—, me encuentro como si una apisonadora me hubiera pasado por encima.

—¿Necesitas algo?

—A mi madre —gimió—. No, es broma. Creo que me vendrá bien dormir un poco. No tardaré mucho, ahora salgo.

Reina fue a la tienda, cogió una botella grande de agua y se acercó al mostrador para pedir una manzanilla. De nuevo en el exterior, levantó la vista hacia el cielo. Hacía un sol espléndido, tan deslumbrante, que tuvo que cerrar un ojo para contemplarlo.

—Ahora viene. Está hecho mierda —le informó a Matt en cuanto llegó al coche.

—Pues vaya.

Un minuto después apareció Joe, tambaleándose como un zombi. Cuando llegó al coche Reina le tendió el vaso con la manzanilla.

—Bébete esto, poco a poco, no hay prisa. Luego te tumbas en la parte de atrás y te duermes. Después, ya veremos.

Joe obedeció mansamente, bebiéndose la infusión a sorbitos para no quemarse y se tendió en la parte de atrás, flexionando al máximo sus largas piernas. A continuación, dobló su chaqueta a modo de almohada, apoyó la cabeza, cerró los ojos y cayó dormido como un tronco.

El viaje siguió sin mayores incidencias. Matt no tardó en dormirse también, arrullado por el coche, la carretera vacía y el sol calentando su ventana. Reina disfrutó de un rato de soledad, escuchando la radio, cantando muy bajito las canciones que le gustaban, tamborileando en el volante y pensando, de vez en cuando, en qué tipo de madre sería para su bebé, ahora que había decidido tenerlo. El hecho de haber tomado por fin una decisión le daba una tranquilidad que llevaba muchos días añorando, como si tener un nuevo punto de partida la anclara a la tierra otra vez.

Cuando empezó a sentir hambre, paró en la primera gasolinera que encontró y apagó el motor. Se giró para mirar a sus acompañantes: los dos habían caído como piedras. No se habían movido ni un poquito.

Se bajó con cuidado de no hacer ruido y se dispuso a comprar algo de comer. Frente al lineal de las patatas fritas agarró unas de sabor vinagre y unos Doritos, pero al segundo se quedó quieta, dudando: ¿Tendría Matt alergia al gluten? ¿Sería vegetariano? ¿Vegano? ¿Tendría problemas con la lactosa? Conocía los gustos de Joe al dedillo, pero a Matt solo le había visto desayunar y eso no le daba mucha información. Intentó hacer memoria y lo recordó en su apartamento, mascando a dos carrillos sus dónuts de la paz. Así pues, celiaquía descartada. Por algo había que empezar. Al final añadió a la compra un paquete de dónuts de chocolate, una bolsa de *snacks* vegetales, otra de ositos de goma y una botella de dos litros de Sprite.

De nuevo en el coche, abrió los Doritos y sintonizó la radio hasta dar con una emisora de *rock*. Con las primeras notas de *I am a Passenger* saliendo de los altavoces, atacó su comida como si fuera un tiburón. Aunque llevaba ya varios días sufriéndolo, no acababa de acostumbrarse a ese baile constante entre la horrible náusea y el hambre voraz que la atacaba cuando menos se lo esperaba. Masticando como si no hubiera un mañana, comenzó a tararear la canción de Iggy Pop, bajito al principio y luego, tras cerciorarse de que todo estaba tranquilo a su alrededor, un poco más fuerte. Para cuando llegó al estribillo ya se había dejado ir por completo y cantaba cada ráfaga del *la-la-la-la-la-la-la-la* con un tono diferente, de más agudo a más grave, y sin dejar de masticar. Al terminar la canción tenía la garganta completamente seca. Alargó la mano hacia la botella de Sprite, que había colocado en el hueco del reposabrazos. Había pensado que sería fácil abrirla sin soltar el volante, pero se equivocó. Sin dejar de sujetarlo con una mano, colocó la botella entre los muslos con la otra para, a continuación, girar el tapón, pero le resultó imposible, parecía que lo habían pegado con Super Glue y lo único que consiguió fue que la botella girara entre sus muslos una y otra vez. Estaba empezando a perder los nervios y a considerar seriamente abrir el maldito tapón con los dientes cuando una mano apareció en su campo de visión.

—Deja que te ayude.

Con los carrillos llenos de Doritos, cual ardilla con paperas, Reina se giró y vio a Matt, todavía adormilado, el pelo aplastado por haberse apoyado en la ventanilla.

—Gracias —farfulló, y separó ligeramente las piernas para permitirle coger mejor la botella. Matt la abrió al primer intento y se la tendió de nuevo. Reina bebió a grandes sorbos sin demasiada delicadeza.

—Gracias —repitió, reprimiendo un eructo. Quizá lo del Sprite no había sido tan buena idea después de todo.

—No es nada. —Matt le volvió a coger la botella, dio un trago él también y la cerró. Luego se frotó la cara y estiró los brazos, desperezándose—. Es lo mínimo que podía hacer después de ese recital tan elaborado.

—Oh, no, dime que no lo has oído. —Reina lo miró un segundo, horrorizada.

—Lo he oído —replicó Matt, descojonándose.

—Oh, no, dime que no te he despertado.

—No me has despertado. Me he empezado a despejar cuando estabas sintonizando la radio.

—¡¿Y por qué no has dicho nada?!

—Se te veía muy relajada pensando que estabas sola.

—Eres una persona muy mala.

—Y tú una cantante muy mala.

—No me voy a ofender porque tienes toda la razón, pero que conste que he cantado de pena a propósito. En realidad puedo hacerlo mucho mejor. En todo caso, si tan horrible ha sido, haberme parado. —Reina giró su cabeza y sonrió para dejar claro que estaba bromeando.

—No ha sido horrible, solo algo… peculiar. —Matt se reacomodó en su asiento, riéndose bajito—. No, en serio, no ha sido horrible. No quería hacerte sentir incómoda.

—Bueno, no pasa nada. Yo no quería herir tu sensibilidad auditiva, así que imagino que estamos en paz.

—Me alegro.

—Yo también. Oye, si tienes hambre hay guarrerías en esa bolsa. No tenía muy claras tus preferencias, así que he cogido un poco de todo.

—Eres muy amable, aunque como de todo. Ahora ya lo sabes. Veamos qué hay por aquí. ¡Vaya! ¡Sí que hay variedad! Me voy a quedar con los ositos. Luego quizá le dé a esas *chips* vegetales tan coloridas, sanas y ecológicas.

En menos de un minuto ya había abierto la bolsa y andaba masticando su primer puñado de gominolas. Antes de coger otro más se giró para mirar a Joe.

—¿Se ha movido? ¿Sigue vivo?

—Creo que sí. Le he oído gemir un par de veces.

Justo en ese instante, como si lo hubieran convocado, Joe se incorporó de golpe, gritando.

—¡Voy a potar! ¡Para, para, para, para!

—¡Joder! —exclamó Reina—. Aguanta un momento. Ni se te ocurra vomitar en mi coche. ¡Aún nos quedan más de dos mil kilómetros hasta Los Ángeles!

De un volantazo, Reina cruzó los tres carriles que la separaban del arcén mientras Joe bajaba la ventanilla y asomaba la cabeza por ella.

Un momento después, Reina frenaba en seco.

—Fuera. ¡Ya!

—Joder —repitió Matt.

—Lo sé. Voy a salir a ayudarle.

Reina esperó a que pasara un enorme camión cisterna para abrir la puerta, cerrándola con fuerza detrás de sí. Rodeó el coche por detrás y llegó hasta donde estaba su amigo quien, doblado sobre su abdomen, echaba con dificultad la manzanilla y parte de la comida.

—Mierda, Reina, odio vomitar, te juro que lo odio.

Una enorme arcada le interrumpió.

—Shhhh, tranquilo, ya está, ya se pasa.

Detrás de él, Reina le acariciaba la espalda y le sostenía la frente como su madre hacía con ella cuando era pequeña y enfermaba de gastroenteritis. Ella también odiaba vomitar.

—Creo que ya he terminado.

—Espera, voy a por toallitas.

—Las malditas toallitas, siempre en todas partes.

Reina se acercó a la puerta del copiloto y Matt la abrió antes de que llegara.

—¿Qué necesitas? ¿Está bien?

—Voy a limpiarle un poco, se ha manchado parte de la camiseta y las puntas de las deportivas. Tengo un paquete de toallitas en la guantera.

—Aquí solo hay kleenex.

—Me valen igual.

Joe ya se había incorporado e inspiraba hondo por la boca. Un enorme charco oscurecía la tierra rojiza.

—Toma, límpiate.

Reina se señaló la comisura derecha y luego la barbilla, indicándole dónde debía hacerlo.

—Joder —suspiró él.

—Ya. Deja que te ayude. —Y frotando con energía le limpió parte de la camiseta—. Toma, dale tú a las zapatillas, con fuerza, no quiero que me apestes el coche.

Se dirigió una vez más al coche y pidió la botella de agua. Luego regresó con Joe.

—Enjuágate.

Joe lo hizo y aprovechó para mojarse la cara, la nuca y el pelo.

—¿Tienes hambre? —quiso saber su amiga.

—Ni un poquito.

—¿Estás mejor?

—Sí.

—Pues móntate en el coche y duérmete otra vez. No veo la hora de llegar a Columbus…

Sinceramente, el hotel era bastante mejor de lo que había esperado. Si no fuera por el horrible calor que hacía en las habitaciones, hasta podría haberlo calificado de acogedor. Estaba a las afueras de la ciudad y las vistas no eran gran cosa, pero las cristaleras dejaban pasar la luz del sol, las sábanas estaban limpias y el baño lucía gloriosamente inmaculado. Joe había reservado una habitación doble con dos camas individuales y Matt llamó para reservar la suya en cuanto salieron de Atlantic.

—¡Por fin en casa! —exclamó Reina nada más abrir la puerta—. Voy a prepararte un baño caliente y a buscarte algo de comer. A ver si encuentro algún sitio donde hagan sopas o caldos para llevar.

—Déjalo, Reina, estoy bien.

—Tonterías. Tu estómago está completamente vacío. Tienes que comer algo. O beberlo, al menos. Cuanto antes repongas las fuerzas antes…

El ruido del agua cayendo en la bañera ahogó lo que estaba diciendo y Joe se recostó y cerró los ojos. Se sentía realmente agotado.

Al cabo de un rato, el sonido cesó. Su amiga salió del cuarto de baño y se acercó a él.

—Ven, deja que te ayude a incorporarte. Hueles a pota.

Joe abrió los ojos con pereza y se quedó mirando las pequeñas manos tendidas hacia él sin mover ni un músculo. Luego frunció levemente el ceño y tiró con cuidado de la muñeca derecha.

—¿Qué es esto? —preguntó, muy serio.

Reina intentó retirar la mano, pero Joe la retuvo con firmeza.

—No es nada.

—Pues parece un moratón y tiene la forma de una mano. Me pregunto cómo y por qué ha aparecido ahí.

Joe se incorporó, examinando la piel con cuidado. Luego clavó sus ojos en los de su amiga, exigente.

—Fue Lewis.

—Maldito hijo de puta... —Le soltó la mano y se incorporó un poco más.

—Fue después de la canción de The Offspring. Me interceptó cuando salía del baño, me cogió de la muñeca y me dijo que... da lo mismo.

—De eso nada, ¿qué te dijo ese mequetrefe malnacido?

Reina tragó saliva, le costaba mucho continuar.

—Nos vio bailar *Self Esteem* en la pista y me dijo que la canción nos iba como anillo al dedo porque tú siempre hacías lo que yo te pedía y yo era una calientapollas que solo jugaba contigo.

Reina no lo miró al hablar. Sin darse cuenta había sacado las bragas negras de su bolsillo y sus manos se pusieron a juguetear con ellas.

—¿Y qué coño sabe ese capullo de lo que yo hago y de lo que nos va bien o no?

—Dijo que lo único que merecía la pena de mí eran mis tetas y mi culo. Y que le habías contado a todo el instituto que te masturbabas pensando en mí.

—¡¿Y le creíste?! —Joe estaba a punto de ponerse a gritar.

—No soy tonta, Joe, sé lo que intentaba hacer, de lo que sale de la boca de tu primo no me creo ni la mitad. Ni la mitad de la mitad, nada, pero aun así... me hizo daño. Y no me refiero al moratón.

—¿Por qué?

—Porque me hizo dudar. ¿Y si se me había escapado algo? Tú siempre has sido mi mejor amigo, ya lo sabes, pero, ¿y si tú no querías ser solo eso? ¿Y si solo estabas ahí esperando a que pasara algo más? ¿En qué se convertía entonces nuestra amistad? ¿Y de verdad te masturbabas pensando en mí?

—Joder, Reina, a los doce años me masturbaba pensando en todas las tías con las que me cruzaba. Pero que me la cascara de vez en cuando pensando en ti no significa que quisiera casarme contigo. Yo no me tocaba como un mono cuando te conocí, ¡tenía siete años, por el amor de Dios! Tú eras solo una persona con la que me lo pasaba bien, compartía los veranos, comía helados y ya. En un momento dado, puede que me preguntara cómo sería tenerte de novia, pero es que se veía a la legua que tú no pensabas en eso ni por asomo, así que lo dejé estar y se pasó, sin más. No eres una calientapollas, no me has manipulado de ninguna manera. Parece mentira que tenga que decírtelo. Tú solo has sido tú y yo estaba contigo exactamente por eso, porque eras divertida, y sorprendente y original y cariñosa y lista y comprometida y no te pasabas el día hablando de ti o de ropa o pensando en cómo gustar a los chicos o en el tamaño de tus tetas.

—En realidad estaba muy preocupada por el tamaño de mis tetas, o por su falta de tamaño, mejor dicho, pero no es algo que quisiera compartir contigo precisamente.

—Lo que quiero decir es que, me la meneara pensando en ti o no, tú siempre has sido mi amiga por encima de todo y no Britney Spears disfrazada de colegiala cachonda cantando *Oops I did it again*. Jamás me has utilizado, sino que te has preocupado por mí y me has ayudado cuando más lo he necesitado. Y yo espero haber hecho lo mismo por ti. Lewis siempre me ha caído como el culo, pero no te haces una idea de lo mucho que le odio ahora mismo. Y, por cierto, yo jamás le conté a nadie eso de ti, pero es acierto seguro en el noventa por ciento de los tíos del mundo mundial, él solo sumó dos más dos y acertó.

—¿Sabes lo que me parece curioso? A los doce años yo estaba en babia. Me enteré de lo que significaba «meneársela» en el patio, hablando con el grupito de Francis York, ¿te acuerdas de él? Pasaba por ahí y me pararon para decirme que Francis se la meneaba pensando en Lidia Smith y yo me quedé con cara de póquer porque no tenía ni idea de lo que me estaban hablando. El pobre Francis se puso rojo como un tomate y sus amigos no paraban de reírse, moviendo una mano semicerrada por encima de sus entrepiernas. Les parecía todo de lo más divertido y natural, una broma más entre todas las que os hacéis los chicos a esa edad. Sin embargo, unos meses más tarde, ese mismo grupito empezó a hablar de Lidia Smith. Decían que se hacía dedos y era una guarra. Era una guarra porque se hacía dedos. «¿Qué coño es hacerse un dedo?», me preguntaba yo, que seguía sin tener ni idea de lo que hablaban. Tenía que ser algo muy malo, porque en menos de dos días Lidia se quedó sola. Y te digo una cosa: Lidia Smith, como yo, no tenía ni puñetera idea de lo que era eso, así que difícilmente se podía haber hecho uno. Y, sin embargo, la sola idea de que lo hubiera hecho arruinó toda su reputación. Lo que era una bromita graciosa en el círculo de Francis York se convirtió, como por arte de magia, en una cosa horrible y denunciable, incluso cuando era mentira, en cuanto se le atribuyó a Lidia Smith.

»Cuando Lewis me susurró al oído, con esa voz horrible y su aliento apestando a alcohol, que te masturbabas pensando en mí, yo podía haber pensado: ¿Y a mí qué? Yo no te pedí que te masturbaras, no hice nada para provocarte, tampoco me habías pedido permiso para usar mi imagen para excitarte, ni yo te lo había concedido, era algo que, de hecho, había pasado y siempre iba a pasar sin mí, y, sin embargo, tu primo me lo dijo para que me sintiera culpable, como si yo hubiera hecho algo sucio, incluso sin que yo lo supiera. Como si yo fuera una guarra y no tú, que estabas ahí dándole al manubrio por voluntad propia. Como si yo fuera culpable de tu placer. Y lo peor de todo fue que me sentí así. Cuando me dijo eso, me sentí culpable y sucia y vulnerable y desconcertada y todo al mismo tiempo. Y luego me sentí enfadada, porque si Francis York podía meneársela libremente pensando en Lidia Smith y a todo el mundo le parecía bien, Lidia Smith tendría que poder hacerse dedos pensando en quien le diera la gana sin que nadie la lapidara por ello, y yo no tendría por qué aguantar a un tipo insufrible y cabrón hablándome de en quién pensaba mi amigo cuando se masturbaba a los doce años solo para hacerme daño. Eso no tendría que ser así.

—Vamos a ver, Queenie, para empezar tú siempre te enterabas de ese tipo de cosas como tres años más tarde que el resto de la gente. El porqué nunca lo averigüé, pero sí que estabas en babia, querida. Respecto a lo de Lidia Smith, me acuerdo perfectamente porque en cuanto se dijo que se hacía dedos subió muchísimo en el *ranking* de fantasías eróticas de toda la chavalada. Y estoy contigo en que no se lo había hecho ni de broma. Esa no sabía ni lo que era un beso de tornillo, así que imagínate lo otro.

—Si se hace dedos, mal, si no sabe lo que es un beso de tornillo, también mal. ¿En qué quedamos, eh? ¿Qué tenía que saber, o no, Lidia Smith para que no se metieran con ella?

—¡Da igual! ¡Ella no podía hacer nada! Lo único que podría haberla protegido era haber salido con Francis York.

—¡Pero es que ella no quería salir con Francis York!

—¡Pues ahí lo tienes, Reina, joder, es de cajón!

—¿De cajón? ¿En serio?

—Mira, sé que no está bien, que es una putada, pero así son las reglas del juego, o lo eran cuando tú y yo íbamos al instituto. Y aunque me doy perfecta cuenta de que tú no piensas lo mismo y estás deseando enumerarme una por una todas tus razones, ahora mismo no estoy de humor, ¿sabes? He cagado y potado la mitad de mi peso y te he confesado a la cara que hace más de veinte años me encerraba en el baño y me tocaba pensando en ti. Y además, no puedo parar de preguntarme por qué cojones te has sacado unas bragas del bolsillo y no paras de toquetearlas.

Reina se miró las manos y, a pesar de que, efectivamente, hervía de indignación por el inmerecido sufrimiento de Lidia Smith, no pudo evitar soltar una carcajada que puso punto y final a su diatriba.

—Es una larga historia que te contaré en otro momento, prometido. Aun así, me alegro de haberte contado lo de Lewis y que te hayas indignado como lo has hecho, quizá ha llegado la hora de que las cosas empiecen a cambiar de una vez. Y haz el favor de llamar al servicio de lavandería, por favor, o toda nuestra habitación va a acabar oliendo a pota.

Joe alargó la mano para coger el teléfono, pero un golpe en la puerta le interrumpió. Era Matt.

—¿Se puede?

—Claro, pasa, tío —le invitó Joe mientras se levantaba con esfuerzo de la cama.

Matt apareció enfundado en unos vaqueros grises, con una camiseta negra descolorida y unas deportivas usadas pero bien cuidadas. Su pelo castaño claro aún estaba húmedo de la ducha, y su mandíbula prodigiosa lucía un rastro de barba clara que no le sentaba nada mal.

—¿Qué tal te encuentras, colega? —preguntó, cerrando la puerta tras de sí.

En dos zancadas se había acercado a donde estaba Joe y un olor maravilloso llegó a la nariz de Reina, que intentó sin éxito averiguar qué perfume se habría puesto.

—Bueno, ahí estamos. Nada que un buen baño y una buena noche de sueño no puedan solucionar. Mañana estaré como una rosa, ya verás.

—Iba a cogerle algo de comer. ¿Quieres venir? —le ofreció Reina.

—Te he dicho que no tengo hambre —insistió su amigo—. Un poco de ayuno no me vendrá mal. ¿Por qué no os vais a cenar vosotros? No habéis hecho más que comer guarradas y tú tienes que estar canina —añadió, echándole a su amiga una mirada muy significativa.

Esta se llevó las manos a su abdomen y, de repente, sintió un hambre atroz.

—La verdad es que sí, me muero de hambre. ¿Vienes? —se dirigió a Matt. Tenía la esperanza de que dijera que sí, aunque, al mismo tiempo, no tenía ni idea de qué hablar con él. ¿Y si resultaba ser un aburrido redomado?

—Claro, ¿quieres ir a algún sitio especial? He visto un *pub* que anunciaba comida y conciertos cuando veníamos hacia aquí. Puedo buscarlo en Google, a ver qué valoraciones tiene.

—Bueno, ¿por qué no lo decidís por el camino? —les interrumpió Joe—. Tengo que darme un baño y necesito un poco de tranquilidad.

Y empujándolos por la espalda los sacó sin miramientos de la habitación.

21

A solas con Matt en el estrecho pasillo del hotel, Reina fue doloro-
samente consciente de su aspecto. Al contrario que él, ella no se había
duchado y aún seguía vistiendo la ropa de esa misma mañana. No
había tenido tiempo ni de sacar su neceser de la maleta y ahora daría
gran parte de su poca fortuna por poder ponerse un poco de desodorante y colonia. Si no fuera por el hambre que tenía, probablemente se
hubiera metido en la cama tal cual estaba y hubiera dormido como una
marmota hasta el día siguiente.

—¿Qué te apetece comer? —preguntó Matt, al tiempo que miraba
su móvil.

—La verdad es que me da bastante igual.

«Una vaca muy grande, poco hecha. Con muchas patatas fritas, gracias».

—En el local que te decía sirven hamburguesas, costillas y cosas así
—comentó mientras ojeaba la información en su móvil.

—¡Perfecto! —Cualquier sitio repleto de gente donde su olor corporal y su atuendo poco elegante pasaran inadvertidos le parecía ideal—.
¿Sabes cómo llegar? No tengo ningún problema conduciendo, pero soy
un desastre con la orientación.

—Creo que sí, y además contamos con Google Maps. Tú conduces
y yo te guío.

Llegaron sin incidencias. El sol aún brillaba en el cielo, pero el *parking* del local, destartalado y de una sola planta, ya estaba plagado de
coches. Del asfalto agrietado, como un árbol solitario y monstruoso,
emergía un enorme poste coronado por un cartel que anunciaba en

grandes letras negras el nombre del bar y el *show* que ofrecía esa noche: una velada amenizada con bandas que rendirían tributo a las leyendas del *heavy metal*. Reina salió y esperó a Matt para dirigirse junto a él hasta la entrada, donde un grupo de gente de diversas edades se apelotonaba para entrar.

En el interior hacía un calor sofocante y apenas había ventilación, pero el ambiente distendido y los acordes de las guitarras eléctricas que flotaban en el local la sedujeron de inmediato.

—¿Todo bien? —preguntó Matt, temiendo que el lugar no fuera lo suficientemente sofisticado.

—¡Sí! —respondió Reina, alzando la voz para hacerse oír y sintiéndose un poco tonta al levantar sus dos dedos pulgares mientras hablaba—. ¿Vamos a la barra?

Echó a andar sin esperar contestación. O comía algo pronto o mordería al primer ser humano que se le pusiera por delante.

—Dos cervezas —pidió Matt, sentándose a su lado.

—La mía sin alcohol, por favor.

Matt la miró con curiosidad.

—Tengo que conducir —se justificó con una sonrisa dulce—. Soy una chica muy responsable.

—No sé yo si esa es la palabra que mejor te define.

—Ah, ¿no? ¿Y cuál usarías tú entonces?

Él se rio, pero Reina percibió un rastro de vergüenza.

—No lo sé, pero responsable no, o no solo eso al menos… ¿pedimos?

—Sí, por favor —cedió ella, su apetito era en esos momentos bastante mayor que sus ganas de jugar con él—. Veamos qué hay por aquí. Yo quiero la ensalada de la casa y una hamburguesa al punto con patatas.

—¿Todo para ti?

Desde su asiento Matt la miraba con los ojos como platos. No había reproche en su expresión, sino más bien una mezcla de asombro, respeto y desconcierto que le hizo parecer muy vulnerable, como si nunca hubiera estado con una chica que pudiera comer más que él. Reina reaccionó con rapidez.

—¿Te gusta la ensalada? Podemos compartirla.

—Ehhh, vale.

—Genial, ¿y quieres algo más?

—Pues, hamburguesa también, poco hecha.

—Perfecto. ¡Camarero! —Estirando el brazo y levantando el trasero del taburete Reina captó la atención del hombre entrado en años y en carnes que atendía la barra y pidió diligentemente.

—¿Tienes hambre? —preguntó Matt, divertido.

—No te haces una idea.

Matt asintió con una sonrisa y miró un momento a su alrededor, esforzándose por encontrar un tema de conversación.

—¿Puedo hacerte una pregunta?

—Claro, dispara.

—¿Cómo es que conduces un Peugeot? Hace años que no se fabrican por aquí.

Reina se giró para quedarse justo enfrente y se puso cómoda.

—Era de mi padre, trabajaba para Peugeot antes de venir a los Estados Unidos. Empezó joven, en taller, luego pasó por distintos departamentos hasta que se hizo responsable de recambios. Le encantaba su trabajo, tenía una memoria prodigiosa en la que almacenaba los nombres de todas las piezas, sus características y número de bastidor. Cuando conoció a mi madre se plantearon dónde vivir y finalmente decidieron venir aquí. Fue un paso muy duro para él. Estaba muy integrado y le tenían en muy buena consideración. Por aquel entonces, ya no se fabricaba nada de Peugeot en USA y el comité directivo, en una arriesgadísima operación de *marketing*, le regaló el coche, un flamante Peugeot 406 de un rabioso color burdeos. «Así verán esos americanos lo que se están perdiendo», le dijeron. Los compañeros de recambios le llenaron el maletero de piezas de repuesto e hicieron un bote para que lo pudiera traer en barco. No podían haber elegido mejor. Mi padre lo esperó con impaciencia y cuando llegó se ocupó de él como si fuera un bebé. Desde entonces lo ha cuidado con esmero y el coche nunca le falló. Pero hace un par de años le operaron de la espalda y dejó de utilizarlo. Mi madre, que es mucho más práctica que él en estos asuntos, se compró un Toyota Prius automático y el Peugeot quedó abandonado en el garaje. A mi padre le partía el corazón verlo ahí parado, cogiendo polvo, y un día me llamó y me dijo que me lo regalaba, con la única condición de que lo cuidara como se merecía. Me hizo firmar un contrato y todo. «Ahora tienes que pasearlo por todo el país, para que estos americanos vean lo que se están perdiendo». Y, desde entonces, lo tengo yo y lo paseo con orgullo por la geografía nacional.

—¿Y qué haces cuando se te estropea algo?

—Lo llevo a un taller de confianza, el mismo al que solía llevarlo mi padre. Al final se hizo íntimo del dueño. A él le encanta trastear con el motor y a mí todavía me quedan un buen puñado de piezas de repuesto en el desván. Siempre me hace muy buen precio. De hecho, creo que le tiene casi tanto cariño como yo… Sé que llama la atención, que es un coche viejo y desfasado, sin USB, ni navegador integrado, ni posibilidad de cargar mi móvil mientras conduzco y todas esas cosas, pero me encanta. Me encanta cómo se mueve el volante, me encanta meter las marchas y escuchar su motor y, sobre todo, me encanta que haya sido de mi padre y yo pueda conducirlo como lo ha hecho él desde que tengo uso de razón. ¿Tiene algún sentido?

—Todo el del mundo. Un coche único para una persona única.

Reina ladeó la cabeza y Matt carraspeó.

—Única como tu padre, quiero decir, tiene pinta de ser todo un personaje.

—Lo es. Es un hombre estupendo. ¡Oh, mira! —exclamó con entusiasmo—. Ya vienen las hamburguesas, qué rapidez, fíjate qué pinta.

Se preguntó si estaría babeando como un perro de Pavlov tras oír un silbato y se pasó la mano por la barbilla por si acaso. Dio gracias al cielo cuando la notó seca.

El olor de la carne a la parrilla y de las patatas fritas recién hechas golpeó su estómago vacío sin misericordia y apenas pudo contenerse para no atacar su plato antes que su acompañante, pero en cuanto Matt dio el primer bocado se lanzó a por su hamburguesa como una leona lo haría contra un ñu.

—Hummm —gimió después del primer mordisco—. Está deliciosa, ¿no te parece?

Matt la miró con una ceja levantada.

«Oh, Dios mío», se dijo, «debe pensar que estoy loca. Cómete la hamburguesa y cállate de una vez». Y eso hizo.

Cuando hubo calmado un poco su hambre, comenzó a masticar más despacio y a picotear de las patatas. La ensalada seguía intacta entre los dos.

—Joe me dijo que solías pasar los veranos en Atlantic. Yo iba a su casa también en vacaciones, me extraña que nunca coincidiéramos.

—Creo que tú ibas en julio y yo siempre en agosto —comentó Matt—. Mi padre no podía cogerse vacaciones antes y en julio solía apuntarme a un campamento en Míchigan.

—Ah, pues sí, siempre iba las dos primeras semanas de julio y luego volvía con mis padres para irnos todos juntos a algún sitio. A veces Joe se venía con nosotros.

—Sí, en realidad hablaba mucho de ti, pero creo que no nos decía tu nombre, o se me olvidó. Soy terrible con los nombres.

—Yo también. ¡Es horrible!

Matt comenzó a pinchar de la ensalada y Reina lo siguió.

—En realidad es raro que no hayamos coincidido nunca, ¿no te parece? ¿No fuiste a su boda?

—*Nop*, me salió un proyecto en Silicon Valley que no pude rechazar.

—Te perdiste una buena fiesta…

—Lo sé, me torturó mandándome un CD con todo el evento y una nota avisándome de que me haría un examen la próxima vez que nos viéramos. Me lo tragué enterito. Era lo mínimo que podía hacer…

—Muy propio de Joe.

Reina llevó el tenedor al bol de ensalada y lo llenó hasta arriba antes de llevárselo a la boca.

—Entonces —continuó Matt—, ¿hacía cuánto que no pasabas por Atlantic?

—Uf, déjame pensar. Creo que la última vez fue un año antes de ir a la universidad. Fui un par de semanas con Joe y luego me fui el resto del verano con mi familia a España.

—España, siempre he tenido ganas de ir. ¿Ibais muy a menudo?

—En realidad no. Los billetes son caros y más para una familia entera, pero ese año toda mi familia regresó a Madrid y aproveché para pasar lo que quedaba de vacaciones con ellos. Mi hermana acababa de terminar la carrera y había decidido mudarse allí. Su novio era madrileño y siempre había echado de menos la ciudad. Yo seguía en el instituto, en Chicago, y mi padre también trabajaba allí, así que nos quedamos, pero en cuanto me gradué y me admitieron en la universidad, mi padre pidió el traslado y en cuanto se lo concedieron se mudaron también para estar más cerca de mis abuelos, que ya estaban mayores. Desde entonces, ellos están allí y yo aquí.

—Vaya, ¿y los echas de menos?

—Sí, de vez en cuando. Es algo que me viene de mi padre, creo. Allí la gente no se emancipa tan pronto como aquí. A menudo permanecen juntos, en el mismo barrio, en la misma ciudad, toda la vida. Normalmente no tienen que cruzarse medio país para formarse y las relaciones familiares y de amistad se forjan de otra manera. Es algo más intenso, diría yo. Sí, intenso y muy afectivo. Yo no lo he vivido mucho, porque he pasado la mayor parte de mi vida en Estados Unidos, pero recuerdo mi niñez y los veranos españoles y a veces me pregunto cómo sería vivir allí. Mi madre siempre decía que ir a Madrid era como volver a su casa, aunque en realidad es de Philadelphia. —Reina cogió la última patata frita de su plato y se la llevó con calma a la boca—. Pero aquí está mi vida, mi trabajo, mi casa, mis amigos… en fin, ¡no se puede tener todo! —Apuró de un trago su cerveza—. ¿Quieres algo de postre?

—No, creo que lo único que quiero es tumbarme y descansar. La fiesta de aniversario me ha dejado baldado.

—Y a mí, pidamos la cuenta entonces. —Y levantando una mano para llamar al camarero, abrió su bolso con la otra.

—¿Qué haces? —inquirió Matt, llevándose la mano al bolsillo.

—Pagar, naturalmente.

—De eso nada, ni hablar.

—Por favor, es lo mínimo que puedo hacer después de lo que hiciste en el partido. Todavía no sé cómo agradecértelo.

—No tienes que agradecerme nada. ¿Crees que iba a quedarme ahí parado viendo cómo Lewis te arrollaba como una apisonadora?

—Su madre tenía razón, no tendría que haber jugado.

—¿Y eso por qué? Parecía que lo estabas pasando en grande. Y juegas muy bien, por cierto.

—Bueno, gracias. Siempre es un placer jugar al *rugby* con la familia de Joe, pero me había prometido mantenerme alejada de Lewis y no solo no lo hice, sino que además le… bueno, dejémoslo en que le cabreé.

—Lo vi, le hiciste una peineta en toda regla, pero eso no es excusa para intentar matarte o para que no puedas pasártelo bien.

Reina tenía las manos en su regazo y descubrió a Matt mirando la marca morada que rodeaba su muñeca. Incómoda, cogió la cuenta que acababan de dejar en la mesa y sacó el importe exacto más la propina.

—¿Nos vamos ya? Me muero de calor.

Matt se levantó sin decir nada y se dirigió con ella hacia la salida. Atravesaron el *parking* en silencio y antes de entrar al coche Reina se volvió bruscamente hacia él.

—¿Quieres ir a otro sitio antes de volver? Sé que has dicho que estás cansado, pero, no sé, ¿hay algo en Columbus que te mueras por ver?

—En realidad, no. Si hubiéramos estado en el Columbus de Ohio te hubiera dicho que sí, pero en este no hay nada más que me interese especialmente, aparte de mi cama. —Esbozó una sonrisa cansada.

Los oscuros ojos de Reina brillaron de curiosidad.

—Oh. ¿Y qué te hubiera gustado hacer de haber estado en Ohio?

—Verás, hay un par de chavalitos de Columbus, Ohio, que tienen un grupo de música que me encanta. Son los Twenty One Pilots, ¿los conoces? Los pincharon anoche en el bar, pero como la eligieron los jóvenes no me atreví a bailarla. —Matt se rio por lo bajo.

—¡Traidor! ¡Querías confraternizar con el enemigo! —Reina le dio un cachete juguetón en el brazo.

—¡Que no! Es que son muy buenos, de verdad. El cantante compone y toca un montón de instrumentos y el batería es un auténtico crack. Su música es… no sé, alucinante. Tuve una temporada en la que me ponía sus álbumes en bucle mientras dibujaba o diseñaba y no me cansaba de ellos. El caso es que son de allí, y me hubiera encantado verlos, o estar en los sitios donde tocaron por primera vez… no sé, algo así, ¿sabes? —Se revolvió el pelo, azorado.

Reina asintió, si supiera lo bien que lo entendía….

—De hecho, hay un videoclip de una de sus canciones en el que sale su barrio y la casa de uno de ellos…

—¡¿En serio?! —exclamó Reina, entusiasmada—. ¡Podrías ir a verlos algún día si quisieras! Seguro que hay foros que dan la dirección exacta para que puedas encontrarlos. ¿No te haría ilusión?

Matt se lo pensó un segundo.

—No, no mucho.

—Ah, ¿no? —Reina se quedó descolocada—. Pensaba que te gustaban.

—Me gusta lo que hacen, lo que tocan. Y ellos parecen unos tíos muy majos y me encantaría tener la oportunidad de charlar con ellos algún día, claro, pero de eso a plantarme en la casa de sus padres como un acosador hay una diferencia muy grande.

La palabra «acosador» golpeó a Reina como una bofetada.

—No se me ha perdido nada allí, ¿sabes? —continuó Matt—. Nunca he entendido a la gente que persigue a los famosos como maniacos, gritando y llorando como si fueran dioses venidos del cielo. Me da muy mal rollo, la verdad.

Reina asintió lentamente.

—Tienes razón, perdona. Era una idea estúpida, no sé en qué estaba pensando. Será mejor que volvamos al hotel.

Sintiéndose como una completa imbécil, Reina arrancó su Peugeot 406 y se incorporó a la vía sin mirar atrás.

22

Notaba que Reina estaba contrariada, pero Matt no lograba entender por qué. Como tampoco acababa de comprender por qué se había emocionado tanto ante la idea de poder averiguar la dirección de unos músicos de Columbus, Ohio, pero, fuera lo que fuera, no había abierto la boca desde que salieran del restaurante y él empezaba a sentirse un poco incómodo. La miró de refilón y observó el perfil de su rostro, concentrado en la carretera. La luz tenue de las farolas que jalonaban la carretera resaltaba las curvas de sus espesas pestañas, así como la línea de sus labios, carnosos y suaves. Un mechón de pelo se había escapado de su coleta y caía, suelto, hasta su hombro. Justo en ese momento, Reina lo recogió con su mano y lo guardó detrás de su oreja con un movimiento mecánico, sin apartar la vista del frente. Matt miró entonces sus dedos, largos y finos, y vio cómo los apoyaba en la palanca de cambios, que movía con total seguridad. Había dicho que tenía mala orientación, pero estaba recorriendo el camino de regreso sin dudar, como si lo hubiera hecho cientos de veces. Matt se fijó en cómo reposaba la mano derecha sobre la palanca de cambio, mientras, con la izquierda, manejaba el volante con desenvoltura. No había visto nada más sexi en mucho tiempo.

«Joder», pensó cuando notó cómo se tensaban sus pantalones a la altura de la entrepierna. «Joder, joder», se repitió mientras se reacomodaba en el asiento, tratando de disimular la situación.

«¿Te imaginas cómo sería tener su mano ahí?», preguntó una voz en su cabeza.

«Para. No quiero imaginármelo».

«Ohhhh, claro que quieres, amigo».

«¡Que no!».

Como siguiera así, no iba a poder disimular ni encogiéndose sobre sí mismo, y lo de meterse la mano para arreglarse el paquete estaba fuera de toda cuestión.

—¿Estás bien? —preguntó Reina, sin mirarlo.

—Sí, sí, perfectamente. —Si lo conociera un poco más, habría notado que ese «Sí» era por lo menos tres escalas más alto de lo normal—. Estaba pensando —continuó Matt tras carraspear un par de veces— que me encantaría que me enseñaras a conducir con marchas.

«A ti te encantaría otra cosa, cochino», atacó la vocecita.

—Anda, ¿y eso?

Reina había girado su esbelto cuello y lo miraba de refilón mientras controlaba la carretera.

—Me siento un poco inútil teniendo que estar ahí sentado todo el tiempo. Quedan muchas horas hasta llegar a Los Ángeles y me gustaría ayudar un poco.

—No pasa nada, a Joe y a mí nos encanta conducir.

«Y a ti que te condujera, ¿eh, bribón?».

—Me harías un favor enorme —insistió Matt, cruzando las piernas de un modo muy poco masculino y apoyando los codos sobre la rodilla de arriba—. Mi abuelo conducía con marchas y nunca me pudo enseñar.

«Chorradas. ¿De verdad no tienes nada mejor?».

—Ah, bueno, si es así, te enseñaré, claro. Mira, el *parking* está bastante despejado.

Habían llegado a su destino y ni se había enterado, ocupado en mantener a raya sus instintos más primarios.

—¿Me quieres enseñar, AHORA?

—Mi padre siempre dice que no deje para mañana lo que pueda hacer hoy, así, si Joe sigue enfermo mañana, me puedes hacer el relevo.

—Ah, claro, claro, muy bien pensado.

El estrés de la situación pudo con su excitación y Matt comenzó a respirar hondo. Que una tía que te la acaba de poner dura como una piedra sin pestañear fuera testigo de tu falta de habilidad con las marchas era de todo menos erótico.

162

Se giró al oír un clic a su izquierda. Reina se había desabrochado el cinturón y lo miraba, expectante.

—¿Empezamos? Los coches tienen cinco velocidades: la primera, la segunda, la tercera, la cuarta y la quinta. Los más modernos tienen hasta sexta, pero este, como sabes, tiene ya unos añitos, así que esa te la ahorras.

Había ido moviendo la palanca a sus respectivos sitios según iba hablando y a Matt se le había empezado a poner dura otra vez.

«¡Para de una puta vez!», le gritó mentalmente a su rabo, que por un segundo pareció prestarle atención.

—¿Lo has visto bien? Mira, lo repito.

Y sin pedirle permiso le cogió la mano, la puso encima de la palanca y la cubrió con la suya, seca y tibia.

—Primera. Izquierda y delante. Segunda. Izquierda y atrás. Tercera. Recto y delante. Cuarta. Recto hacia atrás. Quinta. Derecha y delante. Y marcha atrás, derecha y atrás. Fácil, ¿no?

—Chupado.

No se había enterado de nada.

—Vale, bien. Ahora ven conmigo.

—¿Perdona?

—Sal, siéntate en mi sitio.

Reina bajó del coche, lo rodeó y le abrió la puerta para que bajara. «Oh, mierda».

—De verdad, no tiene por qué ser ahora. Es tarde, estarás cansada.

—Tonterías. Serán cinco minutos, ya verás.

Matt casi se desmayó del alivio cuando vio que había conseguido distraerla lo suficiente como para que no notara el tamaño de su braegueta.

—Venga, siéntate.

Matt obedeció y Reina lo siguió y se quedó de pie, junto a la puerta.

—Hay tres pedales, embrague, freno y acelerador, ¿ves? —Y sin previo aviso se acuclilló para coger el tobillo de Matt y ponerle el pie encima del primer pedal—. Con este se cambia de marcha, písalo a fondo. Así, muy bien, déjalo así y ahora mete primera como te he enseñado.

Matt se quedó como una estatua, con la mano parada encima de la palanca.

—Lo siento, no me acuerdo muy bien de cuál era…

Ahora dudaba de dónde tenía más sangre acumulada, si en su polla o en sus mejillas.

—Mira, es esta.

Alargando su pequeño cuerpo, Reina se agachó e introdujo la cabeza, los brazos y parte del torso en el coche para llegar hasta la mano de Matt y moverla encima de la palanca. Ante la súbita cercanía, el chico pegó la cabeza todo lo que pudo al reposacabezas y trató infructuosamente de no fijarse en la curva de sus pechos contra la fina camiseta de algodón.

—Espera, así resulta muy incómodo.

Un segundo después, ya no estaba allí y Matt sintió un frío repentino, aunque el termostato del coche marcaba 22 grados. Enseguida la notó sentándose a su lado y luego su pequeña mano de nuevo encima de la suya, guiándole.

—Vale, ya. Aprieta el embrague. Primera. Levanta. Ok. Aprieta, segunda, ¿ves? Sigue apretando, tercera, cuarta y quinta. Fácil, ¿no? Ahora tú solo.

Matt le suplicó a la única neurona que estaba de guardia en su cabeza que estuviese a la altura. Concentrándose como nunca, ordenó a su pie izquierdo y a su mano derecha que se coordinaran al máximo y trató de imitar, con cuidado, todos los movimientos que acababa de realizar. Reina no paraba de asentir con una gran sonrisa a cada una de sus maniobras y cuando metió la quinta aplaudió como una niña, riendo a carcajadas.

—¡Bravo! ¡Lo conseguiste! Lo has hecho muy bien. ¿Quieres que demos unas vueltas por el *parking*?

—La verdad es que estoy un poco cansado y tengo que ponerme algo de frío en el hombro, ¿sabes? Recomendación médica. —Y no era mentira, los últimos veinte minutos lo habían dejado literalmente exhausto y el hombro sobre el que había caído en el partido de *rugby* comenzaba a molestarle más de lo debido.

—Oh, claro. Está bien, seguiremos mañana. Déjame que aparque bien y subimos.

Matt la esperó de pie sobre el asfalto, mientras ella maniobraba cómodamente y aparcaba el coche a la primera.

—La verdad es que yo también estoy un poco cansada —dijo mientras entraban a la recepción del hotel—. Me muero por darme una ducha caliente y meterme en la cama. Ha sido un día muy largo. A ver qué tal se encuentra Joe.

Reina llegó a la puerta de su habitación mucho antes de lo que a Matt le hubiera gustado. Su pantalón, por suerte, había vuelto a la normalidad pero la piel le hormigueaba ante la idea de separarse de ella.

—Buenas noches —dijo ella, mientras metía la llave en su cerradura—. Me lo he pasado muy bien, gracias.

«Ahora es cuando se queda quieta y me mira, y yo la miro, y me acerco, y se acerca y me agacho y se estira y la tomo de la mejilla, o de la barbilla o de la cintura...», pensó Matt, pero se equivocó.

—Hasta mañana.

Apenas le dio tiempo de soltar un apresurado «Buenas noches» antes de que la puerta se cerrara con un clic detrás de ella.

ETAPA 4:

COLUMBUS (NEBRASKA)-DENVER (COLORADO)

23

—¡Buenos días, dormilona!

Reina acababa de entrar en el salón del desayuno y Joe ya estaba disfrutando de lo lindo poniéndola de los nervios. Sentado junto a Matt en una de las mesas más alejadas, braceaba como un náufrago para llamar la atención de su amiga, que se acercó a ellos a toda velocidad con toda la intención de hacerlo callar.

—Shhhhh —susurró cuando estuvo al lado de ellos—. ¿Pero tú no estabas enfermo? ¿De dónde has sacado tanta energía?

—He dormido como un bebé y parece que mi estómago ha decidido darme una tregua.

—Cuando entré ayer por la noche estabas roncando como una morsa. Tuve que ponerme los tapones. No sé cómo lo aguanta Lisa.

—Porque ella ronca todavía más que yo, ¡qué te crees!

Reina se rio y Matt se le unió desde su silla.

—Y vosotros, ¿qué tal anoche? Estuve cotilleando en internet y tenía pinta de ser un sitio bastante chulo —prosiguió Joe.

—Muy bien, la verdad —respondió Reina tomando asiento y sirviéndose una taza de café—. Estaba hasta los topes, pero nos hicimos con un par de sitios en la barra para cenar, y había una banda versionando temazos de los grandes del *rock* que te habría encantado.

—Me alegro, yo estaba tan hecho polvo que ni me enteré cuando entraste, pero hoy me he levantado totalmente recuperado y ya estoy listo para volver al volante. Date brillo con el desayuno, hoy tenemos un porrón de kilómetros por delante y no quiero llegar a las once de la noche. Y, hablando de la ruta, tengo malas noticias —informó Joe dirigiéndose a su primo—. He llamado a los hoteles que teníamos reservados de aquí a Los Ángeles para cogerte habitación y ni en el de esta noche ni en el de Las Vegas quedaban habitaciones disponibles. Pero no te preocupes, lo he arreglado para que pongan una supletoria en la nuestra y arreando. No hay problema, ¿verdad? —finalizó su discurso mirando alternativamente a uno y a otra.

—Por mí, ninguno —respondió Matt al instante—. Gracias, tío.

—De nada, colega.

Los dos miraron a la vez a Reina, como un par de perros esperando que les lanzaran un hueso.

—Sí, claro. Sin problema —contestó ella moviendo la mano como si espantara moscas—. Pero escucha una cosa, ¿has dicho que vamos a parar en Las Vegas?

—Claro, loquita, no me digas que no te lo olías.

—Me dijiste que me dedicara a lo mío y eso hice.

—¿Y qué era lo tuyo? —se interesó Matt.

—Nada —respondieron los dos a la vez.

—Perdonad, no quería ser indiscreto—se disculpó Matt.

—No pasa nada, tío, perdona tú. Reina tenía que encargarse de todo lo relacionado con Los Ángeles y yo del trayecto —explicó Joe rápidamente.

—¡Cierto! —corroboró Reina—. No he estado nunca en Los Ángeles y Joe me dijo que me centrara en…, en todo lo que iba a querer hacer allí cuando llegáramos. Sin embargo, se negó a darme información del recorrido, para chincharme, y resulta que una de mis mejores amigas de la facultad vive en Las Vegas. Me encantaría quedar con ella para verla, aprovechando que vamos a pasar por allí.

—Oh, no, Effie no, por favor —se lamentó Joe con una mueca de desesperación.

—¿Y por qué no? Sé que no te entusiasma, pero ahora que está Matt con nosotros no tienes ni que saludarla. Yo quedo con ella para ponernos al día y vosotros os vais a hacer cosas de machos por ahí. Es perfecto.

Joe torció el morro, pero Reina sabía que había ganado. Sin esperar ni un segundo sacó su móvil para avisar a su amiga de cuándo llegaría y cruzó los dedos esperando que estuviera disponible.

—¿Lo tienes todo preparado? —gruñó Joe, derrotado—. Voy a lavarme los dientes y a cargar el coche.

—Sí, ¿vas a conducir tú? Anoche le estuve dando a Matt clase de marchas y quizá podría ir practicando a meterlas desde el asiento del copiloto cuando tú le avises.

—¿Y eso? —se interesó Joe mirando a su primo con la ceja levantada.

—Su abuelo conducía con marchas y nunca le enseñó, ayer nos vio a nosotros y le entraron ganas de aprender. ¿No te parece entrañable?

—Juraría que el abuelo no conducía.

—Era mi otro abuelo, el padre de mi madre —replicó Matt, cuyas mejillas se estaban tiñendo de un precioso tono rosa—. Y, además, me sabe mal quedarme ahí sentado sin hacer nada. ¡A mí también me gusta conducir!

Joe y su ceja continuaron observándolo con desconfianza, hasta que Matt apuró su café de un solo trago y se levantó de golpe de la mesa.

—Os dejo un momento. Tengo que terminar de guardar un par de cosas. Nos vemos abajo en diez minutos. —Y se despidió con la mano mientras galopaba hacia las escaleras.

—Anoche no se le dio muy bien, pero quizá estaba cansado —le confesó Reina a Joe en voz baja en cuanto estuvieron a solas—. A ver si contigo lo hace un poco mejor, porque me da que no ha heredado el talento de su abuelo para la conducción…

—Claro, claro. Haré lo que pueda…

Joe le echó un vistazo a su amiga antes de levantarse para irse. Estaba distraída, ojeando el móvil mientras masticaba con fruición un trozo de dónut de chocolate. Se preguntó cómo, a su edad y siendo tan espabilada, se había tragado la trola de su primo. Quizá, después de todo, pensó mientras se alejaba hacia la salida del comedor, no la conocía tanto como creía y se maravilló ante su capacidad para seguir sorprendiéndolo, aun inconscientemente. Quizá era justo por eso por lo que su amistad funcionaba tan bien.

—¡Como sigas comiendo tantas guarradas se te va a poner el culo gordo! —le gritó con descaro una vez hubo llegado al ascensor.

—¡Así hará juego con el resto del cuerpo! —respondió ella sacándole la lengua sin dejar de teclear en el móvil.

Solo cuando llegó a la habitación se dio cuenta Joe de lo que verdaderamente significaba aquella respuesta.

24

—¿Qué tal vas?

—Muy bien, creo que ya le estoy cogiendo el tranquillo.

Reina observaba con orgullo a Matt desde el asiento de atrás, mientras Joe movía la cabeza de un lado a otro, incrédulo.

—Ha metido cinco marchas y sin pisar el embrague, tampoco es que haya curado el cáncer.

Su amiga lo ignoró. Había instado a su amigo a decirle a Matt cuándo y cómo debía meter las marchas desde el asiento del copiloto y parecía que había dado resultado. Matt había ido practicando mientras Joe embragaba desde el asiento del conductor y ya sabía meter las cinco con cierta propiedad. Habían aprovechado el descanso de la comida para practicar con las marchas cortas, porque en la autopista, con la quinta puesta permanentemente, no había mucho que aprender.

—No te confíes, chaval, te queda lo más complicado, que es saber cuándo tienes que cambiar. Es una cuestión de oído. Tienes que saber escuchar al coche. Y coordinar la mano y el pie sin descuidar el volante.

—Yo pensaba que eso nos lo decía el propio coche. ¿No es así en los más modernos?

—Eso es la industria intentando volvernos cada vez más estúpidos y dependientes.

—Leí que aumentaba la eficiencia del motor y disminuía el consumo de combustible, por no hablar de la seguridad.

—Y también hace que no pienses nada, que no tengas que prestar atención, que no escuches, que no sientas, ¡que cualquiera pueda conducir sin ningún esfuerzo, joder! Ya no hay ni que poner el freno de mano,

173

ni que sacar las llaves del bolsillo, ni que encender las luces, ni los limpia-parabrisas. ¡No estoy paralítico, coño! ¡No hace falta que me lo pongáis todo tan fácil! Me gusta saber lo que tengo que hacer por mí mismo, me mantiene activo y alerta y me estimula. Los nuevos coches son una trampa mortal que hace que conducir sea un soberano peñazo. Con lo divertido que era y le han quitado toda la gracia. ¡Y encima van y quitan los reproductores de CD! ¿Tú te crees que con una casa y tres hijos tengo tiempo para ponerme a pasar todos mis CD a mp3? ¿Pero estamos locos? ¿Te crees que un chavalito *influencer* se va a comprar un coche familiar? ¡No! ¿Para qué tocarlo entonces? ¡Deja los mp3 en los coches de los jovencitos y los reproductores de CD en los de los señores como yo! ¡O pon los dos y listo! ¿Por qué me hacen esto?, ¿eh? ¿Tú lo sabes? Porque yo no. Primero me tratan como si no supiera hacer la O con un canuto y luego me dejan sin poder disfrutar de mi música en la carretera. ¿Se puede ser más capullo? Yo creo que no, así que, volviendo a lo que estaba diciendo, aquí ninguna máquina te va a ir diciendo lo que tienes que hacer para que lo repitas como un mono, aquí tienes que valerte de tu propio cuerpo, de tu coordinación y de tus reflejos. Déjate de estadísticas y presta atención.

A pesar de su fanfarronería, Joe se había tomado su labor de profesor tanto o más en serio que Reina, y su primo se estaba aplicando como un buen estudiante. Y así andaban los tres, con las barrigas llenas, dando vueltas en el reducido *parking* del Front Street Steakhouse de Ogallala, Nebraska, escuchando atentamente el ronroneo del viejo 406 de Reina.

—En realidad no es solo el sonido, es el coche en sí, ¿ves? Ahora estoy en primera y acelerando, ¿oyes cómo se queja? ¿cómo va tirando? Está pidiendo más, así que le vamos a poner segunda, dale, bien. Y ahora lo mismo, si sigo acelerando y no cambio, el motor se resiente, ¿lo notas?

—Sí —respondió Matt sin mucha convicción.

—Lo que pasa es que aquí es imposible que pueda pasar a tercera. A la mierda, nos vamos a dar una vuelta por el pueblo y así lo ves mejor, total, tampoco es que nos esté esperando nadie en Denver.

Joe se esforzó al máximo para intentar transmitir las sensaciones que marcaban el cambio de la palanca e instó a su primo a avisarle cuando creyera que tenía que cambiar. Cogió casi todos los semáforos en rojo para practicar con las marchas cortas y al cabo de un cuarto de hora Matt empezó a dar signos de haberle pillado el truco.

—¿Cómo lo ves, Reina? ¿Le dejamos conducir?

—¡Claro! Pero con cuidado, ¿eh? —le advirtió al novato—, que no quiero quedarme sin coche. Busca una zona tranquila, Joe.

Callejearon hasta dar con una zona poco transitada y los hombres se cambiaron los asientos. Matt avanzó hacia la puerta del piloto frotando las palmas de sus manos contra sus vaqueros, nervioso.

—¿Preparado? —preguntó Joe una vez que su primo hubo ajustado todos los espejos—. Ahora arranca y mete primera. Quita el pie del embrague y acelera.

Matt obedeció y le salió a la primera. Un silencio emocionado invadió el coche según avanzaba.

—¿Segunda? —preguntó, tímido.

—Segunda. ¡Sí, señor! Dale.

Sin decir nada a nadie, Matt metió tercera y Joe y Reina aplaudieron entusiasmados. Una enorme sonrisa de orgullo brillaba en la cara del conductor.

—Bien, ahora desacelera y reduce, a la inversa, de tercera a segunda y de ahí a primera, vamos.

Mientras los hombres se entregaban con pasión a la lección de conducción, Reina observó detenidamente a Matt. No poseía una belleza deslumbrante, pero su atractivo era innegable. Tenía una constitución atlética y su rostro, con ese par de grandes ojos verdes como luceros chispeantes, resultaba armonioso y elegante. Sus manos eran grandes y suaves. Aún recordaba su tacto acariciándole la nuca cuando la levantó por los aires en Atlantic.

Una preocupación repentina cortó de sopetón el hilo de sus pensamientos: esa noche iban a dormir los tres juntos en la misma habitación, ¿roncaría? «Por favor, señor, haz que no ronque». Con disimulo, centró su atención en su nariz y confirmó con pavor que era perfecta: estrecha, recta, bien formada. Reina se echó a temblar. Era imposible que el aire circulara como era debido por esos orificios tan discretos. «Joder, qué mala suerte», se dijo. El tipo era monísimo y encantador, y cada vez que se fijaba en la línea de su mandíbula, con o sin barba, le entraban ganas de babear, pero si cuando dormía roncaba como trombón desafinado… Aunque, pensándolo bien, Reina no iba a compartir cama con Matt. ¿Cómo iba alguien como él querer acostarse con una treintañera embarazada de otro tío cuya ambición más reciente era besar a un mulato cachas de Hollywood al que no conocía de nada porque le había flipado cómo besaba a una ciega falsa en una peli de superhéroes? Pensándolo fríamente, el tío podía roncar lo que le diera la gana. Tan solo serían un par de noches de su vida y con no quedarse embobada mirándolo, bastaría. Además, contaba con los supertapones especiales que siempre llevaba cuando viajaba con Joe. Si Matt tenía un ronquido de frecuencia media, dormiría sin problemas.

Profundamente aliviada por haber llegado a una conclusión tan racional, Reina regresó a la realidad y descubrió que estaban saliendo del pueblo e incorporándose a la autopista.

—¿Qué hacéis? ¿Lo va a llevar ÉL hasta Denver?

—Sabe conducir, lleva los mismos años que tú y que yo circulando sin problemas. Ya estamos en quinta y a partir de aquí no hay ninguna diferencia con un automático. Si vamos a hacer esto, hagámoslo bien, ¿no?

—No sé yo… —Intentó disimular su inquietud, pero no lo consiguió.

—Voy bien, Reina —le aseguró Matt—. Y hay poco tráfico, cuando nos acerquemos a Denver os avisaré para que me vayáis guiando y Joe puede darme todas las instrucciones o cambiar él mismo si lo preferís.

Reina, que sintió un extraño cosquilleo al oírle pronunciar su nombre, iba a replicarle cuando su móvil sonó con un único tono.

—¡Oh! ¡Es Effie! Me espera en Las Vegas para liarla parda —reprimió las ganas de aplaudir— y también estarán Nia y Juana. ¿No es genial? Hace siglos que no las veo.

—Sí, genial… —masculló Joe desde el asiento de pasajeros.

—¡Oh, cállate! Ya te he dicho que no tendrás que verlas, no seas pesado. Voy a llamarla.

Y, llevándose el teléfono a la oreja, se dispuso a ponerse al día con su amiga con una larga, larguísima conversación.

25

No sabía si había sido por la charla con Effie, por la siesta que se había echado o porque Matt conducía realmente bien, pero lo cierto fue que el resto del viaje se le había pasado volando. Habían llegado a Denver hacía poco más de media hora y todo había ido como la seda. Joe no tuvo que darle ninguna instrucción a su primo, salvo para indicarle por dónde tenía que ir. Quizá sí que había heredado el talento de su abuelo materno para la conducción después de todo… Ahora, su querido Peugeot descansaba en una plaza con sombra del *parking* de La Quinta Inn, y cada uno estaba tomando posesión de su reducido espacio en la habitación triple.

Reina había sido la primera en entrar y no le hizo falta mucho tiempo para elegir su cama.

—Ya me quedo yo la supletoria.

En primer lugar, el camastro era demasiado pequeño para cualquiera de los dos hombres y, aunque hubiera sido divertido ver a Joe o a Matt encogidos como ovillos para que no se les salieran los pies del colchón, lo cierto era que Reina prefería dormir sola. No tenía problema en compartir espacios reducidos con su mejor amigo cuando la ocasión lo requería, pero si había terceras personas la cosa se convertía en algo demasiado raro y complicado de explicar.

Así pues, se dirigió hacia sus dominios con decisión y comenzó a esparcir sus posesiones a su alrededor con eficacia alemana.

—Sabes que vamos a estar solo una noche, ¿verdad?

Joe ya se había quitado las zapatillas y tirado encima de la cama, con el mando de la tele en la mano.

—Me gusta airear mi ropa cuando llego a los sitios, gracias. Así no tengo que ir por la calle con las camisetas y los pantalones arrugados como les pasa a otros...

—Yo, con vuestro permiso, me voy a dar una ducha rápida. Mi primer viaje conduciendo con marchas ha sido de lo más gratificante, pero no había estado tan tenso desde que copié en el examen de Programación I de primero de carrera.

En cuanto la puerta del baño se hubo cerrado, Joe saltó de su cama como una gacela y se plantó al lado de Reina.

—¿Qué es eso de que tu cuerpo se va a poner igual de gordo que tu culo? ¿Lo vas a tener?

—Shhhh, espera al menos a que abra la ducha.

—Déjate de chorradas y responde a la pregunta —cuchicheó Joe, con su enorme cuerpo encorvado sobre el de su amiga.

—Sí, ¿vale?, estoy pensando en tenerlo. Lo consideré por primera vez en el baño del Moe's, en Atlantic, justo antes de que me asaltara Lewis, y luego le he ido dando vueltas y... bueno, sí, es muy posible que siga adelante.

Reina no pudo disimular su sonrisa y, como si fuera un espejo, Joe comenzó a sonreír también.

—¿De verdad? Ay, ¡qué alegría! ¿Estás segura? No, ya sé que no. No importa, cuenta con Lisa y conmigo para lo que sea, ¿de acuerdo? ¿Estás bien? ¿Necesitas algo?

—Estoy igual de bien que hace treinta segundos, Joe. —Rio Reina—. No ha cambiado nada.

—Yo no estoy tan seguro de eso...

—Bueno, sí que cambia, claro, pero en mi cuerpo todo sigue igual. Es raro, ¿sabes? Esa sensación de que todo ha cambiado, pero que todo sigue su curso normal al mismo tiempo.

—Bueno, sea como sea hay que celebrarlo, ¿te apetece? Ponte tus mejores galas, péinate ese pelo de bruja piruja que tienes y salimos a tomar algo. Lo que te apetezca.

Joe ya estaba revolviendo en su maleta, buscando una camiseta limpia, cuando el móvil de Reina sonó con un solo tono. La chica alargó la mano para cogerlo y se quedó helada.

—¿Es Effie? —inquirió Joe mientras se ponía desodorante—. Dile que te dé un respiro, por favor.

—No es Effie, es Mikkha.

—¿Qué? ¡No jodas! ¿Y qué quiere ese ahora?

—¡Listo! Si alguien quiere pasar, adelante. —Con un agudo don de la oportunidad, Matt eligió justo ese instante para abrir la puerta del lavabo, dejando escapar una vaharada de vapor tras de sí—. El agua caliente tarda un poco en salir, pero la ducha es una pasada, ¡tiene modo masaje y todo!

Ajeno a las caras de sus compañeros de cuarto, se movía con la toalla enrollada a su estrecha cintura, rebosando confianza y buen humor.

—Justo le estaba diciendo a Reina que podíamos salir a tomar algo para celebrar tu bautismo automovilístico, primo —informó Joe, haciéndose cargo de la situación.

—Mejor id vosotros —dijo Reina, sacando su pijama de la mochila con gesto contrariado—. Yo prefiero quedarme un rato descansando.

Matt se giró para mirarla, exhibiendo con despreocupación su torso fibroso y ligeramente bronceado.

—¿No tienes hambre? Seguro que hay algún restaurante con hamburguesas extragrandes y patatas fritas por aquí cerca.

Reina le dedicó una sonrisa ladeada.

—Se me ha quitado el apetito de repente. Id yendo y ya os avisaré si me apetece algo, ¿vale? Voy a aprovechar para darme un baño relajante, en casa nunca tengo tiempo y seguro que me vendrá bien. —Abrió la puerta del lavabo mientras le echaba una mirada cargada de intención a su amigo—. Pasadlo bien, os lo habéis ganado.

A continuación, entró al baño y cerró la puerta con cuidado tras de sí. Mientras la bañera se llenaba, volvió a leer el mensaje de Mikkha.

¿Qué tal estáis?

Quizá se refería a ella y a Joe, pero lo veía poco probable. No le había hablado a casi nadie de su absurda escapada y Mikkha apenas tenía relación con su círculo más íntimo. Así que ese plural solo podía referirse al bebé. Lo leyó una vez más, deseando que las tres palabras fueran una señal de algo, una forma de saber que estaba haciendo lo correcto, que no estaba sola en todo aquello. Dejó el móvil a un lado y comenzó a desvestirse.

¿Por qué demonios le escribía precisamente ahora? ¿Acaso la estaba espiando con un chip o algo así? ¿La tendría localizada a través del móvil?

—¡Reina, nos vamos! Llámanos si necesitas algo —gritó Joe desde fuera.

—Vale. ¡Gracias! —respondió ella mientras metía la punta del dedo gordo del pie en el agua para medir la temperatura.

Esto no se queda así. Ya puedes prepararte para contármelo todo.

El mensaje de Joe llegó justo cuando oyó cerrarse la puerta de la habitación.

A solas, volvió a escrutar el texto de Mikkha y se animó a contestar.

No tan bien como tú, pero me las apaño, gracias.

Tecleó con parsimonia y luego adjuntó un pantallazo de la foto de Mikkha con la rubia despampanante colgada de su brazo.

A continuación, dejó el móvil encima de la taza del váter, se metió en la bañera repleta de agua caliente y suspiró sonoramente mientras se acariciaba con calma el vientre.

Un bip la hizo incorporarse.

Es mi hermana. ¿Estás celosa?

Su hermana… ¡Ja! A otra con esos cuentos. Como si a sus treinta y cinco años se chupara el dedo.

Bip

Un *link* que llevaba al perfil de LinkedIn de la rubia: Eliza Nordjstein, 26 años, pianista profesional. El mismo pelo, la misma sonrisa, los mismos ojos de gata peligrosa.

«Mierda». Qué bien la conocía el muy cabrón.

Bip

¿Qué tal ESTÁS?

Silencio. Reina se sumergió por completo y aguantó la respiración, contando: uno, dos, tres, cuatro… Cuando llegó hasta treinta y siete sacó la cabeza de golpe, boqueando, y la apoyó en la pared. Luego tomó la esponja, le echó gel y se frotó meticulosamente cada centímetro de piel. Con la espuma resbalándole de los brazos, contestó.

Bien.

Volvió a dejar el móvil e invocó toda su fuerza de voluntad para ignorar el bip que sonó a continuación. Esperó deliberadamente un rato largo antes de levantarse para aclararse, primero con agua ardiente y luego girando la manilla al otro lado, regándose las piernas con agua helada.

¿Dónde estás?, leyó nada más salir de la bañera.

Reina se envolvió en la toalla y luego hizo lo mismo con su pelo.

De vacaciones.

Bip

¿Dónde?

Lejos.

Bip

Se me dan muy bien los monosílabos. Puedo pasarme así el día entero. ¿Quieres hablar?

Reina se quedó mirando fijamente la pantalla y lo pensó bien.

No.

Bip

¿Quieres que deje de escribirte?

Esa pregunta era más complicada. Reina intentó ordenar sus pensamientos: ¿por qué le escribía Mikkha precisamente ahora? ¿Qué quería de ella? ¿Querría saber algo del bebé? ¿Lo querría para él? ¿Debería decirle algo de su decisión? ¿Y si decidía quitárselo? ¿Y si ahora que había escogido un camino, tenía que compartirlo con él, consultarlo todo con él, escuchar todo lo que él tenía que decir al respecto? Él no lo había querido. Firmó el papel. Se desentendió. ¿Qué coño quería de ella?

No.

Bip

Puño con el pulgar hacia arriba. A continuación, un nuevo texto.

Solo quiero saber qué tal estás. ¿Estáis? Me acuerdo de ti. Lo pasé bien. Me gustas. No quiero agobiar. No sé bien cómo hacer esto.

Algo en el corazón de Reina se removió.

Estoy bien. Estamos bien. Estoy de viaje. Necesito pensar. Volveré en unos días. A mi regreso te llamo y nos tomamos un café.

Luego se mordió el labio inferior y tecleó rápidamente.

Yo también lo pasé bien.

Y pulsó el botón de enviar.

Era verdad. Mikkha y ella no podían ser más diferentes, pero compartían un peculiar sentido del humor, una inteligencia afilada y una lengua mordaz, lacerante en ocasiones, que no les ayudaba a hacer amigos en el trabajo. A pesar de que Reina nunca lo habría elegido para compartir su vida y mucho menos una criatura, lo había pasado muy bien a su lado el poco tiempo que duró.

Después de secarse a conciencia, se embadurnó el cuerpo con la crema hidratante del hotel y se enfundó los viejos pantalones de baloncesto y la camiseta de tirantes negra que usaba a modo de pijama. Tirada en su camastro, se preguntó si estaba preparada para lo que se le venía encima. Llegó a la conclusión de que no. El bebé, Mikkha, el trabajo, el dinero, las decisiones, la falta de tiempo para dedicárselo a ella misma… Intuía que lo que estaba por venir le iba a cambiar la vida de forma irreversible. Su pecho subía y bajaba cada vez más deprisa, agitado, y presentía que, si seguía pensando en eso, acabaría por explotarle la cabeza. Necesitaba una distracción urgentemente. Se levantó para coger el mando de la televisión cuando divisó el iPad de Joe abandonado en su cama. Rápida como una serpiente, se lanzó a ella en busca de salvación.

26

Joe y Matt llevaban más de media hora acodados en la barra del bar del hotel cuando cayeron en la cuenta de que ninguno había cogido las llaves del coche.

—¿Tienes tú las llaves del coche?

—¿Yo? No. Pensaba que las habías cogido tú.

Llegaron hasta la puerta 221 relajados y de buen humor. Joe sacó la tarjetita de plástico blanca del bolsillo trasero de su pantalón, la introdujo en la estrecha ranura situada justo debajo del picaporte y abrió con cuidado. No avanzó mucho, sin embargo, sorprendido por la escena que se desplegaba ante sus ojos.

Emergiendo de la sucia moqueta de la habitación cual volcán a punto de entrar en erupción, el trasero de Reina le saludaba cubierto por los roñosos pantalones de baloncesto que solía ponerse para dormir. Sostenida tan solo por las manos y los pies, y conformando una especie de uve invertida, la postura de su amiga parecía de todo menos cómoda.

Antes de soltar algún comentario mordaz o desequilibrarla de un puntapié, como se moría por hacer, sacó el móvil del bolsillo de su pantalón, apuntó con cuidado y pulsó el botón.

¡Clic!

—¡¿Qué demonios...?! —exclamó Reina, volviendo el cuello para mirarlo, pero sin mover el resto del cuerpo.

—Eso mismo digo yo. ¿Se puede saber qué estás haciendo? —respondió Joe.

—Es yoga y esto es la postura del perro boca abajo.

Joe se rio sin ningún disimulo.

—Del perro, dice. ¿Tú lo has visto, primo? —le preguntó a Matt, golpeándole el hombro.

—Ya lo creo —admitió él, sin reírse, mientras admiraba con descaro las piernas y las nalgas de su amiga.

Joe cerró la boca de golpe.

—¡Para ya! —le soltó, dándole un golpe con el dorso de la mano en el abdomen.

—¡Listo! —anunció Reina, doblando sus extremidades para sentarse en el suelo—. El tutorial indicaba que había que aguantar al menos 40 segundos. ¡Es más difícil de lo que parece! Y vosotros, ¿qué hacéis aquí? ¿No os ibais a cenar?

—Nos hemos dejado las llaves del coche —contestó Joe sin dejar de mirar a Matt—, pero ya las tengo. —Las sacudió por encima del mueblecito situado justo a la derecha de la puerta—. Ya nos vamos.

Matt, sin embargo, no parecía tener ninguna prisa.

—¿No te animas? —preguntó.

—No, de verdad, voy a completar la clase y me echaré a dormir. Así cojo yo el coche mañana mientras vosotros descansáis.

—Que duermas bien —le deseó Joe mientras salía del cuarto llevándose a Matt consigo.

—Te gusta —le dijo en cuanto llegaron al *parking*. No era una pregunta.

—¿Me indicas cómo llegar al restaurante? Me apetece conducir, pero no creo que pueda orientarme y manejar las marchas a la vez.

—No creas que te vas a librar tan fácilmente, amigo —respondió él, ceñudo.

En cuanto estuvieron sentados en el restaurante mexicano que habían elegido para cenar, Joe volvió a la carga.

—Te gusta —repitió, remojando los labios en el margarita que le acababan de servir.

—Es maja —respondió Matt bebiendo de su cerveza sin alcohol.

—Se tiró al suelo la primera vez que te vio y casi se caga encima de miedo por tu culpa. Es rara, poco femenina y no es tu tipo para nada.

—Menos mal que eres su amigo…

186

—Déjate de gilipolleces. ¿Tiene esto algo que ver con lo de aprender a conducir?

—Me hacía ilusión.

—Y una mierda.

—Me gusta, ¿vale? —confesó Matt al fin—. Quizá si me la hubiera encontrado en un bar no le hubiera hecho ni caso. Es más que probable. Pero no ha sido así, es tu amiga y tienes buen olfato para la gente. Es rara, cierto, y no para de meter la pata y habla mucho, pero no me importa que lo haga. Le gusta el *rock*, tiene sentido del humor ¡y un buen par de huevos! ¿Viste cómo corrió en el partido? ¿Cómo se enfrentó a Lewis? Y, además, está buena.

Joe resopló. El camarero se acercó y les dejó una enorme fuente de nachos repleta de chili con carne, queso y guacamole.

—Pero es mi amiga —se quejó—. Ella es… ¡No es tu tipo!

Su primo le miraba desde el otro lado de la mesa, sin comprender.

Joe trataba de poner sus ideas en orden. ¿Debía hablarle del embarazo de Reina? ¿De cómo había conseguido un documento legal firmado una hora después de haber meado en un palito de plástico? ¿Debía contarle que planeaba tenerlo? Ni de broma, no pensaba meterse en ese fregado ni loco. Y Matt… Que era un tío legal estaba fuera de toda duda, pero se había tirado a más de medio campus en su primer año de universidad y jamás le había conocido novia formal. ¿Y qué pasaba con Reina? La alocada, rebelde, imperiosa, simpática y maravillosa Reina. En otro momento, habría disfrutado viendo cómo se merendaba a Matt con patatas y luego lo utilizaba para limpiarse los dientes, pero ahora estaba vulnerable. Demasiado. La recordó sentada en su sofá, con ese horrible chándal rosa y los ojos anegados en lágrimas. Lisa había pasado por una auténtica montaña rusa emocional en cada uno de sus dos embarazos y no era la mitad de intensa que su amiga…

—Mira, si va a ser un problema, me mantendré alejado.

—No es ningún problema, ¿vale? No pasa nada, es solo que ella… Yo… ¡Esto no tendría que ser así, joder! —claudicó con gesto de impotencia, metiéndose un nacho crujiente entre sus dientes blancos.

—Lo sé. No creas que no he pensado que lo único que quiero es tener una relación tan guay como la que tenéis los dos, pero, cuando mi polla me recuerda las ganas que tiene de estar dentro de ella, la duda desaparece.

—Eres un cerdo, cabrón. —Joe le dio una patada en la espinilla por debajo de la mesa.

—¡Au! —se quejó Matt—. ¡Venga ya! ¿De verdad no has querido estar nunca con ella? ¿No has pensado cómo sería?

—¡Es como mi hermana!

—Tu hermana es bastante más fea.

—¿Se trata de eso, entonces? —se quejó Joe—. ¿De echar un buen polvo y ya está? Porque, si es así, te digo desde ya que no me haría ni puta gracia.

—No, no es eso. O no es solo eso. A ver, no es que quiera casarme ni nada por el estilo, pero no me importaría pasar un buen rato con ella en la cama. No, en serio, me gusta estar con ella, sin más. Eso es. Me gusta estar donde está ella, hacerla reír, verla comer, madre mía cómo come, ¿se puede saber dónde lo mete? Me gustó cuando me peinó con sus dedos y cuando me enseñó a, ejem, a conducir. —Matt se reacomodó en la silla—. Y, después de lo que he visto hace un rato, podría pasarme horas viéndola practicar yoga también.

—Eso suena a un enchochamiento en toda regla —diagnosticó Joe.

—Sip, eso mismo pensaba yo. Mira, ya nos traen los tacos. ¿Has pedido el burrito para Reina?

—No, capullo. Póngame un burrito de pollo para llevar, por favor —le pidió al camarero cuando se estaba yendo.

—¿No debería ser extragrande? Tiene pinta de gustarle los burritos extragrandes.

—Dices que te mola, pero no paras de cosificarla.

—¿Y eso qué coño es? ¡Solo me preocupo por su salud!

—Lo que tú digas. Como sigas así, voy a encontrar la manera de que sepa lo pequeña que la tienes y lo mucho que te falla el gatillo.

—¡Pero eso es mentira! —repuso Matt indignado—. La tía come como una lima, es un hecho. ¡Eres tú el que tiene la mente sucia!

Joe se apoyó en el respaldo de la silla y cruzó sus brazos sobre su amplio pecho.

—Mira, tengo una esposa a la que adoro, una amiga estupenda y una hija adolescente que, si no tiene relaciones ya, va a empezar a tenerlas pronto, por no hablar de mi madre española, sobrada de carácter, que me enseñó a ser respetuoso con todo el mundo y a cuidar mi lenguaje, así que o empiezas a moderar tus comentarios o no cuentes conmigo para nada.

—Vale, vale, solo dime una cosa: ¿crees que tengo alguna oportunidad?

Joe se quedó pensando un momento.

—No sé qué decirte, tío. La verdad es que no creo que esté pensando en tener una relación con nadie ahora mismo.

«A no ser que seas un Dios mulato con un martillo mágico en la mano y otro entre las piernas», añadió para sí mismo.

—Tania me dijo que yo era su tipo.

Joe casi se atraganta con el último trago de su copa.

—¿Que Tania qué?

—Me aseguró que los tipos como yo la volvían loca. Ya sabes, con mi pelo, mi cuerpo, mis ojos, y esta preciosa mandíbula —añadió mientras se frotaba el mentón y subía y bajaba repetidamente las cejas en un gesto menos seductor de lo que pretendía.

—Esto es lo más. Mi primo está pillado de mi amiga y mi hija es una celestina de medio pelo que le da consejos de amor en la barra de un bar. No tendría que haber salido de mi casa, las vacaciones están sobrevaloradas.

—¿Por qué? ¿No le van los tíos como yo?

Joe comparó mentalmente a su primo con Mikkha. Solo lo había visto en fotos, pero parecía elegante y distinguido. No tenían mucho en común. Por otra parte, el tal Mikkha tampoco tenía mucho que ver con Dennis Shawn, el imponente actor de piel canela y aceitada.

—Si te soy honesto, no sé muy bien qué decirte. Por suerte para ti, ha pasado dos días con Lewis y eso te dará unos cuantos puntos extra. ¿Quieres algo de postre?

—Lo que quiero es que me digas qué tengo que hacer para que se fije en mí.

—Ah, no, de eso nada, colega. No me voy a poner en plan Capuleto, pero en este asunto yo soy Suiza, ¿entiendes?, jodidamente neutral. No me voy a interponer, pero tampoco voy a tomar parte. Sin embargo, para que veas que soy un gran tipo, voy a darte un único pero gran consejo: sé tú mismo.

—Eso es una gilipollez.

—No, en serio, hazme caso. No hay nada que moleste más a Reina que la impostura. No finjas ser distinto de lo que eres, no intentes hacer bromas que no sabes hacer, no vayas de algo que no seas tú. Es lo único que puedes hacer. La decisión es suya. Con suerte, conseguirás una bonita relación, sin ella, una bonita amistad o nada de nada y tendrás que buscarte a otra. Eso es lo que hay. Si fuese Reina la que me preguntara acerca de cómo conquistarte, le diría que se montara en unos zapatos de aguja, que se pusiera un par de implantes en las tetas y que suspirara con cada cosa que dijeras, pero para tu desgracia no ha mostrado el más mínimo interés por ti, más allá de lo meramente cortés.

—¡Yo no soy así en absoluto! —replicó Matt, acalorado.

—¿Acaso no es lo que nos gusta a todos?

—Estoy muy ofendido.

—Uy, sí, ya lo veo. Pues si los tacones y la silicona no son lo tuyo, mucho mejor porque de eso Reina tiene más bien poco. Y hasta aquí voy a leer. A partir de ahora tendrás que volar solo.

—No seas así, hombre. Dame alguna otra pista.

—No.

—Por favoooor. —Matt juntó las manos como si estuviera rezando y puso cara de cordero degollado. Joe negó con la cabeza.

Matt se reclinó y cambió de estrategia.

—¿Y si pago yo la cena?

Joe lo miró a los ojos y se removió en su silla.

—No le gustan sus muslos.

—¿Perdona?

—Sus muslos, los odia. No me mires así, yo tampoco lo entiendo, le he dicho un millón de veces que no tienen nada de malo, pero como si nada. —Se inclinó hacia delante y apoyó los codos sobre la mesa—. Escúchame bien lo que te voy a decir: no los menciones, no hagas ningún comentario o chiste acerca de ellos y, si la ocasión se presta, venéralos como si fueran un dios. ¿Entendido? Y no saques la cartera aún, voy a pedir la carta de postres, tienen una pinta excelente.

Llegaron al hotel a medianoche. Joe acabó pidiendo dos postres y otro margarita antes de pedir la cuenta y ahora se bamboleaba por el pasillo camino de la habitación. Matt se adelantó y se llevó un dedo a los labios para advertir a su primo de que fuera silencioso. No sirvió de nada. En cuanto abrió la puerta, Joe tropezó con una de sus zapatillas y se golpeó la espinilla con el canto de una de las mesillas de noche.

Aunque logró contener el aullido de dolor, no pudo evitar ponerse a saltar a la pata coja por todo el cuarto. Cuando Reina se movió en su cama, Matt la miró con aprensión.

—No se entera de nada. Duerme con tapones —le informó Joe de camino al baño—. Voy a lavarme los dientes.

A solas en la oscuridad, Matt se preguntó si mirar a Reina mientras dormía a la luz de su móvil sería muy *freak*. Decidió que sí y se movió con sigilo hasta su lado de la cama. Allí se desvistió con cuidado y se metió entre las sábanas.

«Tú mismo. Solo sé tú mismo», se dijo antes de cerrar los ojos. «Es facilísimo… ¿No?».

27

Algo le despertó de repente en mitad de la noche. Se giró hacia su derecha y distinguió el enorme bulto de su primo a su lado, inmóvil. Se incorporó un poco y barrió la habitación con la mirada. Todo estaba tranquilo. Entonces su oído captó un ruido muy leve, sutil, como de un roce entre sábanas. Su vista se fue al camastro de Reina y, en la penumbra, distinguió un movimiento que no parecía natural. La cabeza de la chica golpeaba repetidamente la almohada y su cuerpo se movía compulsivamente, como si estuviera sufriendo un ataque epiléptico.

Salió de la cama como un resorte y en dos pasos se plantó allí, pensando en qué podía usar para bloquearle la boca y evitar que se mordiera la lengua. Sin embargo, en cuanto llegó al borde de la cama, ella se quedó quieta y giró su cuello para mirarle.

—¿Te he despertado? ¡Cuánto lo siento! —dijo Reina, susurrando.

—¿Estás bien? —preguntó Matt, angustiado.

—Sí, ¿por?

—Te he visto moverte desde mi cama y pensaba que estabas sufriendo un ataque de epilepsia o algo así —respondió él, avergonzado.

Reina rio entre dientes.

—¡Qué va! Estoy viendo un concierto en YouTube y me resulta imposible escucharlo sin bailar. Perdona. Ya lo apago.

—No hace falta, no te preocupes. ¿Quién es el cantante?

—Es un belga llamado Stromae. Es uno de los artistas que me recomendó Steve. Normalmente no me cuesta nada conciliar el sueño, pero últimamente tengo unas cuantas cosas en la cabeza y me he desvelado. He cogido su lista de recomendaciones para distraerme y me he puesto a escucharla con los cascos. Él me había apuntado una sola canción de este artista, pero me ha gustado tanto que he buscado más en internet y he dado con un concierto que dio hace unos años en Montreal.

—Vaya —fue lo único que se le ocurrió decir.

«Soso, más soso imposible, colega».

—¿Quieres escuchar un poco? —le ofreció Reina, pegando su cuerpo a la pared y haciéndole sitio a su lado.

Matt fue entonces consciente de que iba en calzoncillos, unos bóxers holgados de Calvin Klein, a cuadritos rojos y azules. Pensó en su rabo y en si se comportaría, porque, joder, le apetecía muchísimo escuchar a ese belga pegado a ella y no quería que una erección inoportuna lo fastidiara todo.

—Vale —respondió, confiando en que el estar medio dormido le diera cierta protección. Se sentó con cuidado en el camastro y luego se echó sobre su espalda cuan largo era por encima de la sábana, intentando no tocarla. Al final se quedó tumbado como una enorme momia, con los pies y los tobillos colgando por fuera del camastro. Estaba tan cómodo como Reina haciendo la postura del perro abajo, o como se dijera.

—Toma. —Reina le tendió uno de los auriculares y él se lo metió en su oído derecho, moviendo la cabeza hacia ella para que no se le saliera. Estaban muy, muy cerca.

—Mira. —Reina se movió para colocar el iPad entre los dos y notó su cuerpo acercándose al suyo, brazo con brazo, cadera con cadera, pierna con pierna, tan solo separados por la fina tela del cobertor—. Esta es la canción que me apuntó Steve en la servilleta. Se llama *Tous les Mêmes*, todos iguales.

Matt se fijó en la pantalla y se topó con un mulato altísimo, delgadísimo y elegantísimo. Iba ataviado con una chaqueta muy colorida y unos pantalones negros y estrechos. Dominaba el escenario con naturalidad pasmosa y su coreografía era fluida y sorprendente. Exudaba confianza y buen humor. No entender ni papa de lo que estaba cantando no le impidió apreciar la calidad de su voz ni el ritmo contagioso de la música —un cóctel perfecto de *dance*, electrónica y sonidos afrocubanos—. Un pequeño detalle en su oreja derecha captó su atención: un pendiente redondo y carmesí, claramente femenino. Se fijó mejor y vio que, a medida que la canción avanzaba, el cantante alternaba el perfil que lucía el pendiente y el que no a la hora de mirar al público. Estaba interpretando a un hombre y a una mujer según las estrofas. Reina le señaló los pequeños subtítulos en inglés al pie de la pantalla, pero Matt prefirió centrarse en el espectáculo. No recordaba haber visto nunca algo parecido. Era condenadamente original y refrescante.

—¿Qué? —preguntó ella tras pausar el vídeo—. ¿Qué te parece?

—¿De dónde ha salido este chico? ¡Es un crack! La coreografía, los sonidos, la mezcla… Es especial. Y verlo allí, mitad hombre, mitad mujer, me ha recordado a unos dibujos animados de cuando era pequeño. Eran de un chico que se transformaba en chica cada vez que le caía agua fría encima.

—¿Ranma? ¡No me digas que los veías! —Reina se olvidó del iPad y se giró por completo hacia Matt. Él, emocionado, hizo lo mismo.

—¿Los conoces? —preguntó él, incrédulo.

—¡Sí! Los descubrí en España, en verano, los ponían por la mañana. Recuerdo que me levantaba muy temprano, cerraba todas las puertas, me acurrucaba en el sofá del salón y veía todos los dibujos que echaban en la tele. Los de Ranma eran, sin duda, mis favoritos.

Con la *tablet* boca abajo, sobre la cama, la habitación se había quedado a oscuras, pero Matt intuía la sonrisa de Reina.

—A mí mi padre no me dejaba verlos. Lo de que un chico se transformara en chica le parecía una auténtica abominación, por no hablar de las peleas y toda esa ropa interior volando por los aires a todas horas, pero a mí me parecían divertidísimos. Los tenía que ver casi a escondidas y me perdí un montón de capítulos, pero siempre fueron de mis dibujos favoritos. Creo que fue por esa época cuando empecé a garabatear. Dibujaba los personajes cuando tenía ocasión y me inventaba historias para rellenar los huecos que me perdía. El videoclip me ha hecho recordarlo.

—Entiendo por qué lo dices, es una buena relación. Echo en falta dibujos como aquellos, en los que se cuestionaban sin complejos los estereotipos y lo femenino y lo masculino se mezclaban con humor y desparpajo, con todas esas chicas guerreras y peleonas y esa panda de chicos torpes, ridículos, inseguros y encantadores. No es que vea muchos dibujos animados ahora, pero me siento muy agradecida de haberlos visto de pequeña. Creo que fueron una buena influencia para mí —se interrumpió un momento—, y este chico, Stromae, me hace sentir un poco igual, como si estuviera ante algo nuevo diferente, inteligente, fresco y muy potente, no sé si me explico. Me hace pensar que, a veces, la cultura nos regala cosas geniales, divertidas y esplendorosas de las que podemos hablar con gente a la que apenas conocemos, ¿no te parece?

—Sí —susurró Matt—. Yo siento lo mismo.

Se hizo el silencio durante un instante, Matt intentó distinguir sus ojos en la penumbra, pero no pudo.

—Bueno, es muy tarde, debería dejarte dormir —dijo ella en voz baja.

Él buscó un resquicio al que agarrarse, una excusa que le permitiera quedarse allí un poquito más, alargar esa intimidad recién nacida, frágil y hermosa, satisfacer el anhelo de conocerla, de conocerse los dos.

—¿Y era esta canción con la que estabas bailando como si fueras la niña del exorcista?

Le llegó su aliento cálido cuando contestó.

—No, esa era otra, y te apuesto lo que quieras a que no puedes quedarte quieto escuchándola.

—Acepto el reto. Soy una roca.

—Eso ya lo veremos.

Reina movió sus manos por la cama en busca del iPad.

—Eso es mi rodilla.

—¡Perdona! No sé dónde se ha metido.

—Creo que está aquí. Toma.

Matt le tendió el aparato y Reina toqueteó la pantalla, concentrada.

—Allá va, prepárate porque es un temazo.

—¿Cómo se llama?

—*Alors on danse*. ¿Preparado? Ponte bien el auricular, como despierte a Joe me mata.

—Listo, dale al *play*.

Reina obedeció y antes de que hubieran pasado treinta segundos ya estaba moviendo el pie. Matt la oía susurrar la letra y mover discretamente la cabeza, apoyada en la almohada, de un lado a otro. Sonrió en la oscuridad, conteniéndose para no moverse él también. La canción era un puto *hit*. Iba a perder la apuesta, pero no le importaba. Reina se movió un poco más, pero Matt notaba que se estaba conteniendo, quizá por vergüenza. Decidió mover un poco el pie derecho, con discreción. No le costó mucho, ya tenía la canción dentro. Reina comenzó a mover una rodilla.

—Ahora viene lo bueno, ya verás —anunció, susurrando.

El público del concierto botaba enfebrecido, el cantante se movía por el escenario, micrófono en mano, siguiendo el ritmo y vociferando algo en francés. Entonces el pegadizo estribillo volvió a sonar una vez más. La letra era la misma, pero sonaba al son de ritmos de los *hits* que reventaron las pistas de baile en los años noventa, y a él le sonaban todos. Reina tenía razón, el tipo era un genio. Matt cerró los ojos y, abrazado por la negrura de la habitación, se dejó llevar. Con una extraña mezcla de vergüenza y alegría permitió a su cuerpo moverse por sí solo, golpeando suavemente el colchón y la almohada. A su lado, Reina lo imitaba, y en la pantalla, el tal Stromae y un estadio repleto de gente los acompañaban en su extraña danza. Cuando la canción hubo terminado, Reina pulsó el *pause* y se giró hacia él.

—Has perdido. Te lo dije.

—He perdido, tenías razón. Es imposible quedarse quieto.

Reina tomó una gran bocanada de aire y se puso las manos en las costillas. Parecía feliz.

—Creo que es la primera vez que bailo con una chica en la cama en sentido literal y no figurado —confesó Matt, algo sorprendido.

—Y yo con un chico. Siempre hay una primera vez para todo.

«Me alegra que haya sido contigo», pensó él, pero se lo calló.

—¿Quieres terminar de ver el concierto? No queda mucho.

—Vale.

Con la cabeza pegada a la de él, Reina volvió a darle al *play* y los dos escucharon en silencio, moviendo los pies de vez en cuando. A la segunda canción ella ya se había dormido. Con cuidado, Matt le quitó el auricular de la oreja y escuchó su respiración, suave y pausada, antes de volver a centrar su atención en la pantalla. No quería irse. No quería moverse de allí. Arrastró el dedo con cuidado hasta dejarlo al principio del vídeo. Había pasado un rato estupendo gracias a ese tipo y escuchar su concierto al completo le pareció lo mínimo que podía hacer para agradecérselo.

ETAPA 5:

DENVER (COLORADO)-SALT LAKE CITY (UTAH)

28

Joe estiró un brazo y palpó el colchón vacío. Lo primero que hizo fue aprovechar para estirarse a sus anchas. Es lo que hacía siempre que tenía ocasión. Lisa era pequeñita, pero defendía su territorio nocturno como una leona furiosa. Luego se quedó pensando. ¿Dónde estaba Matt? Medio dormido, se incorporó y lo descubrió durmiendo junto a Reina, con la *tablet* encima del abdomen y los auriculares rozando la moqueta.

«No ha perdido el tiempo», pensó.

Con una sensación extraña en la base de su estómago, se levantó y se acercó al camastro. Reina, arropada por la sábana, dormía de lado, de cara a la pared. Matt, a su lado, estaba boca arriba, sin tapar y casi al borde de la cama, su rostro estaba relajado y el dorso de su mano izquierda reposaba en la almohada, a unos centímetros del pelo de Reina.

Le pellizcó con fuerza la planta del pie.

—Arriba, Romeo.

—¡Ay! —se quejó Matt, despertando de golpe—. Eso ha dolido.

«Bien», Joe se felicitó mentalmente.

—¿Qué haces ahí? —Se detestó por rebajarse a preguntar, pero no pudo evitarlo.

—No es lo que parece.

—Parece que has dormido en su cama en calzoncillos, ¿no es así?

—Bueno, sí, pero no ha pasado nada.

—Excepto que has dormido con ella medio desnudo.

—Excepto eso, sí. —Matt se giró para mirar a Reina, que continuaba durmiendo, tranquila.

—Levántate de ahí. Como se despierte y te vea con esa cara de pasmarote, va a flipar. Me voy a duchar. Más vale que no te vea ahí cuando salga.

—¿No eras Suiza?

Joe le apuntó con el dedo índice.

—No me toques los cojones, que no estoy de humor.

Matt hizo lo que le habían ordenado y se metió, obediente, en su lado de la cama. ¿Qué hora sería? No tenía ni idea de cuándo se quedó dormido, pero se encontraba sorprendentemente descansado. Con calma, estiró los brazos y las piernas y se desperezó como un gato, bostezando. Hoy iba a ser un buen día, lo presentía. Hoy todo iba a ir sobre ruedas.

Justo en ese momento, Reina se incorporó de golpe en su camastro y miró a su alrededor.

—Buenos días —saludó Matt—. ¿Qué tal has descan…?

Sin darle tiempo a continuar, ella saltó de la cama y golpeó la puerta del baño con furia.

—Joe, soy yo. Abre. Necesito que abras AHORA MISMO.

El chorro de la ducha cesó y para completa sorpresa de Matt la puerta se abrió y se cerró en completo silencio. Ni una protesta, ni un grito, ni una broma. Nada de nada. Solo una habitación vacía delante de él. Y Reina en el baño, con su primo desnudo.

Mientras, dentro, Joe se ocultaba tras la cortina de la ducha y abría de nuevo el grifo para ahogar la vomitona de su amiga.

—Haz más ruido —le exhortó esta entre arcada y arcada.

—¿Cómo quieres que haga más ruido? ¿Cantando *La Traviata*?

—Por favor.

—Tira de la cadena.

Reina obedeció y respiró profundamente a la espera de la siguiente sacudida, que no llegó.

—¿Ya? —preguntó Joe, terminando de enjuagarse.

—Parece que sí. Joder, cómo odio esto. ¿Cuánto decías que duraba?

—A Lisa todo el primer trimestre, pero creo que cada caso es un mundo.

—¿Y ahora cómo salgo ahí afuera?

—Di que estabas descompuesta.

—Qué encantador. Tengo tanta confianza con mi amigo que no me importa irme de vareta mientras se ducha a mi lado…

—Puedes irte por arriba también.

—Eso está peligrosamente cerca de la verdad y no me interesa, gracias.

—¿Por qué no se lo dices y ya?

—¡Porque no es de su incumbencia! Bastante tengo con aguantar mi propio juicio como para aguantar el de los demás. Esto es asunto mío y punto. Bueno, y un poco de Mikkha, si quieres, pero de nadie más.

—¿Qué quería ayer? —preguntó su amigo mientras se rodeaba la cintura con una toalla y salía de la ducha.

—Saber cómo estábamos.

—¿Y ya está?

—En principio sí.

—¿Le dijiste que lo ibas a tener?

—No. Le dije que le llamaría para tomar un café a la vuelta.

Joe no añadió más. Cogió otra toalla del lavabo para secarse el pelo y se rascó detrás de la oreja izquierda.

—¿Y vosotros? ¿Qué tal en el mexicano?

—Muy bien. Te pedimos un burrito extragrande por si acaso, pero cuando llegamos ya estabas roncando.

—Te dije que no quería nada.

—Ya, bueno, fue idea de Matt. Si quieres, puedes llevártelo para el camino. ¿Sales tú o salgo yo?, porque no podemos quedarnos aquí encerrados para siempre, lo sabes, ¿no?

Reina lo miró un segundo.

—Sal tú, voy a darme una ducha.

—Cabrona. Esta me la pienso cobrar.

Cuando salió, se encontró con Matt completamente vestido y ocupado en recoger sus cosas.

—Hola de nuevo —saludó Joe.

—Buenos días —respondió el primo, sin darse la vuelta—. ¿Es eso normal?

—¿El qué?

—Que compartáis el baño a primera hora de la mañana.

—La verdad es que no —habló quitándole importancia al asunto—. No te negaré que me ha visto en bolas más de una vez, ya sabes lo mucho que me gusta bañarme desnudo en sitios públicos, pero lo de hoy ha sido una emergencia. Tenía la vejiga a tope y lo de mearse encima delante de desconocidos no lo lleva muy bien.

Matt resopló por toda respuesta y cerró la cremallera de su mochila.

—¿Una noche a su lado y ya te pones posesivo? —le picó Joe.

—No es eso.

—Es que te veo, no sé, como nervioso. ¿No has dormido bien?

Matt le enseñó el dedo corazón, acompañado de una sonrisa tensa en su bonita cara.

—Que te jodan.

—¡Oh, vamos! —Joe se abalanzó sobre él, tirándole en la cama—. Es solo una broma. Últimamente estás muy sensible, primo. ¿Te pasa algo?

Joe lo había inmovilizado bajo su enorme cuerpo y le estaba pellizcando todo el cuerpo.

—Déjame, gilipollas. Sabía que no tenía que haberte contado nada.

—¿Contarte el qué? —preguntó Reina, que había salido del baño envuelta en una toalla blanca y aún sin duchar—. Voy a por mi ropa —explicó—, con la… eh… urgencia se me ha olvidado cogerla. ¿Qué hacéis? ¿Es algún tipo de ritual entre primos?

—Matt se estaba quejando de lo mal que ha dormido.

El aludido le propinó un golpe en el brazo.

—Eso fue culpa mía, me puse a escuchar música a las tres de la mañana. De verdad que lo siento, Matt.

Matt negó varias veces con la cabeza, sus manos atenazadas entre los muslos de su primo.

—No fue nada, en serio.

—Por cierto, Joe, Steve y yo tenemos gustos musicales muy parecidos.

—¿Steve, mi hijo?

—¡Sí! Tengo que pasarte la lista que me dio, creo que dice mucho de él.

—Si quieres escuchar la música de Steve, la próxima vez te vas de viaje con él. Yo ya tengo bastante con oírla a todo volumen en mi casa, muchas gracias. Me diste carta blanca, te lo recuerdo. Si te has pasado al lado oscuro no es mi problema. Todavía tengo mucho de lo mío por disfrutar.

—Vale, vale, tranquilo. Tú mandas, ya lo escucharé yo sola con los cascos.

—Buena chica.

El cabrón de Joe se las apañó para ponerse de copiloto y mandarle al asiento de atrás. Reina había sugerido llegar pronto a Salt Lake City para poder aprovechar un poco el día. «Me apetece darme un chapuzón», dijo, y al resto le pareció bien.

Ahora conducía concentrada en la carretera, Joe estaba leyendo el último libro de George R. R. Martin y Matt se había puesto los cascos y disfrutaba de la selección musical de Steve. Exiliado de la zona delantera se había asomado al asiento de Reina y, haciendo alarde de un interés genuino, le había pedido la servilleta garabateada por el chico con mucha educación. No le pasó desapercibida la mirada que le echó su primo. Le dio igual. Estaba dispuesto a llegar a la cima de la montaña e iba a aprovechar cualquier resquicio que tuviera a su alcance para conseguirlo.

De eso habían pasado ya unas cuantas horas con sus correspondientes paradas. Había escuchado todas las canciones y muchas otras más y Joe seguía sin dejar el asiento libre.

—Me duele la espalda. ¿Alguien me releva? —pidió Reina en un momento dado.

—Yo —soltó Joe rápidamente—. Tengo mono de pedal.

Lo hicieran como lo hicieran era imposible que Matt coincidiera con Reina. Aquella etapa se le estaba haciendo eterna.

—¿Quieres ponerte delante? —le ofreció ella girando su esbelto cuello para mirarlo—. No me importa ponerme atrás.

—Tú lo que quieres es echarte una siesta antes de llegar, no te hagas la simpática —dijo Joe.

—¿Pero te quieres callar de una vez? —le respondió Reina—. No le hagas ni caso, Matt. En la próxima gasolinera que vea, paro y nos cambiamos. Parece que estás castigado.

«Así es exactamente como me siento», se dijo Matt.

El resto del viaje fue bastante tranquilo. Reina se quedó frita en cuanto apoyó la cabeza en la ventanilla y Joe disfrutó en silencio de su variada y personalizada selección musical mientras conducía. Matt aprovechó para informarse más y mejor sobre el festival de diseño al que iba a acudir en Los Ángeles, seleccionar sus mejores bocetos y buscar los *stands* más interesantes. Estaba tan absorto en la tarea, que apenas se percató de que ya habían llegado a Salt Lake City.

—¿Quieres despertarla para decírselo?

Matt se desabrochó el cinturón para moverse mejor y se giró para sacudirla suavemente con la mano. Después de un par de empujoncitos, Reina abrió los ojos muy despacio, y elevó la vista hacia él.

—Ya hemos llegado —le informó en voz baja—. ¿Te apetece ir al lago?

—Me encantaría.

Joe siguió las directrices del GPS hasta un aparcamiento vacío próximo a la enorme masa de agua que daba nombre a la ciudad. Ante ellos, como salido de un paisaje de ciencia ficción, se desplegaba un cielo teñido por los colores del atardecer: rosa, naranja, morado, amarillo, azul… Todos ellos coloreaban las panzas de las escasas nubes que paseaban perezosas en lo alto, y se reflejaban en el inmenso lago que se extendía ante ellos. Sin decir nada, los tres se apearon del coche y se quedaron contemplando la escena, ensimismados, hasta que Joe sacó su móvil e hizo una foto.

—Es para Lisa. Se va a morir de la envidia.

—¿Tú crees? —preguntó Reina, escéptica—. Me da que prefiere el agua de su bañera.

—¿Y qué sabrás tú? —replicó él, molesto—. Bueno, ¿quién se anima a darse un chapuzón? Ya que estamos aquí, habrá que aprovechar, ¿no?

Mientras hablaba se había quitado la camiseta e iba andando hacia el agua con decisión.

—¡Espera! —le llamó su amiga, trotando tras él—. Sabes que nunca digo que no a un buen baño.

Según se iban acercando, un olor fuerte y ocre les golpeó en las narices.

—Es la sal —informó Joe—. Es lo que hace este sitio tan especial.

—Especial o no, huele que apesta —comentó Matt, al que no le había quedado más remedio que seguirlos para no quedarse solo.

Ignorando el comentario, Joe se paró y comenzó a desvestirse. Cuando metió el pulgar en la goma de su calzoncillo para sacárselo, le lanzó un guiño a su primo.

—Te dije que me encantaba bañarme en bolas en lugares públicos.

—Es cierto, no tiene ningún sentido del pudor —confirmó Reina, divertida.

Matt la miró. Se había quitado los pantalones y los estaba doblando cuidadosamente para ponerlos encima de la ropa de Joe. Llevaba un sencillo *culotte* de algodón negro que le sentaba de maravilla. Con un gesto fluido se quitó la camiseta y dejó al descubierto un sujetador del mismo color que realzaba unos pechos discretos pero firmes.

—Aunque me temo que yo sí. No te preocupes, con uno que dé el espectáculo es suficiente. ¿Vienes?

Azorado, Matt se quitó la camiseta y comenzó a desabrocharse lentamente los botones del vaquero. La vista conjunta de los traseros de Joe y de Reina le había hecho cortocircuitar y dudaba de que su cuerpo no le fuera a traicionar.

—Sí, id yendo, ahora os alcanzo.

Reina echó a andar a paso ligero hacia Joe, que se había adelantado y estaba a punto de entrar en el agua. Solo le quedaba pasar una franja de arena negra que cubría la orilla y se pondría a nadar como un ballenato juguetón. Pero en cuanto pisó el terreno, una enorme bandada de insectos levantó el vuelo.

—¡Son moscas diminutas! —alertó Joe, quien después de un momento de incertidumbre corrió a toda velocidad para meterse en el agua.

Reina, por su parte, se dio media vuelta, espantada, y se dirigió al coche como una flecha, adelantando a Matt, que ya estaba en calzoncillos, por el camino.

—¡Son cientos de moscas! —le avisó al pasar junto a él, sin mirar atrás.

El chico miró el cielo y lo descubrió cubierto por una grandísima nube negra. Joe, que había alcanzado el lago, se había sumergido hasta el cuello y lo miraba también, alucinado.

Sorprendido y entretenido a partes iguales, Matt soltó una sonora carcajada.

—¿Está rica el agua, primo? —voceó poniéndose las manos a cada lado de la boca—. ¡Pareces un hipopótamo! —añadió—. Sabes que el exceso de sal no es bueno para la piel, ¿verdad? ¡Imagínate para la de la polla!

Por toda respuesta Joe le hizo un corte de mangas por encima del agua y Matt se volvió a reír. Luego recogió toda la ropa que estaba tirada a sus pies y se dirigió al aparcamiento, donde Reina, ajena a su presencia, daba saltos en ropa interior y manoteaba sin parar. Él sonrió a su pesar. Últimamente le pasaba muy a menudo.

—Oh, Dios mío. ¿Has visto ESO? ¿Cómo algo tan bonito puede transformarse en… ESO?

La mueca de incredulidad de su cara era tan genuina que Matt tuvo que taparse los labios para no reírse delante de ella.

—¿Te han picado?

—No lo sé. ¿Las moscas pican?

—No tengo ni idea. Déjame ver y te saco de dudas.

Se acercó a ella aparentando una tranquilidad que no sentía en absoluto.

—Para de moverte o no voy a poder ver nada —bromeó.

Reina dejó de saltar y después de frotarse los brazos y las piernas un par de veces más se quedó inmóvil.

Matt la rodeó hasta quedar detrás de ella. Tenía los hombros rectos y una nuca larga y fina, y su piel, al descubierto gracias a un moño alto y despeluchado, se veía suave, sedosa. Se moría por besarla. La cintura se estrechaba por debajo de las costillas y se volvía a ensanchar un poco más abajo, marcándole las caderas y unos glúteos rotundos. Tragó saliva con dificultad.

—¿Y? ¿Ves algo?

—Tienes muchos lunares —logró articular.

—Sí —respondió ella, mirando aún hacia delante—. Cuando era pequeña, dibujaba triángulos imaginarios delante del espejo juntando los puntos, creo que llegué a contar más de trece.

—¿Así? —preguntó Matt, mientras deslizaba su dedo por la fina piel de un lunar a otro, dibujando un triángulo escaleno en su omoplato izquierdo. Cuando terminó elevó la vista de la espalda y se topó con los oscuros ojos de Reina, que le observaban, confusos.

—Sí, justo así —contestó ella en voz baja, sin dejar de mirarlo.

Matt se separó enseguida, turbado.

—No he visto ninguna picadura —anunció con desenfado—. Parece que vas a vivir para contarlo.

—Muchas gracias —musitó Reina, antes de girar su hermoso cuello en dirección al lago—. Parece que ya se han ido.

Reina señaló la orilla, donde Joe chapoteaba, feliz. Levantó su brazo para saludarlo y él hizo lo mismo. Lo observaron nadar en silencio, y cuando salió para reunirse con ellos, Matt alzó su camiseta para indicarle que la tenía él.

Según se iba acercando comenzó a silbar con falsa admiración y Joe respondió contoneándose exageradamente, sin rastro de vergüenza.

—¿Te gusta mi culo pálido, amigo? Ya tiene dueña, pero te dejo mirar, si quieres.

—¿Acaso tengo alternativa? Eres muy amable, pero creo que ya he tenido suficiente por hoy. —Le arrojó los calzoncillos—. Hazme el favor y póntelos de una vez.

—¿Qué tal estaba el agua? —preguntó Reina.

—Templada y salada.

—Espero que hayas cerrado bien la boca. Viendo cómo huele no quiero imaginarme cómo sabrá.

—Me ha entrado alguna mosca, pero agua nada de nada. Eso sí, se me ha quedado la piel como el culito de un bebé.

—Ya me lo dirás esta noche —replicó Matt.

—¿Os vais a quedar en ropa interior toda la noche? Os veo muy cómodos enseñando cacha. ¿Seguro que no queréis hacer un poco de nudismo?

Reina dio un respingo y se giró hacia Matt sin mirarle a los ojos.

—¿Me pasas mi ropa, por favor?

—Claro. —Matt clavó la vista en los pantalones mientras se los pasaba. Luego, haciendo equilibrios, se enfundó sus vaqueros.

Un poco más allá, Joe, que se había vestido a la velocidad del rayo, sacó las llaves del bolsillo de sus bermudas y abrió el coche.

—¿Nos vamos ya o queréis hacer alguna foto más?

—Vámonos —respondió Reina mientras abría la puerta de atrás—. Está oscureciendo. Ya me pasarás la que le has mandado a Lisa, el cielo estaba precioso.

Matt se sentó al lado de su primo. La yema de su índice aún le hormigueaba. Conteniendo las ganas de llevársela a la boca inspiró hondo y buscó algo que decir para romper el silencio.

—Arranca de una vez, apestas a foca muerta.

«El show debe continuar», se dijo. Puede que su maquillaje se estuviera desmoronando, pero pensaba mantener la sonrisa pegada en su cara hasta el final.

29

Reina se tiró en la cama nada más entrar. Era doble, pero con juegos de cama separados.

—Tu en la de la derecha, ¿verdad? —preguntó.

—*Yeah, baby.*

Joe se tiró a su lado y se quitó las zapatillas usando solo los pies.

—En verdad hueles a foca muerta.

Reina estaba boca arriba y se tapó la nariz para remarcar su mensaje.

—Estoy cansado, mujer. Estar sentado siete horas sin hacer nada más que pisar un pedal y sostener un volante es agotador. Déjame un minuto de paz.

—Los que quieras, pero ¿no descansarías mejor sin ese tufo a tu alrededor? Yo sí, desde luego.

—Tú y tus manías para dormir. Me da la sensación de que lo único que hago es conducir, ducharme y dormir.

—Y comer.

—Y comer.

—Y beber.

—Y beber, sí.

—Y charlar.

—¡Vale! ¡Está bien!, ¿vale? Me gusta conducir y dormir y ducharme y comer y beber y charlar y meterme contigo. No había tenido unas vacaciones tan guais en años, lo cual es triste de cojones, la verdad. Echo de menos los viajes familiares, esos que hacía antes de que Lisa se negara a viajar y mis hijos mayores se convirtieran en esos desconocidos que duermen en mi casa.

—Los has echado de menos, ¿verdad?, en el lago.

—Steve no hubiera dejado de quejarse del olor a huevos podridos y Tania aún estaría huyendo de las moscas, pero sí... me hubiera gustado tenerlos allí.

—Date un agua y llámalos. Quizá los pilles de humor y quieran hablar contigo.

—Pffff, no sé yo...

—Vaaaaa.

—Voy. Eres una auténtica patada en el culo.

—Me encanta serlo, ya lo sabes. Frótate bien con el jabón. Dudo que el efecto de esa agua en tu piel no sea permanente.

El ruido de la ducha la sumió en un placentero estado de trance. Inmóvil sobre la colcha blanca de algodón, sentía la marca de un triángulo en su espalda, como si la hubieran marcado a fuego.

Había sentido un escalofrío y luego una oleada de calor. Nunca había tenido la piel tan sensible. ¿Serían las hormonas? Y sus ojos... ¿qué había detrás de esos ojos?

En la mesilla, el móvil de Joe comenzó a sonar y Reina se incorporó para ver quién era. ¿Tal vez Matt desde su cuarto para saber cuál era el plan?

Era Lisa. Reina descolgó al tercer tono y saludó con alegría.

—Hola, bella. ¿Cómo van esas semanas de Rodríguez?

—De lujo. Hago lo que quiero, como lo que quiero, veo lo que quiero, leo lo que quiero, duermo lo que quiero y meo con la puerta del baño abierta sin preocuparme de que alguien vaya a entrar sin mi permiso. ¿Acaso hay felicidad mayor?

—Empiezas a echarlos de menos. —Era una afirmación rotunda.

—¿Yo? ¡No! ¿Estás loca? ¡Llevaba AÑOS soñando con esto! No sabes lo que es la maternidad. Te chupa la vida, te convierte en alguien que jamás habrías pensado que ibas a ser, una sombra de ti misma, una persona gruñona e inestable, y...

—Y...

—Y te hace pensar que algo no está del todo bien si estás sin ellos más de una semana y media.

—¡Lo sabía!

—No cantes victoria tan rápido. Solo llamaba para ofrecerle a Joe una sesión de sexo telefónico esta noche.

—¡¡Argh!!

—La distancia es una buena forma de encender la llama de la pasión, Reina. Si estuvieras casada, lo sabrías. Llevo días durmiendo de fábula, soy una mujer relajada y estoy en la cúspide de mi madurez sexual.

—No hace falta que me des todos los detalles, gracias, pero quizá sí te pido algún consejillo sobre falta de sueño y cansancio extremo.

—¿Significa eso lo que creo que significa? —inquirió Lisa tras un segundo de silencio.

—Creo que sí.

—Bueno, si lo has pensado bien...

No estaba mostrando tanto entusiasmo como su marido, pero aun así Reina se sintió feliz de hacerla partícipe de su decisión.

—Me cansé de pensar.

—Eso pasó cuando alguien te pidió que te olvidaras del condón y mira dónde estás ahora.

—Pensaba que te alegrarías por mí.

—Y me alegro... Es solo que... ¿Has pensado en el trabajo?

—¿Qué pasa con él?

—Creía que te gustaba mucho y era muy importante para ti y cuando digas que vas a tener un bebé...

—¿Por ser madre se me va a olvidar hacer mi trabajo? Tengo años de experiencia y una mente privilegiada para los números. Siempre he cumplido con mis responsabilidades y con mis compañeros y voy a seguir así. Me va a salir un niño de la vagina, no una discapacidad.

—Eso ya lo sé, cariño, lo sé de sobra, pero me temo que la realidad no es así de fácil.

—La realidad es que mi cerebro vale exactamente lo mismo antes que después de tener un hijo. ¿Qué otra manera de verlo va a haber?

—¿Sabes qué? —zanjó Lisa—. Tienes toda la razón y me alegro mucho por ti. Cuenta conmigo para lo que quieras, en serio. Y ahora, ¿me pasas con mi marido? Tengo un puñado de cosas guarras que decirle al oído.

—Todo tuyo.

Reina le tendió el móvil a Joe, que acababa de salir del baño vestido con unos holgados pantalones del pijama.

—Li... sa —articuló en silencio mientras su amigo se llevaba el aparato a la oreja.

—Hola, cariño, ¿qué tal estás? Sí, yo también. ¿Te ha gustado la foto? Te hubiera encantado. Sí, me he bañado. ¿La sal? No tan bien como pensaba, me acabo de duchar y tengo la espalda como el culo de un mandril. Ojalá estuvieras aquí para ponerme un poco de esa crema tuya de aloe vera. ¿Ah, sí? ¿Y por dónde más, picarona? Eso me gusta. ¿Y dónde dices que te escuece a ti?

Esa fue la señal que necesitaba Reina para salir de la habitación. Cogió su bolso y la llave, y salió de puntillas con rapidez. ¿Y ahora qué? Si al menos pudiera tomarse una buena cerveza helada…

30

—Una cerveza sin alcohol —pidió en la barra del bar que había justo enfrente del hotel.

—Marchando —respondió el camarero, un hombre de mediana edad con un espeso bigote gris a lo Hulk Hogan—. ¿Un mal día? —preguntó, frotando la madera con un trapo húmedo.

—En realidad no. —Reina tomó asiento en uno de los desvencijados taburetes de madera y dio un largo sorbo al botellín helado.

—Pues me alegro.

—Yo también. —Sonrió y dio otro trago. En verdad se alegraba. No sentía rastro de la ansiedad que la había atormentado días atrás, tan solo una calma serena y una gratificante sensación de paz—. ¿Te gusta el Pressing Catch?

A veces hacía este tipo de preguntas a los desconocidos, era algo sobre lo que tenía muy poco control. Tenía la ligera impresión de que no era muy apropiado, pero tampoco acababa de entender exactamente por qué. Su curiosidad era genuina, casi infantil, difícil de acallar del todo. El bar estaba casi vacío, el hombre parecía tranquilo y ella se moría por saber qué le había hecho dejarse un bigote como aquel.

Si la pregunta le pilló desprevenido, él no lo demostró.

—¿Tú qué crees? —Se mostraba amable, ligeramente divertido.

—¿Eres el padre de Hulk Hogan?

El hombre rio abiertamente.

—¿Pero cuántos años crees que tengo?

—¿Su tío? ¿Su sobrino? ¿Un fan?

—Te diré que era uno de mis favoritos junto con los hermanos Sacamantecas, pero no llevo este bigote por eso.

—Oh, vaya. No pareces del tipo de persona que lo hace por moda…

—Ja ja ja. No lo soy, no.

—¿Una apuesta?

—¿No me queda bien o qué?

—¡No, no! Te queda estupendamente, es solo que no es muy habitual.

—No lo es, ¿verdad?

—Umm, umm —Reina negó con la cabeza y bebió de nuevo.

—Es una cuestión estética.

—¿Disculpa?

—Estética, de aspecto. Cuando era joven me hirieron aquí y aquí. —Se señaló las dos líneas verticales de vello que acotaban sus labios.

—¿Y cómo…?

—En un callejón, a oscuras, por supuesto. Pasaba por ahí y vi a dos tipos con una mujer. Parecía asustada. Me asomé y le pregunté si estaba bien. No me respondió, pero los hombres se giraron y vinieron hacia mí. «¿Estás bien?», pregunté de nuevo. «Vete», me dijo ella. No me fui. Dejémoslo en que no soy un gran luchador, pero sé distinguir entre lo que está bien y lo que está mal. Uno acabó agarrándome desde atrás y el otro me rajó como si fuera el muñeco de un ventrílocuo. «Te gusta abrir la boca, ¿eh? Pues vamos a dejártela bien grande».

Reina, horrorizada, se tapó su propia boca con ambas manos.

—Podría haber sido peor. Cuando terminaron conmigo, se dirigieron a la mujer, que no tenía forma de escapar porque nosotros tres bloqueábamos la salida. «¡Quietos!». Lo dijo con voz sorprendentemente firme. «He llamado a la policía. Están de camino». Los tipos se miraron entre sí, decidiendo si creerla o no cuando el sonido de una sirena rompió el silencio de la noche. Salieron por piernas. La mujer corrió hacia mí y trató de contener la sangre con sus manos, con su chaqueta, con su pelo, con sus lágrimas. La policía me atendió y las heridas no tardaron en cicatrizar. Parecía más de lo que era en realidad. No volví a saber de ella, pero nunca me arrepentí. Un amigo me recomendó que me dejara el bigote para disimular las marcas y así lo hice. No me lo he afeitado en treinta años.

Reina permanecía callada, con los codos apoyados en la barra.

216

—Yo… vaya, lo siento mucho. No debería haber preguntado, asumí que era…

El hombre seguía frotando con brío al tiempo que desplegaba una sonrisa torcida.

—No es broma, ¿verdad? —preguntó ella, escéptica.

—Nunca lo sabrás. —Y guiñándole el ojo se fue a atender al cliente que acababa de entrar.

Reina apuró lo que quedaba del botellín y esperó paciente su regreso.

—Me lo voy a creer. Es una buena historia. Mucho mejor que un homenaje sensiblero y cutre a un luchador de lucha libre retirado.

—¡Eso es verdad! —afirmó el hombre—. Toma, te la has ganado —le dijo tendiéndole otra cerveza «sin».

—¡Gracias! ¡Por tu bigote! —brindó Reina.

—¡Por mi bigote! —respondió él, bebiendo de un vaso de chupito repleto de un líquido viscoso y turbio—. Es jarabe —confesó después de tragar.

—Sí, seguro…

—Me caes bien —confesó él señalándola con el dedo mientras se movía un poco para ver mejor la puerta del establecimiento, que se estaba abriendo de nuevo.

Era Matt, miraba a su alrededor y aún no la había visto. Sin saber por qué, Reina se dio la vuelta y comenzó a arrancar la etiqueta de la botella. Matt no tardó mucho en dar con ella, no debían de ser más de ocho en el lugar.

—Hola —saludó, tomando asiento a su lado.

—¡Hola! —saludó ella también, con demasiado entusiasmo.

—He llamado a Joe, pero comunicaba.

—Está practicando sexo telefónico con su mujer.

Matt fue a comentar algo, pero pareció cambiar de opinión.

—Iba a llamarte a ti, pero no tengo tu número.

Reina le lanzó una mirada pícara.

—¿Y lo quieres?

—Sería de utilidad para ocasiones como esta…

—Pues si puede ser de ayuda no se hable más. Dame tu número.

Matt obedeció y a los dos segundos su móvil sonó en el bolsillo de su pantalón.

—Guárdalo bien, no vaya a ser que lo necesites para cualquier... urgencia...

—¿Qué te pongo? —interrumpió el camarero. Reina hizo las presentaciones.

—Matt, te presento a mi nuevo amigo...

—Chuck.

—Chuck —repitió Reina.

Chuck le tendió la mano a Matt y él le devolvió el saludo.

—Matt, encantado. ¿Me pones una Bud, por favor?

—Marchando.

—¿Decías algo de una urgencia?

—¿Yo? No, lo habrás entendido mal.

Estaba flirteando. No se lo podía creer, ¡estaba flirteando con él como una adolescente cargada de hormonas! (lo cual no estaba demasiado alejado de la realidad). No recordaba haber tonteado así con nadie en su vida. Su romance con Mikkha había sido agresivo, encarnizado, una guerra por ver quién respondía más rápido y mejor. Eran dos personas absolutamente seguras de sí mismas y la atracción había estado encima de la mesa desde el minuto uno. Su rivalidad laboral solo avivaba más su química corporal. Con él siempre había sido descarada, dominante y hasta punzante, a veces, y lo adoraba por dejarla ser así, pues así era como amaba Reina Ezquerra Goodwell antes de quedarse preñada. No había nada más sexi para ella que un hombre con el que no tuviera que fingir absolutamente nada.

Tampoco había fingido en el instituto o en la universidad. Tenía un sexto sentido para acercarse a tipos tranquilos, abiertos y seguros de sí mismos, que no depositaban en su joven espalda todas las esperanzas de su vida ni de su futuro. Aún se hablaba con casi todos ellos, y era algo de lo que estaba especialmente orgullosa. Reina no salía con alguien para follar, o para suspirar, o para que suspiraran por ella. Reina salía con chicos, con hombres, con los que hablar, opinar de las cosas, discutir, comer, bailar y, en general, pasar un buen rato. Además de follar, claro. La vida ya deparaba suficientes desgracias por sí misma como para pegarse a algún sieso posesivo, intenso, agresivo y carente de sentido del humor.

Pero ahora era diferente, ahora estaba marcada, ¡más que marcada!, y, aunque ya había tomado una decisión al respecto, no podía evitar sentirse un poco avergonzada. ¿De qué? No tenía ni idea, pero de lo que estaba segura era de que no podía ser ella misma con Matt, no en ese momento. No así. Y más que rabia, le daba una profunda pena, porque, por Dios, era tan, tan mono…

—Sí, a veces malinterpreto las señales, me pasa muy a menudo.

El vello de la nuca de Reina se erizó y todos sus lunares se encendieron como si fueran luces de navidad. Él también estaba flirteando, estaba segura.

«¿Qué daño puede hacer?», se preguntó.

«Ninguno», se respondió. «Esto está controlado».

—¿Siempre te equivocas? —Bebió de la botella y se relamió los labios.

—No siempre. A veces acierto y me pongo muy… contento.

«Tú a veces no aciertas y te quedas embarazada», contraatacó la voz de su cabeza.

—Tu Bud.

Chuck depositó un botellín helado encima de un cuadrado de cartón con un trébol de cuatro hojas dibujado en el centro.

Reina aprovechó el momento para volver en sí y recuperar su cordura.

—¿Habías estado en Salt Lake City antes? —preguntó, adoptando una pose un poco más relajada e informal.

Matt parpadeó un par de veces, como un búho que no supiera dónde se ha metido su ratón.

—No —titubeó—. Esta es la primera vez.

—La mía también. Es una de las cosas que más me gustan de este viaje. Salvo en Chicago y Atlantic no he estado en ninguna de las ciudades de nuestro itinerario.

—Tampoco es que las hayamos disfrutado mucho.

—Cierto, pero al menos ya puedo decir que he pasado por ellas.

El ambiente juguetón se había enfriado y Reina percibió un ligero vacío en la boca de su estómago que decidió ignorar.

—¿Hay algún plan para esta noche? ¿Has hablado con Joe de algo? —preguntó él.

—¿Además de sobre su repugnante olor?, no, de nada. ¿Quieres que lo llame?

—No hace falta, déjale que disfrute, son muchos días sin Lisa.

Reina contempló cómo se ruborizaba nada más terminar la frase y le pareció encantador.

«Para. No juegues con él».

«¿Quién está jugando?».

«Te vas a quemar. Déjalo estar. Bastante tienes ya con lo que tienes».

«Pero, ¿y si quiero algo más?».

Mientras hablaba consigo misma, miró a su alrededor en busca de algo que le permitiera cambiar de tema y continuar en terreno seguro. Dos enormes mamotretos pegados a la pared más alejada de la barra, justo al lado del pasillo que llevaba a los baños, captaron su atención.

—Chuck —llamó—. ¿Esos cacharros de allí funcionan?

—Por supuesto que sí, querida. Todo lo que hay aquí funciona a la perfección. Si necesitas cambio, dímelo.

—Gracias. ¿Te apetece echar unas partidas, Matt?

—¡Anda! —exclamó él, sorprendido—. Hace años que no veía una de esas. Yo invito.

Dejaron sus banquetas y se aproximaron a las máquinas recreativas. Una era del Tetris y la otra del Pac-Man, parecían originales, así que debían tener un porrón de años. Reina daba pequeñas palmadas de alegría, emocionada.

—Cuando era pequeña me encantaban estos juegos. Mi hermana me ganaba siempre, pero, aun así, yo no me cansaba de practicar.

—¿Por cuál quieres empezar? —ofreció Matt.

—El Tetris se me daba fatal entonces, así que imagínate ahora.

—Pac-Man, pues. ¿Estás preparada?

—¡Sí!

—Espera, vamos a hacerlo más interesante. Cinco partidas de cada juego cada uno. El perdedor de cada partida bebe un chupito.

Reina dio un respingo. No podía beber, no podía dejar que Matt supiera que no podía beber, no podía ganar cinco partidas seguidas al Tetris para evitar tener que hacerlo, era pésima al Tetris. Mierda. Se moría por jugar y tampoco podía rajarse. Quedaría muy raro. ¡Joder!

Matt la observaba con la moneda preparada.

Echó un vistazo a la barra y tuvo una idea disparatada. Rezó por que funcionara.

—De acuerdo. Pero con dos condiciones: yo elijo la bebida y se bebe en cuanto se pierda, me niego a beberme cinco chupitos de golpe, que luego me sienta fatal.

—Hecho. Tú empiezas.

Reina se posicionó frente a la pantalla y tomó posesión de los mandos. Se sintió como una niña otra vez. Cuando empezó a sonar la musiquita y salieron los fantasmitas casi saltó de alegría. Sus manos se movieron solas, guiando al comecocos de arriba abajo, de un lado a otro, tragando puntos sin parar. Luego recordó que tenía un plan y bajó el ritmo, falló aposta y logró que la comieran a solo un puñado de puntos de terminar la pantalla.

—Ohhh —se lamentó, haciendo un puchero—. Estoy algo oxidada. —A continuación metió la mano en su bolsillo, sacó varias monedas y antes de que Matt pudiera decir nada metió una en la ranura y le dio al *play*—. Te toca, voy a por mi chupito.

—¡Pero si ni siquiera he jugado! ¿Cómo sabes que has perdido?

Ella se encaminó con decisión a la barra y buscó con la mirada a Chuck, que se materializó ante ella como por arte de magia.

—Necesito que me hagas un favor muy importante.

—Tú dirás.

—Mi amigo y yo nos hemos apostado unos cuantos chupitos, pero no puedo beber alcohol.

—¿Y él no lo sabe?

—No, y no puede saberlo, ¿de acuerdo? Sería un follón enorme y no serviría para nada, tendría que darle un montón de explicaciones que no quiero dar y... bueno, el caso es que necesito que me ayudes.

Chuck la miró sin decir nada.

—Cuando me toque beber a mí, tú me pondrás agua. Cuando le toque beber a él le pondrás tequila blanco. ¿Tienes tequila blanco? Si no, puede ser vodka, creo que son los dos igual de transparentes.

—Tengo tequila blanco.

—Tequila entonces. ¿Lo harás? ¿Por favor?

—Como te he dicho antes, sé reconocer a una damisela en apuros en cuanto la veo. Lo haré.

—Pues empezamos ya. Rápido, sirve uno de cada, está viniendo.

—Ha perdido, señorita Ezquerra. —Matt se apoyó en la barra con aire de suficiencia—. He pasado tres pantallas y tú ni una. Bebe.

Reina se giró y vio dos vasitos encima de la madera, uno al lado de su mano y otro bastante más alejado.

—He pedido los dos por si acaso eras peor que yo. Así ya lo tienes listo para cuando te derrote.

—Como lo hagas como en esta me da que vas a tardar en ganarme.

—Eso ya lo veremos, amigo.

Reina cogió su vaso y se lo llevó a los labios. El agua fresca corrió por su garganta, pero ella actuó como si acabara de beberse un trago de lejía. De vuelta a la máquina fue incapaz de ocultar su sonrisa. La paliza que le iba a dar a Matt iba a ser legendaria.

31

Estaba claramente en racha, pero tenía que perder para disimular. No era la primera vez que le pasaba eso en su vida, aunque las otras veces no había resultado ni la mitad de divertido. En la segunda partida lo había dado todo, pero, cuando pasó la octava pantalla, se acordó de que estaba acompañada y se dejó comer. Otra vez. Matt murió en la cinco, así que se acercó a la barra muy ufano y se tragó el contenido de su vasito sin rechistar. Reina le volvió a superar en la tercera y en la cuarta y en la quinta le dejó ganar por compasión. Y para hidratarse un poco. Tenía sed.

El Tetris fue diferente, era una máquina distinta en la que podían jugar los dos a la vez, y así lo hicieron. Matt crujió sus nudillos antes de empezar.

—Prepárate, me pasaba horas jugando a esto en la Game Boy.

Reina le creyó, pero los tres chupitos de tequila ya estaban empezando a hacerle efecto, y era algo que no pensaba desaprovechar. Solo tenía que concentrarse y olvidarse de la maldita melodía seudorrusa que la ponía de los nervios. Ganó la primera ronda y Matt bebió otra vez. Ya no andaba tan garboso. Chuck la miró con las cejas levantadas desde su posición y ella se encogió de hombros. «No me ha quedado otro remedio», parecía decir.

A medida que las piezas bajaban más rápido, Reina lo hacía peor y Matt ganó legítimamente las dos siguientes, incluso bajo los efectos del alcohol. Pero el metabolismo era inexorable y, a medida que la curva etílica llegaba a su pico más alto, la destreza motora del jugador bajaba en picado: no superó el cuarto embate. La miró un momento antes de ir a cumplir con lo pactado y Reina tuvo unas ganas irrefrenables de abrazarlo. Parado ante ella, con los ojos vidriosos, parecía darse cuenta de que algo no acababa de encajar, pero había algo más, una sombra de anhelo, ¿deseo tal vez?, algo cálido y tímido que la desarmó por completo. Se llevó la mano a su omoplato izquierdo, donde él había trazado un triángulo en su piel.

—Voy a acabar mal, ¿verdad? —murmuró antes de dirigirse hacia Chuck. Reina no supo si se refería al juego o a algo más, pero no quiso averiguarlo, se giró para meter la última moneda y vio a Joe entrando por la puerta.

—¡Ahí estáis! ¡Por fin! Os he llamado como un millón de veces. ¿Se puede saber para qué tenéis móvil? No sabía dónde estabais.

—Aquí no se oye nada. En todo caso, ahora ya lo sabes.

—Sí, al ver el coche aparcado imaginé que no os habríais ido muy lejos…

Matt se acercó y abrió exageradamente los brazos para saludar a su primo.

—¡Primo! ¿Has terminado ya? ¿Ha sido una llamada satisfactoria? —Y estalló en carcajadas.

—¿Y a este mamarracho qué le pasa? —le preguntó Joe a Reina.

—Está un poco borracho.

—Eso ya lo veo, la cuestión es ¿por qué?

—¿No has visto las máquinas, tío? ¡Estamos jugando! Quien pierde bebe —respondió el aludido.

Joe miró a su amiga, alarmado. Ella negó imperceptiblemente con la cabeza. «No digas nada».

—Íbamos a por la última. ¿Estás lista?

Matt se había colocado en su sitio y Reina lo imitó.

—Lista.

Perdió ella. Las piezas caían a toda velocidad y, aun perfectamente sobria, no logró encajar más de tres líneas perfectas antes de que todas se amontonaran sin remedio. Encorvado sobre los mandos, Matt estaba completamente concentrado, pulsando el botón sin parar, moviendo la palanca, encajando pieza por pieza y eliminando una línea tras otra. Reina sintió un estallido de calor en el bajo vientre.

«Voy a acabar mal, ¿verdad?».

Mierda.

Con cuidado, se acercó un poco a él y lo animó.

—Eres un crack.

—¿Verdad que sí? ¡Te lo dije! Tú tampoco lo has hecho nada mal.

—¡No lo distraigas! —la regañó Joe.

—Vale, vale.

El pequeño grupo había llamado la atención y dos o tres clientes solitarios se aproximaron para curiosear.

—Vaya, sí que van rápido —dijo uno.

—Mira qué bien las gira —comentó otro.

—¡Bien encajada, hijo! —añadió un tercero.

De pie, con cinco chupitos de tequila encima, Matt llevaba cinco pantallas completadas e iba a por la sexta. Firme, decidido, absorto, a Reina le pareció, justo en ese momento, el hombre más atractivo que había visto nunca. Se preguntó si la imposibilidad de la relación tendría algo que ver con su repentino interés. O si solo estaba respondiendo al deseo que había visto en sus ojos, que había sentido a través de la yema de su dedo rozando su espalda.

—Ohhhh —exclamaron todos al unísono cuando la pantalla anunció que había perdido.

Matt se irguió y recibió una lluvia de felicitaciones y palmadas en la espalda. Su primo le dio un abrazo de oso. A Reina todo este despliegue le pareció un poco exagerado, al fin y al cabo, solo eran unas piezas que había que encajar y, además, técnicamente, había sido empate. Así se lo hizo saber a su contrincante en cuanto se giró hacia ella.

—Enhorabuena. Ha sido impresionante. Aunque en realidad ha sido empate. Cinco ganadas tú, cinco yo.

—Enhorabuena a ti también, entonces. —Y le tendió la mano. Reina la estrechó y la encontró suave y seca, firme y cálida—. Lo que no entiendo —continuó Matt sin soltarla— es cómo estás así de entera si te has tomado los mismos chupitos que yo.

Reina se sonrojó de golpe e intentó escabullirse sin mucho éxito. Matt no parecía dispuesto a soltarla y ella no quería separarse en realidad.

—Reina es una campeona —intervino Joe—. Es como esa novia de Indiana Jones que era un as bebiendo chupitos.

—Marion —dijo uno de los desconocidos.

—Eso, Marion. Igualita a ella.

—Así me llamaban en la universidad, sí.

Mentira cochina. Dos cervezas y se le trababa la lengua.

Se mostró segura frente a Matt, que volvía a mirarla con ojos de búho, como si estuviera girando una de las piezas de Tetris para hacerla encajar. A Reina le resultaba sexi y cómico a la vez y descubrió que la mezcla no le desagradaba en absoluto.

—Bueno —carraspeó Joe, algo incómodo—. ¿Qué os parece si vamos a tomar algo de cenar y luego regresamos para que YO os dé una paliza a los dos? Con el estómago vacío no valgo para nada, pero ya veréis cuando me haya metido una *pizza* familiar entre pecho y espalda.

—Voy a pagar las rondas.

Reina rompió a regañadientes el contacto con Matt y se dirigió a la barra.

—Cóbrame, Chuck, por favor. Muchas gracias por todo.

El hombre le dijo el importe y Reina lo duplicó.

—Por las molestias —se adelantó ella—. Me has salvado el pellejo.

—Y sin cuchillos de por medio —bromeó el—. No hacía falta, ha sido un placer. Espero que vaya todo bien…

—Reina.

—Espero que te vaya bien, Reina.

—Yo también.

Y fingiendo un ligero mareo que no sentía en absoluto se reunió con los dos hombres que la esperaban en la puerta de salida.

32

La Trattoria D'Alfredo era un local pequeño pero muy bien decorado y con una deliciosa comida italiana. Era también el único restaurante de la zona que seguía abierto pasadas las nueve de la noche. Nada más sentarse, Reina pidió espaguetis boloñesa, Joe una enorme *pizza* barbacoa y Matt una apetitosa lasaña vegetal. «¿Qué pasa?», preguntó, a la defensiva, cuando sus amigos le miraron, sorprendidos. «Me gusta cuidarme de vez en cuando».

Fue una velada agradable en la que los primos recordaron anécdotas de su infancia, se pusieron al día con los distintos cotilleos familiares y bromearon echándose pullitas sin parar. Reina los observaba divertida, agradecida de no ser el centro de atención. Quizá así tendría tiempo para poner algo de orden en sus pensamientos.

Aprovechando que esa noche no tenían que coger el coche, Joe había pedido una botella de Lambrusco que había vaciado con sorprendente rapidez. Reina había rechazado amablemente que le sirvieran. «Ya he tenido suficiente alcohol por hoy».

Una vez terminados los postres, Joe los arrastró de vuelta al bar de Chuck. «Me he quedado con ganas de jugar. ¡Me encantaban esas máquinas!».

Nada más abrir la puerta se encontraron con un ambiente muy distinto al de hacía apenas un par de horas. El bar estaba repleto de gente y detrás de la barra un chico y una chica, tan jóvenes como hermosos, se afanaban sirviendo copas y cervezas como hormiguitas hacendosas. En una televisión que antes había estado apagada se emitía un partido de fútbol americano y por los altavoces salía música *country* a todo volumen.

Reina buscó a Chuck sin éxito.

—¿Quieres la revancha? —le preguntó Matt con una sonrisa audaz en su rostro.

—No, gracias, me gustan los empates, son muy inspiradores.

—¡Te la echo yo! —propuso Joe, entusiasmado.

—No será una partida justa. He bebido más que tú.

—¿Por qué te crees que me he pimplado el Lambrusco como si fuera agua?

—¿Para igualarme?

—Pues claro. No quiero que creas que te gano porque tú vas pedo y yo no.

—Mucho mejor jugar con el mismo nivel de borrachera, claro —observó Reina con sarcasmo.

—¡Exacto! —confirmaron los primos al unísono.

Reina puso los ojos en blanco.

—Voy a pedir. ¿Qué queréis?

—Te tomas dos chupitos de tequila y en paz —le propuso Matt a Joe.

—Hecho.

Y se dieron la mano como si hubieran cerrado el negocio de su vida. ¡Hombres!

—Id a coger turno, yo os llevo los chupitos.

Los primos se dirigieron a la máquina del Tetris y esperaron a que una pareja de chavales terminara de jugar. No duraron ni cinco minutos.

—Menudo coñazo de juego —dijo uno.

—De viejos total. Cualquiera de los que tengo en mi móvil le da mil vueltas, y encima gratis.

—¿Coñazo? —Joe miró a Matt.

—¿Viejos? —añadió Matt.

—¡Serán niñatos!

Reina llegó con los chupitos de Joe, quien después de tragárselos de golpe, se situó frente a los mandos, junto a su primo.

—¿No preferís el Pac-Man? —preguntó Reina antes de que empezaran.

—El comecocos es de chicas y niños —afirmó Joe.

—¡Totalmente! —le apoyó su primo.

—¿Perdona? —preguntó Reina, indignada.

—Tú has ganado gracias al Pac-Man, si hubiera sido solo al Tetris habrías perdido.

—¡Eso no quiere decir nada!

—Te gusta más el Pac-Man porque te cuesta más el Tetris, por eso jugabas menos al Tetris y más al Pac-Man, ergo, el Pac-Man es de chicas —le explicó pacientemente Matt como si lo que estaba diciendo tuviera algún sentido.

Reina no sabía si reírse o enfadarse. Optó por lo primero.

—Una explicación muy científica, sí señor. Pues como soy una chica, voy a jugar al Pac-Man. No quiero saber nada de vosotros en un buen rato.

Matt se volvió hacia su primo.

—Mismas condiciones. Quien pierda la partida, bebe. ¿Lo hacemos a cinco?

—Mejor a diez.

Joe tumbó a Matt. Ganó ocho de las diez partidas y dejó a su primo seriamente perjudicado.

—¡Quiero la revancha! —repetía este sin parar, aunque apenas se le entendía—. Sabía que estaba en desventaja.

—¡Porque juego mejor que tú! Esa es la desventaja principal.

—Eresss un capullo.

—Sí, pero te quiero igual. Anda, vamos al hotel, a ver si duermes la mona.

Agarrándolo de la cintura y echándose uno de sus bronceados brazos por encima del cuello, Joe guio a su primo con cuidado hacia la salida. Al observar lo descompensado de su caminar, Reina se ofreció a sostenerlo por el otro lado.

—¡Anda! ¡Hola! ¿Y dónde te habías metido tú? —Matt la miró con una sonrisa ladeada y una chispa en las pupilas que no tenía nada que ver con el alcohol.

—He estado jugando al Pac-Man, el juego de chicas, ¿recuerdas?

—¡Cierto! El comecocos. Eres la reina en ese juego, a mí me tienes rompiéndome la cabeza desde que te conocí. —Se echó a reír.

Reina miró a Joe que, a su vez, se concentró en mirarse las puntas de sus sandalias de cuero marrón.

Matt aprovechó el momento para recostarse un poco más sobre ella.

—Humm, qué bien hueles. ¿Es el champú? ¿Perfume? ¿Cuál es?

—Flower by Kenzo. —Sintió un dulce escalofrío cuando la tibia respiración de Matt le rozó la piel a la altura de la yugular.

—Hummm —repitió él sin añadir más.

Si llegar al hotel fue complicado, entrar en el ascensor resultó una odisea. Era un espacio pequeño y ellos tres, con uno prácticamente inhabilitado, ocupaban mucho. Joe entró primero y se pegó al fondo, con Matt, que parecía un maniquí desmadejado, recostado sobre su ancho pecho. Reina entró la última y cargó de nuevo con el brazo sobre sus hombros para evitar que Matt fuera resbalando hacia el suelo.

Mientras ascendían giró el cuello para mirarlo mejor. Tenía los ojos cerrados. Le llamaron la atención sus pestañas, marrones, espesas y cortas. Su respiración era suave, como si estuviera dormido, pero en cuanto el ascensor se detuvo los abrió de golpe y la miró con esos ojos verde oliva que cada vez la perturbaban más.

—Tu parada, colega —anunció Joe—. Échame una mano y trata de andar, ¿quieres?

Matt no colaboró demasiado.

Joe tuvo que maniobrar para sacarlo y Reina salió rápida al pasillo para dejarle espacio.

—Coge la llave —le indicó su amigo una vez fuera, agarrando a su primo con fuerza.

—¿Dónde…?

—¡Y yo qué sé! Mira en los bolsillos. Date prisa o me voy a dislocar el hombro.

Reina se acercó. Matt, inmóvil, la miraba sin quitarle los ojos de encima. Ella alargó la mano hacia el bolsillo trasero y palpó. Un fogonazo de deseo la asaltó súbitamente. Tocó la áspera tela de los vaqueros y la firmeza de su glúteo. En vez de levantarla para ir al siguiente bolsillo la arrastró, sintiendo cada arruga, cada nalga, en su palma y en sus dedos. Exploró con eficiencia y no encontró la llave allí tampoco.

«Está borracho. Debería darte vergüenza», dijo una vocecita en su cabeza.

«Oh, cállate. Es solo un vaquero».

«Ya. Seguro».

Había llegado al bolsillo delantero. Tanteó por fuera y, a pesar de que se notaba claramente que ahí no había nada, decidió explorar también el interior, por si acaso. Con la palma vuelta hacia dentro, notó la solidez del muslo, las uñas casi rozando la ingle. Se demoró al sacarla y atacó el último bolsillo. Allí estaba, la tarjeta de plástico, dio un suave apretón antes de sacarla de su sitio y se separó con un mohín. Matt seguía mirándola con los ojos nublados. Joe gruñó por el esfuerzo y Reina se dio la vuelta para abrir.

—¿Qué número es? Aquí no pone nada.

—Tío. —Joe le propinó un codazo a Matt para hacerlo reaccionar—. ¿Cuál es tu habitación?

—327 —murmuró.

—Esa es la nuestra, ¿no? —replicó Reina, confusa.

—Joder, sí. Matt, esa es la nuestra. ¿Cuál es la tuya?

—No me acuerdo.

—Esto es increíble. ¿Y ahora qué? No podemos ir probando todas las puertas una a una.

—Espera, voy a llamar a recepción.

Reina sacó su móvil y tardó dos minutos en encontrar el número de teléfono y explicar el problema a la recepcionista.

—Acabamos de pasar. Una chica y dos chicos, uno de ellos un poco mareado. Exacto, ese mismo. ¿Su nombre? Matt. ¿Apellido?

Miró a Joe en busca de ayuda.

—Henderson, como yo. Matt Henderson.

Reina calló un instante.

—336. De acuerdo, muchas gracias, muy amable. Que tenga buena noche.

Joe se dirigió hacia la puerta y Reina los siguió como si estuviera atada a ellos con una cuerda invisible.

—¿Puedes abrir de una vez? ¿Qué demonios haces?

—¡Ya voy, ya voy!

Abrió la puerta de golpe y se quedó pegada a ella para dejar pasar a su amigo. Matt, que apenas lograba tenerse en pie, entró por su lado, casi rozándola. El cuerpo de Reina se tensó como la cuerda de un violín.

—¡Hala! ¡A mamarla! —Joe lo tiró sin contemplaciones encima de la cama y acto seguido estiró los brazos exageradamente, moviéndolos en círculos amplios.

—No irás a dejarlo así —inquirió Reina.

—¿Qué quieres? ¿Que lo arrope como si fuera su madre?

Reina le echó un vistazo: las piernas le colgaban de la cama por debajo de las rodillas, había caído encima de su brazo derecho y tenía la cabeza exageradamente girada a la izquierda.

—Hombre, Joe, de dejarlo así a taparlo y darle un beso de buenas noches hay un trecho.

Se adelantó, decidida, para quitarle las zapatillas.

«Que no le huelan los pies, por favor, que no le huelan los pies».

Lanzó su plegaria silenciosa al aire, mientras sus dedos desataban los cordones de las New Balance negras. Dejó de respirar instintivamente cuando las sacó, dejando al descubierto un par de calcetines grises. Fue un error, porque cuando sus pulmones se vaciaron no le quedó más remedio que inspirar una gran bocanada de aire.

Nada.

Solo un leve olor a suavizante. Reina sonrió.

—Venga, Reina, no me hagas esto. Me muero de sueño.

—Si me ayudas, terminaremos antes —respondió ella, terca.

Joe soltó un quejido y se arrodilló a su lado.

—¿Haces esto por todos los hombres borrachos con los que te vas de parranda?

—Sabes que lo haría por ti.

Joe no respondió. Cuando hubo retirado el calcetín, la miró con ojos interrogantes.

—Ayúdame a subirlo —ordenó ella.

Entre los dos lo colocaron en medio de la cama, apoyándole la cabeza en la almohada y se quedaron mirándolo con ojo crítico, como si estuvieran ante una muestra de arte abstracto especialmente complicado.

—¿No tendríamos que desvestirle?

Joe la miró elevando una ceja.

—¡¿Qué?! —se defendió ella—. Tú no duermes en vaqueros y camiseta, ¿o sí?

—Ayúdame a sentarlo, esto va a ser divertido.

Verdaderamente pesaba como dos toneladas. Reina notó cómo se le formaba una gota de sudor del esfuerzo en el nacimiento del pelo.

—Sácale esa manga y yo le saco esta. Luego se la quitamos con cuidado por la cabeza y lo volvemos a tumbar.

Joe había vuelto a tomar el control y parecía más cómodo.

Doblarle el brazo para quitarle la manga no fue fácil y aun así Reina lo disfrutó. Se fijó en lo rubio que tenía el vello y se deleitó en la suavidad de su piel. Miró a Joe de reojo y lo vio muy ocupado intentando deshacerse de la camiseta. Como siguiera así lo iba a dejar lisiado de por vida.

—Ya estoy, ya estoy —avisó para que parara—. Deja de tirar así. ¿Lo tienes?

—Ven, aguántale y se la saco.

Doblando una rodilla sobre el colchón se acercó a Matt y tiró de la camiseta con cuidado.

«Madre del amor hermoso, podría pasarme un día entero besando esta mandíbula y estos labios», pensó mientras intentaba hacerle pasar la cabeza por el agujero.

—¡Cuidado, que pota! —gritó Joe de sopetón.

Soltando un grito, Reina reculó de golpe dejando a Matt con media cara descubierta y la otra medio tapada por la tela de algodón.

Joe se estaba desternillando sobre el colchón y Matt vibraba al compás de las carcajadas como si fuera un flan.

—Deberías verte la cara.

—¡No tiene gracia! —chilló Reina.

—Shhhh. Vas a despertar a los vecinos —la regañó él mientras seguía riéndose por lo bajini—, y en realidad sí la tiene.

La sacaba de sus casillas. Cuando se ponía así, de verdad que era insoportable. Pero no lo pudo evitar, comenzó a reírse también. Joe soltó a Matt y se tumbó en la cama con lágrimas en los ojos. Reina lo imitó y le dio un manotazo.

—Ojalá te vomite encima —deseó—. Lo tendrías merecido.

Matt emitió una especie de mugido por debajo de la camiseta.

—¡Ay, pobre! —Reina se acercó y terminó de quitársela.

«También podría besar ese abdomen y los pectorales. Durante horas».

—¿Ya estás contenta?

—¿Y los vaqueros?

—Te estás pasando.

Reina tuvo la decencia de sonrojarse.

—Pero dormir en vaqueros es un coñazo —continuó Joe—. ¿Se los puedes desabrochar sin que te dé un infarto o tengo que hacerlo yo?

Reina le fulminó con la mirada y, para su desgracia, desabrochó el botón y bajó la cremallera en tiempo récord. Luego se puso al lado de Joe y contó hasta tres para tirar.

—Uno, dos, ¡tres!

Los dos levantaron las piernas al mismo tiempo y el pantalón salió sin demasiada dificultad.

—Te aviso que me niego a quitarle el calzoncillo.

—No seas tonto.

—Entonces, ¿ya está? ¿Podemos irnos?

—Sí, dame un momento.

Con cuidado, Reina quitó el cobertor de la cama de al lado y lo usó para tapar a Matt.

—Ya.

—¡Por fin! Venga, vamos.

Mientras salía de la habitación, Reina recordó lo que le había dicho Matt en el bar justo antes de que llegara Joe: «Voy a acabar mal, ¿verdad?».

Un escalofrío subió por su espina dorsal. Y también una sensación de tristeza, fría y húmeda, porque Reina no quería que Matt acabara mal, y entendía perfectamente lo que eso significaba.

Nunca podría estar con él.

33

—Qué callada estás.

Joe y Reina se encontraban a oscuras, metidos en sus respectivas camas con las sábanas subidas hasta la barbilla.

—Estoy cansada, y por la rapidez con la que te has desvestido y lavado los dientes diría que tú también.

—No has abierto la boca desde que hemos dejado a Matt. El cansancio nunca ha sido un obstáculo para darle a la sin hueso, amiga.

—Eres muy perspicaz para ser hombre, ¿lo sabías?

—Podría decirte que soy uno entre un millón, pero la triste realidad es que no me ha quedado más remedio. Es increíble lo que una esposa, una hija y años de práctica pueden hacer.

Reina no respondió.

—También estoy entrenado para saber cuándo alguien intenta darme esquinazo.

—No te estoy evitando, solo estoy pensando, nada más.

—Oh, bueno, pues vale. Buenas noches, entonces.

Lisa había sido una excelente maestra y Joe ya sabía cuándo no había que insistir. Fue una de sus lecciones más duras y difíciles de aprender, «¿Pero tengo que preguntar o no tengo que preguntar? ¡No entiendo nada!». Sin embargo, para su enorme satisfacción, acabó dominando la técnica como un auténtico experto. Así que se rebulló entre las sábanas y esperó. Tenía clarísimo que la manzana estaba a punto de caer.

—¿Tú crees que…? —la voz de su amiga apenas se oía.

«Bingo».

—Sí…

—¿Tú crees que…? Dios, me muero de la vergüenza.

—¡Suéltalo de una vez! Si te refieres a si creo que vas a ser una buena madre, lo tengo clarísimo. Vas a ser una madre estupenda.

—Oh, Joe. Muchas gracias. No sabes lo feliz que me hace escuchar eso, de verdad, pero no era eso lo que quería preguntarte.

—Ah, ¿no? ¿Entonces qué?

Reina inspiró hondo antes de lanzarse a la piscina.

—¿Qué clase de chicas le gustan a Matt?

—Oh, no. Eso no, por favor.

Joe levantó un brazo y lo dejó caer con pesadez encima de sus ojos. Reina sentía cómo le ardían las mejillas.

—Claro, vale, perdona. Buenas noches.

—Joder, Reina, ¿con todo lo que tienes encima, en serio vas y me preguntas eso?

—Bueno, sí, supongo que en el fondo soy así de básica, qué se le va a hacer. Además, he leído en algún sitio que las hormonas pueden influir.

—No te atrevas a echarle la culpa a las hormonas.

—Pero ¿se puede saber qué te pasa? ¿Como voy a ser madre me tengo que meter a monja o qué?

—No es eso, es que es mi primo y tú, mi amiga, embarazada de otro y es… raro.

«Juraría que he tenido esta misma conversación hace muy muy poco», pensó. Y estuvo en un tris de salir corriendo por la puerta.

—Ya, lo sé, tienes razón, es una tontería. Mejor me quedo con mi plan de conquistar a Thor.

Los dos guardaron silencio un segundo y luego estallaron en una sonora carcajada.

—Eso sí que es un plan razonable —observó Joe entre risas.

—¿A que sí? —Reina se limpió una lágrima de la comisura de su ojo—. Ay, me voy a quedar para vestir santos, ¿verdad? No voy a volver a echar un polvo en mi vida.

—No digas eso.

—Menos mal que al menos mi último coito fue satisfactorio, aunque viniera con premio.

—Argh. Para ya.

Reina obedeció, quedándose muda, mirando fijamente la oscuridad.

—Podrías gustarle —concedió Joe al cabo de un rato.

—¿Podría?

—Podrías. Quiero decir, si no tenemos en cuenta que tienes un bollo en el horno, estás bastante bien.

—Vaya, gracias. Eres único echando piropos.

—Lo estoy intentando, ¿vale? Dame un respiro.

—Lo siento, estoy un poco agobiada.

—¿Qué es lo que quieres exactamente?

—¿De qué?

—De Matt.

Reina se quedó pensando un momento antes de responder.

—No lo sé, nada en realidad, supongo. Todo. Un beso, una risa, sexo desenfrenado. ¡Es broma! No grites, ¡es broma!

—No lo es.

—No.

—¿Quieres tirártelo y ya?

—Bueno, sí. Me atrae. Es mono, y juraría que ha estado flirteando conmigo, ¿sabes? No soy buena en ese juego, pero a veces creo que me mira de una manera… diferente. Y me hace reír. No sé. Imagino que en mi situación solo me queda el sexo casual y adiós muy buenas, ¿no? Pero me da pena porque me gustaría conocerlo, conocerlo mejor. Ya me entiendes.

—Así que sexo casual y si te he visto no me acuerdo, ¿correcto?

—A ver, tendría que ser de mutuo acuerdo, por supuesto. ¿No crees que quiera follar conmigo?

—Reina, creo que esta conversación me sobrepasa.

—¿Por qué? ¿Acaso no hablas de tetas, culos, pollas y coños con tus colegas, conocidos y alumnos? Y no me digas que no porque te he oído más de una vez. ¿No puedo yo hablar contigo de a quién querría tirarme? ¿Te resulta escandaloso? Somos ya mayorcitos, ¿no te parece? Eres un hombre, Matt también lo es, y yo soy una mujer que te pregunta si podría querer tener algo conmigo.

—Sí, joder. ¿Cómo no iba a querer algo contigo?

—¿Es de los que se tira a todo lo que se menea?

—No.

—¿Entonces?

—Entonces, ¿qué? Creo que sí querría acostarse contigo. ¡Qué más quieres que te diga! Eso no significa que se lo monte con la primera que se le cruce. Por Dios, esto es agotador. No sé para qué he abierto la boca, con lo fácil que habría sido echarme a dormir. Pero creo que también tiene derecho a saber lo que pasa, ¿no te parece? Juegas con ventaja, Reina, ¿o vas a contárselo todo?

—Jamás.

—¡¿Por qué?!

—¡Porque no es problema suyo! Porque no tiene nada que ver una cosa con la otra.

«Porque te da vergüenza», le gritó la voz de su cabeza.

—¿Estás segura de eso?

—Tú mismo has dicho que si supiera que estoy preñada no querría nada conmigo.

—¡Yo no he dicho eso!

—¡Pues yo creo que sí!

—Lo único que digo es que no puedes usarlo para sentirte mejor contigo misma, ¿vale? Es muy gordo para meterle así sin más. Puede que sea solo sexo, pero ¿qué vas a decirle si luego quiere algo más? ¿eh? ¿Le vas a decir que era solo un tío mono y atractivo o le vas a convertir en padre de un hijo que no es suyo de golpe y porrazo? ¿Qué vas a hacer, Reina? Porque entre esto y lo de besar a Thor me quedo con lo de Thor, gracias.

Reina se mordió con fuerza los carrillos, sintiendo cómo las palabras se le atascaban una tras otra en la garganta. Jamás podría explicar lo que le bullía dentro. No era solo sexo, por supuesto que no. Joe no tenía ni idea de cuánto deseaba ella que pudiera haber algo más, pero ¿el qué? Su feto-ahora-deseado no iba a dejar espacio para nada más. Y eso le aterraba. No pensaba decírselo a Matt. Ni a Matt ni a nadie. El dolor de verse rechazada por algo que había escapado por completo a su control sería mucho peor que la soledad que implicaba mantenerse entera.

—Me ha quedado muy claro, Joe. Será Thor, entonces.

—Bien. Ya queda muy poco para llegar a L.A. y toda esta locura se habrá acabado al fin. Me voy a dormir. Creo que me lo he ganado.

Reina supo que no iba a dormir nada.

Quizá ella no se lo había ganado en absoluto.

ETAPA 6:

SALT LAKE CITY (UTAH)-LAS VEGAS (NEVADA)

34

El dolor de cabeza era una puta tortura. Y los ojos le escocían como si le hubieran instilado lejía en las pupilas. Dios, no iba a volver a beber tequila en su vida. Ni a jugar al Tetris. Menuda paliza le había dado Joe. Pero, por lo poco que recordaba, lo había pasado bien. Se había reído, se había divertido y, antes de cogerse el pedo del siglo, había estado relajado, incluso con Reina revoloteando a su alrededor. Ahora que lo pensaba, hacía mucho tiempo que no se había sentido así. Cuando su trabajo de informático empezó a aburrirle, fingió para poder seguir encajando con sus compañeros. Cuando se lanzó al mundo del diseño, fingió para no parecer un recién llegado, siempre tenso y amable para conseguir un nuevo cliente, aparentando que sabía más de lo que sabía en realidad y luego poniéndose al día en casa, desechando millones de bocetos hasta que quedaba satisfecho con el resultado. Su nuevo trabajo le había absorbido tanto tiempo que apenas tenía ratos de ocio. Ya casi no hablaba con sus amigos, que andaban también ocupados intentando conjugar sus vidas profesionales y familiares como podían. La realidad le golpeó como un puñetazo en las pelotas: llevaba meses, años, jodidamente solo. Y no se había dado cuenta de lo que se había estado perdiendo hasta la noche anterior.

Se llevó la mano al puente de la nariz y respiró hondo, esforzándose por controlar la resaca. Luego se fijó en su brazo desnudo. ¿Dónde estaba su camiseta? Alzó la sábana y contempló sus piernas. ¿Y sus vaqueros? Giró la cabeza y los vio pulcramente doblados encima de una silla.

Intentó hacer memoria y solo recordó un ascensor muy estrecho y a Joe metiéndole mano. Espera, ¿Joe metiéndole mano? Eso no tenía sentido.

Parpadeó y vio una tarjeta de plástico sobre la mesa. La llave, eso era, Joe debió rebuscar en sus bolsillos para encontrarla. Pero, entonces, ¿por qué tenía la sensación de que le había gustado? Imposible. Sacudiendo la cabeza se incorporó y aguardó un momento antes de levantarse. ¿Qué hora era? Miró su reloj. Las once de la mañana. ¡Tardísimo! ¿Por qué no lo habían despertado?

Salió de un salto de la cama y se duchó y vistió a la velocidad del rayo. Cuando bajó a desayunar, se encontró con Joe sentado en una mesa pegada a un ventanal, leyendo el periódico.

—¿Por qué no me habéis despertado? ¡Es muy tarde!

—Teniendo en cuenta cómo te dejamos ayer, pensamos que un poco de descanso extra no te vendría mal.

—Menuda moña, primo. Dime que no vomité ni me cagué encima.

Joe sonrió de oreja a oreja.

—Es inquietante lo mucho que me gustaría poder decirte que sí, pero no, controlaste todos tus esfínteres satisfactoriamente.

—Uf, qué alivio. Y, Reina, ¿dónde está?

Joe frunció el ceño y se ocultó tras el diario.

—Ha subido a lavarse los dientes. Deberías acercarte a la cocina, a ver si les queda algo que puedas echarte al buche, y tendríamos que ir saliendo ya o Reina no llegará para su noche de chicas.

—Oh. Por fin conoceré a la famosa Effie.

—Tú no estás invitado y yo no me acercaré a esa mujer a no ser que me aten de pies y manos. Reina se irá con sus amigas y tú y yo tendremos una emocionante y divertida noche de machos.

—Ya tuve una de esas anoche y paso, gracias. Esta noche no pienso probar ni una gota de alcohol.

—Pero habrá que ir a algún casino y perder mucho dinero, ¿no? Eso es lo que hace la gente en Las Vegas.

—O ganarlo.

Joe lo miró con ternura.

—Oh, Matt, siempre me ha gustado ese lado tan inocente tuyo.

—También podemos ir a esa tienda de empeños que sale en la tele con el tío calvo, su hijo y el abuelo gruñón.

—Buena idea. No creo que tenga nada para vender, pero podemos ir a hacernos alguna foto en la entrada o algo así, aunque creo que el abuelo murió.

—Qué lástima, era lo mejor del *show* —Matt se quedó callado un momento y luego continuó—. ¿Desde cuándo somos de los que planificamos nuestros viajes para hacernos fotos con famosos de la tele?

Joe dejó el periódico encima de la mesa.

—No lo sé, primo. Cuando estaba en la universidad, me la soplaba dónde me hacía las fotos, lo importante era con quién estaba, no el fondo. De hecho, el escenario era lo de menos, lo que me interesaba era reconocer las caras de los colegas cuando fuera mayor. Ahora tengo como un millón de fotos en el móvil, la mayoría repetidas, que apenas veo y ninguna foto impresa con la gente de antes. Es todo de lo más raro, ¿no te parece?

—Desde luego. A veces, sigo pensando que soy un chaval, y de repente miro a mi alrededor y me siento un viejo pellejo. Es muy deprimente.

—La vida, primo, eso es la vida.

—También podemos ir a un bar, ver algún partido y ver qué pasa.

—No es mal plan. Las Vegas está sobrevalorado. Podemos resistirnos, podemos tratar a la ciudad que no duerme jamás como si fuera un simple pueblucho. Seremos revolucionarios. Creo que te has quedado sin desayuno. —Señaló con la cabeza a una mujer que estaba retirando las últimas fuentes semivacías que quedaban en el comedor.

Matt salió corriendo tras ella, dispuesto a rescatar un dónut o un *croissant* que llevarse a la boca.

Joe cogió de nuevo el diario y sonrió para sí. Conocía a su primo y lo encantador que podía llegar a ser. La mujer no tenía la más mínima posibilidad.

Matt llegó al coche con su mochila en el hombro y un dónut en la mano derecha. En cuanto abrió el maletero notó que pasaba algo raro. Reina estaba sentada al volante con sus enormes gafas de sol puestas y Joe detrás, mirando su móvil. El silencio sonaba como un grito atronador.

Matt se acercó a la puerta del copiloto y la abrió, dubitativo. Como nadie dijo nada, se sentó sin más y se abrochó el cinturón. Sin mediar palabra, Reina encendió la radio y pisó el acelerador a fondo, como si estuviera huyendo de algo. Matt buscó a su primo por el espejo retrovisor, se encontró con sus ojos un instante y los vio cargados de duda, como si quisiera decir algo o hacer una broma, pero no acabara de decidirse. Finalmente, apartó la mirada y la dirigió de nuevo a su móvil. Matt miró a Reina.

—¿Todo bien? —preguntó con un tono alegre que no acababa de encajar con el ambiente.

—Estupendamente —respondió ella.

—Genial —zanjó él, hundiéndose en el asiento.

Tal vez Las Vegas no iba a ser tan divertido después de todo.

35

—Hemos quedado en casa de Effie a y media —anunció Reina desde el lavabo.

Llevaba ya veinte minutos arreglándose mientras Joe y Matt esperaban pacientemente tirados en la cama de matrimonio.

—¿Me acercáis o llamo a un taxi? No pienso coger el coche esta noche.

—Van a ir a por todas, ¿verdad? —le preguntó Matt a su primo.

—No lo dudes ni un segundo. Ya te acercamos nosotros, que no tenemos plan —respondió a gritos a su amiga.

—No me das ninguna pena con ese tono lastimero, que lo sepas. Tenéis un millón de posibilidades. Si os quedáis aquí llorando por las esquinas es porque queréis —contestó ella.

—No te preocupes, ya se nos ocurrirá algo, seguro que hay un montón de sitios con millones de chicas guapas con las que pasarlo bien, ¿a que sí, Matt?

Reina asomó la cabeza por el vano de la puerta y le lanzó una mirada enfurruñada. Matt no se percató porque estaba muy distraído observando cómo le había cambiado la cara. Solo la había visto maquillada en el aniversario de sus abuelos. Se había puesto rímel, colorete, sombra, pintalabios…, vamos, lo que se ponen casi todas las chicas casi todos los días de su vida. Pero fuera lo que fuera que se había hecho entonces no tenía nada que ver con lo que se había hecho ahora. Estaba espectacular.

Seguía teniendo la misma cara jovial, armoniosa y franca de siempre, pero ahora resultaba… irresistible. Había resaltado sus ojos con una gruesa línea negra, y sus pestañas tenían el doble de su tamaño normal. Su mirada resultaba sensual y perturbadora al mismo tiempo. Y sus labios, teñidos de un color oscuro y metalizado, parecían un fruto jugoso y maduro que se moría por probar.

—¿Estáis listos? Tardo un segundo y ya —avisó, metiéndose de nuevo en el lavabo.

—Ya me conozco yo tus segundos… —siguió chinchándola Joe.

Para contradecirle, Reina salió del baño un segundo después y se plantó delante de la cama.

—Listo, que eres un listo. Ya estoy. ¿Qué tal? —Giró sobre sí misma como una niña que enseña un vestido nuevo, pero sin pizca de coquetería—. ¿Da el pego? Si hubiera sabido que iba a salir de fiesta con Effie, me habría traído algo más elegante, lástima que no haya tenido tiempo de ir de compras.

Llevaba unos vaqueros estrechos azul oscuro y una camiseta vaporosa y negra con un pronunciado escote en V que se anudaba a la cintura. En los pies unos botines negros con un tacón de vértigo.

—¿Acaso un viaje conmigo no merece un vestuario elegante? —rezongó Joe.

—Ja, ja. No me hagas reír. Tú solo te has puesto elegante para el día de tu boda. Y porque Lisa te perdonó la corbata.

—Estás muy guapa —dijo Matt, incorporándose.

—Gracias. —Reina inclinó su cuello e hizo una pequeña reverencia sin mirarle a la cara—. ¿Nos vamos?

Los chicos se levantaron y la escoltaron hasta el coche. Reina se sentó atrás, le dio la dirección a Joe para que la metiera en el GPS y llamó a Effie para avisarla de que ya iba de camino. La conversación se alargó hasta que estuvieron a un par de kilómetros de su destino.

—Pero ¿no se van a ver ahora? —observó Matt en voz baja.

—No preguntes —le aconsejó Joe.

El apartamento de Effie estaba situado en una de las amplias y luminosas avenidas de la ciudad. Joe aparcó en segunda fila y encendió las luces de emergencia. Tres segundos más tarde una mujer altísima forcejeaba con el tirador de la puerta de Reina desde la acera.

—¡Ahhhhhhh! ¡Por fin! ¡No sabes la ilusión que me hace verte! ¡Estás estupenda! ¡Deja que te dé un abrazo!

—Oh, Effie. No hacía falta que bajaras a recibirme. ¡Qué alegría! ¿Qué nos has preparado? ¿Han llegado ya las demás?

—Ya verás, ya. Lo tengo todo planeado. Nada de casinos y mesas de *blackjack*, que eso está ya muy visto. Escucha bien lo que te digo: esta noche va a ser inolvidable. ¡In-ol-vi-da-ble! Las chicas no han venido aún, pero están al caer. Vas a ver cómo se ponen cuando te vean. No les he dicho nada, no saben que estás aquí. ¡Vas a ser la invitada de honor!

—Señoras —interrumpió Joe, seco—, estoy aparcado en segunda fila en una vía principal. ¿Podríais hacer el favor de cerrar la puerta para que podamos marcharnos?

—¿Ese es Joe? —le preguntó Effie a Reina. Sin esperar respuesta metió la cabeza dentro del habitáculo—. ¿Eres tú, Joe? Ah, sí. Ya veo que sigues tan simpático como siempre.

—Y tú tan discreta como siempre —respondió él, arisco.

Effie optó por no contestar y se fijó en el copiloto.

—Hola, guapo, ¿y tú quién eres?

—Soy Matt, el primo de Joe. Encantado de conocerte —saludó, sonriendo ampliamente y tendiéndole la mano.

—El placer es todo mío, créeme.

Un claxon furibundo sonó muy cerca de ellos.

—¡Largo de una vez! —rugió Joe.

Effie le lanzó un par de besos al aire por toda respuesta y luego le devolvió la sonrisa a Matt.

—Ojalá nos volvamos a ver, Matt. —E irguiéndose de nuevo sobre la acera cerró con un portazo y se volvió a Reina sin mirar atrás.

—¿Has estado alguna vez en mi casa? Creo que no. Vamos, tenemos mucho por hacer.

Era como si se hubieran montado en una máquina del tiempo y hubieran regresado a 2001, cuando se conocieron en la universidad. Effie, Reina, Nia y Sally volvían a reunirse después de un tiempo que a todas se les antojaba como demasiado. Unidas por sus extraños nombres, se conocieron una fría mañana de principios de enero en la Facultad de Derecho, donde estudiaban las cuatro. El venerable profesor de Derecho Fiscal II había conminado a sus alumnos a presentarse uno a uno. Cuando le tocó el turno a Reina, el profesor levantó sus gafas y preguntó.

—¿Reina? ¿Como en la monarquía española?

Un murmullo de risas contenidas sonó en el auditorio.

—Exacto, señor. Como en la realeza —contestó ella con la cabeza bien alta.

Cinco nombres insípidos y corrientes después, le tocó el turno a Nia.

—Me llamo Calpurnia, pero todos me llaman Nia.

Perplejo, el viejo profesor volvió a intervenir.

—¿Calpurnia?

El conjunto del alumnado rio todavía más alto.

—Sí, señor. Mi madre me lo puso por la esposa romana de Julio César.

Las risas se acallaron un poco para dejar hablar a todos los Toms, Roberts, Emmas, Kellys, Carols, Charlies y demás alumnos bautizados con nombres más convencionales que pueblan las aulas universitarias norteamericanas. Y entonces llegó el turno de Effie. Cuando se puso de pie se hizo el silencio. Su cuerpo era alto y ancho, casi imponente, pero resultaba armonioso, bello, y su salvaje melena de rizos pelirrojos revoloteaba por sus anchos hombros como si fuera una corona flameante.

—Mi nombre es Eufemia, pero todo el mundo me llama Effie.

El profesor iba a replicar algo, pero se veía claramente que no tenía ninguna referencia a la que recurrir, así que se quedó allí parado con la boca abierta, los ojos como platos y la tiza en la mano. La carcajada fue instantánea. Effie rio también, conquistándolos a todos. Luego se supo que compartía el nombre con una importantísima emperatriz bizantina, y las piezas encajaron como en un puzle: las tres chicas con extraños nombres relacionados con la nobleza histórica estaban destinadas a ser amigas. ¿Y Sally? Sally era la mejor amiga de Effie y, a pesar de su nombre poco exuberante, la aceptaron de buen grado en el grupo.

Un día que Sally estaba triste por no tener un nombre tan sonoro y particular como los de sus compañeras, Reina la rebautizó como Juana Thompson.

—Juana, ¿como la hierba?

—No, mujer, por Juana la Loca, la mujer a la que encerraron por cabrearse como una mona después de que el capullo de su marido le pusiera los cuernos a diestro y siniestro, y madre de Carlos I de España y V de Alemania, principal hacedor del imperio español que todo el mundo, anglosajones principalmente, intentó derribar e imitar a partes iguales. Es un nombre cojonudo, ¿no crees? No me des las gracias. Te encaja como un guante.

—Me encanta —había dicho Sally, y desde entonces todas la llamaron Juana y el círculo se completó.

—¿Estáis preparadas, queridas? —inquirió la anfitriona después de tres cuartos de hora de gritos, risas, preguntas, confesiones y cotilleos.

—Yo me siento un poco patito feo entre tanta belleza —se quejó Reina mirando con tristeza sus vaqueros.

—No seas tonta, estás divina —replicó Nia—. No me mires así, ¡es cierto! Puede que nosotras nos hayamos pasado un poco poniéndonos nuestras mejores galas, pero tú estás genial.

—Estoy de vacaciones con Joe —se justificó Reina—. Si buscas el antónimo de elegancia en el diccionario aparece su nombre.

—Bueno, bueno, que no cunda el pánico —intervino Effie—. Hace un par de semanas le compré un vestido a mi sobrina para su graduación y creo que tenéis la misma talla. Pruébatelo. Mañana lo llevo a la tintorería y todos contentos.

Las chicas corearon la propuesta y cuando al fin estuvieron todas listas se lanzaron a la calle, dispuestas a demostrar que, efectivamente, nadie dormía en Las Vegas, y ellas, las que menos.

36

—Tías buenas, ¿eh? Llevamos aquí dos horas y no veo ninguna.

Matt le echó la pulla a su primo, aunque si el bar hubiera estado repleto de chicas le habría dado igual.

—El partido está bien.

—¿Desde cuándo te gusta el *squash*?

—Desde nunca —admitió Joe—. ¿Cómo iba a saber yo que en este bar solo ponían deportes de raqueta?

—Podemos buscar otro.

—Estamos en Las Vegas, esto es enorme y tú y yo solo somos un par de tristes pringaos que no sabemos a dónde ir.

—¿Un casino?

—¿Sinceramente? Me da pereza. Y como pierda un dólar apostando Lisa me corta las pelotas. Su tío Ralph era ludópata, arruinó a su familia y se dio al alcohol. Murió de cirrosis y solo dejó deudas tras de sí. Ni siquiera sabe que estamos aquí.

—Joder. Bueno, vale, nada de casinos entonces.

—¿Sabes lo que me molesta? Que Effie seguro que se conoce todos los sitios guais de la ciudad. Mientras tú y yo estamos apoyados, sin hacer nada, en la barra de un bar a medio llenar, las chicas y ella estarán en el mejor garito de la ciudad, la muy…

—¿Se puede saber qué te pasa con ella? Parece maja. Y tiene un buen par de tetas.

—¿A que sí? Espera, ¿a ti no te gustaba Reina?

—Y me gusta, pero tú no quieres que me acerque a ella.

Joe resopló, frustrado, pensando que hiciera lo que hiciera o dijese lo que dijese algo iba a acabar saliendo mal. Le dio un trago a su vaso y contestó la pregunta de Matt.

—Effie y Reina eran muy buenas amigas. Salían juntas por el campus, estudiaban juntas en la biblioteca, y todo lo que hacen las chicas juntas en la universidad.

Matt puso cara de interés y adelantó su cuerpo para oír mejor.

—No, ESO no lo hacían juntas, o al menos que yo supiera. Estás enfermo, lo sabes, ¿verdad? Todo el rato pensando en lo mismo… El caso es que las chicas me acogieron como a una más. No solo Effie y Reina, también Nia y Sally. No te voy a mentir: cuando se juntan las cuatro son la bomba. Cada noche que salía con ellas me lo pasaba pipa. Mis amigos de clase y de la fraternidad me odiaban y envidiaban a partes iguales. Me preguntaban por ellas, por los sitios a los que iban, por lo que les gustaba beber y comer. No he recibido tanta atención en toda mi vida.

»Tenía un colega, Bob, que estaba especialmente colgado de Effie. Un día conseguí que me dejaran llevarlo conmigo. Fuimos a cenar y después a tomar unas copas. Bob no se despegó de Effie. Jugó todas sus fichas, desplegó todos sus encantos que, para ser sinceros, no eran muchos, y no obtuvo resultado. Effie fue muy cordial con él, pero no se dejó seducir. Bob no se lo tomó bien, pero yo no me di cuenta entonces. No volvió a preguntar por ella, ni a mencionarla, ni a saludarla. Pero un día se cruzó con ella en la cafetería. Yo estaba ahí, sentado con ellas en la misma mesa. Bob iba con un par de tíos que yo no conocía, con un vaso gigante de Coca-Cola en la mano. Effie levantó la mano y lo saludó. «Hey, Bob, ¿qué tal te va? Hace mucho que no te vemos». O algo así. Bob se acercó a nosotros con una cara que yo no le había visto nunca y, sin decir nada, alzó su mano y vertió todo su refresco encima de la cabeza de Effie, hielos incluidos. Cuando hubo vaciado el vaso siguió su camino sin decir ni mu. Sus amigos iban detrás de él, partiéndose de risa. Toda la cafetería nos miraba. Effie tenía la boca abierta por la sorpresa, con los brazos levantados hacia arriba y el líquido chorreándole por la melena, regándole la ropa. Parecía un perro empapado, uno de esos enormes perros lanudos que se sacuden después de meterse en el agua y lo dejan todo perdido. Me la imaginé sacudiendo su pelo pelirrojo de un lado a otro y me entró la risa floja. No lo pude evitar. Empecé bajito, tratando con todas mis fuerzas de contenerme. Había sido algo horrible, lo sabía, pero no pude evitarlo. Mis hombros empezaron a sacudirse de arriba abajo y mi risa era cada vez más audible. Fue como la chispa que desata el incendio. Toda la cafetería comenzó a reírse también, más y más alto. La gente la señalaba y se daban codazos los unos a los otros. Por un instante, Effie no dijo nada, solo alzó su cabeza y vi sus ojos llenos de odio. Odio o furia, no lo sé bien. O las dos cosas. Cabían muchas cosas en los ojos de Effie. Las chicas estaban calladas, flipando. «Todo esto es por tu culpa», me acusó, «le dejamos venir por ti. Fui todo lo amable que pude teniendo en cuenta que no era mi tipo para nada, ¿y encima te ríes?».

»Su voz era fría como el nitrógeno líquido, tío. Supe que estaba jodido de inmediato. No entendió que me riera. Yo tampoco lo habría entendido en su lugar. Bob la había humillado, pero yo la había rematado. No volvió a dirigirme la palabra y yo, en lugar de disculparme, me hice el ofendido. Luego empecé a salir con Lisa y nos distanciamos más y más. Y así hasta ahora.

Matt lo miraba en silencio.

—¿Qué? —preguntó Joe, mosqueado.

—No sé, tío. Qué mal rollo, ¿no?

—Bueno, sí. No es algo de lo que me sienta especialmente orgulloso, pero qué se le va a hacer.

—Llámala.

—¿A Effie?, ni de coña. Tú flipas.

—A Effie no, a Reina. Pregúntale cómo van, si lo están pasando bien. Da un paso. Ella te conoce, ¿no? Sabrá entender.

—¿Entender qué?

—Que ha pasado mucho tiempo y no vale la pena.

—Tío, tú lo que quieres es ver a Reina, a mí no me la cuelas.

—Puede, pero una cosa no quita la otra. Estamos muertos de asco en un antro de Las Vegas. Tienes mujer y tres hijos, no vas a volver por aquí tú solo en muuuucho tiempo. ¿De verdad quieres que este sea tu único y último recuerdo de la ciudad?

Joe miró a su alrededor. Un puñado de hombres, la mayoría solos, apoyados en varias mesas desvencijadas con un montón de vasos vacíos a su alrededor. En la pantalla, dos hombres seguían jugando al *squash*.

—Joder, Matt, eres un verdadero hijo de puta.

—Voy a pedir la cuenta. Yo invito.

37

La noche estaba yendo a pedir de boca. Reina no recordaba haberlo pasado tan bien en mucho tiempo. Habían empezado la velada en el Don Pintxote, un coqueto bar de pinchos, con una simpática figura de Don Quijote portando un pincho con una gamba en lugar de su tradicional lanza, que enamoró a Reina nada más poner un pie en su interior.

—¡Sorpresa! —exclamaron sus tres amigas al entrar—. Ha sido idea de Nia —informó Effie—. Se enteró de que había abierto hace poco y que estaba regentado por españoles. Juana llamó mientras te cambiabas para suplicar que nos dejaran reservar y consiguió un hueco en la barra. Aún recuerdo las broncas que nos pegabas por salir a ponernos ciegas y acabar pedo a las diez de la noche. Así que hoy lo vamos a hacer a tu manera: cervecitas con tapas primero, cena en un sitio fuera de serie y, después, la sorpresa final.

Reina no cabía en sí de gozo. Alborozada, les explicó a sus amigas el prosaico sistema de los pinchos, señalando las bandejas de comida que estaban dispuestas sobre el mostrador.

—Esto es muy fácil: elegís los que más os gusten, los pedís, guardáis los palillos y los enseñáis a la hora de pagar. ¿Veis que hay distintos colores? El amarillo es para los pinchos básicos, los azules para los intermedios y los rojos para los más elaborados. Por lo que veo también hay raciones y platos típicamente americanos, pero esos os los prohíbo, ¿de acuerdo? Si estamos en un sitio de cocina española, probamos cosas típicas españolas.

Sus tres acompañantes asintieron a la vez.

—Y, para beber, dejadme ver… ¡Oh, Dios mío! Rioja, Verdejo, Albariño, Ribera… ¡Voy a llorar de la emoción!

Estaba emocionada. Era una absoluta enamorada de la gastronomía española, pero le resultaba harto complicado y excesivamente caro alimentarse de ella en Pittsburgh.

—Cuatro copas de Verdejo y cuatro pinchos de lagarto ibérico con *foie* y reducción de oporto —pidió nada más divisar al camarero—. Esta corre de mi cuenta.

El primer trago de vino le supo a gloria. «Tres sorbitos y ya», se dijo, pero se la terminó entera en menos de cinco minutos. No obstante, cuando sus amigas pidieron otra ronda, ella pidió una tónica con mucha discreción. El resto del grupo estaba tan ocupado poniéndose al día que ninguna se dio cuenta. «Y, si me preguntan», sonrió para sí misma, «les diré que es un *gin-tonic*».

Sonrió para sí. La noche no podía haber empezado mejor.

Tres rondas de vino (y tónica) y unos cuantos pinchos después, las cuatro se encontraban metidas en un taxi camino de la cena.

—Aún no me creo que vayamos a cenar después de lo que hemos comido —comentó Nia con asombro genuino.

—¿De verdad no tienes hambre? Esto solo era para abrir boca y asentar el estómago —explicó Reina con paciencia—. Los pinchos eran para entrar en calor y estar relativamente sobrias antes de las diez de la noche.

—Aún no entiendo a qué tanta prisa por salir —replicó enfurruñada Juana, quien había estado conversando en castellano con Tonxo, el joven propietario del local al que, como no se cansaba de repetir, encontraba absolutamente A-DO-RA-BLE. Después de bautizarla con el nombre de una de las monarcas hispanas más famosas, Juana comenzó a interesarse por su país de procedencia y decidió apuntarse a clases de castellano, idioma que ahora dominaba con sorprendente fluidez.

—Míralo por el lado bueno, ya sabes dónde encontrarle.

—¡Vivo en Seattle!

—Quizá puedas concertar una «cita de negocios» con él para que abra un local allí —sugirió Effie.

Juana se volvió hacia la ventanilla, considerando la idea.

—Ya hemos llegado —anunció el conductor con un tono muy profesional. Effie sacó un puñado de billetes e instó a sus amigas a bajar.

—Vamos, vamos. Llegamos tarde y odio llegar tarde.

El restaurante tenía una entrada de lo más elegante y estaba custodiada por dos hombres que parecían armarios. Un rótulo de neón azul anunciaba su nombre: MASTER & COMMANDER. Effie taconeó hasta la puerta y se presentó ante el gorila número uno.

—Reserva para cenar a nombre de Eufemia Potter. Reservados.

El hombre tecleó en un flamante iPad blanco y acto seguido sonrió con amabilidad mientras les franqueaba el acceso.

—Que disfruten de su cena, señoritas.

—Vaya, qué encanto —comentó Nia girando su cuello para echarle un último vistazo.

Dos metros más allá, un *maître* de lo más atractivo las esperaba con unas cuantas cartas en la mano.

—Síganme, por favor.

Dejaron una barra de bar con varios taburetes ocupados por grupos de mujeres y varios hombres muy acaramelados a su derecha y sortearon varias mesas primorosamente vestidas hasta llegar a la zona de los reservados. Su sala era amplia y elegante, con una mesa redonda en el centro, iluminada por una barroca lámpara de cristal y una sencilla butaca acolchada en una esquina.

—Les dejo nuestro menú. Enseguida vendrá un camarero a atenderlas.

Luego el hombre salió, cerrando un par de puertas correderas de vidrio esmerilado tras de sí.

—Wow, Effie, este sitio es enorme y espectacular. Me encanta —dijo Nia desplomándose con muy poco decoro en una de las sillas—. Y es una suerte que sirvan cenas tan tarde.

—No está mal, pero sigo pensando que podríamos habernos quedado en el Don Pintxote —se quejó Juana—. No creo que aquí vayamos a comer mejor que allí, la verdad.

—Quizá la comida no sea tan buena, pero estoy bastante segura de que acabará gustándote —fue lo único que dijo Effie antes de echarle un vistazo a su carta—. Y bien, señoras, ¿listas para el segundo *round*? No sé a vosotras, pero a mí todo esto me parece delicioso.

La mesa no tardó en llenarse de platos de comida muy bien presentada, acompañada, en su mayoría, de flores hechas con zanahorias o calabacines crudos y adornados con numerosas figuras pintadas con vinagre balsámico.

Nia se relamía en su silla, luchando contra el impulso de chuparse los dedos.

—No me miréis así. Soy madre trabajadora y vivo en un apartamento minúsculo con un marido y dos niños de tres y cinco años. Llevo comiendo macarrones con queso, salchichas y palitos de pescado más tiempo del que puedo recordar y no pienso desaprovechar la ocasión. Ahora mismo no hay nadie sobre la faz de la tierra que entienda la expresión *Carpe Diem* mejor que yo.

—¿Cómo lleva Dan tu ausencia? —preguntó Juana, llevándose el tenedor a la boca de una forma muy remilgada.

—¿Te crees que le he preguntado? En cuanto llegó el día de la escapada metí cuatro trapos en la maleta, besé y abracé a mis hijos y me largué sin mirar atrás. Dan huele la duda a kilómetros. Es como una mezcla perfecta de sabueso y rottweiler, en cuanto detecta una brizna de incertidumbre se lanza a la yugular para hacerme sentir culpable y no quedarse solo con los enanos. La técnica le funcionaba a la perfección hace unos años, pero ahora no, lo cual, por cierto, le está volviendo loco. —Nia echó una carcajada al aire y alargó la mano para coger otro trozo de pan con el que untar la salsa de su plato.

—Pero ¿estáis bien? —preguntó Reina, preocupada.

—Claro que sí, ¡mejor que nunca! Lo que pasa es que como ninguna de las aquí presentes tenéis hijos no podéis entenderme. A ver cómo os lo explicaría yo. —Nia dejó los cubiertos apoyados en el borde del plato y se recolocó la servilleta sobre su regazo, como si se estuviera preparando para dar una *master class*—. ¿Os acordáis de todas esas historias de amor que leíamos en el instituto y hasta en la universidad en las que el chico y la chica querían estar juntos, pero no podían y, cuando al fin podían, juraban que no se iban a separar nunca, nunca, nunca jamás?

Effie, Reina y Juana asintieron, sincronizadas.

—Pues amigas queridas, cuando se tienen hijos todo eso se ve como una soberana gilipollez.

Reina se inclinó inconscientemente hacia delante.

—Veréis, tener hijos con tu pareja se parece mucho a ir a la playa.

Effie hizo un ruidito con la boca.

—Por lo que yo he oído es lo opuesto a ir a la playa.

—No me interrumpas y déjame hablar. ¿No habéis tenido nunca uno de esos días en los que te levantas por la mañana, el sol luce en la ventana y os entran unas ganas tremendas de ir a la playa?

Las chicas volvieron a asentir.

—En tercero de carrera yo quería ir a la playa con Lachlan Jones todos los días... —informó Juana, soñadora.

—Exacto, algo así —continuó Nia—. Tienes unas ganas terribles de ir a la playa, así que coges la toalla, preparas un par de sándwiches, si tienes dos dedos de frente coges la crema de sol, te montas en el coche con tu pareja, y te vas a tu playa favorita a disfrutar de la vida, ¿verdad?

—Hace mucho que no voy a la playa —comentó Effie.

—Ni yo —secundó Reina—, y me están entrando unas ganas locas de ir.

—Bueno, como decía —continuó Nia—, llegáis a la playa, extendéis las toallas, os ponéis la crema (siempre hay que ponerse crema solar, chicas, siempre) y os sentáis, el uno junto al otro. Luego os ponéis a hablar, a leer, a haceros arrumacos u os enrolláis directamente.

—Hace mucho que no me enrollo directamente con nadie en la playa —volvió a comentar Effie.

—Ni yo —dijo Reina.

—Me siento muy mayor —remató Juana.

—¡No me interrumpáis, pesadas! Prosigo. Estáis muy a gusto tumbados en la playa cuando, en un momento dado, empezáis a sentir calor y unas ganas terribles de meteros en el agua —continuó Nia—. «Es la hora del baño», comentas. «Sí, es verdad, puede que ya toque bañarse», dice tu pareja. «¡¿Para qué hemos venido hasta aquí si no?!», exclamáis los dos a la vez. Así que dejáis vuestras toallas atrás y os metéis en el agua. Chapoteáis juntos, perdéis pie, empezáis a nadar en el agua refrescante y, cuando queréis daros cuenta, una corriente os ha llevado a kilómetros de la costa. Apenas si vislumbráis las toallas y estáis muy alejados el uno del otro. La playa y el mar ya no resultan tan agradables y lo único que piensas es: «¿Cómo cojones voy a salir de aquí?».

Nia se calló y volvió a atacar su plato.

—¿Eso es todo? —preguntó Reina, incrédula.

—¿Todo? —contestó Nia—. Sí, eso es todo. Une los puntos: la playa, con tus toallas, tu sándwich, tu crema, y tu tumbona con sombrilla, si tienes dinero, es tu vida antes de los hijos. Es terreno seguro y reconocible. Es el espacio en el que te sientas con tu pareja y hablas de lo de siempre y ya está. El calorcito que sientes calentándote los hombros, la nuca y la espalda son tus ganas de ser madre. Has llegado a la playa, el sol brilla, tu temperatura se ha elevado y el agua está allí, fresquita, para darte lo que quieres. Es tu momento y apenas te lo piensas. Es lo más normal del mundo, ¿no? Tener hijos, quedarse preñada, es la vida, la naturaleza. Es tan normal como bañarse en el mar o eso te dicen una y otra vez. Pero ¡ah, amiga! Cuando te metes en el agua, con tu pareja agarradita de la mano, no tienes ni puta idea de lo que te vas a encontrar. Puede que haya piedras bajo el agua, medusas, erizos, ¡tiburones! Pero tú quieres bañarte, joder, para eso has venido. Así que te pones a nadar suavemente, manteniéndote a flote. «Es fácil», te dices, «esto está chupao. El mar está un poco demasiado fresco, pero el agua fría es buena para la circulación», te animas, y sigues nadando. De repente te acuerdas de que no estabas sola. Tu pareja se había metido contigo en el agua, pero ¿dónde está? Te giras, buscándolo. No lo ves. «¿Dónde coño se ha metido?». Tus pies no paran de moverse. No puedes quedarte quieta o te ahogarás, no puedes permitirte ni un segundo de descanso. Vuelves a girar sobre ti misma, mirando la superficie, cada vez más preocupada. «¿Dónde cojones está?». Y de repente lo ves. Está a años luz de ti. Una mota en el horizonte. No entiendes qué ha pasado, no comprendes cómo os habéis separado así. Dejadme que os dé una pista. Hijos. ¿Querías agua? Pues ahí la tienes.

El público la escuchaba entre fascinado y horrorizado.

—Y aquí viene lo importante, señoras. Prestadme mucha atención. Hay que fijarse bien en el pequeño punto que se mueve en el horizonte. ¿Qué está haciendo? Entornad los ojos, aguzar la vista al máximo. ¿Está nadando hacia vosotras o está buscando la playa desesperadamente? Tomaos todo el tiempo que necesitéis para descubrirlo. Es imprescindible reconocer cómo reacciona tu pareja a la corriente. Si lo veis luchando por alcanzaros, alegraos y poneos a patear. No hay prisa, pero no paréis. Tenéis que ir el uno al encuentro del otro, manejando la corriente que os arrastra a los dos. Si lo veis parado, flotando indolente, preocupaos. Preocupaos mucho y coged aire, lo vais a necesitar. Y si lo veis nadando solo, sin vosotras, escapando de la corriente hacia la costa, olvidaos de él y sobrevivid como podáis.

Se hizo el silencio y al cabo de un minuto Juana se atrevió a preguntar.

—¿Y esto qué diablos tiene que ver con Dan?

—Dan nada hacia mí. Dan se metió en la playa y sigue en el agua, conmigo. Manejamos las corrientes de grado 3 y 5 como podemos, pero vamos en la misma dirección, a nuestro encuentro. No podemos pasarnos todo el día sobándonos y hablando de gilipolleces porque nos ahogaríamos. Hay que mantenerse a flote y eso requiere mucho esfuerzo. A veces le grito que se ponga boca arriba y descanse un ratito, saliendo con los amigos, viendo un partido. Y a veces soy yo la que me tumbo y me regalo una escapada a Las Vegas con mis mejores amigas. En ese momento no estoy pendiente de él, ni de la corriente. Tendré que volver a nadar en breve, un ejercicio agotador, así que en ese breve espacio de tiempo solo estoy pendiente de mí, de mis necesidades y de nadie más. Y es un jodido gustazo.

—Amén, hermana —brindó Effie alzando su copa repleta de vino.

—¡Amén! —brindaron las demás levantándose de las sillas.

—Pero, entonces, ¿qué sugieres? —preguntó Reina—. ¿Que no nos bañemos nunca en el mar?

—No, por Dios. ¿Quién soy yo para decir eso? Lo que digo es que si quieres ir a la playa y meterte en el mar lo pienses muy bien antes de hacerlo. ¿Llevas gafas de bucear para ver bien el fondo? ¿Qué tal un traje de neopreno? ¿Y unas aletas para que os sea más fácil moveros? Habla con tu pareja y pregúntale. ¿Te gusta el agua fría? Si una corriente me llevara lejos, ¿qué harías? ¿Te gustan los retos duros de verdad? ¿Me vas a dejar sola? ¿Cómo lo hacemos cuando vengan las olas? Traza un plan para tu baño. Quédate con lo importante. Las dudas, los llantos, la pena, la culpabilidad o el resentimiento no son buenos compañeros de viaje, no te van a dejar nadar bien. Métete solo cuando lo hayas pensado como es debido y entonces ve a por todas y disfruta de la corriente. La corriente es lo más importante. Tienes que tratarla bien, tú has ido a su encuentro, apechuga. Te va a revolcar, te va a desgastar, te va a aterrorizar, te va a hacer cosquillas y a llevarte a un sitio desconocido que, si juegas bien tus cartas, algún día será maravilloso. Y, cuando la corriente haya crecido y perdido toda su fuerza original, volverás a encontrarte al lado de tu pareja. Habréis nadado por separado, pero trabajado conjuntamente. Ya no sois los mismos que se metieron en

261

el mar hace tanto, tantísimo tiempo, pero ahora sois más fuertes y os conocéis mejor el uno al otro, porque habéis pasado por lo mismo. Y será la hostia, como cuando Sandra Bullock y Keanu Reeves se lían al final de *Speed*.

—Oh. Me encanta esa película —suspiró Juana.

—Para vuestra información, yo soy Sandra y Dan es Keanu. Y el autobús descontrolado y a punto de explotar en todo momento es la maternidad.

Un coro de risas se alzó por encima de la mesa.

—¡Bravo! ¡Valiente! —aplaudieron todas. Luego Juana se levantó para ir al baño y Effie se asomó a las puertas de cristal para pedirle otra botella de vino al camarero.

—¿Y si te metes en el agua sola? —inquirió Reina, en voz baja.

Nia la miró fijamente antes de responder.

—Eso depende del equipo de salvamento que tengas en la costa. ¿Hay pareja? ¿Padres? ¿Hermanos? ¿Amigos? ¿Una cuenta corriente saneada para contratar a alguien que te ayude?

Reina negó con la cabeza.

—No hay pareja. Los padres y la hermana están en otro país, la cuenta corriente no está mal, pero no da para una interna, el trabajo le absorbe todas las horas del día y su mejor amigo está nadando en sus propias corrientes de grados 15 y 7.

—Entonces rezaría por que pasara una ballena y se la tragara entera.

Estaba mortalmente seria. Reina agachó la cabeza y se miró el regazo.

—Lo bueno de las corrientes, por otro lado —continuó Nia, más animada—, es que hay muchas, muchísimas en el mar. Y hay infinidad de nadadoras braceando a tu lado. Quizá no puedan cambiarle el pañal a tu bebé a las tres de la mañana como te gustaría, pero puedes hablar con ellas, contarles cómo nadas, preguntarles sus trucos, estrechar lazos con ellas. Muchas saben muy bien lo que hacen y serán una buena compañía. De hecho, conozco una que vive en San Francisco y tiene dos hijos de tres y cinco años y un marido que se llama Dan que estaría encantada de ayudarte.

Reina sonrió mientras notaba que se le empañaban los ojos. Nia le apretó la mano por debajo del mantel.

—¿De qué estamos hablando? —preguntó Effie, sentándose de nuevo con una botella descorchada en la mano.

—De las ganas que tenemos de ver la carta de postres —anunció Nia, toda sonrisas, sin soltarle la mano a Reina.

—¡Los postres! —exclamó Effie—. Están muy bien, pero no son lo mejor del local.

Luego guiñó un ojo y volvió a rellenarse la copa de cristal.

38

El maldito restaurante estaba a tomar por saco, es decir, en pleno centro.

—La carrera me ha dejado la cartera temblando —se quejó Joe cuando se apearon del taxi.

Habían acordado que, dadas las ganas que tenían de juerga, esa noche dejarían aparcado el Peugeot y beberían lo que quisieran.

—Te dije que un Uber nos saldría mejor.

—No tengo tiempo para ponerme al día con todas las cosas nuevas y molonas que me he perdido ejerciendo de padre, Matt. Si quiero ir a un sitio sin coger el coche, llamo a un taxi y ya está. Así es como me lo enseñaron de pequeño y es lo que pretendía seguir haciendo hasta que ese taxista me ha dejado sin riñón. De la vuelta te encargas tú. Jodidas aplicaciones modernas… Ahora no tengo dinero ni para un cubata —se lamentó.

—Mira que eres exagerado. No te apures, yo invito. Mira, me parece que es por aquí.

Se encaminaron hacia una cola francamente larga que partía de un local custodiado por dos enormes tipos trajeados.

—Te lo dije, tío, Effie tiene estilo.

—Esto está a tope —se quejó Matt, nervioso—. Vamos a tardar una hora en entrar.

—Quién está siendo exagerado ahora, ¿eh? Mira qué rápido avanza. En cinco minutos estamos dentro.

No fueron cinco minutos, sino veinte pero, animados por la perspectiva de pasar una noche loca en Las Vegas, mantuvieron la sonrisa pegada a los labios sin quejarse en ningún momento.

Cuando llegaron a la altura de la puerta, Joe se dirigió a los tipos de seguridad con confianza.

—Venimos a ver al grupo de Reina Ezquerra.

El hombre consultó el iPad con semblante serio.

—No tenemos ninguna reserva a ese nombre.

—Ah, ¡cierto! Será a nombre de Effie, Effie Potter.

El puerta negó con la cabeza.

—¿Eufemia? —probó Joe de nuevo, sin tanto aplomo.

—Tenemos una Eufemia, pero no hay aviso de nuevas incorporaciones. Me temo que no pueden pasar.

—¿Qué quiere decir que no podemos pasar?

—Exactamente eso: no pueden pasar.

Joe, que cada vez iba acercándose más al tipo, iba a responder con contundencia cuando Matt lo cogió del hombro y lo apartó con suavidad.

—Discúlpenos, por favor. Somos de fuera y es la primera vez que venimos a un sitio así. —Desplegó su sonrisa más encantadora—. Nuestra amiga, que está dentro, nos ha mandado la ubicación para que nos uniéramos a ella, ¿ve? —Alargó la mano para que Joe le diera su móvil, como un cirujano esperando su instrumental.

—Me alegro mucho, caballero, pero no pueden ustedes pasar. Este es un lugar exclusivo para señoras y señoritas y no se permite el paso de hombres que puedan molestarlas en modo alguno.

Joe se rio.

—¡Pero si no vamos a molestarlas!

El gorila levantó una ceja por encima de sus carísimas gafas de sol, que no necesitaba en absoluto porque había anochecido por completo.

—¿Acaso no dicen todos lo mismo?

—¡Pero esto es absurdo! —exclamó Joe, indignado.

—¿No hay ninguna manera de entrar? ¿No es apto para ningún tipo de hombre? —insistió Matt, calmado.

El hombre de tamaño descomunal se giró hacia su compañero y pareció preguntarle algo en silencio. Matt se preguntó si el sutil movimiento de la comisura izquierda había sido una sonrisa fugaz.

—Bueno —continuó el hombre—, el acceso está permitido a mujeres y a hombres que no estén interesados en molestar a mujeres.

—Pero si nosotros no vamos molestar a nadie. ¡Qué se cree que vamos a hacer allí dentro!

—Dígamelo usted. Yo diría que como mínimo mirar, valorar, puntuar, desear, beber algo, intentar conversar con alguna chica, o bailar con ella, o invitarla a una copa o hablar de ella o ellas con su amigo... ¿Voy bien?

—¡¿Pero qué cojones es esto?! —Joe estaba rojo como un tomate a punto de reventar.

—Mujeres u hombres que no vayan a molestarlas —zanjó el armario número dos—. Por favor, despejen ya la cola que hay gente deseando entrar.

Los amigos se echaron a un lado, intentando entender la situación.

—No me lo puedo creer. ¿Me he dejado setenta pavos en el taxi para esto? Esto es cosa de Effie, seguro que está descojonándose ahí dentro.

—¿Tú crees? No tiene manera de saber que estamos aquí fuera. Llama a Reina y dile que ya hemos llegado, seguro que se puede arreglar de alguna manera.

Reina no contestó. A los quince minutos, volvían a estar al final de la cola sin saber qué hacer.

—Colega —le susurró Matt a su primo—. Creo que los tíos tienen que pasar por algún tipo de prueba para poder pasar, si no, no nos habrían dicho nada, ¿no?

—¿Prueba? No estoy de humor para tonterías. Tengo hambre, tengo sed, y aquí fuera hace un calor insoportable.

—Quédate aquí. Voy a preguntar.

Volvió, circunspecto, al cabo de cuatro minutos exactos.

—La buena noticia es que sí hay una prueba para poder pasar. La mala es que no te va a gustar.

—¿Qué hay que hacer?

—Besarnos.·

—¿Qué? ¿Estás de coña?

Matt negó con la cabeza.

—Ni hablar. Ni lo sueñes. Puede que a ti te guste Reina, pero yo tengo a mi mujer en casa y no tengo ninguna necesidad de hacer algo así.

—Mira, colega, voy a ser sincero contigo. No tengo ningunas ganas de besarte, pero tengo todavía menos de irme de aquí.

—No. *Nein. Niet. Non.* Esto es ridículo. Nos vamos al hotel y fuera.

—Para un momento, piénsalo. Es un segundo. Menos, seguro. ¡Es solo piel! ¿Acaso no besó Lisa a su prima en la fiesta de graduación jugando a la botella? Aún recuerdo tu cara cuando me lo contaste, estabas completamente emocionado y no parecía que te importara mucho el hecho de que tu mujer se hubiera morreado con otra tía.

—¿Eres un hombre o un jodido elefante? ¿Por qué tienes tan buena memoria?

—Estoy seguro de que tú te acuerdas mejor que yo.

—Sí —reconoció Joe.

—¿Lo ves? ¡Y no pasó nada! Lo hicieron de mutuo acuerdo, nadie las obligó, Lisa no se hizo lesbiana, su prima tampoco y tú no dejaste de hablarle ni nada parecido.

—Hice algo más que hablar con ella esa noche...

—¿Cuál es el problema entonces?

—¡Que no soy gay!

—¡Y Lisa tampoco!

—¡Pero no es lo mismo!

—¿De verdad?

—Tío, debes de tener unas ganas locas de enrollarte con Reina, porque ahora mismo no hay absolutamente nada que me haga querer besarte en los labios.

—¡Es solo un beso! No es solo Reina, ¿vale? Me apetece salir de fiesta, conocer a gente nueva. Siento que puede ser una noche especial, y si darles un poco de espectáculo a esos capullos de la entrada me abre las puertas del dichoso restaurante pues ya está. ¡No pasa nada! ¿No puedes hacerlo por mí? Pensaba que eras un poco más moderno, en serio, pero ahora mismo me estás recordando un montón a mi padre y a todas sus gilipolleces de macho que prefiere un partido de *squash* a salir de fiesta con sus colegas.

Joe le dio una patada a una colilla tirada en el suelo.

—La verdad es que no me apetece una mierda volver al bar del *squash*.

—Venga, atrévete a salir de tu zona de confort.

—No me presiones, ¿vale? Dame un momento.

Sacó su móvil para ver si había respuesta al último mensaje que le había mandado a Reina. Nada.

Volvió a darle una patada a la misma colilla. Matt esperaba, pasando su peso de un pie al otro, en silencio.

—Eres un jodido hijo de puta y te odio con toda mi alma. Me lo das tú a mí. Y nada de lengua.

Matt llevó el puño al aire y luego juntó las palmas de las manos para hacerle una pequeña reverencia.

—Y más vale que no te empalmes, que nos conocemos.

—Pero ¿qué dices? No seas tonto.

—Hay que ver lo que hacen los tíos por echar un polvo. Como le digas algo de esto a Lisa te arranco las pelotas de cuajo.

Diez minutos más tarde, volvían a estar frente a los custodios de la puerta.

—Buenas noches —saludó Matt muy formal.

—Buenas noches.

—Nuestra amiga Eufemia Potter nos está esperando. Tengo entendido que los hombres que no estén en la lista solo pueden pasar si pasan cierta clase de prueba.

Los tipos asintieron una sola vez.

Joe inspiró hondo, su cuerpo tenso como un tirachinas a punto de disparar.

Matt se puso frente a él y lo miró fijamente a los ojos. Joe asintió brevemente. «Hazlo rápido».

Cogiéndole de la mano, Matt se acercó con decisión a la boca de su primo y pegó sus labios a los de él. Tenía los ojos completamente abiertos y el cuerpo rígido. Miró de reojo a los seguratas, que observaban impertérritos la escena. Notó los labios secos de Joe y poco más, era muy parecido a besar una pared. Comenzó a contar mentalmente: uno, dos, tres…

—Es suficiente.

Su primo se separó tan rápidamente que Matt oyó cómo le crujieron las cervicales.

—¿De verdad era esto necesario? —preguntó Joe, cabreado, mientras se restregaba los labios con el dorso de la mano.

—Sí —respondió el individuo más ancho—. El tipo de hombres que nos preocupa que entren aquí jamás habrían hecho eso. —A continuación, les palmearon las espaldas como si hubieran pasado algún tipo de rito de madurez y se apartaron para dejarlos entrar.

El local era espectacular: elegante, moderno y repleto de gente joven muy bien vestida.

—Menos mal que nos hemos puesto camisa —comentó Matt.

—Viendo cómo se había arreglado Reina, como para arriesgarse.

Descubrieron, muy cerca de la entrada, una barra de bar y se dirigieron hacia ella como dos náufragos a una isla desierta.

—No mires a nadie —le susurró Joe a su primo—. Con lo que nos ha costado entrar me niego a que me echen por mirar donde no debo.

Cazaron al vuelo un par de taburetes de diseño y después de pedir dos *whiskys* con cola se dedicaron a escudriñar el panorama.

—¿Las ves? —preguntó Matt.

—No. Esto es enorme y está hasta arriba. Y, además, hay reservados, mira.

Matt se giró hacia donde le indicaba su primo. Efectivamente, había una serie de puertas traslúcidas ubicadas al fondo del local.

—Puede que estén allí, ¿no? —aventuró, achinando los ojos intentando distinguirlas—. Espera un momento. ¿Ese quién es?

Joe estiró el cuello para ver mejor.

—Yo diría que es un maromo disfrazado de *highlander*. Es bastante evidente.

—Ya sé que es un *highlander*, idiota. Lo que pregunto es qué hace un *highlander* así en un sitio como este.

—¿Desnudarse?

—De verdad que me estás poniendo de los nervios. He venido aquí con un propósito y no te he besado ante dos gorilas para ver a un pavo disfrazado de escocés de las tierras altas.

—No creo que vaya a bailar para ti, primo —rio Joe.

—Tengo un mal presentimiento —anunció Matt frunciendo el ceño mientras se llevaba la copa a la boca.

—Pues haces bien —el chico se había parado enfrente de uno de los reservados y después de ajustarse el *kilt* había abierto la puerta corredera, desatando una serie de gritos y carcajadas desaforadas—, reconocería la melena pelirroja de Effie en cualquier sitio.

39

Las chicas estaban cada vez más achispadas y Reina cada vez más relajada. El ambiente desenfadado y de confianza que flotaba en la pequeña sala actuaba sobre ella como una droga que inhalaba con placer. Contagiada del humor de sus amigas, se sentía libre, desinhibida, segura y despreocupada. La maravillosa carta de postres había sido la guinda del pastel. Ojeándola con Nia había descubierto que la tarta Tatin era una de las especialidades del chef y se había alegrado como una niña. Reina siempre había sido más de salado que de dulce, pero ese postre de manzana era su debilidad. La advirtieron de que tardaría un poco en salir, pero la espera mereció la pena. Se lo tomó con calma. Mientras sus amigas atacaban sus *coulants* y tartas de queso con avidez, Reina empezó por llevarse a la boca una pequeña muestra del helado de vainilla. El frío en su lengua hizo que se le erizara el vello de la nuca. A continuación, cortó un trozo de la tarta y lo saboreó con parsimonia, disfrutando de la sal del hojaldre y de la acidez de la manzana. Cerró los ojos y soltó un gemido de placer.

—Córtate un pelo —la regañó Juana.

—Hace meses que no gimo así. ¿Me das un poco? —terció Nia.

—Te veo muy sensible, Reina. ¿Tan sola estás que un simple postre hace que te corras? —inquirió Effie.

—No me he corrido. Y tampoco estoy sola.

—Joe no cuenta como compañía. Siempre he dicho que ese rollo de mejores amigos que os traéis es muy raro —continuó Effie—. Y tampoco me creo que nunca haya pasado nada entre los dos.

—Pues créetelo. Nada de nada. Nunca.

—Es antinatural —afirmó Juana.

Reina apoyó la cucharita en el plato y se relamió las comisuras con la punta de la lengua.

—Y eso, ¿por qué?

—Todo ese tiempo juntos. Todos esos viajes. Todas esas bromas y el terminar el uno la frase del otro. No es normal.

—Define *normal*.

—Lo normal es que un hombre y una mujer que se llevan así de bien terminen enrollándose. Lo que salga de ese lío yo ya no lo sé, pero que haya sexo, sí.

—Tal vez, si uno de los dos está felizmente casado y tiene tres hijos a los que adora, no tiene por qué ser así.

—Joe se casó a los veintipocos y os conocéis desde la infancia —le recordó Effie.

—¡Que nunca he querido enrollarme con Joe, joder!

—¡Tranquila, fiera! Eso ya lo sabemos, lo que no entendemos es por qué. No es que sea Brad Pitt, pero tampoco es Gollum. Tiene su encanto.

—Pensaba que lo odiabas.

—No lo odio. —Effie lamió los últimos rastros de salsa de chocolate de su cuchara—. Se rio de mí cuando no debía y lo castigué. Si no hubiera sido tan capullo, habría sido yo la que me hubiera enrollado con él. Siempre me atrajo su forma de ser y su sentido del humor. Hasta el día de la Coca-Cola, claro.

—De verdad, chicas, no es tan complicado —insistió Reina—. Joe es mi amigo y nada más. Nunca he pensado en él de forma sexual.

—Apuesto a que él sí lo ha hecho contigo —apostilló Nia.

—Bueno, si lo ha hecho, nunca me lo dijo y así está bien. No soy la única, ¿sabéis? Mirad a Emilia Clarke, amiga de Aquaman y nada, amiga de Jon Snow y nada. ¿Veis? Joven, guapa y famosa, amiga de chicos jóvenes, guapos y famosos.

—Los dos la vieron desnuda y follaron ficticiamente. No vale —insistió Nia.

—¡Porque son actores! Y dijeron que había sido superraro, además.

—No vale —corearon las tres.

—Bradley Cooper y Lady Gaga.

Juana la rebatió a la velocidad del rayo.

—Fueron pareja en la pantalla y él se separó de Irina Shayk. *Next*.

—¿Pero está con Lady Gaga?

—No todavía, pero es cuestión de tiempo, te lo digo yo.

—Pero ¿cómo lo sabes? ¡No tienes ni idea!

—Es blanco y en botella, Reina, ¿cómo puedes ser tan inocente? Y, aunque no acaben nunca juntos, está clarísimo que hubo un lío de por medio. ¿Por qué iban a romper Bradley e Irina si no?

—¿Por un millón de razones diferentes? ¿Que se acabara la chispa? ¿Que Irina estuviera hasta el moño de que Bradley no estuviera nunca en casa? ¿Que Brad se sintiera inseguro del cuerpazo de Irina? En fin, yo no creo que todo tenga que reducirse a una aventura que nunca se ha confirmado y tampoco ha desembocado en una relación, pero no importa, tengo más ejemplos: Hugh Jackman y Anne Hathaway.

Se hizo el silencio.

—Eran pareja en *Los Miserables* —informó Juana.

—Pero no follaban, ¿verdad? —dijo Nia.

—Él era cura. ¡Por eso no follaban! —exclamó Effie, triunfante.

—No era cura, era bueno. Y no hablamos de los personajes, sino de los actores —les recordó Reina.

—¿Los buenos no follan? ¿Estás diciendo eso? —inquirió Effie.

—Los buenos no fuerzan a nadie a follar con ellos si no son correspondidos, como Joe.

—¡Ajá! ¡O sea, que admites que Joe quería follar contigo! —Juana la señaló con un dedo acusador.

—¡Eso lo habéis dicho vosotras, no yo! Lo que digo es que, si así fuera, nunca me hizo sentir incómoda en ese sentido, cosa que le agradezco mucho porque nunca he querido follar con él.

—Pero ¿y si hubieras querido?

—¿El qué?

—Enrollarte con él. Imagínate que te pone a cien y tú a él también y ninguno dice o hace nada para no molestar, como tú dices. Y os pasáis la vida solos por no haberos enrollado.

—Si me pusiera a cien imagino que se lo hubiera dicho o me hubiera lanzado yo. No estoy acostumbrada a quedarme quieta esperando a que otros hagan las cosas por mí. Si él no lo hizo es porque tendría suficientemente claro que yo no sentía lo mismo que él. Y, os lo repito, él no está solo, está con Lisa y les va muy bien, además.

—¿Y tú? ¿También estás con alguien?

—Bueno…

—¡Conozco ese tono de voz! —gritó Effie—. ¡Te gusta alguien! ¿Quién es? ¿Lo conocemos?

—No lo conocéis, yo lo he conocido hace poco.

—¡El del coche! Es el tío bueno que estaba con Joe en el coche, ¿a que sí? Siempre has tenido buen ojo, Reinita.

—¿Qué tío? ¿Qué coche? —preguntaban Juana y Nia como locas dándole manotazos a Effie en busca de información.

—Alto, fibroso, ojos verdes, pelo castaño claro, mandíbula de morirse, educado y simpático.

—Lo has visto durante tres segundos.

—Y me hubiera gustado verlo mucho más, créeme. ¿Y ha habido temita ya? Sé cómo eres cuando te gusta alguien, querida…

—No ha habido y no lo habrá.

—¿Por qué? —se quejaron Effie y Juana, desilusionadas.

—Es complicado…

Nia la miró a los ojos, comprendiendo.

—¡De eso ni hablar! —zanjó Effie—. ¿Cuántos días llevas con ese cromañón de Joe? ¿Cinco? ¿Diez? ¿Y hace cuánto que no le das una alegría al cuerpo? No hace falta que contestes, si un trozo de manzana al horno te hace suspirar así, es demasiado. Esta noche vas a ir a por él y te lo vas a comer enterito, y no se hable más.

Justo en ese momento se apagó la luz del reservado.

—¡Oh! La sorpresa final —anunció Effie, emocionada—. Confío en que os va a gustar.

Mientras la vista de las chicas se adaptaba a la oscuridad, la puerta corredera se abrió, dando paso a una figura masculina.

—¿Quién es? ¡No veo nada! —preguntó Juana.

La luz volvió a encenderse y todas se pusieron a gritar como locas. Frente a ellas había un joven alto y musculoso, vestido con una camisa blanca, de mangas abullonadas, un chaleco color crema, un *kilt* escocés y unas botas altas que le quedaban de muerte.

—¡Oh, Dios mío! —chilló Juana—. Es Jamie, de *Outlander*. ¡No me lo puedo creer!

—No seas tonta. ¿Cómo va a ser él? ¡Este es mejor!

—¿Tu pelo es real o es una peluca? —preguntó Effie.

—¿Por qué no vienes y lo compruebas por ti misma? —replicó el tipo, provocativo, con un perfecto acento escocés.

Las chicas volvieron a gritar, Effie más alto que ninguna. Luego se recompuso y se acercó, coqueta, hasta quedar frente a él. Con un movimiento suave metió sus dedos en su cabellera y tiró con delicadeza.

—Si es una peluca, está muy bien pegada.

—No es una peluca, cielo. Todo lo que hay aquí es de verdad —contestó el *highlander*, al tiempo que cerraba la puerta tras de sí.

Las chicas rieron a carcajadas.

—¿Cómo te llamas? —preguntó Nia.

—Jamie, por supuesto.

—¡Noooo! ¡Buuu! ¡Fuera! —abuchearon todas—. Queremos tu nombre de verdad.

—Ian —confesó.

—¿Y cuántos años tienes, Ian? —continuó interrogándolo Nia.

—Veinticinco.

—Oh, solo veinte más que mi Kevin.

—No me jodas, Nia —la cortó Effie—. Tu Kevin y tu Noah y tu Dan se quedan fuera de aquí ahora mismo. Bienvenido, Ian, nosotras somos Sally, Nia, Reina y Effie y nos alegramos mucho de que tú y tus esplendorosos veinticinco años estéis aquí con nosotras.

—Nosotras los dejamos atrás hace ya un tiempo —informó Reina sin saber muy bien por qué.

—No sé cuántos años tenéis, pero sí que nunca había tenido un público tan atractivo —replicó Ian, sonriendo.

—Ohhhh —exclamó Effie—. ¿No es adorable? Sabemos que no es verdad, Ian, pero no importa, eres un verdadero encanto.

Remató su frase propinándole un par de cachetes cariñosos en la mejilla y luego enlazó su brazo con el suyo para llevarlo hasta la mesa.

—Bueno, Ian, cuéntanos cómo va esto. Mis amigas son novatas y yo hace mucho que no vengo por aquí. ¿Quieres algo de beber, una copa de vino, tal vez?

—No, gracias. Nada de alcohol en el trabajo.

—Hummm. Olvidaremos por un momento que somos tu trabajo.

—Es que lo somos —puntualizó Reina.

—Oh, no, no os preocupéis. ¡Adoro este trabajo! Me gustan las mujeres, la música y la buena cocina. ¿Qué más podría pedir? Esto es lo que hay: durante los próximos treinta minutos soy todo vuestro. Podéis tenerme aquí, sentado y vestido o… bailando y desnudo. (Guiño, guiño). Vosotras decidís. Nada de fotos ni de tocamientos obscenos.

—¿Por quién nos tomas, Ian? —repuso Nia ofendida.

—Tengo que decirlo obligatoriamente, aunque confieso que en todo el tiempo que llevo trabajando aquí nadie se ha propasado conmigo nunca.

—¿Qué se entiende por tocamiento obsceno? —preguntó Juana.

—¿De verdad necesitas que te lo expliquen? —respondió Nia.

—Supongo que no.

—No le hagas nada que no quisieras que te hicieran a ti si estuvieras en su lugar —aclaró Reina.

—Exacto —dijo Ian poniéndose en pie con energía—, y ahora, señoritas, ¿qué va a ser?

Las chicas se miraron las unas a las otras durante una fracción de segundo y luego corearon a la vez.

—¡Desnudo!

40

Salieron del reservado fuera de sí.

—¿Quién iba a decir que esas botas eran tan fáciles de quitar?

—¿Y el *kilt*? Era igualito al de la serie. Creo que voy a pedir uno para Dan en Amazon. No tiene los pectorales de Ian, pero creo que le disimulará el michelín. Si lo tuviera aquí ahora mismo, lo iba a dejar fundido.

—¿De dónde lo has sacado, Effie? ¿Del cielo?

—Ya sabéis que soy una mujer de recursos, queridas. Yo solo pido lo mejor de lo mejor.

—Y además es supermajo. No me había reído así con un hombre desnudo... ¡nunca!

—¿Ya te has olvidado de Tonxo, Juana?

—¿Tonxo? ¿Quién es ese?

Reina rio.

—Creo que tus probabilidades de tener algo con Tonxo son bastante más elevadas que de acabar con Ian, Juana. Ese chico debe tener a toda la ciudad babeando por él.

—No le hagas caso, cariño —intervino Effie—. Lo dice porque Tonxo es español y ella siempre ha tenido debilidad por lo castellano. ¿Quieres a Ian? ¡Ve a por Ian! No tienes nada que perder y esta noche es la noche, os lo digo yo.

Mientras seguían a Effie hacia un destino que solo ella conocía, Reina estiró el cuello en busca de Joe. Había visto sus mensajes en el móvil, pero no había tenido tiempo de contestar. Lo localizó, a lo lejos, en la barra, exageradamente pegado a Matt. Reprimió el impulso de levantar la mano y gritar su nombre, no sabía cómo reaccionaría Effie. Se rezagó un momento, mirándole fijamente, como si eso fuera a hacer que él se diese la vuelta.

—¿Qué haces ahí parada? —le espetó la pelirroja—. ¡Vamos! Tengo una agenda que cumplir.

—¡Joder! —masculló Reina, y justo cuando echó a andar de nuevo reparó en que Joe miraba en su dirección. Dio un par de saltitos para llamar su atención, y la estrategia funcionó, porque Joe la saludó elevando su enorme brazo por encima del gentío. Reina movió la cabeza, instándole a seguirlas. Él comprendió y se llevó la mano a la cartera para pagar. Matt se estiró para ver qué pasaba y sus miradas se cruzaron. Reina sintió un vuelco en el estómago. Cuando se aseguró de que los dos estaban en pie, listos para seguirla, alcanzó de nuevo al grupo.

—¿A dónde vamos? —preguntó.

—Este es uno de los sitios más exclusivos de la ciudad. Además del restaurante tienen un local de copas anexo para continuar la fiesta.

Effie se movía como pez en el agua, apartando a la gente y guiándolas a través de una serie de pasillos tenuemente iluminados. Reina rezó por que Joe fuera capaz de seguirlas. Allí dentro no había cobertura.

Por fin desembocaron en una sala muy espaciosa, con un escenario al fondo y varias mesas altas de madera clara con pie blanco en las que una multitud ya bastante animada apoyaba sus respectivas copas y botellines.

Effie seguía avanzando sin parar de mirar su reloj, como si estuviera llevando a cabo una misión especial de una guerra que solo ella conociera.

—¿Por qué nos acercamos tanto al escenario? —preguntó Nia.

—Oh, mirad. Es un karaoke. ¡Esa tía canta igual que Anastacia! —apuntó Juana.

Efectivamente, abrazada a un micrófono, una rubia bajita de unos veintipocos estaba desatando toda la potencia de sus talentosas cuerdas vocales. Reina tuvo un mal presentimiento.

—Oh, no. No, no, no, no.

—¿Qué? —preguntó Juana, siguiendo la estela de rizos pelirrojos sin detenerse.

—Nos va a hacer cantar —explicó Reina— en el karaoke.

—¿Qué? —repitió su amiga. Luego pareció entender—. Es coña, ¿no?

—No lo creo.

Effie había llegado al pie del escenario y hablaba con un tipo vestido de negro que tenía una lista en la mano. Al cabo de un minuto y medio regresó con sus amigas, exultante.

—Todo listo. Dos canciones más y nos toca. ¿Os pido unos *gin-tonics* para calentar la voz?

—Yo no canto —anunció Nia.

—¿Cómo que no? ¡Eres la mejor voz del grupo!

—Eso era hace años. Ahora he rebasado la franja de los treinta y cinco, estoy casada y tengo dos hijos. No canto. Y menos delante de una muchedumbre de pijos ricos, guapos y mucho más jóvenes que yo que me van a grabar con su móvil para reírse de mí en sus redes sociales.

—Está prohibido grabar. Si pillan a alguien grabando, lo echan, si pillan un vídeo de sus locales en las redes, piden al usuario que lo borre o lo vetan de por vida y añaden su nombre al tablón de la vergüenza y la indiscreción. —Effie señaló a una pantalla gigante que coronaba la enorme barra y que albergaba cinco nombres y sus respectivas fotos de perfil tachadas con aspas rojas—. Es como lo de las cabezas cortadas de *Juego de Tronos*, pero un poco más limpio. Volviendo a la canción, no puedes dejarnos colgadas. ¿Sabes lo que cuesta cantar aquí? ¡La gente se pega por entrar en la lista! No puedes hacerme esto, tengo una reputación que mantener.

—Hizo unos pucheros que no surtieron ningún efecto.

—Los coros, es mi última oferta.

Effie la miró de arriba abajo, como si no la conociera en absoluto.

—Tendrá que valer. Reina, entonces serás tú.

—¿Yo? Ni de broma.

—¿Cómo que ni de broma? Juana está descartada, si abre la boca provocará una estampida, es como una puta *banshee*. —Juana se encogió de hombros, aceptando el cumplido—. Y, como he dicho, yo tengo una reputación que mantener. Vivo aquí y no puedo hacer el ridículo delante de gente a la que me podría encontrar en la calle, la oficina o el supermercado.

—¿Y yo sí?

—Vives a años luz de aquí y además… Espera un momento, ¿ese de allí es Joe?

Reina se dio la vuelta y vio a su amigo cerca de la entrada, buscándola entre la multitud. Con su enorme estatura se le divisaba sin problema. Notó cómo la sangre se agolpaba en sus mejillas.

—¿Has sido tú? —le preguntó Effie, incrédula.

—Dijo que quería disculparse contigo.

—¿Y le creíste? —Su cara no anunciaba nada bueno.

—Chicas, nos toca después de esta canción —avisó Juana.

Eufemia la fulminó con la mirada y volvió a centrarse en Reina.

—¿El día que nos encontramos? ¿Después de tanto tiempo? ¿Y te lo traes?

Reina notó sus piernas flaquear. Era oficial. Había metido la pata e iba a acabar desterrada del grupo, como Joe. Volvió a mirar hacia donde estaba y descubrió a Matt a su lado. Tuvo una idea.

—Ha sido por Matt.

—¿Matt? ¿Matt también está aquí?

—Justo a su lado, ¿ves? No ha estado nunca en Las Vegas y tenía muchas ganas de salir. Ya sabes lo paquete que es Joe para elegir bares, todo lo contrario que tú…

—No me hagas la pelota. ¡Eres una traidora!

—Un minuto, chicas —informó Juana, nerviosa—. La canción está a punto de acabar y el señor de negro no para de hacernos señas para que vayamos. ¿Qué hacemos?

—Lo siento mucho, de verdad —se disculpó Reina—. Me apetecía mucho ver a Matt —mintió, ¿o no?—. Y pensé que ya era hora de que Joe y tú os reconciliarais.

—Si las miradas mataran, ahora mismo estaría tirada en el suelo —intervino Nia—. El tío de la lista nos odia con toda su alma, ¿salimos o qué?

Effie se estiró todo lo que pudo y respondió.

—Salimos.

Luego señaló a Reina.

—Tú cantas. Yo elijo la canción.

No era una pregunta.

Nia se acercó hasta Reina y le rodeó los hombros con los brazos.

—Estás jodida.

41

Joe seguía buscando a Reina entre la muchedumbre cuando Matt la descubrió subiendo al escenario. Su corazón se saltó un latido. Estaba diferente.

Sus pantalones estrechos y su camiseta escotada habían desaparecido y llevaba un vestido con una falda corta y negra que se abrazaba a sus muslos y una parte de arriba, vaporosa y sin mangas, de un rabioso azul Klein (uno de sus favoritos de la guía Pantone). Estaba preciosa. Aunque no parecía muy feliz.

—Mira. —Le dio un codazo a su primo y señaló hacia delante.

Reina se había colocado frente al micrófono con sus amigas rodeándola por detrás. Una de ellas se agachó para decirle algo al oído. Reina inspiró hondo.

—¿Quién es esa? —preguntó.

—Esa es Nia. La más bajita, Sally, pero la llaman Juana, y a Effie ya la conoces.

De los altavoces comenzó a salir un ruido distorsionado a todo volumen que parecía ser el inicio de una nueva canción. Siguieron un golpe de batería y los acordes de la guitarra eléctrica en algo que parecía más propio de una canción de los años ochenta que del siglo xxi. La melodía avanzaba y Reina permanecía quieta, mirando al suelo. Effie movió su brazo y le hizo dar un respingo para que empezara a cantar, cosa que hizo de forma muy discreta al principio.

—No me jodas —soltó un asombrado Joe a su lado.

—¿Qué pasa?

—Esto va a ser grandioso.

Matt se ladeó para mirarlo. Su primo tenía una sonrisa que oscilaba entre la burla y la admiración.

—Esto es mucho peor que lo de la Coca-Cola e infinitamente más divertido —remató. Luego cruzó sus enormes brazos por encima del pecho y se dispuso a escuchar. Matt lo imitó, prestando atención a la letra. La voz de Reina, que se había lanzado a mover el talón de su botín izquierdo de arriba abajo para marcar el ritmo, se oía ahora más clara y alta y sus amigas movían sus cuellos suavemente de adelante hacia atrás, como si estuvieran cogiendo ritmo para soltarse en breve. Sus labios hablaban de miradas que matan, de dolor y emoción y un solo de batería anunció el inicio del estribillo. Un grupito de cuarentonas que estaba al lado del escenario comenzó a saltar y a gritar muy alto, impidiéndole oír bien. Se volvió hacia Joe, que botaba y sacudía la cabeza adelante y atrás a su lado sin ningún pudor.

—¿Qué dice? —le preguntó, frustrado—. No oigo nada.

—¿No conoces la canción?

—Ni idea. ¿De quién es?

—Es *Poison*, de Alice Cooper —Joe gritó para hacerse oír por encima del griterío.

—¿Y esa quién es?

Su primo puso los ojos en blanco[1].

—Presta atención y escucha.

Matt volvió a dirigir su atención al escenario.

Parecía que las chicas ya habían ganado confianza. Se habían adueñado del escenario y habían perdido todo rastro de vergüenza. Reina parecía una diva del *rock* y las otras tres, que se tomaban muy en serio el tema de los coros, no se quedaban atrás. La multitud saltaba enfervorizada. La batería volvió a anunciar la llegada del estribillo. Matt aguzó los oídos. Esta vez lo oyó a la perfección, y se quedó perplejo.

—¿El veneno soy yo? —preguntó, incrédulo a su acompañante.

—Te lo tienes un poco creído, ¿no?

Pero Matt estaba prácticamente seguro de que en esa actuación había algún tipo de mensaje cifrado.

—Si no soy yo, ¿por qué no deja de mirarme?

---

[1] Alice Cooper es el nombre de un cantante de *hard rock* estadounidense.

Joe se fijó mejor y soltó una carcajada.

—Definitivamente, es la hostia —afirmó con ojos chispeantes. Matt no supo si se refería a la canción, a Reina o a la situación en general—. Enhorabuena, primo. —Le propinó una sonora palmada en la espalda—. Parece que has logrado captar su atención. Ten por seguro que no te vas a aburrir.

Matt no respondió. Estaba paralizado de cuello para abajo. No recordaba haber estado tan nervioso en toda su vida. Lo había elegido. Lo había elegido a él. No había lugar a dudas. Un hilo plateado y tirante conectaba sus ojos con los de ella, que ahora cantaba libre, como si la sala estuviera vacía y solo estuvieran ellos dos. Se sintió pequeño y dichoso, todo al mismo tiempo, contemplando a aquella mujer agarrada al palo de un micrófono, con la melena suelta y cada uno de sus músculos repleto de vida y una energía feroz. Ya no era la chica tímida que lo había mirado, confundida, por encima del hombro mientras le dibujaba un triángulo de lunares en su espalda. No era la mujer a la que salvó *in extremis* de ser arrollada por el cabrón de Lewis en el césped de un parque público de Atlantic, Iowa. A esta Reina no la había visto nunca, no la había conocido aún, promesa de mil placeres y tormentos, resolución pura, leona a punto de saltar sobre él. Le sorprendió el deseo, cristalino y violento, que le golpeó en el pecho y las pelotas. Le pareció que se había pasado la vida nadando en piscinas de aguas calmas y se enfrentaba ahora a un océano inmenso e insondable, capaz de elevarlo al cielo con sus olas o hundirlo en la más profunda de las simas. Descubrió, con sorpresa, que estaba deseando zambullirse en él.

Sin dejar de mirarle al centro de los ojos, Reina volvió a entonar el último estribillo y Matt prestó especial atención. «Quiero quererte», decía. «Quiero abrazarte, besarte, saborearte». Matt se quedó sin respiración. Reina seguía hablándole desde el escenario. Quería hacerlo, cantaba, pero era mejor dejarlo estar. Era mejor no romper las cadenas y dejar que el veneno del deseo siguiera corriendo por sus venas, por su cerebro, por sus venas otra vez. Veneno...

El público coreaba a todo pulmón, Joe coreaba a todo pulmón, elevando sus brazos en el aire, desgañitándose sin complejos. Él bebía cada una de las palabras, preguntándose cómo actuar, qué hacer a continuación.

La canción finalizó y la sala entera estalló en aplausos, las chicas se pusieron a gritar y a abrazar a Reina, que se giró para devolver los abrazos, rompiendo el hechizo con el que lo había embrujado. Matt se sintió a la deriva.

—Bueno, bueno, bueno, eso sí que ha sido una declaración de intenciones en toda regla —le informó Joe—. Te dije que no era como las chicas que solías frecuentar. La cuestión ahora es: ¿qué vas a hacer, Casanova?

Su primo lo miró, confundido, y Joe se rio de él sin ningún disimulo.

—Vamos a saludarlas, me temo que no vas a tener otro remedio que improvisar.

42

Reina se sentía eufórica. Mejor dicho, se había sentido eufórica. Allí subida, con una multitud de gente bailando y cantando a sus pies, fue como si flotara. Le había costado un poco al principio, justo antes de que Effie le pellizcara las nalgas y Nia se agachara para darle ánimos: «Solo te quedan unos meses de libertad. Aprovecha. Suéltate la melena y dalo todo. Ahora mandas tú».

Y eso hizo. Conocía la canción. En la universidad, Effie se pasó un mes entero poniéndola a todo volumen, día y noche, después de pillarse por un tío que no le convenía en absoluto. De hecho, no había tenido que mirar la letra en la pantalla ni una sola vez, le había salido del tirón, como si la hubiera cantado anteayer. Luego, con las voces de sus amigas sosteniéndola, se había atrevido a soltarse un poco más, moviendo el cuello, los hombros y las caderas, sintiendo el ritmo en cada uno de sus huesos, y cuando sus ojos se cruzaron con los de Matt... bueno, simplemente se dejó llevar. Ya lo había dicho Nia, su vida no volvería a ser igual. El bombo iba a cambiarlo todo, y el bebé que iba a salir de él todavía más. Ya no sería solo una mujer nunca más. Se iba a convertir en madre, en señora, en una mujer con responsabilidades y muchas preocupaciones. Sus días de figura estilizada y vientre plano estaban contados. Se merecía una alegría, claro que sí. Estaba segura de que Matt sentía algo por ella. Las señales estaban por todas partes. Y, si el plan no salía como tenía pensado, fingiría estar borracha y alegaría que no se acordaba de nada, aunque fuera una mentira como una catedral. Podía vivir con esa pequeña humillación. Comparado con lo que había pasado en las últimas semanas, eso no era nada. Pero era más fácil pensarlo que hacerlo.

Ahora que bajaba a trompicones por la escalera hacia una muchedumbre con ganas de felicitarlas, solo deseaba salir por la puerta de atrás.

—Eso no ha estado nada mal.

Effie se puso a su lado antes de llegar al suelo.

—¿Estoy perdonada?

—Estás perdonada. Le has echado huevos, Reina Ezquerra, muchos huevos, y no creas que no he notado cómo mirabas a Matt en la última estrofa. O está esperándote con la polla más tiesa que un mástil o ha salido corriendo a refugiarse en los brazos de su mamá. Esperemos que sea lo primero. Esa actuación no se merece menos.

—¡Effie! —protestó Reina—. No seas burra, por favor. Además, es huérfano, así que no tiene brazos a los que correr —añadió, mordaz.

—Salvo los tuyos —contestó la pelirroja guiñándole un ojo y abriendo exageradamente la boca—. Mira, ahí veo la mole de ese imbécil de Joe, y tu Matt va justo detrás de él con cara de haber visto a la virgen María.

Reina se retocó el pelo mientras intentaba sofocar los nervios que se movían en sus entrañas como un puñado de víboras hambrientas.

—Y ahora que ya no tienes un micro en la mano, ¿qué vas a hacer?

—No tengo ni la más remota idea —confesó.

Justo entonces el grupo de chicas que iban detrás de ellas en el karaoke comenzó a cantar y Juana soltó un chillido agudísimo que hizo que todas las personas a su alrededor se taparan las orejas con las manos.

—¿Es Billie? ¡Es Billie! Oh, dios, adoro esta canción. ¿Por qué no la hemos cantado nosotras?

Con un fuerte tirón hizo retroceder a Effie y a Reina para acercarlas a donde estaba con Nia y acto seguido se puso a cantar y a bailar como una adolescente borracha.

—Le encanta Billie —constató la pelirroja—. Y la verdad es que esta canción es la hostia. Nos lo hemos ganado.

Reina miró a Matt desde la distancia. Los ojos de él la abrasaban. Dividida entre las ganas de terminar con esa tensión que la estaba matando y la de estar con sus amigas, finalmente se encogió de hombros y le dirigió una media sonrisa de disculpa. Lo que iba a pasar era inevitable, ¿qué podía ocurrir por retrasarlo tres minutos más?

43

Joe vio la sonrisa que Reina le había dirigido a Matt y notó una sensación extraña en la boca del estómago. La canción le había puesto de buen humor y se sentía orgulloso de ella. Orgulloso y admirado. Se los había metido a todos en el bolsillo. Y eso que no cantaba particularmente bien. Pero se había subido allí arriba, había agarrado el micro y había hecho lo que había que hacer. Nunca fue mujer de medias tintas, Reina, y aunque la mayoría de las veces esa cualidad resultaba de lo más exasperante, muy en el fondo, Joe envidiaba su capacidad para echarle tanta pasión a cada aspecto de la vida. Se preguntó si sería capaz de seguir haciéndolo con un bebé berreante colgado de su cadera y al instante se sintió terriblemente culpable por pensarlo.

—¿Y esta canción de quién es? —preguntó Matt a su lado.

—¿Has estado viviendo en una cueva, o qué? ¿Dónde está tu cultura musical, tío? Billie Eilish. *Bad Guy.* Mi hija la descubrió la semana antes del viaje y no paraba de escucharla una y otra vez a todo volumen, la odio con todas mis fuerzas.

Se quedaron callados, observando cómo las cuatro mujeres se contoneaban las unas hacia las otras y gritaban a los cuatro vientos que eran los chicos malos.

—¿No tienes la inquietante sensación de que todas y cada una de las mujeres de esta sala podrían comernos de un solo bocado si les diera la gana?

—Por supuesto. Y no solo estas, primo, todas ellas, todos los días, a todas horas. Elige bien tu bando, porque algún día ganarán y, por el bien de mi hija, espero que sea más pronto que tarde.

Nada más terminar su frase, Effie apareció de la nada e ignorando descaradamente a Joe se dirigió, toda sonrisas, a su atractivo primo.

—¡Matt! Era Matt, ¿verdad? Qué alegría verte por aquí. ¿Me invitas a una copa? Estoy seca después de tanto baile. Venga, vamos a la barra, tú y yo tenemos que hablar largo y tendido. ¿Cómo habéis conseguido entrar? No dejé ninguna instrucción al respecto y los guardas se ponen muy serios con este tema…

Colgada del brazo de su nuevo acompañante, la pelirroja se encaminó a la barra, dejando a Joe a solas con el resto del grupo.

—Joe —saludó Nia, afectuosa—, qué bien verte de nuevo. ¿Hace cuánto? ¿Quince años?

—Por ahí debe andar la cosa, sí. Yo también me alegro de veros. —Y era verdad—. ¿Qué tal estás, Sally?

Juana se puso de puntillas para besarle la mejilla.

—Contenta de que volvamos a estar todas juntas.

Reina esperaba detrás de sus amigas, Joe avanzó hasta posar su manaza en su hombro.

—Vaya, vaya, pero si es Joan Jett. ¿Qué demonios ha sido eso? Has estado impresionante, pequeñaja.

—¿Ves? Te dije que nadie se iba a reír de ti —apuntó Nia—. Nuestra Reina es imparable cuando se relaja un poco. Y me da a mí en la nariz que no le vendría mal un poco de relax ahora mismo… —Le dirigió un guiño muy poco disimulado y Joe supo al instante que sabía lo del bebé. Notó sus hombros más ligeros al darse cuenta de que ya no era el único depositario de su secreto.

—¿Pedimos algo o qué? Tanto coro me ha dado una sed terrible.

Siguieron a Juana hasta la barra, donde Matt y Effie ya estaban apostados, esperando sus comandas.

—Chicas, os presento a mi primo Matt. Matt, estas son Nia y Sally. A Reina ya la conoces…

Disfrutó como un niño contemplando cómo los dos se sonrojaban. Luego se apiadó de ellos y se afanó en relajar el ambiente.

—Veo que ya habéis pedido, ¿vosotras qué queréis?

—Ya he pedido —dijo Nia—. ¿Sigues bebiendo *whisky* cola?

—Vaya, qué rapidez. Sí, *whisky* cola siempre está bien, gracias.

—¿Y dónde has dejado a tus retoños, Joe? —se interesó Juana—. Steve y Ania, ¿no?

—Steve y Tania, sí, y también el pequeño Luke, que vino a revolucionarnos la vida hace siete años. Están pasando unos días con mis padres los tres.

—¿Y Lisa? —preguntó Nia.

—En casa, sola.

—¡Oh! Qué maravilla. —Apoyó la mejilla en una mano con aire soñador.

—Tú estás en Las Vegas con tus amigas, haz el favor de no quejarte —le espetó Effie.

—Es verdad. Creo que yo gano. —Levantó la copa que le acababan de poner—. Por Lisa, la ausente.

—¡Por Lisa! —Brindaron todas y Reina sorbió con cautela de su copa, que estaba llena de tónica.

—¿Está a tu gusto? —preguntó Nia.

—Justo en su punto —contestó ella, lanzándole un beso cargado de cariño.

—Bueno, Effie, hagamos esto de una vez —anunció Joe de repente, acercándose al taburete donde estaba sentada su antigua amiga. Una vez allí, se arrodilló y alzó la cabeza para hablarle a la cara.

El gesto pilló a la pelirroja completamente desprevenida.

—Pero ¿qué haces, loco?

—Reina me pidió que no la cagara y es lo que estoy haciendo. Los dos sabemos que una humillación solo se supera con otra humillación de igual o mayor valor. Y ahora me humillo voluntaria y públicamente ante ti en gesto de honesto arrepentimiento. Eufemia Potter, desde lo más profundo de mi corazón te pido perdón por haberme reído de ti cuando te tiraron una Coca-Cola encima en la cafetería universitaria. Te ofrezco mi humilde cabeza en compensación por la ofensa.

—No entiendo —respondió la aludida.

—De verdad que hay que explicároslo todo —suspiró Nia—. ¡Quiere que le tires tu copa por encima!

Un brillo malicioso iluminó los ojos de Effie.

«No se atreverá», pensó Reina.

—¡Hazlo ya! —gritó Juana.

Y lo hizo.

Girando su delicada muñeca, Effie volcó con mucha calma todo el contenido de su copa de balón sobre el oscuro cabello de Joe y luego la alzó, victoriosa, hacia el techo.

—Oh, Dios mío, qué bien sienta.

Con el pelo chorreando, Joe se incorporó y la miró.

—¿En paz?

—En paz. Aunque deberías darme las gracias. El *gin-tonic* es mucho más discreto que la maldita Coca-Cola.

—No te pases, Eufemia.

—Vale, vale. Y, ahora, ¿cuéntame? ¿Qué has estado haciendo todos estos años?

44

Pasó más de media hora hasta que Matt pudo entablar conversación con Reina. El reencuentro con Joe había acaparado toda la atención en lo que, sin lugar a dudas, podía definirse como un momento histórico.

Después de que las chicas lo ayudaran a secarse la cabeza con todas las servilletas de papel que encontraron a su alrededor y el servicio del local hubo limpiado el suelo encharcado, todos se enfrascaron en una conversación a cinco bandas con múltiples referencias al pasado en la que Matt se sintió perdido y fascinado a partes iguales.

De vez en cuando, se permitía mirar a Reina a los ojos desde la altura de su taburete. A veces ella le mantenía la mirada, con esos ojazos oscuros, cargados de promesas, y otras, la retiraba, azorada, como si no supiera dónde meterse. Matt no sabía cuál de las dos actitudes le gustaba más.

Tuvo que esperar pacientemente el momento justo para acercarse a ella, cuando Effie y Sally fueron juntas al baño cogidas del brazo y Nia y Joe se pusieron a competir por ver cuál de los dos sufría más con sus respectivos retoños. Entonces supo que había llegado el momento. «Ahora o nunca», pensó.

Reina estaba consultando algo en su móvil, ajena a la trascendencia del instante. Matt se acercó con una mezcla de excitación y pánico. Era la misma sensación que tuvo aquella vez en la que, siendo niño, su padre lo llevó al zoo y lo invitó a acercarse a la jaula de los leones.

—Hola —saludó.

Reina dio un respingo, sorprendida.

—Oh, hola. —Toqueteó su teléfono como si no supiera qué hacer con él—. ¿Lo estás pasando bien?

—Mucho —dejó colgando la palabra y, a pesar de la escasa iluminación, Matt percibió cómo el rubor le coloreaba las mejillas.

—Yo también. —Reina sonrió.

—¿Dónde has dejado tu ropa? Juraría que la última vez que te vi llevabas vaqueros.

Reina se miró las piernas y rio, aliviada por tener un tema de conversación al que poder aferrarse.

—En el apartamento de Effie. Como has podido comprobar, mis amigas se han puesto sus mejores galas para esta noche. Effie se apiadó de mí y me dejó este vestido que había comprado para su sobrina.

—Te queda muy bien. Estás muy guapa.

A Matt le parecía que estaba preciosa con cualquier cosa, pero se guardó el pensamiento para él.

—Vaya, gracias. Tú tampoco estás mal.

Matt sonrió y reprimió con mucho esfuerzo las ganas de besarla.

—Si hubiera sabido que eras una estrella del *rock* no me habría reído de ti por tu recital del coche. Está claro que no tengo mucho sentido musical.

—¡Qué va! No soy ninguna estrella. Ha sido una encerrona de Effie. ¿Ha sido muy horrible?

—Ha sido increíble.

—Pensaba que me iba a morir de la vergüenza, pero lo he pasado sorprendentemente bien, en realidad. —Se llevó un mechón de pelo detrás de la oreja y lo miró a los ojos.

—¿La canción ha sido elección tuya?

Reina le sostuvo la mirada mientras negaba con la cabeza.

—Effie otra vez.

—Oh, me había dado la impresión de que me la estabas cantando a mí. —Matt se llevó la mano a la nuca, disimulando su nerviosismo.

—Te la estaba cantando a ti —confesó ella, tan bajo que Matt apenas la oyó.

—¿Porque soy venenoso?

—Quizá la venenosa soy yo.

—¿Tú? —La miró exageradamente de arriba abajo—. *Naaah.*

Ella rio y él aprovechó para acercarse un poco más. Reina levantó la cabeza hacia él.

—Puede que no escogiera la canción, pero la verdad es que últimamente he tenido muchas ganas de besarte. Lo que pasa es que no estoy segura de que sea una buena idea.

Allí estaban, las palabras que Matt había estado esperando escuchar desde que se puso como una moto observando cómo conducía. Reina seguía sentada, como si no acabara de soltar una bomba por la boca, como si no sintiera el suelo temblar bajo sus pies, tal y como le estaba pasando a él. Matt pensó que era la mujer más honesta, valiente e increíble que había conocido nunca. Rememoró el estribillo de la canción. Era una reproducción exacta de lo que llevaba sintiendo él mismo los últimos cinco días. Ese tira y afloja de deseo y contención, de querer y no acabar de atreverse. No tenía ni idea de cómo ni por qué Effie había pensado precisamente en ese tema para su espectáculo de karaoke, pero había dado en el clavo.

—Te diré una cosa —confesó, acercándose a su oído—, a mí me parece una idea excelente. —Desplegó una sonrisa deslumbrante y Reina lo imitó, sus ojos chispeantes—. Porque la verdad es —continuó Matt— que a mí me pasa exactamente lo mismo.

Había terminado la frase rozando el lóbulo de Reina con sus labios y la notó estremecerse. Se separó de ella despacio y la observó con atención. Estaba seria. Y excitada. Podía sentirlo en su entrepierna. Él también estaba excitado. Mucho. No entendía a qué venía tanto autocontrol. ¿Cómo lo lograba? A él estaban empezando a dolerle los músculos de soportar tanta tensión. Pensaba que había sido lo suficientemente explícito, ya no podía hacer mucho más. Rezó por que no tardara mucho en decidirse. Entonces sus ojos se oscurecieron, como si hubieran tomado una decisión inamovible. Matt la vio alargar el brazo hacia su *gin-tonic* y terminárselo de un trago. Luego se puso en pie, sacó un billete de su bolso y lo dejó encima de la barra. A continuación, le cogió de la mano y se acercó a donde estaban Nia y Joe.

—Nos vamos —anunció.

Sus amigos no dijeron nada, pero Matt notó la mirada que intercambiaron. ¿Era de preocupación? ¿Estaban preocupados por ella? ¿Pensarían que iba a hacerle daño? ¿Pero qué tipo de hombre pensaban que era?

—Pasadlo bien —se despidió Joe con una sorna que no disimuló su inquietud.

—Encantada de conocerte, Matt —dijo Nia, más dulce.

Luego los dos abrazaron a Reina con cariño, acercándose mucho a sus oídos. ¿Qué demonios le estaban diciendo?

Todo terminó enseguida y pronto se vio arrastrado hacia la salida por Reina, que tecleaba con furia en la pantalla de su móvil.

—He pedido un Uber. Estará en la puerta en tres minutos.

En su cara bailaban el deseo y la expectación, reflejos de lo que él mismo sentía en la boca de su estómago.

La puerta se cerró con un sonido seco y el coche arrancó. Envueltos en la oscuridad, tan solo rota por la luz amarillenta de las farolas que iban dejando atrás, Matt y Reina se contemplaban en silencio. Después de darle el nombre del hotel al conductor, Reina se giró para centrarse, su mirada oscilando del verde de sus ojos a la boca, de ahí a la nariz y a la oreja derecha, repasando, fugaz, la línea de su mandíbula hasta la oreja izquierda, para regresar a la boca de nuevo. Matt observaba el movimiento de sus pupilas oscuras con el vello de la nuca erizado, sintiendo en su piel el recorrido de lo que estaba por venir. En un acto de valentía extrema, le tomó la mano y besó el centro de su palma con delicadeza. Vio cómo sus párpados se cerraban y su pecho se movía, agitado. Cuando se la apoyó en su propia mano se admiró de la diferencia de tamaño, de color, de tacto. Estaba suave, era lo más suave que había tocado nunca. Rozó el interior de la muñeca con la yema de su dedo y luego se la llevó a los labios, lamiéndola con la punta de la lengua y soplando después. Le pareció oír un ligero gemido y no supo de cuál de las dos gargantas había salido. Reina permanecía quieta, a dos horribles centímetros de él, sin quitarle la vista de encima. Entonces se desasió y puso el índice en su barbilla, arrastrándolo por la línea de su mandíbula, rascándole la piel suavemente con su uña. Al llegar al final de su recorrido presionó la palma contra su mejilla y le frotó el lóbulo de la oreja. Matt temió perder el control ahí mismo y miró por la ventana, rezando por ver las luces del hotel. Lamentablemente, no tenía ni la más remota idea de cuánto quedaba para llegar. Volvió a girarse y descubrió a Reina sonriendo, divertida. Con un gesto rápido le mostró la pantalla de su móvil: había abierto Google Maps y el punto móvil indicaba que estaban llegando a su destino. Casi saltó de la alegría. Cuando el coche paró junto a la entrada, pagó a toda prisa y se precipitó al exterior. Reina, silenciosa, lo esperaba al pie de las escaleras de entrada.

Matt caminó en su dirección. Cuando la alcanzó, ella, sin darse la vuelta, subió un peldaño. Él avanzó otro paso y ella subió otro escalón. Matt siguió las reglas del juego. Cuando llegó al final de la escalera ella no se movió ni un milímetro. Con sus tacones de aguja le llegaba a la altura de la nariz. Lo miraba desde abajo, la boca ladeada en una mueca pícara, los ojos risueños. Un instante después echó a andar hacia el ascensor, meneando su glorioso trasero, invitándole a seguirla. Matt se contuvo para mantener una pizca de dignidad y no salir corriendo tras ella.

Sin embargo, cuando las puertas del ascensor se cerraron tras de sí con un sonoro «cling», mandó el poco recato que le quedaba a paseo. De un solo paso se colocó frente a Reina, la tomó de la cintura, y presionó su frente contra la de ella.

—Como tardemos mucho más me muero —susurró, dejando escapar el aire en su oído.

Reina inspiró hondo por la nariz, sofocada.

—Aguanta un poco, muerto no me sirves de nada. —Y poniéndose de puntillas le rozó los labios con los suyos.

El ascensor se abrió y Reina se lanzó al pasillo, sin rastro de compostura, en busca de la habitación. Cuando paró de golpe frente a la puerta para meter la llave, Matt se pegó a ella como un guante. La presión de sus nalgas redondas contra su entrepierna casi lo hizo gritar. El clic del cerrojo al abrirse le sonó a música celestial. Dos pasos y un portazo después se encontraron solos, a salvo, arropados por la oscuridad del cuarto.

Entonces, como si fuera una pantera, Reina se giró y lo empotró con firmeza contra la puerta.

—Por fin —dijo, pegando su pecho al de él.

—Por fin —repitió Matt, estrechándola por la cintura.

—Hola. —Reina parecía nerviosa.

—Hola —respondió él—. Tranquila, todo va a ir bien.

Y rodeándola con los brazos, por fin la besó.

45

Una descarga de electricidad recorrió su columna vertebral de arriba abajo. Matt había encajado sus labios con los de ella y, con un jadeo, Reina dejó escapar todo el anhelo que había estado conteniendo desde que tomó la decisión de dejarse llevar. Se sentía ridículamente dichosa, entrelazando sus manos en su nuca, abriendo la boca para dejarle pasar. Oh, ese beso. Ni demasiado húmedo, ni demasiado profundo, ni demasiado fuerte, ni demasiado blando. Era, simplemente, perfecto. Movió su cuello para tomar el control y se encaramó a sus caderas. Notó un bulto duro presionando contra su vientre y se pegó más a él, al tiempo que mordía con suavidad su labio inferior. Matt deslizó las manos por su espalda hasta llegar a sus nalgas. Reina gimió sin dejar de besarle. Quería sentir sus manos por todas partes.

—Hummpfff —suspiró él.

—Lo sé. No pares —respondió ella, hundiendo su cabeza en el hueco de su hombro para atacar la delicada piel de su cuello. Se sentía bien. Se sentía muy bien. Con el corazón latiéndole a mil por hora y cientos de mariposas revoloteando por debajo del estómago, Reina notaba todo su cuerpo arder, y flotar y cantar, la dicha derramándose por cada uno de los poros de su piel. Matt se estremeció. Separándose de la puerta, cruzó la entrada en dos zancadas y la depositó con cuidado encima del colchón. Reina se recostó en la almohada y lo atrajo hacia sí con brazos y piernas, ciñéndose a él, recorriendo su espalda con las palmas abiertas.

Volvieron a besarse. Matt se mostraba delicado pero decidido y Reina lo dejaba hacer, encantada, corrigiendo levemente algún ángulo, mordisqueando la punta de esa maravillosa nariz romana, gozando de la pericia de su lengua.

Perdió la noción del tiempo. No se había enrollado así con nadie desde los quince años. Notaba los labios gloriosamente hinchados y sus manos se movían como por voluntad propia, explorando con ahínco todos los recovecos de su cuerpo firme y cálido. No quería despegarse de él ni un segundo, su boca parecía pegada a la de él como si fuera un imán, pero, de pronto, quiso más. La camisa de Matt se le antojó una valla, un muro insoportable entre los dos. Comenzó a desabrocharla con ansia, maldiciendo cada uno de los estrechos ojales. Despegándose de ella para ayudarla, Matt se la quitó de un tirón, la lanzó al aire y se irguió, espléndido, ante ella. Reina acarició sus hombros, su pecho, su abdomen, maravillada ante la sensación de poder tocarlo al fin.

—Me matas —confesó él, con voz ronca.

—Y tú a mí.

La volvió a besar con hambre voraz. Tumbado sobre ella llevó la mano hacia su muslo y lo recorrió por debajo del vestido, hasta llegar a la cadera.

—Me encantan tus muslos. Llevo días queriendo hacer esto.

—Yo los odio.

—Son hermosos. Toda tú eres hermosa. Y tu vestido también —tiró de la tela azul—, pero empieza a estorbarme.

—¿Ah, sí?

Reina rodó sobre su costado, perezosa, hasta quedar tumbada boca abajo. Luego lo miró por encima del hombro.

—Todo tuyo.

Matt se sentó a horcajadas sobre ella y respiró hondo antes de encender la luz de la mesita de noche. Reina reposaba plácidamente bajo él, con los ojos cerrados, el pelo desparramado por su cara y la almohada.

Llevó sus dedos hasta la cremallera y tiró de ella. La tela se separó, desvelando una espalda cuajada de lunares. Empujó el vestido hacia los hombros, desnudándola, y recorrió la superficie con las manos. Sintió su erección, durísima, presionando contra la bragueta de sus pantalones.

Trazó un triángulo en su omoplato derecho, el mismo que le había dibujado en Salt Lake City. Parecía que hubiera pasado una eternidad.

—Uno… —contó.

Trazó otro debajo del omoplato izquierdo.

—Dos…

Siguió bajando y, con dedos hábiles, desabrochó el sujetador de encaje negro. Dos lunares pequeños y marrones lo esperaban, expectantes.

—Tres… —anunció al cerrar un perfecto triángulo equilátero.

Reina rio contra su almohada.

—¿Piensas contarlos todos?

—No creo que pueda, pero deja que lo intente.

Se inclinó y el siguiente lo dibujó con besos. Se hallaba a la altura de las lumbares, donde la cremallera reposaba a la espera de que la bajaran del todo. Volvió a tirar y despejó el camino hasta el final de la espalda, donde continuó diseñando geometría con la lengua, su barbilla rozando el borde de las bragas de encaje.

Reina se estremeció y se revolvió hasta quedar frente a él.

—Ahora me toca a mí.

Lo tumbó sobre la cama, y se montó sobre él. A continuación, inclinándose, le cerró los párpados con los dedos y los besó, cubriéndole el rostro con su pelo. Bajó hasta su boca y mordisqueó sus labios, juguetona. De ahí pasó al oído, respirando muy suavemente, haciéndole cosquillas.

—Quizá no lo has notado aún, pero estoy muy cachonda —le susurró, jadeante.

Le llevó la mano a su entrepierna para demostrárselo y luego volvió a fijarla donde estaba, encima de la almohada.

Matt gimió como un cachorrito abandonado. Reina movió sus caderas sobre su erección, cortándole la respiración.

Iba a tener el control. Necesitaba desesperadamente tener el control sobre algo. Descubrió que le gustaba tenerlo así, bajo su poder, entre sus manos, a su merced. Iba a tener el control de aquello. Iba a olvidarse de su vida, de su trabajo y de su embarazo y lo iba a volver completa y absolutamente loco. Iba a regalarse un instante de felicidad plena e iba a disfrutar por el camino.

Se inclinó para besarle el vientre, su mano viajando hacia la goma de su calzoncillo. Matt empujó su vestido hacia abajo, haciéndolo caer sobre sus caderas. Reina se incorporó hasta quedarse a horcajadas y se desprendió del sujetador.

—Dios —jadeo él—, eres preciosa.

Tomando una bocanada de aire se incorporó para presionar sus labios en la clavícula de ella al tiempo que posaba las manos en su cintura. Reina se apretujó contra él, instándole a tocarla, a acariciarla con sus manos grandes y fuertes. Él reaccionó, colmado de ternura y asombro.

Reina comenzó a mecerse sobre él, sus manos enredadas en su pelo corto, su excitación creciendo dentro de ella como la ola de un tsunami.

—¿Tienes un condón? —preguntó, acalorada.

—¿Condón? —Parecía confundido.

Reina se detuvo de golpe. Estaba aturullada, todo su cuerpo crepitaba de deseo y se notaba las mejillas calientes. Sus caderas seguían bailando suavemente al compás de una música que solo sonaba en su cabeza.

—¿No tienes preservativo? Dime por favor que llevas uno encima —añadió, suplicante.

Ya había contraído un hijo por renunciar al condón y no iba a arriesgarse a contraer nada más, muchas gracias.

—Oh, joder. Deja que mire. —Matt arqueó la espalda para llegar hasta su bolsillo trasero y Reina dio un respingo de placer.

—Como no dejes de hacer eso me va a costar mucho concentrarme. —La miró alzando una ceja.

Reina se detuvo, muy a su pesar.

Matt abrió la cartera y rebuscó por todos los recovecos.

—Venga, venga, venga —murmuraba, como si estuviera viendo una carrera de caballos—. ¡Bingo! —Alzó triunfante un envoltorio plateado y Reina rio y volvió a entrelazarse con él, sus dedos luchando con el maldito botón del pantalón. Cuando al fin lo desabrochó, Matt sacudió las piernas para deshacerse de toda la ropa. Reina se incorporó para observarlo en todo su esplendor.

—¿Te han dicho alguna vez que estás muy bueno?

Matt rio.

—¿Más que ese *highlander* espectacular?

—Humm, no, pero tú me gustas mucho más.

—Bueno, me alegro. Tú tampoco estás nada mal —concedió el, repasándola de arriba abajo.

—Lo sé.

Guiñándole un ojo, se puso de pie sobre el colchón y abrió sus piernas.

—Quítamelas. —No era una petición.

Matt, tendido en la cama, obedeció. Poniendo una mano en cada uno de sus tobillos, las hizo subir despacio, tanteando sus gemelos, el hueco de su rodilla, el interior de sus torneados muslos. Reina lo miraba a los ojos, mordiéndose el labio inferior.

Cuando llegó a su destino, Matt tiró de la tela de encaje hacia abajo y Reina le ayudó, moviendo delicadamente los pies para librarse de ella. Luego volvió a sentarse a horcajadas sobre él, el vestido desmañado enredado en su cintura, y se acercó a su boca para besarlo.

Matt maniobró para ponerse el condón.

—Estoy tan excitado que me cuesta respirar. No creo que aguante ni un minuto más.

—Oh, Dios, ni yo.

Moviéndose con precisión, Reina se encajó con habilidad sobre él. Los dos suspiraron al tiempo y ella se quedó inmóvil un momento, sintiéndolo dentro, llenándola por completo. Luego comenzó a balancearse, gozando del delicioso roce, disfrutando de sus caricias. Se dejó ir, cada vez más rápido, contrayendo sus músculos, meciéndose una y otra vez, incapaz de parar. Se fijó en la cara de concentración de Matt y lo encontró tierno, sexi, y, cuando la inmovilizó por las caderas para bombear mejor, maravilloso. Lo notó llegar y aceleró el ritmo, pegándose a él, frotándose hasta derrumbarse sin aliento sobre su pecho, feliz, exhausta y satisfecha, recibiendo con placer la resaca del orgasmo.

Notó unas manos grandes retirándole el pelo de la cara, acariciándole la nuca.

—Me encantas —dijo Matt, con los ojos cerrados.

Reina pensó que se le había escapado y levantó la cabeza para observarlo. Entonces sus párpados se abrieron, la miró con esos preciosos ojos verdes suyos, y lo repitió una vez más.

—Me encantas, Reina Ezquerra.

Notó una sensación extraña en el corazón, algo cálido y diferente a lo que solía sentir al acostarse con otros, cuando la invadía la urgencia de que se fueran de su cama cuanto antes, o de irse ella misma, o el hastío de tener que afrontar una conversación forzada y vacía que nunca llevaba a ninguna parte. Se preguntó si sería eso que llamaban intimidad, eso que solo había sentido con un puñado de personas en toda su vida. Eso que te permite mostrarte tal y como eres y decir exactamente lo que piensas sin sentir vergüenza o rechazo. Eso que te hace vulnerable y fuerte al mismo tiempo. Eso que estaba haciendo que su corazón latiera como nunca antes lo había hecho.

—Y tú a mí —respondió, sin apartar la mirada. Matt sonrió, somnoliento, y volvió a cerrar los ojos, poniéndose cómodo y estrechándola contra sí.

Reina, sin embargo, se quedó con los ojos completamente abiertos. «Oh, Dios mío. ¿Qué he hecho?».

46

Estaba siendo una noche inolvidable. Effie tenía un genio de mil demonios, pero estaba claro que sabía cómo divertirse. Cuando Nia le dijo que Reina y Matt se habían ido cogidos de la mano sin dar ninguna explicación, había invitado a una ronda a todos para celebrarlo.

—¡Por Reinita! ¡Por que esta noche eche el polvo de su vida!

—¡Por Reina! —gritaron todos antes de vaciar sus copas de un trago.

Más adelante, Sally localizó al *highlander* en la pista de baile y, ni corta ni perezosa, se lanzó a hablar con él. El tipo había sustituido el *kilt* y la camisa por unos vaqueros claros y una camiseta de la rana Gustavo, pero el cabrón seguía resultando imponente. Hablaba con un hombre mayor que él, ¿un compañero?, ¿su jefe? Sally, sin pudor, arremetió contra los dos como una auténtica bola de demolición. Si la interrupción les molestó, no lo demostraron.

—Lo mismo tienes que pagar otra ronda por Sally —le gritó Joe a Effie para hacerse oír.

—Lo haría encantada —vociferó ella de vuelta—. Reinita con Matt y Juanita con el escocés. La noche perfecta.

—¿Y yo? —preguntó Nia haciendo un puchero—. ¿Yo con quién? Esto de la fidelidad es un asco. Ese tío con el que está hablando Jamie no está nada mal.

—No te importaría trajinártelo, ¿eh, golfa? —la picó Effie.

—No me importaría para nada. Las madres también necesitamos alegrías de vez en cuando, más que las solteras o las casadas sin hijos, te diría. Estamos haciendo avanzar el mundo y nos tratan como si fuéramos basura. A todas horas, en todas partes. ¿Hay algún *sex shop* 24 h? Quizá podría comprarme un vibrador último modelo y echar el polvo de mi vida yo también.

—Señoras, no sé si sois conscientes de que estoy delante y estáis dañando seriamente mi masculinidad.

Effie y Nia miraron fijamente a Joe un instante y luego se echaron a reír.

—Siempre has sido un cachondo, Joe —dijo Effie—. Es lo que más me gustaba de ti.

—A ver, ahora en serio. Tengo a mi mujer en casa, sola y a más de tres mil kilómetros de mí. ¿Debería preocuparme?

—Eso depende —respondió Nia, con una nueva copa en la mano—. ¿Está sexualmente satisfecha?, es decir, ¿puede follar contigo como y cuando quiere o estás todo el día echándole indirectas y aguantando despierto hasta que apaga la luz o termina de ver la serie para abalanzarte sobre ella, aunque haya tenido un día de mierda?

—¡Esos momentos son odiosos! —apostilló Effie—. Cuando los tíos se quedan ahí parados, disimulando, emanando vibraciones sexuales que lo envuelven todo y gritan a los cuatro vientos: ¡¡QUIERO FOLLAR!!

—¿Verdad? Dan lo hace sin parar. Es muy agobiante y lo más antierótico del mundo, y te digo una cosa, estoy segura de que mis vibraciones, que gritan claramente NI DE COÑA, son igual de intensas y no sirven para nada. ¿Por qué no sirven para nada? ¿Haces tú lo mismo, Joe? ¿Mendigas sexo a todas horas de forma pasivo-agresiva?

Joe tenía los ojos como platos. Primero porque nunca se había imaginado hablando de su vida sexual con sus amigas de la universidad en un local de postín de Las Vegas, y segundo porque habían descrito al detalle su rutina nocturna con Lisa.

—No digas más. Está claro que lo haces. Creo que todos los hombres lo hacen —continuó Nia—. ¿No te das cuenta de que eso la aleja de ti? Se convierte en una obligación, en un deber con el que tiene que cumplir para que la dejes en paz. Como ese informe que tu jefe no para de pedirte a todas horas y tú acabas entregando deprisa y corriendo para quitártelo de encima cuanto antes y poder volver a lo tuyo. Eres un puto informe atrasado, Joe.

—Joder, qué deprimente.

—Mírame a mí. Tengo un hombre a mi lado desesperado por follar a todas horas y no se come un colín. No llevo ni cuarenta y ocho horas fuera de casa y te juro que, si no fuera por este anillo, me tiraría a ese moreno sin pensármelo dos veces. ¿Y por qué? ¡Porque es mi decisión! Porque estoy relajada, feliz, alejada de las preocupaciones diarias y no está cantado que vaya a suceder. A las mujeres también nos gusta cazar, ¿sabes? La miradita, el coqueteo, la conquista. Pero, cuando te casas, todo eso se acaba. Y, si tienes hijos, ni te cuento. El deseo de Dan lo ocupa todo y no me deja espacio para desear a mí. Soy una planta ahogada en esperma marital, Joe. Necesito respirar.

—Puaj, te has pasado, Nia —dijo Effie con una mueca de desagrado.

—Sabes perfectamente a lo que me refiero.

—Lo sé, pero esa última metáfora sobraba.

—Pero… pero Lisa siempre dice que al final se lo pasa bien, que lo que le cuesta es ponerse —se defendió Joe.

Las chicas miraron a Joe con compasión.

—¡Le cuesta ponerse porque eres un maldito informe atrasado! ¿No lo ves?

—Yo odio hacer informes atrasados —explicó Effie con paciencia, como si estuviera hablando con un niño de tres años—, pero eso no significa que los haga mal. Me salen muy bien, de hecho, pero disfruto más si en vez de reclamármelos a todas horas me dejaran un poquito de espacio para hacerlos cuando yo quisiera. ¿Lo pillas?

Effie trabajaba en una de las mejores agencias de representación que abastecían a los casinos de artistas y Joe dudaba que hiciera muchos informes, pero entendió la analogía.

—No quiero ser un informe, ni que mi mujer se quiera tirar al primer camarero buenorro que se le cruce por delante —confesó Joe, abatido.

—Oh, vamos, anímate. A estas alturas y con tres hijos Lisa prefiere el silencio y la soledad al sexo con quien sea —le consoló Nia—. Lo que tienes que hacer es darle un poquito de aire. No supliques.

—Yo no supli…

—Se puede suplicar sin palabras, Joe. Puede que no seas consciente, pero lo haces. Te lo repito. No supliques. Dale una tarde libre, llévate a los niños, cuida un poco más tu aspecto.

—¡Oye!

—Estás fenomenal, cielo, pero seguro que andas en chándal todo el día por casa, ¿a que sí?

—¡Soy entrenador de baloncesto!

—Dale un poco de espacio, date una ducha, ponte un vaquerito limpio, una camiseta y unas gotas de la colonia que más le ponga, no hace falta estar de punta en blanco, espérala con la cena hecha, habla con ella, friega los platos y métete en la cama a leer un libro sin emitir ni una sola vibración sexual. Caerá solo. Te lo garantizo.

—¿Estás segura?

—Garantizado cien por cien —corroboró Effie, asintiendo exageradamente con la cabeza—. Se llama sexo agradecido. Creo que esa va a ser mi fantasía de esta noche.

—Quédate con lo que te digo, Joe: contén-tu-energía-sexual. Libera a Lisa de tu inundación seminal.

—¡Para ya! —gritaron Joe y Effie a la vez.

—¿De qué habláis? —Sally se había acercado muy bien acompañada—. Joe, este es Ian, al que las chicas ya conocen muy bien, y este Malcolm, su jefe.

—¿Eres el dueño de esto? —preguntó Joe con interés.

—No, solo soy el responsable de los chicos.

—¿Qué quiere decir exactamente *responsable*?

—Yo los selecciono, los entreno, los superviso y les doy consejo si lo necesitan.

—Estábamos hablando de la energía sexual —interrumpió Nia para responder la pregunta de Sally—. Joe ahoga a su mujer con sus ganas de sexo. Metafóricamente, claro.

—¡Nia! —la reprendió Joe—. No creo que este sea un asunto para hablar con dos desconocidos.

—No es culpa tuya, querido. Dan también me ahoga a mí con las suyas. Es algo bastante común. ¿Vosotros qué pensáis? —Miró sin rubor a los nuevos integrantes del grupo.

—La energía sexual es un tema muy interesante —afirmó Malcolm con acento exótico—, muy poderosa, tanto si se usa bien como si se usa mal.

—No te ofendas, Malcolm, pero con tu físico no creo que necesites mucha energía de esa.

—¡Joe! Eso ha sido muy desconsiderado por tu parte —le regañó Effie—. Discúlpale, Malcolm, acaba de darse cuenta de que es un trabajo rutinario para su mujer.

Sally e Ian la miraron confusos, pero Malcolm continuó mirando a Joe, tranquilo.

—La energía sexual no tiene nada que ver con el físico. Puedes ser muy guapo y un baboso de primera, o un hombre corriente e irresistible.

—Sí, ya. —Joe le dio un trago a su copa sin ocultar su escepticismo.

—¿Qué entiendes tú por energía sexual, Joe? —preguntó Malcolm sin pizca de enfado en su voz.

—¿Yo? ¿Energía sexual? Pues relativo al sexo, ¿no? —Miró a su alrededor en busca de ayuda, pero las chicas estaban demasiado avergonzadas por su pobre definición como para echarle un cable—. Algo erótico, sensual, muy masculino…

—No tienes ni idea —le cortó Sally.

—¡Claro que sí! ¡Lo que sé es que un hombre alto, guapo y cachas como estos dos lo tiene mucho más fácil que uno como yo!

—¿Ha demostrado Ian algún interés sexual por vosotras durante su *performance*, señoritas? —preguntó Malcolm a las chicas.

—No, ninguno, cero —respondieron las tres a la vez.

—Y las ha puesto… ¿cachondas?, si me permiten la expresión.

—Mucho, a tope, cien por cien —confirmaron unánimemente.

—¿Y algo de lo que ha pasado en su sala privada tenía como objetivo terminar en un, llamémoslo, intercambio sexual?

—No. Para nada. *Nein.*

—Creo que Sally no lo tiene tan claro —indicó Joe.

—Pero si no había interés explícito por vuestra parte, ni una promesa de sexo desenfrenado por parte de Ian, ¿cómo es que os ha resultado tan excitante?

—El humor. La complicidad. Está cachas —respondieron, una detrás de la otra.

—¿Y eso hace que lo imaginéis en vuestra cama?

—Definitivamente sí.

—Pero sabéis que no es nada probable que acabe en vuestra cama, ¿verdad?

—Claro. Sí. Bueno… —Sally respondió la última, ocupada como estaba en mirar a Ian con ojos anhelantes.

—¿Y todo esto qué coño significa? —preguntó Joe.

—La energía sexual sirve para mucho más que para follar, amigo.

A punto estuvo Joe de decirle que no lo llamara *amigo*, pero se calló.

—No me cree, ¿verdad? —Malcolm se dirigió a Effie.

—No tiene ni idea de lo que le estás hablando.

Malcolm e Ian intercambiaron una mirada y el primero se giró hacia la cabina del pinchadiscos. Levantó la mano con mucha discreción y cuando tuvo la atención del *disc-jockey* movió los dedos con un gesto rápido.

—Déjame que te lo muestre. ¿Me permites?

Extendió la mano frente a Nia.

—¿Me estás pidiendo bailar? —preguntó esta, atónita.

—Por favor.

Aún perpleja, le dejó su bolso a Effie y siguió a Malcolm hasta el centro de la pista.

—¿De qué va? —le preguntó Sally a Ian.

—Calla y observa.

El chico sonreía de oreja a oreja, como si estuviera a punto de ver una escena especialmente emocionante de su película favorita.

En la pista, la muchedumbre se movía al ritmo de la última canción de moda, pero Malcolm permaneció inmóvil, sosteniendo la mano de Nia, mirándola a los ojos. Entonces la música de baile paró y comenzó otra, de ritmo mucho más lento, una que no pegaba en absoluto ni con la época ni con el local: *You are so beautiful*, de Joe Cocker. La mayoría de la gente se quedó descolocada, pero varias parejas entrelazaron sus manos y sus cuerpos y comenzaron a bailar. Malcolm se acercó a Nia, tomó su mano derecha en la suya, y colocó la izquierda entre sus omoplatos. Nia, menos casta, reposó la suya en la cadera de él. El aire corría entre los dos gracias al palmo que separaba un cuerpo de otro. El movimiento era lento, apenas un vaivén de pasos de derecha a izquierda, pero desde donde estaban Joe y los demás se veía cómo Nia se dejaba llevar y cómo Malcolm dominaba la situación sin hacer aparentemente nada. Verlos resultaba fascinante. La voz rasgada de Cocker cantaba cuando Malcolm inclinó la frente y la apoyó ligeramente contra la de Nia, que pareció flotar. Todos contuvieron la respiración. Parecía que estuvieran bailando dentro de una campana de cristal, Romeo y Julieta reencontrados, la emoción a flor de piel. Todo era íntimo y elegante y erótico y hermoso de ver. Cuando terminó la canción, Nia aún tenía los ojos cerrados y se negaba a abrirlos. Malcolm la acercó con cuidado hacia su pecho, la abrazó por encima de sus brazos e, inclinando su cabeza, la besó castamente en la mejilla. Joe miró al suelo esperando ver las bragas de su amiga caer. Juraría que la vio estremecerse, y él mismo tenía el vello de sus brazos erizado.

—¿Qué demonios ha sido eso?

—Perdona —le dijo Juana a Ian, separándose de su lado—, pero creo que lo prefiero a él. —Ian se rio en alto, sin ofenderse.

—No me extraña. Es el mejor.

Effie, que se acariciaba la garganta como si estuviera a punto de sufrir un sofoco, observaba a la pareja como en trance.

—¿Por qué no me ha elegido a mí? —murmuró, incrédula—. ¿Puedo probar yo también? —le preguntó al muchacho, a la desesperada.

—No creo. No suele hacerlo muy a menudo.

—Yo te saco a bailar si quieres, Effie —propuso Joe, con un guiño.

—Ni lo sueñes.

—Venga, tengo que practicar para reconquistar a Lisa —la picó.

—¡Que no!

La pareja se acercó a cámara lenta, Malcolm sosteniendo aún la mano de su acompañante.

—¿Y bien? —preguntó nada más llegar—. ¿Lo has entendido ya?

Joe asintió una sola vez.

No había habido ni rastro de coqueteo o de deseo antes del baile, y no parecía que lo hubiera después, aunque Nia estaba como ida, como si la hubieran sacado de una centrifugadora. No habían hablado, no se habían besado, no había habido nada, en realidad, pero… habían saltado chispas, joder.

—Creo que sí. Ha sido impresionante. Aunque Cocker te ha hecho la mitad del trabajo. Déjame que te invite a una copa. Tengo un par de preguntas que hacerte.

De camino a la barra las chicas se arremolinaron en torno a Nia.

—Te odio con toda mi alma —cuchicheó Effie—. ¿Ha sido tan bueno como parecía?

—Mejor —respondió Nia con aire soñador—. ¿Sabes el *sex shop* por el que te pregunté hace un rato?

—Sí.

—Pues ya no lo necesito. Ha sido la experiencia más excitante de toda mi vida, lo cual es un poco deprimente…

Sus amigas se rieron, pero la creyeron a pies juntillas.

47

Todavía no tenía claro si había sido por el baile, por la emoción de encontrarse lejos de su casa o simplemente porque tenía mucha sed, pero Nia se había cogido el pedo del siglo. No le hicieron falta más que tres copas para acabar borracha perdida. Joe tardó en preocuparse, porque estaba graciosísima y no podía parar de reírse con todo lo que decía, pero, cuando Effie tuvo que acompañarla al baño a vomitar, supo que la noche había llegado a su fin.

—¿La llevamos a casa? —le propuso a la pelirroja, que asintió mientras intentaba que su amiga no se tropezara al andar.

Tras recoger sus cosas, se despidieron de Malcolm, que se había revelado como un tío de lo más interesante, y se quedaron mirando a Sally, que andaba comiéndole la boca a Ian, considerando si la interrumpían o no. Prefirieron dejarlo estar. Effie le dio su dirección a Malcolm por si acaso terminaba como Nia y necesitaba que alguien la llevara a casa.

—Con un poco de suerte, la acompaña él y consigo un baile de esos.

—O de los otros —aventuró Joe.

—De los que sean. Vámonos ya, esta chica es una auténtica bomba de relojería.

Joe se encargó de parar un taxi y las acompañó hasta el apartamento. Subió con ellas, cargando con una Nia semiinconsciente pero muy feliz y la dejó acostada y tapada en la cama de invitados. Solo le faltó darle un beso de buenas noches, como hacía con su hija cuando era pequeña.

—Has sido todo un caballero, Joe, gracias. Me alegro de haber hecho las paces contigo.

—Y yo, Effie. Lo he pasado muy bien esta noche. ¿Seguimos hablando?

—Cuenta con ello.

—Suerte con Malcolm.

—Ya te contaré. Ese tío bailará conmigo más tarde o más temprano, como que me llamo Eufemia Potter.

Joe no lo dudó ni un segundo. De camino al hotel estaba tan agotado que no pensó en sus compañeros de cuarto hasta que estuvo frente a la puerta. Maldijo por lo bajo, no tenía ninguna gana de pillarlos *in fraganti*.

Se pasó la mano por el pelo, apoyó la oreja para ver si oía algo y suspiró aliviado al no oír nada. Aun así, decidió llamar, por si acaso. Golpeó un par de veces con los nudillos y luego tres más, más fuerte. Silencio. Contó mentalmente hasta diez, introdujo su llave en la cerradura y abrió muy, muy despacio.

La habitación estaba a oscuras y todo estaba en calma. Suspiró con alivio, encendió la linterna del móvil para orientarse mejor y cerró tras de sí.

Apuntando con cuidado a la cama doble se encontró con lo que se temía: su mejor amiga y su primo durmiendo abrazados en su lado de la cama.

Joder.

Estaba muy mayor para las camas supletorias. Las camas supletorias eran una mierda. Aun así, no pudo evitar sonreír. Se les veía bien. Reina seguía llevando el vestido de Effie, pero el estado de su cabellera delataba que no solo se habían dedicado a dormir. Matt, tapado por la sábana hasta la cadera y desnudo de cintura para arriba, la abrazaba por detrás y dormía como un angelito. Sin roncar.

Joe se quedó ahí de pie un segundo, intentando averiguar cómo le hacía sentir lo que estaba viendo. No tardó en descubrirlo. Se sentía feliz por ellos. Eran dos de sus personas favoritas y se merecían ser felices. No tenía ni idea de cómo iban a salir del lío en el que se habían metido, pero confiaba en que lo lograran pronto y sin demasiados problemas. Y se alegraba de haber sido parte de su historia. Con una sonrisa cansada en la cara y sin desvestirse siquiera, se encogió sobre el minúsculo colchón de su cochambroso camastro y se durmió en un santiamén.

48

—Joe.

Alguien lo estaba llamando desde algún sitio.

—Joe.

Un sitio lejano.

—Joe, por favor, despierta.

Una mano en su hombro. Una sacudida.

—Joe.

Un llanto. ¿Un llanto?

Con un esfuerzo supremo, Joe luchó contra el sueño que lo invadía y abrió los ojos, tratando de enfocar la vista en medio de la oscuridad.

Un rostro femenino. Una melena alborotada. Unos ojos oscuros. Rímel corrido: Reina.

Cerró los ojos y los volvió a abrir. Emitió un quejido involuntario.

—Joe, te necesito.

Una alarma sonó en el fondo de su cerebro.

—¿Qué pasa?

Se incorporó con pesadez y volvió a enfocar. Cogió su móvil para ver la hora: las tres de la mañana. ¿Pero qué demonios…?

Frente a él estaba su mejor amiga. La miró de arriba abajo intentando entender qué clase de broma de mal gusto le estaba gastando. Cuando llegó a sus piernas ensangrentadas, se espabiló de golpe y regresó a sus ojos.

—Algo no va bien.

49

Sangre. Sangre en las piernas, en la moqueta, en las sábanas, en el vestido. Gotas de sangre por todas partes.

—Algo no va bien.

Lo dijo susurrando, conteniendo como pudo el miedo, el dolor, la angustia y el horror.

Joe se levantó de golpe y la miró con ojos desorbitados. Ella se llevó un dedo a los labios.

—Shhhh —murmuró, con las mejillas empapadas—. Tengo que ir a un hospital. Tienes que llevarme al hospital.

Levantó la mano en la que llevaba el bolso para que Joe comprendiera que estaba lista. Su rostro estaba blanco como el papel.

Reina cogió las llaves del coche de la mesilla y echó a andar hacia la puerta. Un dolor sordo y punzante la golpeó en el estómago. Encorvada, se giró hacia Joe con un grito mudo esculpido en la cara. Él se llevó las manos a la cabeza y respiró hondo un par de veces. Matt dormía plácidamente, abrazado a la almohada.

Los ojos de Reina se inundaron de agua y Joe por fin reaccionó. Entró en el baño y salió con una toalla limpísima entre las manos. Se la tendió a su amiga y esta se la metió debajo del vestido con movimientos torpes. Luego, cogidos de la mano, salieron silenciosos al pasillo, dejando el hedor de la muerte tras de sí.

50

Está completamente ida. Anda como un robot. Joe no está mucho mejor. Piensa en llamar a Lisa. No puede hacer esto. No puede hacerlo solo. ¿Qué hora será en Pittsburgh? ¿Dónde está el hospital más cercano? ¿Y si Reina se desangra por el camino? ¿Cómo se detiene una hemorragia vaginal? ¿No deberían llamar a una ambulancia? Se aferra al móvil como si fuera una tabla de salvación. Effie. Effie vive aquí, ella puede ayudarlos. Marca su número y espera mientras el ascensor desciende en una bajada que se le antoja interminable. No lo coge. Quiere gritar. Llama a Lisa. Nada. Vuelve a intentarlo. Nada. ¿Estará follando con alguien mejor que él? ¿Alguien con pleno control de su energía sexual? ¡Céntrate! El ascensor se abre y se precipitan hacia el exterior. Reina anda como un pato, una punta de la toalla asomando por la falda de su vestido arrugado. Joe mira a la recepción. Vacía. ¡Joder!

«Vale. Respira. Céntrate. Puedes hacerlo. Puedes llevarla a un hospital. No es tan difícil».

Teclea «hospital Las Vegas» en su pantalla. Hay un montón. Elige el más cercano y se mete en el coche. Reina ya está abrochada, esperando.

Arranca. No pone el intermitente al salir del aparcamiento. ¿Qué más da? Sigue las indicaciones de Google Maps. Quince minutos. Ese es el tiempo en que dejará de ser responsable de esto, sea lo que sea «esto». Aprieta el volante con fuerza.

Llevan tres manzanas cuando Reina se tensa en su asiento.

—Nevada. ¿Cuál es la ley en Nevada?

—¿Qué?

—La legislación. Asesinato, cárcel.

Está agitada, rebusca en su bolso, saca su móvil.

—No entiendo, Reina. ¿Qué quieres?

—Aborto. ¿Cuál es la ley del aborto en Nevada? ¡Puedo ir a la cárcel!

—No digas tonterías.

—No son tonterías. ¡Ha pasado! ¡Pasa a todas horas! ¿No viste las noticias? Dispararon a una chica en el abdomen, mataron al bebé y la encarcelaron por haber puesto en riesgo al feto. ¡Voy a ir a la cárcel!

Está frenética, al borde de un ataque de nervios.

Joe rebusca en su mente. ¿Lo oyó en la radio o fue en la televisión? No estaba prestando atención. Reina lo hizo callar para oír mejor y se enteró a medias.

—¿Te refieres a esa chica afroamericana?

—Sí, a esa misma —replica ella, con furia—. ¡Era una niña! ¡Embarazada! ¡Herida de bala! ¡Con su bebé muerto dentro de su útero! ¡Y la encarcelaron! A mí ni siquiera me han disparado. Lo he hecho yo. ¡Yo solita!

Joe se esfuerza en entender la situación, pero le resulta demasiado surrealista.

Intenta hacerla entrar en razón cuando, por el rabillo del ojo, la ve llevarse el teléfono a la oreja.

—¿Qué haces?

—Llamo a Mikkha. Él lo sabrá.

—¿El qué?

—Si he cometido un crimen.

—¡Tú no has hecho nada! ¡Estás sangrando, por amor de Dios! Deja eso. ¡Cuelga ya!

Comienza a manotear, intentando quitarle el teléfono, sin éxito.

—Mikkha, soy yo. Ha pasado algo... Yo... El bebé... —Se calla un momento e inspira hondo—. Estoy en Nevada. Creo que estoy sufriendo un aborto. ¿Necesito asesoramiento legal? Llámame cuando oigas esto, por favor.

Cuando cuelga, se deja caer sobre el asiento como una marioneta a la que le han cortado los hilos de repente. Haciendo un esfuerzo enorme, gira la cabeza y lo mira. Ya no está ida. Vuelve a ser Reina. Aunque quizá ya no es la Reina que él conocía.

—No quiero ir a la cárcel —murmura y vuelve a girar su cuello para mirar por la ventana—. Y esto duele horrores.

Joe no dice nada, pero pisa a fondo el acelerador. Es lo único que puede hacer. Y se maldice por ello.

51

Luces de neón por todas partes. De neón, o fluorescentes o led, Reina no sabía mucho de bombillas, pero sí que, si seguía mirándolas, iba a quedarse ciega.

La habían separado de Joe. Cuando por fin llegaron al hospital, Joe la sacó del coche en brazos y entró en la sala de urgencias como un vendaval. Todos lo miraron mal, como si le hubiera hecho algo horrible, como si la sangre de su vestido fuera responsabilidad suya. Reina lo vio encogerse, inflamarse de indignación y volver a encogerse de nuevo.

—Estoy embarazada. Estaba... —se corrigió. Apenas lograba articular las palabras, se sentía muy, muy cansada.

Entonces notó un dolor horrible, como si le estuvieran arrancando las entrañas a dentelladas y gritó. La llevaron en volandas a una salita blanca que olía a desinfectante. Allí la exploraron, le pusieron una vía y la tumbaron en una camilla. El personal fue muy amable y no paró de repetirle que todo iba a salir bien, sin embargo, ella estaba tensa. Miraba a todo el que hablaba por teléfono. ¿La estarían denunciando? Se giraba para ver cada puerta, preparándose para cuando apareciera la policía. No sabía nada de Mikkha y la cabeza le daba vueltas, pero no dijo nada, como si el silencio pudiera hacerla desaparecer, volverla completamente invisible, que era, en realidad, lo único que deseaba.

Pasó el tiempo, aunque no supo decir si fue mucho o poco. La camilla comenzó a moverse y así comenzó el paseo bajo las luces brillantes.

«¿Dónde está Joe? ¿Dónde está todo el mundo?», se preguntaba una y otra vez mientras obviaba la única pregunta que quería hacer en alto:

«¿DÓNDE ESTÁ MI BEBÉ?».

Llegaron a un quirófano y cambiaron de camilla. Le quitaron el vestido, el sujetador y los botines, esos que se había puesto hacía solo unas horas para salir a bailar, la vistieron con una bata de lunares minúsculos; le arrebataron el reloj, los anillos y la cadenita de plata que su padre le regaló por su decimoquinto cumpleaños. La miraban. ¿Era odio lo que había en sus miradas? No sabía decirlo. ¿La odiaban por lo que había pasado? ¿La despreciaban? ¿La compadecían, tal vez? Nadie decía nada.

Vino un señor mayor de facciones serias y ojos cansados.

—¿Qué tenemos aquí? —preguntó en voz alta y, sin esperar respuesta, le subió el camisón hasta el ombligo y observó con calma el desaguisado. Luego se acercó a la cabecera para decirle algo.

Reina se le adelantó.

—¿Perdón? No la he entendido. —El doctor se inclinó hacia su paciente.

—No he hecho nada —repitió Reina, un poco más alto, como si en lugar de estar en una camilla helada estuviera en un confesionario—. Yo no he hecho nada. Estaba durmiendo y pasó. Yo lo quería. Al final lo quería, no esperaba que muriera, no deseaba que pasara nada de esto.

El hombre miró hacia delante con expresión de disgusto. ¿Era Reina la responsable de esa mueca? ¿Le había puesto en un aprieto? Se maldijo por ser tan bocazas y decidió no hablar más.

El hombre, que sostenía un trozo de papel oscuro en su mano, se sentó en un taburete de metal y se acercó hasta ella rodando. Reina casi creyó que intentaba hacerla reír. Luego tapó la luz de la lámpara quirúrgica con su cabeza, asegurándose de que tenía toda su atención.

—No has hecho nada malo. No es culpa tuya. Voy a estudiar tu ecografía para ver qué ha pasado y vamos a arreglarlo.

—¿Van a arreglarlo? —No pudo contener la esperanza, que salió flotando de su boca, como un eructo inesperado.

Las cejas del hombre se juntaron. Los largos pelos grises tocándose unos con otros.

—Vamos a arreglarte. No creo que podamos hacer más.

Luego le acarició la mejilla, le cogió la mano y Reina rompió a llorar a mares, escuchando vagamente lo que sucedía a su alrededor.

Embarazo ectópico. Alojado en trompa de Falopio. Rotura. Hemorragia interna. Intervención.

Nadie mencionó a la policía o al código penal. Reina suspiró y, al fin, se desvaneció.

52

La espera lo estaba volviendo loco. ¿Hacía cuánto que se la habían llevado? No había mirado el reloj. Solo tenía ojos para ella. Y para el personal que lo miraba como si fuera un peligro público. No se disculparon, estaban muy ocupados como para fijarse en él. Lo entendía, la sala estaba repleta de gente de todo tipo y condición: una mujer de mediana edad claramente borracha, una chica joven y angustiada con un anciano que no podía articular bien las palabras, un hombre en traje que se agarraba el pecho con la mano, una niña con la cara y el brazo morados que repetía sin parar que se había caído por una escalera… Aun así, habría agradecido una disculpa. Él no había hecho nada, Reina no había hecho nada, y sin embargo los dos se sentían como si fueran criminales.

Fue a la máquina del café. Necesitaba espabilarse. Se quemó la lengua y a punto estuvo de darle una patada a una papelera cuando sonó su teléfono. Lisa.

—Cariño. Soy yo, acabo de ver tus llamadas. ¿Va todo bien?

Joe no contestó. El alivio que sintió al oír su voz le había dejado sin palabras.

—¿Cariño? ¿Hola?

—Sí, estoy aquí. —Se apoyó en la máquina de café y se dejó caer hasta el suelo—. No sabes lo mucho que me alegro de hablar contigo.

—¿Ha pasado algo?

—Reina. El bebé. Ha sido de madrugada. Yo… yo no he podido hacer nada. Le he dado una toalla. Es todo lo que he hecho. Una toalla blanca. Para la sangre. Odio la sangre. Y conducir de noche sin saber a dónde tengo que ir. —Cuanto más hablaba, más nervioso se ponía. Las manos le temblaban y lo que decía no tenía ningún sentido, pero no podía parar de soltar frases inconexas, una detrás de la otra.

—Joe, cariño, necesito que te calmes. No entiendo. ¿Dónde está Reina? ¿Está bien?

—No lo sé. Se la han llevado. No me dicen nada.

—¿Quién no te dice nada? ¿Dónde estáis?

—En el hospital. Nos han atendido nada más llegar y luego se la han llevado. Hace mucho que no sé nada. No sé qué hacer, Lisa. No puedo quedarme quieto sin más. Y el hospital…, no soporto estos sitios, cielo. Yo… Dios. Dime qué tengo que hacer, por favor. —Ahogó un sollozo.

Al otro lado de la línea Lisa, frustrada, apretaba con fuerza su teléfono. Odiaba no estar cerca de él, no poder abrazarlo. Odiaba no poder ofrecerle nada más que palabras.

—Estoy aquí, ¿de acuerdo? Todo va a salir bien. Ahora escúchame bien. Vas a respirar hondo, como haces cada vez que tienes un partido importante, muy profundo. ¿Lo has hecho ya? ¿Sí? Bien, pues ahora vas a ir a buscar un lugar tranquilo donde sentarte, vas a coger el móvil y vas a ponerte cientos de vídeos de Michael Jordan, ¿vale? De momento no vas a poder hacer nada más, cariño, salvo estar allí. A veces estar allí es lo más importante, pero también es sumamente aburrido, así que entretente, céntrate en la pantalla. No busques nada sobre abortos en internet, ¿entendido? No preguntes a las enfermeras, ni a los médicos, ellos te buscarán a ti. Habla con algún paciente o acompañante, si te apetece, ve al baño, lávate la cara, échate una cabezadita si puedes y, cuando la veas, porque la verás, cariño, volverá a salir de allí sana y salva, quiérela, abrázala, dale espacio, silencio, pero no te vayas. Hazla reír, si ves que está de humor. Quédate a su lado si no lo está. Aguanta el tirón. Y llámame cuando lo necesites, ¿de acuerdo? Estoy al otro lado de la línea. Siempre.

Colgaron y Joe se quedó más tranquilo, pero aun así lo único que deseaba era tener unos zapatos de rubí en los pies para golpearlos tres veces y volver a su casa con su mujer y sus niños.

Se levantó pesadamente y se dirigió a una de las incomodísimas sillas de la sala de espera. Después de comprobar el estado de la batería de su móvil, pinchó en el icono de YouTube y tecleó: «Las mejores jugadas de Air Jordan». Ahí estaba él: alto, fuerte, ágil y con un dominio absoluto de todo a su alrededor.

Dadas las circunstancias, no podía elegir un acompañante mejor.

53

Despertó en una habitación desconocida. Miró a su alrededor y no reconoció la ventana, ni el armario, ni la mesilla, ni la puerta del baño, ni el horrible sillón color caca que estaba al lado de su cama, pero sí al hombre sentado en él. Joe. Dormía en una posición no muy cómoda, el cuello echado para atrás, la boca abierta, el brazo relajado colgado a un lado, el otro apoyado en su muslo. Su móvil reposando en el suelo, como si no hubiera sido capaz de sostenerlo más.

Reina sonrió. No era una sonrisa de felicidad, ni de alegría, sino más bien de gratitud, de ternura. A pesar de los sonoros ronquidos que salían de su garganta, la habitación le pareció de repente más cálida y acogedora.

Intentó incorporarse y soltó un gemido. Le dolía todo el cuerpo. Pensó que era natural cuando se sufre una hemorragia interna y un órgano revienta de repente en tu interior. Soltó un poco de aire entre los dientes y se estiró para coger el mando de la televisión, que reposaba sobre la vieja mesilla. Necesitaba distraerse. No quería pensar.

Pasó veinte minutos haciendo *zapping*, luego vio el final de un documental sobre el cambio climático y finalmente sintonizó la CNN. Siempre le había gustado estar informada de lo que pasaba en el mundo.

Todo parecía seguir igual: guerras por aquí, refugiados por allá, escándalos políticos, tifones descontrolados, jugosas rupturas sentimentales de famosos... Sin embargo, cuando estaba a punto de cambiar otra vez de canal, una noticia captó toda su atención: la llegada de inmigrantes latinoamericanos a la frontera con México. Reina veía las imágenes, pero no era capaz de procesarlas: niños y niñas separados a propósito de sus padres, hermanos, tías, abuelas... celdas propias de animales reple-

tas de gente, adultos enajenados, adolescentes y bebés llorando descon-
solados, policías y hombres de estado orquestándolo todo.

Sintió un dolor desgarrador en el fondo de su vientre vacío. Se levantó el camisón y miró sus cicatrices frescas, atravesadas por finísimos
hilos. Tuvo frío y se abrazó a sí misma, los ojos clavados en la pantalla.

—Hey, ¿ya estás despierta? ¿Cómo te encuentras?

Reina se giró para ver a Joe desperezarse y pasarse la mano por la
cara. Luego volvió a centrarse en la noticia.

Joe tardó un segundo en reaccionar.

—Eh, no creo que ver esto sea una buena idea ahora mismo.

Cogió el mando y pulsó el botón de apagado, pero no había manera
de borrar lo que ella ya había visto.

—¿Qué tal estás?

Reina parpadeó varias veces antes de responder.

—Bien, es decir, yo, bueno. —Volvió a mirar la pantalla negra del
televisor—. Estoy bien, supongo.

—¿Necesitas algo? ¿Tienes hambre? ¿Sed? ¿Necesitas ir al baño? ¿Algo?

Se le veía tan nervioso y tan fuera de lugar que Reina alargó la mano
para abrazarlo. Se quedaron así hasta que un sonoro bip proveniente
del suelo les interrumpió.

—Es Matt —explicó Joe tras leer el mensaje del móvil en silencio—. Le escribí después de que te llevaran a quirófano para decirle
que estábamos en el hospital. No quería que tuviera un infarto cuando
se despertara. —Sonrió levemente para ver si su amiga lo imitaba, pero
no sucedió—. Me ha llamado un par de veces mientras dormía.

—¿Le dijiste algo más?

—No le he dado detalles, si es a lo que te refieres, solo que había
habido una emergencia y que estábamos aquí, pero no sé si hay muchas
explicaciones plausibles para justificar que nos largáramos sin decirle
nada. Por no hablar de la sangre…

Reina permanecía sentada en la cama, observándose las manos.

—Tampoco era tanta.

—Mucha, poca, es sangre igual, pero ahora ya da lo mismo. Cam-
biemos de tema, ¿vale? —zanjó—. Hablemos de cosas más animadas,
¿te parece? Como por ejemplo de cómo os fue anoche. —Le dio un
ligero empujón en el brazo y luego reculó—. Me refiero a antes de…
bueno, ya sabes… joder, no sé si ha sido buena idea…

—Fue muy bien —contestó Reina, sin molestarse—. Fue genial. Divertido, natural, especial… y sin ronquidos. —Levantó la mirada y estiró un milímetro la comisura derecha—. Es un tío estupendo.

—¿Y por qué no le dices la verdad?

—Y, ahora, ¿qué más da?

—¿Cómo que qué más da? ¿No dices que te gusta?

—Claro que me gusta, pero ¿cómo le voy a gustar yo a él? Estaba embarazada, de otro tío, lo seduje sin decirle nada, he matado a un bebé inocente y mis posibilidades de ser madre se han reducido a la mitad. No va a volver a hablarme en su vida.

—¿Pero se puede saber qué estás diciendo? ¿Que lo sedujiste? ¡Como si él no fuera mayorcito y no hubiera ligado en su vida! ¡Crees que no te ha estado echando la caña desde que te conoció? ¿Y qué es eso de matar a inocentes? ¡Tú no has hecho nada! Era algo que tenía que pasar y se acabó. No sé quién eres, Reina, es que no paras de decir gilipolleces y no sé si estás de coña o tengo que llamar a alguien más para que te lo explique.

Joe quería hacerla reaccionar, quería sentir su furia, sacarla de ese estado alarmantemente triste en el que parecía encontrarse. Pero no lo consiguió.

—¿Y si ha sido un castigo?

—¿Un castigo? ¿Un castigo de quién?

—De Dios, por portarme mal, por follar anoche, por haber pensado en el aborto, por acostarme con Matt sin decirle nada, por hacerle firmar un papel a Mikkha… Por ser mala mujer y mala madre.

Joe se incorporó y se puso a andar por la habitación a grandes zancadas, resoplando como un toro a punto de embestir.

—Los únicos malos aquí son todos aquellos que hacen que una mujer que está desangrándose tenga más miedo de ir a la cárcel que de perder su propia vida, aquellos que hacen que una mujer hecha y derecha como tú se sienta como una auténtica mierda sin razón, todos los que hablan de las vidas de los demás y de lo que tienen y no tienen que hacer, pero luego les parece de puta madre que cientos de niños desesperados sean separados de sus familiares en sus fronteras y arrojados a jaulas como si fueran bestezuelas inmundas. Lo único que cuenta aquí es si eres una buena persona o no, y si tú no lo sabes te lo digo yo: eres una bellísima persona, Reina Ezquerra. Te abriste de piernas sin protección una sola vez y te quedaste embarazada. Pero no lo hiciste sola.

Tuviste un poco de ayuda, ¿verdad? ¡Pasa a todas horas! ¿Dónde está él? ¿Crees que estará llorando por las esquinas por lo que ha pasado? ¿Flagelándose en su despacho por haberte metido la puntita sin condón? Deja que te responda: ¡No! ¡No le importa ni la mitad que a ti! ¡Ni un cuarto y medio! Con suerte se habrá mirado el código penal, te llamará para informarte de que no has cometido ningún delito, te preguntará si estás bien y a otra cosa, mariposa. ¿Y quieres que te diga otra cosa? Matt es un tío legal. Quizá no quiera volver a hablarte nunca más, y me rompería el corazón que fuera así, pero deja al menos que sea él quien tome la decisión. ¿Y si ve en ti mucho más que lo que tú crees? ¿Y si ve a una mujer fuerte, divertida, aventurera y sin complejos a la que le apetece conocer mejor? ¿Y si resulta que entiende que no es el primer hombre con el que estás y no le importa en absoluto, y se preocupa de verdad por cómo te encuentras? ¿Y si no está buscando una incubadora para sus bebés? ¿Qué eres ahora? ¿Un vientre con patas? ¿Y qué pasa si no tienes hijos? ¡Yo te presto a los míos! ¡A los tres, de golpe! No te rías, te lo digo completamente en serio.

Se volvió a sentar a su lado y le cogió la mano.

—Ahora escúchame con atención. Dios tiene otras cosas mejores que hacer que ir jodiéndole la marrana a una treintañera que ha decidido quedarse con un bebé que no esperaba en absoluto. No ha sido un castigo. No has matado a nadie. No eres mala persona. Ha sido una mala suerte de la hostia. Los orgasmos no rompen las trompas de Falopio, creo... ¡Has encontrado a un hombre que no ronca cuando duerme y no puedes dejarlo marchar así como así! Necesito que dejes de ser esta mujer que no dice más que tonterías y vuelvas a ser la de antes, por favor. No sé cómo tratar a esta versión quejumbrosa y paranoica de mi amiga.

Reina se enjugó las lágrimas de los ojos e inspiró hondo.

—Lo intentaré.

—Esa es mi chica. Y yo estaré aquí para lo que necesites, ¿de acuerdo? —La besó en la frente—. Y ahora que ya vuelves a ser tú, más o menos, voy a ir a la cafetería a ver si tomo algo porque, si no, me van a tener que ingresar a mí también.

—¿Me pasas mi bolso antes de irte? —preguntó Reina señalando un perchero que estaba en la otra punta de la habitación.

Una vez a solas sacó su móvil y se sorprendió por la cantidad de llamadas perdidas que tenía: cinco llamadas consecutivas de Mikkha, tres de Lisa, siete de Matt y dos de Effie. Se sentía demasiado cansada como para contestar a ninguna de ellas.

Pasó al WhatsApp. Mikkha había escrito un par de mensajes para saber qué ocurría y luego había ido directo al grano. La legislación de Nevada no penalizaba los abortos espontáneos. No iba a ir a la cárcel. Le adjuntaba un documento con todos los artículos legales al respecto, así como una foto de una hoja manuscrita con todos los estados del país que no era recomendable que una mujer embarazada visitara. Reina sonrió. Entendía lo que Joe quería decir respecto a Mikkha, pero no lo conocía como ella. Por supuesto que no andaría flagelándose por lo ocurrido, pero ese anexo y esa lista eran dos evidencias clarísimas de su preocupación por ella. Mikkha nunca trabajaba gratis. Para nadie. Jamás. Era su principal máxima profesional. Se dijo que tendría que llamarlo en un momento u otro para confirmarle que ya no había nada que los atara en modo alguno, que, con la muerte de su bebé, se habían liberado definitivamente el uno del otro, sin más.

El texto de Lisa era más escueto:

Ya he hablado con Joe. Lo siento muchísimo. (cinco caritas escupiendo corazones seguidas).

Los de Matt no eran tan contenidos:

1. *Acabo de leer el mensaje de Joe. ¿Estás bien? ¿Qué ha pasado? ¿Por qué hay gotas de sangre por todas partes?*
2. *Hola. Joe me ha dicho que estáis en el hospital, pero no me ha dicho cuál. ¿Dónde estáis?*
3. *He intentado lavar las sábanas en la bañera y ahora parece la escena de un crimen muy chungo. Sé que quizá no es el mejor momento, pero no quería dejar de decirte que anoche lo pasé genial. Y no solo por el sexo. (Aunque el sexo fue genial también).*
4. *Una pregunta: ¿por qué no me despertaste?*
5. *Hace horas que no sé nada de vosotros. ¿Qué coño está pasando?*

Joe había dicho que no la reconocía y que no sabía cómo tratar con ella. Bueno, pues ya eran dos, porque Reina se sentía como alguien despreciable y tampoco sabía tratarse estando así. ¿Por qué no lo despertó?

Porque no tenía ni idea de cómo iba a reaccionar. Porque solo quería salir de ahí lo antes posible y dejarlo todo atrás. La sangre, el dolor, el miedo, la pena. Porque no tenía ganas de dar explicaciones. Y, sobre todo, porque no sería capaz de soportar su rechazo. No tenía ni idea de quién era Matt. Parecía realmente encantador, pero el mundo está lleno de tipos que parecen realmente encantadores y luego no lo son. Si la mañana del día después de acostarte con alguien a quien prácticamente no conoces de nada ya es incómodo, imagínate con un aborto de por medio. Aun así, Reina se sentía culpable. Con un suspiro de frustración pulsó «responder» y comenzó a teclear.

Hola. Acabo de leer tus mensajes. Ha ido todo bien. Me encantaría verte si quieres venir. Creo que te debo una explicación. Yo también lo pasé muy bien anoche.

Adjuntó su ubicación, pulsó «enviar» y vio que su mano estaba temblando. ¿Por qué estaba temblando su mano?

A continuación, abrió el mensaje de Effie.

¡¡¡Perra!!! Tengo una llamada perdida de Joe a las 5 de la mañana. ¿Pasa algo? ¿Qué tal con Matt? ¿Hubo polvo? ¡¡¡¡Dime que síííí!!!! (Brazo musculoso, brazo musculoso y tres aplausos).

Pulsó «responder».

Hubo polvo (manos arriba). *Fue genial.* (Cara sonriente con gorrito y serpentinas). *Tuve un aborto de madrugada.* (No había emoticonos para resumir eso). *Joe tuvo que traerme a un hospital.* (Icono de hospital). *Supongo que te llamaría por eso. Estoy bien.* (Dedo pulgar hacia arriba).

Añadió su ubicación y pulsó «enviar». No pudo hacer más. Se sentía exhausta, como una gaita a la que le hubieran sacado todo el aire. Dejó su móvil en la mesilla y cerró los ojos. Le habían dicho que ser madre era agotador, pero dejar de serlo de golpe y porrazo no era precisamente un camino de rosas.

54

Cuando Joe regresó, la cama estaba vacía. Permaneció quieto un instante en el centro de la habitación hasta que reconoció el ruido de agua al caer. Se acercó a la puerta del baño y llamó.

—Un momento —respondió Reina desde dentro.

Joe esperó. El agua del grifo siguió corriendo sin parar. Pasó un minuto. Y otro. Joe se impacientó. Agarró el picaporte y empujó.

—¿Se puede?

Asomó la cabeza y se encontró con su amiga, descalza, trajinando en el lavabo.

—¿Qué haces?

—Nada.

—Hombre, yo diría que algo estás haciendo. ¿Ese es tu vestido?

—No, es de Effie, y estas malditas manchas no se van.

Reina pulsó con rabia el dispensador de jabón y frotó con fuerza la tela negra. Una espuma de color marrón salpicó el espejo y su camisón de lunares.

—Era para su sobrina —continuó—. Para su graduación. Se suponía que tenía que cuidarlo. No puedo devolvérselo así. Era precioso y ahora está arruinado. Si solo pudiera frotar un poco más fuerte. Es un desastre.

Joe se acercó, se colocó detrás de ella y posó sus manos en sus hombros.

—Trae, déjame ver. Están muy secas. ¿Qué te parece si las dejamos en remojo? Seguro que así salen mejor. Y también podemos llevarlo a una tintorería. Hay productos para eso, ¿sabes? Bueno, eso creo, ahora hay productos para todo… De todos modos, no creo que a Effie le vaya a importar. He hablado con ella cuando estaba en la cafetería. Estaba muy preocupada. Me ha dicho que venía de camino. Trae la ropa que te dejaste anoche en su apartamento. Venga, vuelve a la cama.

—Pero…

—Vuelve a la cama. Es solo un vestido. Déjalo. Vamos.

Reina se dejó hacer. Joe pensó en su mujer. ¿Estaría orgullosa de él? No había sido tan sensible ni cuando nacieron sus propios hijos. Se estaba esforzando mucho, pero este tipo de cuidados quedaban por completo fuera de su área de confort. Necesitaba que llegaran los refuerzos. Effie, Nia, Sally, Matt, el doctor, la enfermera, el celador, quien fuera. No podía soportar tanta tristeza él solo.

Reina volvía a estar tumbada y tapada con una sábana fina como el papel.

—Estoy cansada —le informó, con un par de lagrimones desprendiéndose de sus largas pestañas—, y no puedo parar de llorar. Me salen solas. —Se señaló la cara—. Deben de ser las hormonas. Soy una puta fuente. Lo siento.

—Yo siento no tener toallitas para limpiarte los mocos.

Eso la hizo reír, por fin. Joe se hinchó de esperanza y tuvo una idea.

—¿Te apetece escuchar a Enrique?

Reina lo miró confusa hasta que una chispa de comprensión iluminó sus ojos.

—Oh, Enrique siempre es más que bienvenido. —Y se incorporó en la cama para escuchar mejor.

Joe se metió en YouTube y tecleó hasta encontrar lo que estaba buscando, luego pulsó *play*.

La canción comenzó a sonar y, por un breve instante, todo pareció estar bien.

55

Matt se bajó del taxi y miró con atención la mole de ladrillo y hormigón que se alzaba frente a él. Era un edificio alto e imponente y, sin embargo, se sentía como si estuviera al borde de un enorme y oscuro precipicio. Se restregó los ojos y se maldijo por haberse tomado esa segunda taza de café. Estaba nervioso, demasiado, y no creía que eso fuera bueno. Él era de naturaleza tranquila, apacible incluso, cosa que le había valido las burlas de muchos de sus compañeros y primos a lo largo de su vida, pero ese talante calmado se había escapado por el desagüe esa misma mañana, junto a la sangre de las sábanas que había intentado lavar a solas en el cuarto de baño de un hotel barato a las afueras de Las Vegas. Joe no le había revelado gran cosa cuando por fin pudo hablar con él, nada sobre el origen del extraño escenario en el que había amanecido después de pasar una de las mejores noches de su vida. Había dormido como un bebé. Todavía no acababa de creerse que algo así hubiera ocurrido a su lado y no se hubiera dado cuenta. No hubo ni un grito, ni un golpe, ni un llanto. No que él hubiera oído, al menos. ¿Qué tipo de accidente podía resultar tan sangriento? Mientras esperaba noticias de Reina había barajado varias posibilidades:

- Posibilidad número 1. Le había venido la regla. La novia de Jasper, su compañero de cuarto en la residencia, era una de esas chicas que siempre acaban manchando las sábanas al dormir cuando están con el periodo. A Jasper le ponía de los nervios.
- Posibilidad número 2. Sangrado de nariz. Suele pasar y es un verdadero coñazo. Quizá Reina era de las que se mueven mu-

cho por la noche y había acabado durmiendo enroscada sobre sí misma medio metro por debajo de la almohada. No era muy probable pero mejor no descartar nada.

- Posibilidad número 3. Sangrado poscoital. ¿Tal vez Reina era virgen y él no se había dado cuenta? De ser así tendría que replantearse muy seriamente la idea que tenía de las mujeres vírgenes.
- Posibilidad número 4. Joe lo había preparado todo como una broma macabra y retorcida por haberse acostado con su mejor amiga y de algún modo había convencido a Reina para seguirle el juego. Ahora estarían los dos esperándole en la cafetería del hospital, tomándose algo y descojonándose a sus espaldas. Aunque no le gustaba especialmente que se rieran de él, esperaba de todo corazón que esta fuera la posibilidad ganadora. Se reiría con ellos, le repetiría a Reina lo bien que lo había pasado, y todo quedaría olvidado en un santiamén.

Sumido en sus pensamientos, cruzó el umbral de la entrada y se dirigió mansamente al mostrador de información, donde dio el nombre de Reina, deseando que la jovencita con cola de caballo que tenía justo enfrente le dijera que no tenía ni idea de lo que le estaba hablando. No tuvo suerte.

—Habitación 481. Módulo sur, planta cuarta.

Tardó más de diez minutos en llegar. Moverse por un hospital de esas dimensiones era como hacerlo por el aeropuerto de una gran ciudad. Había carteles y flechas por todas partes, y ascensores de distintos tamaños a los que no sabías si estabas autorizado a subir o no. El personal pasando a su lado con ropa de colores lo desconcertó: celadores de azul empujando camillas vacías y ocupadas, médicos con traje y bata impoluta hablando entre sí, cirujanas ocultando sus abundantes matas de pelo en gorros de papel ridículamente pequeños. Cuando llegó a la planta cuarta del módulo sur, le pareció un auténtico milagro. Buscó con la mirada los números de las puertas y siguió la serie hasta el 481. La puerta estaba entornada. Respiró hondo. ¿Podía hacerlo? Podía. Se acercó despacio y entrevió la cama desde el pasillo. Reina estaba recostada, con un camisón blanco con finos puntos negros que dejaba al descubierto parte de sus clavículas. El abundante cabello marrón caía en cascada por encima de sus hombros, completamente despeinado. Tenía la tez pálida y los ojos rojos y hundidos. Se la veía exhausta y dolorida y, aun así, le seguía pareciendo la mujer más hermosa que había visto en su vida. Entonces vio a Joe, muy cerca de ella, con el móvil en la mano. Estaban los dos muy quietos, escuchando una canción en un idioma extranjero, castellano probablemente. Era la voz de un hombre. Distinguió una guitarra y una armónica, pero la melodía no le sonaba en absoluto, menuda novedad. Entonces Reina se lanzó a cantar lo que parecía el estribillo. La había oído berrear mientras conducía en el coche, murmurar en francés cuando compartió los cascos con ella en Denver y dar un auténtico concierto hacía solo unas horas, pero la voz de ahora sonaba completamente diferente: rota, profunda, herida. La canción terminó y Reina y Joe se miraron un instante antes de juntar sus frentes y darse un abrazo. Matt se sintió estúpido. Estúpido y vacío. Había estado dentro de ella, había acariciado su nuca, su vientre y las yemas de sus dedos, la había besado hasta desgastar sus labios, pero nunca lograría estar tan cerca de su persona como su primo. Sintió un acceso de rabia inexplicable por no conocer esa canción, por no poder entenderla. Dio un paso atrás. No tenía sentido. Nada de aquello tenía sentido. No lo había despertado, ni contestado a sus llamadas. Estaba demasiado ocupada escuchando música española con su amigo del alma. Bueno, pues que así fuera. No iba a interrumpir la escena. Les dejaría intimidad. Se retiró un poco más y luego se giró para dirigirse al ascensor.

«Estás siendo irracional e injusto», le susurró una vocecita en su cabeza.

«No puedo», se respondió Matt. «Nunca me he sentido así, tan inseguro, tan débil. No es bueno, no puede ser bueno. Me afecta demasiado. No sé qué me pasa».

«Da la vuelta o te arrepentirás».

«No, va a ser ella la que se va a arrepentir. Soy un tío cojonudo. Soy buena persona. La salvé del cabrón de Lewis. Me ha dejado solo, en una habitación con manchas de sangre por todas partes, sin decir nada...».

«También escuchó música contigo...».

«Me voy a volver loco».

Llegó al ascensor y pulsó el botón un millón de veces. Sentía una necesidad urgente de salir de allí cuanto antes.

—¿Matt? —Una voz femenina le llamó a sus espaldas—. ¿Eres tú?

Se giró lentamente deseando con todas sus fuerzas que no fuera Reina.

—¿Lisa?

—Hola.

—¿Qué haces tú aquí?

—He cogido un avión.

—¿Por Reina?

—Por Joe.

—¡Pero si odias volar!

—Es lo que tiene el matrimonio. Si tu pareja te llama en mitad de la noche y te dice que está en apuros, te compras un billete, te vas al aeropuerto, te tomas un lexatin, pides dos botellines de vodka y acudes al rescate. Es lo que hay que hacer y es lo que he hecho yo. ¿Los has visto ya? ¿Qué tal están?

Matt notó cómo las cejas se arrugaban contra su voluntad.

—Están dentro, juntos —señaló la puerta con su pulgar—, escuchando música. No he entrado. No quería molestar. En realidad ya me iba.

Nada más decirlo se retrotrajo a su infancia, a todas esas ocasiones en que se enfadaba sin saber muy bien por qué. El *modus operandi* era siempre el mismo: fruncía el ceño, torcía el morro, se cruzaba de brazos y daba un pisotón muy fuerte en el suelo.

«¿Qué te pasa, cielo?», le solía decir su madre, entre divertida y agotada. Matt casi podía oírla pensar: «¿Otra vez? Otra vez no, por favor», pero siempre se mostraba paciente.

Él nunca contestaba a la primera, embargado por la furia y la indignación, centrifugando ambas a mil por hora en su pequeño cuerpo.

La cara de Lisa era igualita a la de su madre cuando él se enfadaba sin motivo aparente.

—¿Te apetece un café? Me parece que te vendrá bien uno.

Aliviado, Matt no tardó en responder, convencido de que acababan de salvarlo de cometer una soberana estupidez.

—Mejor una tila.

56

Ahí estaba otra vez. La misma puerta, los mismos nervios revoloteando alrededor de su ombligo.

Lisa llamó con los nudillos y abrió sin esperar respuesta. Matt la siguió y se encontró con una pequeña muchedumbre apelotonada en torno a la cama. Joe fue el primero en levantar la cabeza.

—¡Hey!, ya era hora —exclamó antes de ver a su mujer bajo la lánguida luz del plafón.

—Hola —saludó Lisa—. ¿No te alegras de verme?

Si la cara de Joe fuera un cuadro, en ese momento sería un Pollock: un pegote de sorpresa roja y caliente por aquí, una pincelada de incredulidad azul por allá, una lluvia de alegría amarilla y muchos, muchos trazos de alivio verde.

—No te haces una idea.

Llegó hasta ella de un solo paso y la abrazó con fuerza.

—Gracias por venir —murmuró, tan bajo que Matt apenas lo pudo oír—. No sabes cuánto te he echado de menos.

Ella se dejó envolver y le acarició la nuca.

—Creo que me lo puedo imaginar.

La habitación se quedó en silencio. Al pie de la cama, Effie, Nia y Sally observaban la escena sin saber qué hacer.

—Bueno, nosotras ya nos íbamos —anunció la pelirroja al cabo de un segundo—. Esta noche te llamo para ver qué tal estás, ¿vale? Y no te preocupes por el vestido, ¿me oyes?

Todas se pusieron en marcha a la vez, despidiéndose de Reina, saludando a Lisa y acercándose a Matt sin saber bien qué decirle.

—Cariño, creo que es mejor que nos vayamos también —le dijo Lisa a Joe después de conversar brevemente con Reina—. Los nervios del vuelo me han dejado hecha polvo y muero por una ducha caliente.

Era evidente que quería dejarles intimidad y no tuvo que repetirlo. Con movimientos rápidos y eficaces, Joe sacó a las chicas del cuarto, besó a su amiga en la mejilla, le dio una palmada en la espalda a su primo y, agarrando a su mujer de la cintura, desapareció.

Reina y Matt se quedaron solos, mirándose como si fueran dos desconocidos.

—¿Tienes hambre? —Reina fue la primera en romper el hielo—. Las chicas me han traído algo de comer.

Matt se fijó en una enorme bolsa de papel que reposaba en el suelo.

—Ahí tienes comida para todo un mes.

—Sí, aunque no tengo mucho apetito, la verdad.

Matt se inclinó para ver lo que había. Alargó la mano y sacó una botella de vino.

—Veo que también te han traído de beber —comentó, levantando una ceja y sentándose en el horrible sillón color caca.

—Sí, dos botellas, ni más ni menos. De eso sí que podría tomar un poco. Hay un sacacorchos en alguna parte.

Matt rebuscó en la bolsa, dio con él y comenzó a forcejear con el tapón.

En su cama, Reina carraspeó.

—Escucha, siento no haberte despertado, ni haber devuelto tus llamadas, yo...

Matt descorchó la botella con un sonoro POP.

—¿Tienes vasos? —interrumpió.

—No, pero tampoco es que hagan falta.

—No creo que el alcohol entre dentro de tu plan de recuperación médica.

—Nadie tiene por qué enterarse.

Extendió la mano.

Cuando recibió la botella, la agarró por el cuello y se la llevó a los labios. Dio un trago que le supo a gloria.

—Como decía, siento mucho lo que ha pasado —repitió Reina mientras se limpiaba la boca con el dorso de la mano.

—Déjalo —la cortó Matt.

—No, en serio, quiero explicártelo.

—Lisa me lo ha contado todo.

Ahora fue él quien reclamó la botella.

—Estaba fuera, antes de que llegaran las chicas —continuó después de beber—, os vi, a ti y a Joe, escuchando la canción. No quise interrumpir.

—No habrías interrumpido. Me alegro mucho de verte.

—¿De veras? No me dio esa impresión. —Reina se encogió en su colchón—. Quiero decir, es evidente que Joe sabe de sobra cómo tratarte, cómo consolarte —añadió—. Estabais tan cerca, tan conectados, que me dio pudor. No pude entrar. Me fui. Cuando estaba esperando al ascensor me encontré con Lisa y me invitó a tomar algo. Vio que yo estaba enfadado por... ni siquiera sé por qué estaba enfadado.

—No estábamos haciendo nada malo —se defendió Reina.

—¡Lo sé! Era una jodida canción, por el amor de Dios. Claro que no estabais haciendo nada malo. Aun así, fue como una bofetada, ¿sabes? Una bofetada absurda y sin sentido pero que duele igualmente, ¿entiendes lo que quiero decir?

Reina asintió.

—En la cafetería, le pregunté a Lisa cómo lo hacía, como se las arreglaba para no tener celos de veros juntos, para estar tan tranquila sabiendo lo bien que os lleváis, lo bien que os conocéis. Entonces me contó su historia con Gabriel.

—¿Qué Gabriel?

—¿No sabes quién es?

—Nunca me ha hablado de él. Y Joe tampoco.

Matt le dio otro sorbo a la botella y acercó el sillón al borde de la cama.

—Lisa conoció a Gabriel en la guardería, cuando ambos tenían un año o así. Luego coincidieron de nuevo en la clase de infantil y una vez más en primaria. Era como si una mano invisible los colocara siempre al uno al lado del otro, en el mismo pupitre. Al principio no eran amigos, solo se llevaban bien y encontraban reconfortante tener una cara conocida en cada cambio de clase. Después, cuando sus madres arreglaron turnarse para recogerlos a la salida del colegio, se conocieron mejor y se hicieron amigos. Se contaban sus problemas, se daban consejo, ese tipo de cosas. A los trece, Lisa estaba coladita por él. Tardó ocho meses en declararse. Gabriel la rechazó, no sentía lo mismo. Lisa se quedó hecha polvo, lloró siete días con sus correspondientes noches, pero lo veía a diario y le echaba de menos, así que enterró el hacha de guerra y retomó la amistad. A los dieciséis, Gabriel comenzó a salir con una chica nueva del Instituto, Stacy. Era guapa, lista, y simpática. Una joya. Gabriel estaba pilladísimo. Lisa pasó a un segundo plano sin rechistar, pero cada vez que discutía con Stacy, Gabriel la llamaba. «Eres tía. ¿Qué hago?». A Stacy no le gustaba verlos juntos. Discutían por eso. Entonces Gabriel recurría a Lisa en busca de consejo y vuelta a empezar. Al final hubo un ultimátum, por supuesto. Gabriel escogió a Stacy y Lisa no se lo tomó bien. No entendía por qué tenía que elegir. Discutieron. Se dijeron de todo, hurgaron en heridas profundas, se machacaron. Dejaron de hablarse. Un mes más tarde, Gabriel moría en un accidente de coche después de haber dejado a Stacy en su casa.

—Oh, no.

—Oh, sí. Lisa nunca será Stacy. Tú eres Lisa, Joe es Gabriel. Ella confía en ti y confía en él. Nunca le hará elegir y nunca se enfrentará a ti.

—No tenía ni idea.

—Ni yo.

—¿Y eso es todo lo que te ha contado?

—No.

—¿Y qué más te ha contado?

—Que estabas embarazada de un colega del trabajo, que no sabías qué hacer, que le propusiste a Joe hacer un viaje para distraerte y él aceptó. Que decidiste tenerlo y que lo perdiste anoche, después de follar conmigo. Bueno, lo de follar conmigo lo he añadido yo, pero imagino que ha sido así, ¿no?

—Matt, yo…

—No. Yo. Lo siento mucho. Siento que hayas perdido a tu bebé, siento que pensaras que eras veneno para mí por estar embarazada, siento que hayas sangrado y sufrido a mi lado mientras yo dormía a pierna suelta, sin enterarme de nada, siento no haberme despertado para ayudarte y, sobre todo, siento haberme enfadado al verte escuchar una simple canción con tu mejor amigo después de que te hayan tenido que operar de urgencia en un jodido hospital de Las Vegas.

Se pasó la mano por el pelo y volvió a beber de la botella.

—Ya está, dicho. Joder, qué bien sienta. Y a pesar de la terrible mañana que he pasado, solo y sin saber qué demonios estaba pasando, todo lo que te he escrito es cierto. Lo pasé genial anoche.

—Yo también. —Reina permanecía recostada sobre la almohada, con las manos entrelazadas en su regazo, intentando con todas sus fuerzas controlar el terremoto que estaba sacudiendo su interior—. ¿Me das un poco?

Se llevó la botella a los labios una vez más.

—Tal vez deberíamos comer algo —señaló agitando el líquido que quedaba—. Para no acabar como cubas, más que nada. Creo que hay tenedores y servilletas en la bolsa.

—Me parece bien. ¿Qué es?

—Comida española. Ayer pasamos por una taberna vasca del centro antes de ir a cenar y las chicas pensaron que un poco de jamón ibérico me reconfortaría. Es una de mis comidas favoritas, pero no se puede comer durante el embarazo porque hay riesgo de transmitirle toxoplasmosis al feto. Ahora ya no tengo a nadie a quien infectar, así que han pensado que era el momento de darme el capricho.

Matt sacó un paquete de lonchas del color del vino tinto envuelto al vacío.

—¿Es esto? No parece gran cosa.

—¿No lo has probado nunca? —preguntó con sorpresa.

—Uh, uh.

—Déjame ver qué más hay.

Reina cogió la bolsa de papel y esparció su contenido por la cama.

—Anchoas, boquerones, torreznos, aceitunas y lo que estaba buscando, pan y aceite de oliva.

—Se lo han tomado en serio.

—No tenían ni idea de lo que comprar. Anoche estuvimos hablando con el dueño, Sally estuvo flirteando con él hasta que nos fuimos, así que le han pedido un *pack* para una española-estadounidense en apuros y esto es lo que les ha dado. —Sonrió—. La verdad es que ha dado en el clavo. Hacía mucho que no tomaba boquerones en vinagre.

Se llevó el paquete de jamón a la boca y mordió el plástico.

—Estaría mucho mejor en un plato de porcelana, pero nos tendremos que conformar.

Luego pellizcó la barra de pan un par de veces, regó la miga con un poco de aceite y colocó sendas lascas de jamón. Le ofreció uno de los trozos a su acompañante.

—¿Así tal cual?

—Así tal cual.

Matt se metió su trozo en la boca y se relamió. Reina lo imitó.

—Humm.

—¿Verdad?

Reina sonrió al ver su cara de sorpresa.

—¿Quieres otro?

—Sí, por favor.

Matt liquidó él solito medio paquete y una lata entera de anchoas de Santoña. Reina, hinchada aún por el aire de la laparoscopia, solo se llevó un par de trozos de jamón a la boca, que acompañó con algunos sorbitos de vino. La botella quedó vacía al lado de la mesita, y las sábanas blancas, repletas de migas de pan.

—Bueno —dijo Matt frotándose la barriga—. No ha sido lo que tenía pensado para nuestra primera cita, pero no ha estado nada mal.

Reina levantó la cabeza y lo miró fijamente.

—¿Cita?

—¿Te parece bien?

—Sí, claro. Es solo que no pensaba que fueras a querer, bueno… Es complicado, ¿no?

—A veces lo complicado no es tan complicado. A veces solo se trata de intentar hacerlo fácil. Me gustas. Me gustabas antes de que acabaras aquí y me sigues gustando ahora. Eso lo sé, y eso es fácil.

—Tú también me gustas.

Los ojos se le empañaron de nuevo.

—Ya, te gusto tanto que te hago llorar —bromeó Matt.

Ella rio entre lágrimas.

—¿Puedo? —preguntó él, sentándose en la cama.

Reina asintió.

—¿Quieres intentarlo?

Reina asintió de nuevo.

—¿Estás segura?

Ella asintió una vez más.

—¿Puedo besarte?

Reina lo miró y sonrió.

Cuando Matt rozó sus labios se olvidó de dónde estaba. Se olvidó de las manchas de sangre en las sábanas, de sus mensajes sin contestar, del hospital y de sus absurdos celos. Y sonrió al descubrir que, en realidad, era todo mucho más sencillo de lo que pensaba.

Se obligó a parar antes de no poder hacerlo.

—No sé si esto está permitido aquí.

Reina estaba acalorada, su pecho se movía arriba y abajo. El camisón se había movido de su sitio, dejando a la vista uno de sus hombros.

—Seguro que sí.

Se le puso dura en un periquete. Ella lo notó.

—Oh, no. No me hagas esto, por favor —suplicó él—. Es un sitio público, puede entrar cualquiera, en cualquier momento. Me muero de ganas, te lo juro, pero te has bebido casi media botella de vino y mi madre me enseñó de pequeñito que hay un momento y un lugar para cada cosa. Y, por si no lo sabes, este no es ni el momento, ni el lugar.

Reina rio una vez más y el sonido le hizo flotar. Luego la vio avanzar hacia él con las palmas de las manos, como una gata coja dispuesta a devorarle. Lo besó.

—Está bien. Solo quería ponerte nervioso. Lo cierto es que estoy un poco floja, pero prométeme que encontraremos ese momento y ese lugar.

—Prometido.

Reina volvió a recostarse y se arregló el camisón. Luego, cogió su móvil y tecleó en la pantalla.

—¿Te apetece escuchar algo de música?

A Matt no le dio tiempo a responder. Los acordes de una canción comenzaron a sonar. Una guitarra, una armónica, una voz de hombre. La canción que Joe y ella habían estado escuchando cuando llegó a la puerta.

—Se llama *Los restos del naufragio* y es de Enrique Bunbury. Me gusta desde que la oí por primera vez y Joe pensó que me vendría bien escucharla.

—¿Por qué?

—Por la letra.

—¿Qué dice, exactamente?

Reina se lo dijo y Matt pensó que su primo era, verdaderamente, el amigo más cojonudo del mundo.

ETAPA 7:

LAS VEGAS (NEVADA)-GRAN CAÑÓN (ARIZONA)

57

El cielo estaba encapotado. Parecía mentira que el tiempo pudiera cambiar así. Un día había un sol espléndido calentándolos a todos y al siguiente había desaparecido, dejándolo todo frío y gris. Reina pensó que ella era como ese cielo cambiante: albergando una vida dentro de sí un día, y perdiéndola al otro.

Matt y Reina se acercaban a las puertas de salida del hospital. Ella sentía la palma de él, grande y seca, envolviendo su mano. Se la apretó, dándole las gracias. Había pasado la noche en el hospital, con ella. Hablaron hasta bien entrada la noche, Matt se comió casi toda la comida del Don Pintxote y se enrollaron antes de dormir. Dadas las circunstancias los dos tuvieron que conformarse con besarse y manosearse y correrse silenciosamente encima de su respectiva ropa interior. Aun así, no había estado nada mal.

Mientras se sumía en el maravilloso sopor que siguió al orgasmo, Reina pensó en lo alucinante que era el cuerpo humano. Aun cuando el corazón sufre y se lamenta, la piel, los músculos, las hormonas, los huesos y los nervios siguen funcionando como si no hubiera pasado nada, dando vida a impulsos difíciles de resistir.

Sin embargo, de madrugada, cuando el efecto del vino, el deseo y los calmantes se hubo esfumado, Reina se despertó invadida por un horrible dolor de hombros. Le habían avisado que podía sucederle, y también le advirtieron que podría encontrarse débil por la pérdida de sangre. Reina se rebulló entre las sábanas, buscando el botón para llamar a la enfermera, y Matt, que se había quedado dormido en el horrendo sillón color caca, se despabiló y se ofreció a hacerle un masaje.

Veinte minutos más tarde, cuando la química de las drogas comenzó a obrar su magia, ambos se quedaron dormidos, acurrucados encima del estrecho colchón.

Así les descubrió la auxiliar de la mañana cuando entró con la bandeja del desayuno y les informó de que en breve le darían el alta. Reina aún se sentía floja y abrumada, pero se alegraba de abandonar el hospital.

Cuando cruzaron las puertas de la salida, distinguieron, a lo lejos, a su grupo de amigos esperándolos al lado del viejo 406.

—¿Y ese quién es? —susurró Matt, señalando discretamente a un atractivo joven situado a la derecha de Sally.

—Es Ian, el *highlander* del restaurante.

—¿En serio? ¿Y qué está haciendo aquí?

—Sally lleva dos noches tirándoselo. Lo anunció en el grupo de WhatsApp después de dejarlo KO a polvos. Imagino que también lo habrá utilizado de chófer para venir hasta aquí.

—¿Pero no me dijiste que le gustaba el de Don Pintxote?

—Ese también caerá, dale tiempo.

—Vaya. Parece que Las Vegas no le han sentado nada mal a tu amiga.

—Ni te lo imaginas, creo que va a empezar a echar currículums por aquí.

Se detuvieron al llegar y Reina no pudo evitar notar que su mano seguía pegada a la de Matt, como si no pudiera estar en ningún otro lugar mejor.

—¿Qué tal habéis dormido, pareja? —saludó Effie con esa franqueza suya tan característica.

—En mi vida he dormido en un sillón tan incómodo —respondió Matt.

—Mejor de lo que pensaba —informó Reina.

—¿Cómo te encuentras? —preguntó Lisa.

Reina se encogió de hombros.

—Se me pasará, imagino. Aún estoy asimilándolo. ¿Tú qué tal? Ayer no te di las gracias por haber venido, pero me hizo mucha ilusión verte, aunque no creo que tanta como a Joe.

El aludido rodeó a Lisa con un brazo y le dio un beso en la mejilla.

—Sí, no me lo esperaba en absoluto. Fue una sorpresa maravillosa.

—Bueno, y ahora, ¿qué vais a hacer?

La pregunta de Juana cayó como una bomba.

—Quiero decir, ¿vais a continuar con el viaje? ¿Regresaréis a casa…?
Nia le dio un codazo, pero ya era demasiado tarde.

—Bueno, aún me quedan unos días de vacaciones y de momento
no tengo ningún interés en regresar a la oficina, así que, si Joe quiere…
Dejó de hablar al ver la cara de su amigo.

—Verás —comenzó él, reticente—, me sabe fatal, pero Lisa tiene
que incorporarse al trabajo en dos días y no quiero que vuele sola otra
vez. Además, tengo ganas de ver a los chicos y pasar un tiempo todos
juntos antes de que empiecen las clases.

Reina asintió, comprensiva.

—¡Claro! Lo entiendo. Es muy normal. Esto… ¿Queréis que os
deje el coche y me vuelvo yo en avión? A mí no se me ha perdido
nada en Los Ángeles en realidad, puedo quedarme aquí unos días —se
volvió para mirar a Effie, quien asintió efusivamente— o volver sola a
Pittsburgh. No hay ningún problema. Podemos ver cómo organizar…

—Creo que deberías terminar —la cortó Joe.

—¿Perdona?

—Deberías terminar el viaje, creo que es importante. Te hacía mucha ilusión y estás muy cerca. No lo dejes a medias.

—Pero…

—Yo sigo teniendo que ir a Los Ángeles —terció Matt.

Reina se giró hacia él.

—El festival, ¿recuerdas? Yo puedo ir contigo a Los Ángeles. O tú
conmigo.

Los presentes apartaron la mirada.

—Y puedo conducir, ahora que sé cómo manejar las marchas.
—Matt sonrió como si no estuviera desnudando su alma delante de
la concurrencia.

—Pero —preguntó Reina, dubitativa—. ¿Qué pinto yo en un festival de diseño?

—¡Oh! No hace falta que vengas. Tú dedícate a lo que sea que fueras
a hacer allí y quedamos cuando haya terminado para ver la ciudad o
lo que sea.

Reina miró a Joe y a Lisa, los únicos que sabían para qué había
querido ir a Los Ángeles en primer lugar. Hacía días que no pensaba

en Dennis Shawn ni en el fantástico beso que le daba al personaje de Luka en la enésima secuela de Thor. Los dos eran como fantasmas que hubieran volado repentinamente a un lugar mejor. ¿Qué se le había perdido a ella en L.A.? ¿Y si Matt se enteraba?

—Es una buena idea —intervino Lisa—. Puedes ir a la playa, de compras, visitar los estudios de cine… Todo lo que habías planeado. Te vendrá bien distraerte.

Reina paseó la mirada a su alrededor, indecisa.

—Tienes tus cosas en el maletero y el depósito lleno de gasolina. —Joe se sacó las llaves del coche del bolsillo del pantalón y las agitó en el aire—. Podrás escoger la música… —insistió.

Reina se volvió de nuevo hacia Matt, que se encogió levemente de hombros. «¿Por qué no?», parecía decir.

Y Reina pensó exactamente lo mismo. ¿Por qué no? ¿Qué más tenía que perder? Le vendría bien la compañía, y también el cambio de aires. Cogió las llaves con fuerza.

—Sois todos unos conspiradores, pero os quiero igual.

—Y más que nos vas a querer —anunció Effie con aire misterioso— porque, sabiendo que te sobraban días y que Joe iba a regresar a casa con su adorable familia, te hemos reservado una noche en un refugio exclusivo del Cañón del Colorado para que puedas descansar como es debido.

—¡O no! —gritó Juana colgada de la mano de Ian y guiñando el ojo de forma muy exagerada.

Effie le dio una colleja cariñosa.

—Para que puedas descansar como es debido, decía, y desconectar un poco antes de llegar a vuestro destino.

Sacó un sobre de su bolso y se lo entregó sin mucha ceremonia. Dentro había un bono de una noche para dos personas en un hotel de lujo y una tarjeta dedicada por todos ellos, Ian incluido.

Reina estaba sin palabras. Joe odiaba las alturas y, para disgusto de Reina, no había incluido el Gran Cañón en el itinerario alegando que les haría desviarse demasiado de la ruta planeada. Ella lo había visitado con su familia cuando era niña, pero lo único que recordaba era que hacía mucho calor y que se le cayó su primer diente en el centro de visitantes.

—Y Mikkha te ha reservado un masaje relajante de una hora y media en el spa —añadió Lisa—. No sé cómo consiguió mi número, pero me contactó para saber cómo estabas. Le debes una llamada.

—Lo sé. Necesito algo más de tiempo.

—Le dije que íbamos a regalarte una experiencia de lujo para que te distrajeras un poco y enseguida quiso participar, pero omití que vas con acompañante…

—¿Quién era Mikkha? —preguntó Matt, tratando de ubicarse.

—El padre —contestó Joe—. Bueno, ¿expadre? El causante de que estemos todos aquí, vaya.

—Todo esto es muy raro.

—No le des más vueltas, primo. A veces la vida es un poco rara, pero raro no significa necesariamente malo, ¿verdad? —Joe se acercó a él con desenfado y, pasándole un brazo por el cuello, se lo llevó aparte—. Cuídala, ¿vale? No te portes como un capullo con ella.

—¿Crees que voy a asfixiarla y descuartizarla en cuanto te des la vuelta?

—No estoy de broma. No la presiones. Guárdate la polla en los pantalones hasta que esté lista, ¿me has entendido? No me hace gracia irme, pero estoy mayor para esto, joder. Estaba como loco por irme de mi casa y ahora solo quiero volver a ella, escuchar a mis hijos pelearse y sentir las patadas de mi mujer en la cama cuando le robo la sábana. Prométeme que serás bueno.

—Seré bueno, primo. Me gusta mucho.

—Pues claro que te gusta mucho, es cojonuda. No la cagues.

—Prometido.

Joe se dio la vuelta para volver al coche. Matt lo llamó.

—¡Primo!

—¿Sí?

—Tú también eres cojonudo.

Joe le regaló una sonrisa ladeada y continuó andando hacia Ian. Reina estaba despidiéndose. Las chicas la abrazaban todas a la vez y Lisa comprobaba el maletero. Matt se acercó de nuevo a su primo.

—Y ya sabes, tío —le decía el *highlander* a Joe—. No supliques. Tantea una vez, suave, no le agarres del coño o le manosees las tetas a la primera de cambio. Cultiva el deseo, y luego… hazla disfrutar.

—¿De qué habláis?

—De informes atrasados, primo. Ya te lo contaré algún día, cuando consigas una relación estable y la monotonía aceche en las sombras. Por ahora no creo que te haga falta.

—Ya estoy lista —anunció Reina—. Muchas gracias por todo, amigo.

Se colgó del cuello de Joe y le dio un enorme abrazo que este le devolvió multiplicado por dos.

—No hay de qué. Por cierto, tengo otra cosita para ti.

Se acercó a Lisa y extendió la mano. Su mujer hurgó en su bolso un instante y le entregó un reluciente paquete de toallitas húmedas.

—Espero que no tengas que usarlas, pero nunca viene mal tenerlas a mano.

Reina se las llevó al corazón e inclinó la cabeza en gesto de agradecimiento.

—Las llevaré siempre conmigo, por si las moscas. —Luego se dirigió a Matt—. ¿Nos vamos?

—Nos vamos.

Y despidiéndose una última vez con la mano se montaron en el coche, arrancaron y se incorporaron al tráfico de Las Vegas. En lo alto, un tímido rayo de luz atravesó las nubes grises.

58

El complejo era impresionante, pero no tanto como las vistas. A pesar de la melancolía y el dolor que la invadían, Reina sintió un ramalazo de alegría y esperanza solo con mirar por el enorme ventanal que daba al parque nacional. La piedra rojiza dominaba el paisaje, impertérrita, bajo un cielo azul celeste sin rastro de nubes. Suspiró con fuerza, como si hubiera alcanzado la meta de una maratón que no supiera que estaba corriendo.

La calma que lo embargaba todo solo se veía interrumpida por el sonido del agua de la ducha al caer. Ella había dormido durante casi todo el trayecto y ahora se encontraba despierta y más o menos descansada, pero Matt, que apenas había pegado ojo en el hospital, había conducido durante todo el trayecto. Cuando llegaron a su destino, casi lloró al descubrir la enorme ducha con chorros de todo tipo que presidía el cuarto de baño.

—¿Te importa si…?

—Pasa tú primero —contestó Reina—. Voy a dar una vuelta, me vendrá bien estirar un poco las piernas.

Así lo hizo. El hotel era pequeño pero muy exclusivo. Cinco villas individuales perfectamente integradas en el paraje natural. Cada una de ellas contaba con un amplio dormitorio y su correspondiente baño, un confortable salón, una pequeña cocina perfectamente equipada, y una terraza con mesita y dos butacas con vistas al Gran Cañón. Un restaurante cinco estrellas, un spa subterráneo y una tienda de *souvenirs* y productos bio completaban las instalaciones comunes.

Después de vagabundear con calma por los alrededores, Reina finalizó su recorrido en el colmado. Iba en busca de postales. Era una pequeña tradición que tenía con las chicas desde los tiempos de la facultad. Siempre que alguna se iba de viaje, buscaba la postal más fea y hortera del lugar y la mandaba al resto del grupo con un pequeño texto jocoso. Tenía una caja de zapatos repleta de ellas guardada a buen recaudo en su piso de Pittsburgh. Las de Nia eran siempre las mejores, por lo horrendas que eran, pero los textos de Effie eran difíciles de superar, ácidos y frescos como un cesto de manzanas verdes. El problema, sin embargo, era que en Villa-Exclusiva no había ni una sola imagen desagradable disponible. Todas las postales eran maravillosas y perfectas, como si la persona encargada del lugar hubiera tomado la decisión consciente de desterrar todo lo feo, triste, hortera y estropeado a algún sitio más allá de los confines del hotel. Se preguntó si la regla se aplicaría también a la clientela. Se fijó en sus desgastados vaqueros azules y en sus viejas Converse rojas y miró a su alrededor por si venía alguien a confirmarle que se había cometido un terrible error y tenía que abandonar el lugar inmediatamente. Tan solo descubrió a una cajera aburrida que se entretenía con su móvil sin prestarle la menor atención.

Volvió a centrarse en las postales y llegó a la conclusión de que la ocasión merecía una excepción. Escogió las tres más fabulosas del *stand* y se dirigió al mostrador, curioseando por el camino. Cuando fue a pagar, descubrió una caja de tomates frescos y maduros y la boca se le hizo agua. No había cocinado desde que empezó las vacaciones y pensó que era un buen lugar y un buen momento para hacerlo. Había poca materia prima, pero de buena calidad: hortalizas, pan, huevos frescos... Lo suficiente para hacer algo sencillo pero apetitoso. Ilusionada, compró lo necesario para preparar una cena para dos y regresó a paso ligero a su villa.

El rumor de la ducha cesó de golpe y Reina le echó un último vistazo al paisaje antes de dirigirse a la cocina y husmear en sus rincones. Cuando descubrió la batidora tuvo una idea que la hizo sonreír. Lavó los tomates y sacó un cuchillo y la tabla de cortar. Cortar verduras siempre la relajaba. Tenía que concentrarse en mover bien el cuchillo y cortar los trozos en el tamaño adecuado, y eso le impedía pensar en nada más. El ruido del filo contra la madera la mecía como una primitiva canción de cuna que la hipnotizaba hasta que terminaba la tarea, con todos los ingredientes pulcramente cortados y separados en un collage de colores luminosos y vibrantes.

La mitad de los tomates habían caído ya bajo su filo cuando la puerta del baño se abrió y Matt salió a través del hueco con una toalla enrollada en la cadera. Reina lo admiró en todo su esplendor, sin disimulo. Imágenes de él danzaron en su memoria, una detrás de otra: corriendo hacia ella para salvarla de Lewis, masticando un trozo de hamburguesa en el abarrotado *pub* de Columbus, moviendo la palanca de cambios en un *parking* desierto, jugando borracho al Tetris, respirando agitado en un ascensor cerrado, tumbado bajo ella mientras le regalaba un orgasmo intenso y liberador... Las yemas de sus dedos hormiguearon con el recuerdo del tacto de su piel.

—¿Te gusta lo que ves? —preguntó él, provocador.

—Mucho. —Se secó las manos con un trapo de cocina color borgoña.

—Puedes tenerlo cuando quieras. —Se apoyó en el quicio de la puerta, el pelo mojado goteando sobre sus hombros.

Reina clavó el cuchillo en el tomate más próximo y se acercó a él, confiada.

—Tenemos la visita guiada al parque en poco más de media hora.

—Puedo ser rápido.

No se había movido un ápice, pero Reina notó cómo la toalla se abombaba a la altura de su entrepierna. Sonrió de medio lado, pero Matt no se inmutó.

—Las prisas no son buenas, me lo enseñó mi madre hace ya mucho tiempo. Todo es mucho mejor cuando se hace *despacito*. —Pronunció la última palabra en castellano antes de plantarse a cinco centímetros de él y morderse el labio inferior.

—Puedo hacerlo *despacito* también. Puedo hacerlo exactamente como quieras que lo haga.

La electricidad chisporroteaba entre los dos, ocupando el poco espacio que los separaba.

—Debería darme una ducha —cedió ella— para refrescarme.

—¿Puedo mirar? —preguntó Matt, descarado.

Reina dudó un momento, pero no tardó en decidirse.

—Por supuesto.

Nunca había hecho algo así, nunca había llegado tan lejos en este tipo de juegos. Le gustaba llevar la iniciativa, pero eso se resumía en lanzarse la primera si era necesario y ofrecer su piso para tener sexo después. El resto solía ser de lo más corriente, es decir: rollo en el taxi, copa en la casa y polvo en el sofá, la cama o la encimera de la cocina si el tipo realmente valía la pena y no podía esperar a llegar a la habitación. Luego venían los ronquidos, las ganas irrefrenables de quedarse sola de nuevo y a otra cosa, mariposa. Esta situación, sin embargo, este estado permanente de ligoteo y provocación era nueva para ella, excitante. No quería perder, no quería ser la primera en tirar la toalla (literalmente), pero tampoco sabía hasta dónde sería capaz de llegar sin morirse de vergüenza.

Pensó en la botella de vino del Don Pintxote, olvidada en el fondo de su bolsa. Sin duda, todo sería más fácil con un par de copas de más, pero no iba a romper la tensión para servirse. Tendría que hacerlo a pelo.

Entró en el baño con aplomo fingido y se maravilló de nuevo al contemplar la ducha. Era hermosa, una verdadera obra de arte de la fontanería. «Vale, Reina, céntrate. La ropa, empieza por ahí». Tenía que quitársela, pero ¿cómo hacerlo sin perder la dignidad? No había música, ni cortina de ducha, no había nada de nada, joder, solo azulejos relucientes y cristal. Todo absoluta y desesperadamente transparente.

Matt se acomodó sobre la tapa del váter, que competía en elegancia con la ducha. Reina le miró el paquete para ver si la situación le seguía resultando sexi o, por el contrario, se había convertido en un chiste andante por el camino. La erección se mantenía firme en su sitio. Suspiró aliviada, su maltrecha confianza momentáneamente reparada.

Decidió empezar por el principio: las zapatillas. Ni de coña iba a arrodillarse para quitárselas, por lo que solo le quedaba una opción.

Mirándole fijamente a los ojos con cara impasible levantó su pierna izquierda y la plantó con firmeza sobre la toalla impoluta de Matt, apuntando con sus pupilas a los cordones de las Converse.

Cuando Matt comprendió lo que le estaba pidiendo soltó una carcajada que reverberó en los azulejos blancos y luego la miró con algo que Reina identificó como sorpresa, o incredulidad, o un poco de ambas.

Haciendo una ligera reverencia con la cabeza, desató la zapatilla y, después de aflojarla, se la quitó con delicadeza. Reina no bajó la pierna. Se quedó mirando el calcetín sin mover un músculo y Matt lo retiró también, masajeándole levemente la planta del pie al hacerlo. Reina se felicitó mentalmente por haberse cambiado los calcetines antes de salir a pasear. Cambió de pierna. Matt procedió, sumiso, y Reina lo recompensó frotándole la entrepierna con su empeine antes de volver a apoyarse de nuevo en el suelo con los dos pies.

Bueno, lo más difícil ya estaba hecho. Ahora quedaba el resto.

Volvió a mirar a Matt y descubrió que ya no se reía en absoluto. Estaba mortalmente serio, o concentrado, no estaba segura. El pelo ya no le goteaba y notaba cómo sus ojos la recorrían de arriba abajo, oscuros de deseo.

Se dio la vuelta. No podía enfrentarse a él si la miraba así.

Intentando imitar a Demi Moore en *Striptease*, se quitó la goma de la coleta y agitó la cabeza para que el pelo cayera sobre sus hombros. Luego agarró el borde de la camiseta y tiró de ella hacia arriba, hasta quitársela por la cabeza. Notó el aire frío en la piel de su espalda y sintió un escalofrío. Miró por encima del hombro para ver si Matt se había dado cuenta y lo vio quieto como una estatua, tenso como un lobo a punto de saltar, las manos extendidas encima de sus muslos.

Volvió a mirar hacia delante y tragó saliva.

«Tú puedes, Reina. Eres fuerte, eres adulta, eres independiente. Eres un partidazo. Eres la puta ama».

Arqueando las lumbares se llevó las manos al broche de su sencillo sujetador negro y lo abrió, dejándolo caer al suelo con suavidad, sin mirar atrás.

A continuación, se desabotonó el vaquero y, con manos temblorosas, bajó la cremallera despacio.

Había llegado la hora del movimiento final. Tenía que quitarse todo lo que le quedaba de golpe. No pensaba sacar los pies de los agujeros de los vaqueros y las bragas dos veces seguidas, tenía que encontrar un gesto fluido y natural y erótico, todo a la vez. Tenía que ser Shakira, J.Lo o Beyoncé. Y, sobre todo, tenía que mantener el equilibrio para no acabar cayéndose de morros y comerse el suelo con los dientes. Se preguntó por qué demonios se había metido en ese lío.

La cremallera del pantalón llegó a su tope. El silencio era atronador. Contó hasta tres mentalmente y, respirando hondo, bajó con fuerza la cinturilla de los pantalones y de sus braguitas al tiempo que arqueaba la espalda y proyectaba su trasero hacia atrás, todo de golpe. Se maravilló al ver un fardo de ropa enredado en sus tobillos y sentir el aire en sus nalgas. Lo había conseguido.

Matt carraspeó ligeramente desde atrás, y ella contuvo las ganas de volverse. Se sentía dichosa, y orgullosa y eufórica, todo al mismo tiempo. Pero no se distrajo. Sacando con delicadeza los pies de los vaqueros se dirigió a la ducha que tenía justo enfrente y abrió el grifo. Un millón de gotas de agua tibia la empaparon en un segundo y, por un momento, se olvidó de lo que estaba haciendo y para quién. Se dejó mojar como cuando estaba en su baño, llevándose las manos al pelo y echándoselo hacia atrás mientras elevaba el rostro hacia el agua. Con un gesto automático llevó la mano al dispensador de champú de lujo y comenzó a lavarse la melena a conciencia, empezando por las raíces y siguiendo hasta las puntas, hasta que un movimiento a su espalda la hizo girarse y descubrió a Matt de pie ante la entrada de la ducha. La toalla se mantenía anclada a sus caderas, con su polla claramente levantada hacia el Señor. Su pecho se movía arriba y abajo, agitado. No parecía que le importara haber perdido el juego. A Reina tampoco, en realidad.

El latigazo de deseo la golpeó sin avisar, mientras la vergüenza desaparecía por el desagüe, junto con la espuma. Volvió a llevar la mano al dispensador y se dio la vuelta para que Matt la viera por completo, sin trucos ni excusas. Comenzó a frotarse un brazo y luego pasó al otro, hasta llegar a sus pechos. Se los enjabonó con calma, sintiendo cómo la excitación trepaba por sus piernas y su estómago, alojándose en su vientre como un gato nervioso que solo desea que lo acaricien. Matt se había quitado la toalla y seguía mirándola, con una mano envolviendo su erección. Dio un paso hacia ella, acortando la distancia. Al segundo siguiente los dos estaban juntos, besándose bajo la lluvia de la ducha, las manos de él enjabonándole la espalda, los glúteos, los hombros. Sus labios recorriendo la curva de su cuello, de su clavícula. Reina se abrazó a él con fuerza, disfrutando de cada sensación, de cada caricia, hasta que un tirón en su vientre la hizo sisear.

—¿Qué ocurre?

Reina miró hacia abajo y la magia se rompió de golpe, haciéndose añicos como un vaso de cristal estrellado contra el suelo. Confundida, levantó la mirada y se topó con los ojos verdes de Matt, que aún sostenía uno de sus pechos en la mano.

—No pasa nada —dijo él—. Eh, no pasa nada.

Cerró el grifo, la envolvió con una toalla y la cogió en brazos para sacarla de allí. Completamente desnudo y cubierto de espuma, caminó hasta la habitación y la depositó con delicadeza sobre la cama.

—Eres espectacular, ¿lo sabías? Por dentro y por fuera. No se me había puesto así de dura en la vida. Eres lo más sexi que he visto jamás.

Reina lo miró abatida desde su almohada empapada.

—Me preocupa un poco que haya estado a punto de correrme al quitarte esas zapatillas roñosas, pero ha merecido la pena —continuó él, de cuclillas en el suelo, con los brazos apoyados en el colchón.

Eso le arrancó una pequeña sonrisa.

—¿Tienes una doble vida como *stripper* o algo? ¿Te quitas los pantalones así habitualmente? ¿No? ¿En serio? Pues nadie lo diría, es como si hubieras tenido a Shakira de compañera de cuarto. O a Dita von Teese. No te rías, no le encuentro otra explicación.

Reina se arrebujó en la toalla, agradecida.

—¿Puedo ver los puntos?

Ella asintió.

Matt levantó la toalla a la altura del ombligo hasta dejar al descubierto las incisiones de la operación, selladas con hilo.

—Son muy *punk*. ¿Te duelen?

—No mucho, pero me tiran de vez en cuando.

Matt acercó sus dedos y las tocó con delicadeza.

—¿Quieres que pare?

Reina negó con la cabeza, así que se inclinó para rozarlas suavemente con los labios, una a una. Cuando terminó le sopló ligeramente en el ombligo, provocándole un escalofrío.

A continuación, elevó la cabeza para mirarla a los ojos. Reina se descubrió del todo y esperó, sin romper el contacto visual. Entonces Matt subió a la cama y se tumbó detrás de ella, abrazándola con su cuerpo.

Permanecieron así un minuto o dos, inmóviles, respirando, pero luego él la besó en el hombro y llevó de nuevo la mano al ombligo, usándolo de punto de partida para dibujar un triángulo imaginario que trazó con la yema de su índice. Reina giró el cuello, invitándole a continuar. Sintió el roce de sus dientes mordisqueando su piel y se estremeció.

La mano de Matt acariciaba su vientre mientras ascendía, perezosa, hasta su pecho izquierdo. Reina se arqueó, acercando su trasero hacia la erección. Cuando los dedos de él juguetearon con su pecho, bamboleó las caderas en un vaivén rítmico y se dejó llevar. Luego movió sus manos, inertes hasta hacía un instante, y las llevó a la cabeza de Matt, aferrándolo del pelo, manteniéndolo en su lugar. Él la cogió de la cadera y la obligó a girarse, hasta que la tuvo frente a sí. Le besó la punta de la nariz y cada uno de los párpados.

—Quédate quieta —le susurró al oído—. Ahora me toca a mí.

Reina se movió para besarlo. Matt atrapó una de sus manos y la llevó por encima de su cabeza, inmovilizándola.

—Tse, tse, tse. —Chasqueó la lengua—. No te gusta que te den órdenes, ¿eh?

Reina negó con la cabeza.

—¿Quieres que lo deje?

Volvió a negar, contorsionándose encima del colchón.

—Bien, porque no quiero dejarlo. ¿Por dónde iba?

Era igual que en su fantasía, la que la ayudó a dormir aquella noche de lluvia en Chicago. Solo que eso era real, y Matt no era un personaje de ficción. Con la cabeza de Matt descendiendo a cámara lenta hacia su entrepierna, recordó la imagen de Dennis Shawn. Era tal y como ella lo había imaginado entonces. ¿Qué haría a continuación? ¿Seguiría los mismos pasos que siguió ella durante esa noche lluviosa? ¿Recorrería el mismo camino que trazó ella para sí misma?

Antes de ser consciente de lo que hacía se desasió del agarre de Matt, le cogió la mano y la utilizó para acariciarse, tal y como había hecho a solas en el cuarto de paredes verdes de Chicago. Matt se dejó hacer.

Como si estuviera dirigiendo a una marioneta con carne de hombre, Reina recreó su fantasía paso a paso. Guio las manos, los brazos, la cabeza y los labios allí donde ella quería que estuviesen, en el momento en el que ella sabía que era apropiado. Matt respondió a la perfección. Sus dedos, sus labios y su lengua, hábiles y entregados. El orgasmo la encontró antes de lo que esperaba, con su clítoris envuelto en saliva y suspiros, el dolor de las heridas completamente olvidado.

Matt emergió de entre sus piernas, ebrio de sensaciones, el pelo alborotado, las mejillas sonrosadas.

—¿Me lo ha parecido solo a mí o me has utilizado como un juguete sexual sin sentimientos?

Reina abrió los ojos despacio en un intento de enfocarlo mejor. Pensó que sentiría vergüenza, pero no fue así. Su cuerpo desmadejado solo exudaba satisfacción y blandura. Sonrió de medio lado, fingiendo un arrepentimiento inexistente. Matt gateó entre las sábanas y se derrumbó a su lado.

—Porque, si ha sido así, puedes repetir cuando quieras. Ha sido… Wow…

Reina se giró para besarle sus labios aún húmedos.

—Has estado espléndido. Te debo una. —Levantó la muñeca, perezosa, para mirar la hora en su reloj de pulsera—. La visita empieza en diez minutos, ¿crees que llegaremos?

Matt se incorporó como un rayo.

—Por supuesto que sí. ¿Te apuestas algo?

59

Si Reina tenía alguna duda acerca de si el Cañón del Colorado iba a cumplir sus expectativas, la visita guiada las disipó todas por completo. Había estado en muchos sitios a lo largo de su vida, pero nunca había visto nada como el sol poniéndose tras la formación rocosa a la que llamaban «La herradura». Rodeada de turistas tan alucinados como ella, se sintió extrañamente en paz. El aire, las nubes, la roca, el río, el silencio… El conjunto de lo que estaba viendo parecía decirle que todo iba a salir bien, que solo tenía que mantenerse en pie y el sol la besaría en la coronilla cada noche antes de irse a dormir. No se hizo selfis y Matt tampoco se lo pidió. Enmarcó el paisaje con el móvil, pleno de violetas, azules, naranjas y rosas, y se lo mandó, convertido en imagen, a la pandilla.

Gracias. Estoy bien. Mejor que bien. Sois los mejores.

Luego se alejó un poco del grupo para llamar a Mikkha. Había llegado la hora. Él descolgó al primer tono y se mostró inquietantemente cariñoso. Su dulzura la descolocó y reconfortó a partes iguales. Le anunció que tenía hora para operarse la nariz. Quería dejar de roncar por las noches. A menudo se preguntaba qué hubiera pasado entre ellos si no le hubiera echado de casa por no dejarla dormir. Reina se alegró por él. Los hombres con narices romanas que se esfuerzan activamente en no despertar a sus parejas cuando duermen estaban muy cotizados. Mucho más que los que se obsesionan por injertarse pelo donde no lo hay o extenderse un pene que quizá no saben utilizar correctamente para empezar. Se despidieron con la promesa de tomarse un café a la vuelta para ponerse al día y Reina pensó que, tal vez, estaba asistiendo al comienzo de una bonita amistad.

Regresaron sin prisa a su pequeña villa, cogidos de la mano, con la oscuridad cerniéndose sobre ellos, las últimas pinceladas de colores desapareciendo en el horizonte. Un tomate los esperaba encima de la tabla de cortar, su corazón apuñalado por el filo del cuchillo. Reina se aproximó al fregadero, se lavó las manos y lo troceó con parsimonia.

—¿Tienes hambre? —le preguntó a Matt—. He pensado que podíamos cenar en la terraza.

—Qué buena idea. —Matt se apoyó en la encimera—. ¿Y cuál va a ser el menú?

—Salmorejo y tortilla de patatas, aunque quizá es un poco tarde para la tortilla, lleva su tiempo…

—Soy el as de las tortillas. No de las de patata, esas no sé cómo se hacen, pero hago unas tortillas francesas para chuparse los dedos.

—Pues no se hable más, yo me encargo del primero y tú del segundo. Y de postre, fresas.

Como la cocina no estaba diseñada para que la ocuparan dos personas a la vez, Matt se entretuvo poniendo la mesa y luego se sentó en uno de los taburetes de la pequeña barra que hacía de encimera para observar a Reina.

—¿Cómo has dicho que se llamaba?

—Salmorejo, es una receta del sur de España, muy típica de la provincia de Córdoba. Se toma frío y era la comida favorita de mi abuela paterna. En verano lo preparaba varias veces a la semana.

Reina terminó de pelar un ajo y se acercó a la nevera para sacar los tomates que había troceado antes de la visita.

—Espero que sea lo suficientemente potente, la clave del salmorejo es que quede todo bien triturado —comentó, mientras vertía todos los ingredientes en el vaso de la batidora.

Cuando pulsó el botón de ON, la pulpa comenzó a licuarse con rapidez bajo las cuchillas. Reina contempló, sin parpadear, cómo el líquido se movía al ritmo de la batidora, cada vez más rojo, más espeso, danzando arriba y abajo al son del motor, pegándose a las paredes del vaso como la sangre se había pegado a sus bragas.

—¿Y qué decías que llevaba? —gritó Matt por encima del barullo.

—¿Qué? —Reina salió de su trance—. Ah, no mucho: tomates, un trozo de pan, aceite de oliva virgen y un pequeño diente de ajo. Es muy sencillo, ¿ves? Un poco más y estará listo.

Mientras Reina servía los cuencos y fregaba, Matt batió los huevos e hizo las tortillas. Luego salieron a la terraza y se dispusieron a cenar, las estrellas titilando sobre sus cabezas.

—Es extraño, ¿verdad? —comentó Reina antes de llevarse un trozo de tortilla a la boca—. Estar aquí contigo, tomando la mejor tortilla francesa que he probado en mi vida, como si fuera lo más normal del mundo.

—Bueno, es extraño y normal a la vez, ¿no? Porque yo tengo la sensación de que estoy exactamente donde tengo que estar. Es decir, es raro, porque apenas te conozco, pero al mismo tiempo me parece lo más natural del mundo estar tomándome este salmontejo…

—Salmorejo.

—Este delicioso salmorejo, que no había probado en mi vida, en un hotel de lujo del mayor parque natural de Arizona. La vida a veces resulta sorprendente.

Reina asintió en silencio. Luego volvió a hablar, mirando a la noche oscura.

—Me resulta difícil disfrutarlo del todo, ¿sabes? —Se llevó la mano al vientre—. Hace un mes era una persona convencida de que lo tenía todo bajo control y, en estas semanas, me he dado cuenta de lo absurdo y naif que es pensar así, resulta casi peligroso. Yo no quería ser madre y mi cuerpo decidió por mí. Luego quise serlo y mi cuerpo me lo arrebató. Sangraba, sufría, con una vida escapándose entre mis piernas, y sentía el peso del mundo, de la ley incluso, sobre mis hombros. Moisés, con sus tablas de piedra, juzgándome desde lo alto de su monte. Y no podía evitar pensar: «¿quién coño eres tú para juzgarme? Tú, cuyo cuerpo nunca ha sido colonizado, penetrado, ni ha sangrado cada mes para alojar vidas. ¿Por qué te gusta inspirar miedo? ¿Por qué tengo que doblegarme ante la culpa y someterme a alguien que jamás ha pasado, ni pasará, por lo que yo?». —Se volvió hacia Matt—. Y no es solo eso, si lo piensas: es el cáncer, el Alzheimer, un paro cardíaco, un derrame cerebral. Simplemente sucede, completamente al margen de tu voluntad.

Dio un sorbo a su copa de vino blanco y continuó:

—Pero, por otra parte, puedo decidir aceptar el regalo de unos amigos y compartirlo contigo. Decidí comprar tomates y hacer salmorejo, decido comerme tu tortilla. Escojo dejar que me veas en la ducha y ofrecerte mis Converse para que me las quites. Me niego a sentirme como un trapo por algo en lo que no he tenido nada que ver, o no más que el hombre que me metió en este lío, al menos. Decido dejar que la pena, o la impotencia, o lo que sea que tengo ahora revolviéndose en mis tripas, salga a su ritmo de mi cuerpo, mientras me enjabono el pecho o mientras miro la luna. Elijo contarte lo que pienso y lo que me pasa en lugar de envolverme en una capa de silencio o mostrarme diferente a como me siento en realidad y, por un momento chiquito, por un breve instante, pienso que, a pesar de este cuerpo que parece tener una voluntad diferente a la mía, tengo superpoderes, que puedo hacer que pasen cosas importantes solo con elegirlo. Y creo que estar aquí, ahora, contigo, así, es importante.

Reina volvió a elevar la cabeza hacia el firmamento.

—Y voy a elegir ser feliz. Voy aceptar a mi caótico, testarudo y maravilloso cuerpo y acabarme esta botella de vino blanco en tu compañía, Matt Henderson, porque me gustas un montón.

Desde el otro lado de la mesa Matt la miraba, hipnotizado.

—Tú también me gustas un montón.

Se sonrieron con timidez y entrechocaron sus copas, iluminados por la luz de la pequeña vela que Matt había encendido antes de cenar.

—Creo que voy a tener que escribir a Tania para darle las gracias —añadió él después de haber bebido un trago de vino.

—¿Y eso?

—Me dijo que era tu tipo.

—¿Qué? ¿Cuándo?

—En Atlantic, durante la fiesta.

—¿Por qué?

—No tengo ni idea, pero me alegro de que me lo dijera. Me hizo pensar que tenía alguna posibilidad.

—Qué raro, porque nunca he compartido mis gustos con ella. Pero supongo que también yo tendré que agradecérselo.

—¿Y qué gustos son esos, si puede saberse? ¿Qué tipo de hombre le gusta a Reina Ezquerra?

Reina se reclinó en su silla y lo meditó.

—¿Quieres saberlo? Pues bien, allá va. Me gustaría estar con un hombre que me dejara dormir. El sueño es importante, quiero a alguien que no me despierte durante la noche, y que se esfuerce por no hacerlo por la mañana, andando y dando portazos como si no hubiera nadie más con él en la habitación. Uno que no se ofenda si decido echarme la siesta y que no espere que me levante pronto para hacerle el desayuno o que me acueste tarde fregando los cacharros de la cena que le he preparado. Uno que respete mi sueño y mis sueños y quiera ser parte de ellos en lugar de arrancármelos y sustituirlos por los suyos.

Matt se rio con ganas.

—El sueño es sagrado, entendido, ¿algo más?

—Que tenga sentido del humor, un hombre que no sepa reírse de sí mismo no es de fiar. Simpático, divertido y sin demasiados complejos. Seguro de sí mismo, pero sin abusar.

—Apuntado.

—Que le guste la comida y viajar.

—Soy tu hombre.

—Que sea humilde y no me toque los huevos corrigiendo cada cosa que diga o dando su opinión cuando no se la piden.

—Joder…

—Comprensivo, paciente, sereno y… un amante excepcional.

Añadió lo último tronchándose.

—Casi nada… No sé si voy a estar a la altura.

—No, en serio, con que me deje dormir y sea un buen tipo con sentido del humor lo tiene prácticamente todo hecho. El resto se puede ir mejorando sobre la marcha.

—Bien, me tranquiliza saberlo.

—No te apures, por lo que he visto, cumples muchos de mis requisitos. Además, Tania tiene pinta de saber lo que se dice. Ahora te toca a ti. ¿Qué tipo de mujeres le gustan a Matt Henderson?

—Pues hasta hace poco, me gustaban las mujeres altas, esbeltas, con pechos grandes y pies pequeños, cintura torneada. Estoy viendo cómo pones los ojos en blanco, podrías disimular un poco. Sigo. Melena larga y abundante, ojos claros…

—Para, por favor.

—Es que no he terminado. Labios carnosos, dientes blancos y alineados, pestañas espesas, un irrefrenable apetito sexual, lasciva pero recatada, que me adore como a un Dios, y me ame, pero también me tema por mi desbordante virilidad… Ya sabes, lo normal.

—Chupado.

—Pero desde hace poco he descubierto que prefiero a una chica en concreto.

—Con las tetas pequeñas y los pies grandes.

—Con las tetas perfectas y los pies medianos, que dice lo que piensa y lo que siente casi sin procesarlo. Que juega al *rugby* y le hace la peineta a los capullos que no la tratan como deberían. Que conduce un coche con marchas y me la pone dura con solo posar la mano en la palanca de cambios. Que come como una lima y duerme como una jodida marmota. Que es la mejor amiga de mi primo mayor e integrante del grupo de chicas más loco que he conocido en mi vida. Que me hace reír, y pensar y sentir como no lo he hecho jamás. Y que cocina un salmorejo de muerte y adora mis tortillas.

—Pues estás de suerte, porque me pirran los hombres a los que les gustan ese tipo de mujeres. Es posible que seamos la pareja ideal.

Matt se levantó de la silla y rodeó la mesa para llegar hasta Reina. De pie frente a ella, extendió la mano y, cuando ella la aceptó, la levantó en volandas.

—Pues eso hay que celebrarlo. —Y tras apagar de un solo soplido la vela, la llevó al interior.

ETAPA 8:

GRAN CAÑÓN (ARIZONA)-LOS ÁNGELES (CALIFORNIA)

60

Volvía a estar dormida. Era apoyar la frente en el cristal y convertirse en la Bella Durmiente. Aunque, para ser justos, el tiempo que pasaba despierta lo aprovechaba al máximo. Esa mañana, después de haber dormido como auténticos lirones, acudieron a su cita en el spa del complejo para disfrutar de un extensísimo programa de relajación que incluía barro, agua, minúsculos tangas de papel, camas de cerámica calientes, chorros presurizados, aromas de eucalipto y lavanda y un maravilloso y larguísimo masaje corporal de pies a cabeza. Dos horas y media más tarde se regalaron un desayuno completo con *croissants* de mantequilla, torrijas (mal llamadas *french toasts*, según Reina), aromático café y un par de huevos *à la coque*[2]. Con una mañana así era literalmente imposible no caer redondo nada más cerrar los ojos.

Por suerte, a Matt le gustaba conducir y cada vez se sentía más cómodo en el viejo 406, con sus cinco marchas y su limpiaparabrisas no automático. Ser responsable de tantas cosas a la vez le mantenía alerta y despierto, y también le divertía mucho, para qué engañarse.

Además, en las tres primeras horas de viaje, Reina no había parado de preguntarle cosas sobre su infancia, sus padres, su trabajo, sus planes de futuro, y de contarle, a su vez, miles de detalles sobre su vida en general.

Se habían turnado al volante y, después de una parada para repostar, Reina apareció con un CD de Twenty One Pilots en la mano.

---

[2] Denominación francesa del huevo pasado por agua.

—¿No era este el grupo que te gustaba? Lo he visto solito entre Maluma y Willie Nelson y no he podido resistirme.

—Sí, es *Vessel,* su primer álbum de estudio. Creo que uno de los poquísimos discos con el que disfruto de todos y cada uno de los temas sin excepción. Es brutal.

Lo pusieron y a la tercera canción se sorprendió cantando en alto, sin pudor. Era como si, junto a ella, fuera inmune a la vergüenza, como si pudiera hacer a su lado todo con lo que con otros no se atrevía. Ser él mismo sin ningún tipo de censura.

—Me gustan todas, pero si tengo que elegir me quedo con *Trees* y *Screen.* Resulta tranquilizador saber que, además de mí, hay todo un ejército de gente confundida, vulnerable y un poco rota ahí fuera —dijo ella antes de ponerse a mirar por la ventana y quedarse frita al minuto. Ahora respiraba suavemente sobre el cristal mientras unas pesadas gotas de lluvia caían sobre el parabrisas.

Matt bajó el volumen de la radio y se concentró en la carretera. El cansancio empezaba a hacerle mella, pero habría conducido, contento, diez horas más.

Cuando llegaron, era ya noche cerrada. Encontraron el apartamento en Tujunga Street a la primera, pero tuvieron que dar un par de vueltas antes de poder aparcar en Tujunga Street. Tras forcejear con el cajetín de seguridad e introducir la contraseña que les había pasado el dueño por WhatsApp, lograron sacar las llaves y se precipitaron dentro de la casa como si tuvieran las piernas de goma.

Reina le había dicho que el piso que había alquilado con Joe era más grande y estaba mejor situado, pero, con la estancia en el hospital y la escapada al Cañón, tuvieron que cancelarlo y conformarse con lo que quedaba. Y aún tenían que dar gracias de que Joe hubiera encontrado algo con tan poco margen de tiempo.

El salón era minúsculo, como el resto de la casa, pero todo estaba limpio, ordenado y decorado con gusto. Se le hizo extraño compartir ese espacio tan pequeño con alguien. Nunca había vivido con ninguna de sus novias y, aunque a menudo había ido de viaje con ellas, siempre había sido a hoteles, moteles, hostales o *campings*, nunca a un apartamento completamente amueblado, con estanterías repletas de libros y una caja de tampones en la repisa del baño, en el que la sensación de compartir una vida común fuera tan intensa. Ya no estaban en un resort de lujo con ventanales y azulejos blancos. Era un piso de verdad, en una ciudad de verdad y todo parecía mucho más íntimo.

—¿Dónde era el festival? ¿Te pilla muy lejos de aquí?

Reina se movía por el piso con soltura, esparciendo el contenido de su neceser en el lavabo y dejando caer la ropa sobre la colcha de la cama mientras se desvestía, como si fuera la dueña del lugar.

—Tengo que mirarlo, pero ahora estoy demasiado cansado.

—Normal, es tarde y has conducido casi todo el camino. Ven aquí.

Se había metido ya en la cama y lo esperaba bajo las sábanas.

Matt miró la hora en su reloj y fue a acurrucarse junto a ella.

—Parece mentira que solo hayan pasado nueve días desde que te vi por primera vez, tirada en el suelo de mi casa.

—No me lo recuerdes. Fue uno de los momentos más bochornosos de mi vida.

—Estabas muy graciosa.

—Graciosa no es la palabra, acojonada sería más apropiado, y luego avergonzada y cabreada. La situación ya era patética de por sí, pero que además estuviera Lewis delante…

—Creo que él acabó más acojonado que tú, entre el aparato y los gritos imponías bastante.

—¿No decías que estaba graciosa?

—Primero graciosa, luego imponente.

—Bueno, pues yo solo me sentía estúpida, estúpida y humillada, pero, si sirvió para causarte buena impresión, ya está bien.

—Me causaste una gran impresión, de eso puedes estar segura. Lo que no sé es si yo te impresioné de la misma manera.

Reina se giró sobre su costado hasta que su cara estuvo frente a la de él.

—Me fijé en tu mandíbula. —Siguió la línea que iba de su oreja a su mentón—. Pensé que era la mandíbula más atractiva que había visto nunca y me pregunté si serías algún tipo de modelo.

Matt se rio.

—Luego te llevaste la mano al bolsillo y no me fijé en nada más. Y después… bueno, ya sabes. Con lo del embarazo secreto, la fiesta de los abuelos y todo eso, no volví a pensar en el tema. Bastante tenía ya con lo mío. Después de lo de Lewis en el partido, me pareciste un perfecto caballero, pero nunca se me pasó por la cabeza que fuéramos a terminar así. Eres como un pequeño milagro. Un milagro simpático, comprensivo, paciente y terriblemente sexi.

—Yo no diría tanto. Simplemente me resultaba muy difícil no sentirme atraído. Hay algo en ti... No ha sido un milagro, solo ha sido una suerte de la leche.

—Supongo que sí. ¿Nueve días? Quién nos lo iba a decir.

Reina bostezó sin taparse la boca y se frotó los ojos con la mano.

—Vamos a dormir —dijo Matt—. Ha sido un día largo y es tarde.

—Me parece buena idea.

Reina se giró para apagar la luz. La voz de Matt resonó en la oscuridad de la habitación.

—¿No te pones tu aparato? Hace días que no te lo veo.

Reina calló un momento antes de contestar.

—Me da vergüenza ponérmelo delante de ti. No te burles. Es un poco ortopédico y nada favorecedor.

—¿Has dormido sin él todas estas noches?

—No. Esperaba a que te durmieras y luego me lo ponía. Y en mitad de la noche me lo quitaba antes de que te despertaras.

—¿Qué? ¿Por qué? ¡Qué tontería!

Reina se encogió de hombros, cohibida.

—Cógelo. Venga, cógelo y póntelo.

—No.

—¿Por qué? —repitió Matt—. ¡Si ya te lo he visto!

—No es lo mismo.

—Claro que es lo mismo. Sé para qué sirve. No es un accesorio. Protege tus dientes y te ahorra dolores de cabeza. No puedes dejar de ponértelo porque yo duerma a tu lado.

—Pero estoy fea.

Matt se levantó y se fue al baño, al minuto salió con un rollito de papel higiénico metido dentro de su labio superior y la caja del aparato de Reina en la mano.

—Pero ¿qué haces?

—¿Qué tal estoy?

—Horrible, y además no se te entiende.

—¿Quieres que duerma en el sofá?

—No.

—¿He dejado de parecerte un milagro sexi?

—No.

—¿Ves? ¿Y por qué crees que yo voy a pensar algo diferente? ¿Puedes, por favor, ponerte el maldito aparato? —Lo lanzó suavemente para que aterrizara sobre las sábanas—. Esto se está empezando a deshacer y es bastante asqueroso.

Por toda respuesta, Reina lo sacó y lo sostuvo entre sus dedos.

—De acuerdo, pero después de que apaguemos la luz.

—Me vale. Eres dura de pelar, Reina Ezquerra.

Matt se sacó el trozo de papel, lo dejó encima de la mesa y se metió en la cama antes de apagar la lamparita auxiliar. Luego se giró hacia Reina y la rodeó con sus brazos. Ella le recibió mordiéndole la punta de la nariz y besándole los labios. A continuación se dio la vuelta, cogió el aparato y se lo encajó con un sonoro CLIC. Envuelto en la oscuridad, Matt sonrió.

—¿Mejor? —preguntó, cerrando los ojos.

—Mucho mejor.

61

Bueno, era el momento. Estaba en Los Ángeles, a pocos kilómetros de Dennis Shawn y había llegado la hora de decidir qué cojones quería hacer a continuación. Lo último que le había dicho Joe antes de abandonar Las Vegas fue que terminara lo que había empezado, pero eso se podía interpretar de muchas maneras. ¿Tenía que llegar a Los Ángeles y ya? ¿Tenía que encontrar a Dennis Shawn y ya? ¿Tenía que besarlo? Reina había vuelto a ver la escena del beso a escondidas en el baño del apartamento esa misma mañana y seguía pareciéndole maravillosa, pero... ya no la excitaba como antes. El tipo seguía siendo igual de guapo, sexi, atractivo, con esos labios perfectos, suaves, tersos y jugosos, pero solo era una película, joder.

Frente a ella el mar destellaba bajo la luz del sol. El festival de Matt empezaba al día siguiente y estaban aprovechando la jornada para turistear. Lo de la playa había sido idea de Matt. Reina accedió para mantenerse alejada de los estudios cinematográficos y no se había equivocado. Hacía un día espléndido, sin pizca de viento, y el ánimo relajado y alegre de los bañistas resultaba contagioso.

Matt la llamó desde el agua. Se había metido en el mar nada más llegar, mientras ella dejaba las cosas y se desvestía con parsimonia. Una vez estuvo en bikini extendió las toallas y se sentó. Mientras se ponía la crema factor 50 pensó en Nia y en su vehemente discurso sobre el mar y los niños. No le apetecía meterse en el agua y, por prescripción médica, tampoco podía. Aun así, se levantó, esbozó su mejor sonrisa y se encaminó a la orilla. Las olas la recibieron, juguetonas, envolviendo sus piernas hasta los tobillos. Matt nadó hacia ella y al llegar a la orilla la rodeó por la cintura, mojándola con su cuerpo helado.

—Hola —saludó.

—Hola —repitió Reina.

—Estaba pensando que luego podíamos acercarnos a uno de esos sitios tan pijos en los que ponen batidos detox y esas mierdas. No he visto ninguno en Míchigan y me gustaría probar uno y ver a qué saben.

—Matt, ¿tú quieres tener hijos?

Lo soltó a bocajarro, antes de ser consciente de lo que hacía.

Matt parpadeó un par de veces, sus grandes manos aún ancladas en sus caderas.

—Te lo digo porque solo tengo una trompa de Falopio —continuó Reina, atropelladamente—. La otra reventó como una piñata la noche del aborto, y me dijeron que, bueno, que no me resultaría fácil quedarme embarazada después de eso.

—Yo… Joder, Reina. ¿Puedo saber a qué viene esto?

—Por nada, de verdad. Solo quería que lo supieras, por si acaso. Que yo ahora, no sé si podré… que estoy un poco defectuosa, vamos.

—¿Tú quieres tener hijos?

—No lo sé. No tengo ni idea, esa es la verdad. Quizá, si encuentro a la persona adecuada, algún día, ¿quién sabe? Una amiga me dijo una vez que tener hijos era como ir a la playa y al estar aquí se me ha venido a la cabeza. Olvídalo.

—¿A la playa? No veo el parecido por ninguna parte.

—Es largo de explicar, pero me pareció entender que era mejor hacerlo en buena compañía, más… llevadero. Así que, bueno, si se diera la ocasión…

—¿Me estás diciendo que quieres tener hijos conmigo? —Percibió un puntito de histerismo en su voz.

—¿Qué? ¡No! Solo digo que… —Se interrumpió bruscamente—. Oye, te lo tienes un poco creído, ¿no?

Matt se pasó una mano por la cara.

—Me vas a perdonar pero no estoy entendiendo nada.

—Perdona, perdona. No quiero tener hijos contigo. Es decir, no quiero tener hijos ahora mismo contigo. Joder, qué complicado es esto. Solo quería que lo supieras, ¿vale? Que si quieres ser padre quizá no soy tu mejor opción. Ya te engañé una vez y no quiero volver a hacerlo.

—No me engañaste. Te guardaste información sensible y privada para ti, que no es lo mismo. Y agradezco que me lo digas, pero, sinceramente, no lo sé. Nunca me lo he llegado a plantear en serio. Era un chaval con la vida medio resuelta, mi padre murió, decidí cambiar de profesión y eso ha ocupado todo mi tiempo hasta ahora. Pero ¿sabes una cosa? Si tuviera que tener hijos, creo que serías mi primera opción, así que ¿qué te parece si lo dejamos estar y lo hablamos cuando uno de los dos sepa realmente lo que quiere al respecto?

Las olas rompían, suaves, contra los empeines de Reina.

—Me parece bien. Me parece muy bien. Eres un chico muy sensato, Matt Henderson, me gusta.

—Y tú una *freak*, Reina Ezquerra, pero me encantas, y que tengas una trompa de Falopio o dos no podría importarme menos.

—Pues eso hay que celebrarlo con un batido con lechuga, remolacha, brócoli y todas esas verduras tan sanas que cultivan por aquí, ¿no crees?

—Estoy completamente de acuerdo.

62

Buenas noticias. Lo conseguí. Tengo un contacto.

El mensaje de Joe dejó perpleja a Reina. Estaba desayunando a solas en el pequeño salón del apartamento cuando su teléfono vibró. Matt se había ido temprano a su festival y Reina había decidido dedicar el día a buscar un esqueje de palmera para su ahijado, ir de tiendas y acercarse a la playa de nuevo para tomar el sol.

Joe seguía escribiendo.

El mundo es un puto pañuelo. Estaba con los chicos del equipo hablando de nuestro viaje y salió el tema de la secuela de Thor —y de que Reloaded es sin duda la mejor de todas— cuando vino Sam y preguntó que de qué hablábamos. Se lo dijimos, ¡y resulta que su prima es la assistant de la assistant de no sé qué cargo de producción de la nueva peli!

Reina dejó la taza sobre la mesa y se recostó en el sofá.

La chica se llama Courtney. Sam le ha escrito diciéndole que estás en Los Ángeles y eres superfan de Dennis Shawn. Estamos esperando a ver qué dice. ¿No es genial?

Reina no contestó.

¿Hola?

Tecleó, renuente.

Hola.

¿Soy el mejor o soy el mejor?

Eres el mejor, siempre.

Eso decía yo. Espera, me está escribiendo Sam.

Al cabo de diez segundos, continuó:

Confirmado. Shawn está grabando en Los Ángeles y Courtney ha accedido a tomarse un café contigo en su descanso, a las 16:50.

Genial.

¡Lo sé! (palmas arriba) *¡A por ellos, pequeñaja! Quiero todos los detalles en cuanto salgas de allí y ser el primero en recibir la foto del triunfo.*

Cuenta con ello.

Sam le acaba de confirmar a su prima. ¡Ponte guapa y sé puntual!

Reina miró la hora en su pantalla. Las 12:15. Aún tenía cuatro horas, más que de sobra para pensar una buena excusa para no ir, porque lo último que le apetecía en ese momento era ponerse guapa para Courtney-la-prima-de-Sam. O para Dennis Shawn.

Se bebió de un trago lo que quedaba del té orgánico que había encontrado en uno de los armarios de la cocina y se dirigió al baño, mientras consideraba seriamente la idea de no presentarse, o decirle a Joe que ya no quería terminar lo que había empezado. Pero no se sintió con fuerzas. Además, era solo un café. Tampoco es que tuviera mucho que perder.

Su móvil sonó de nuevo con la llegada de otro mensaje. Era de Matt.

¡Buenos días! ¿Qué tal has amanecido? Cuando he salido estabas roncando. (Carita soltando zetas por la boca). *Por aquí todo muy bien. ¿Nos vemos esta tarde?*

Reina se llevó la mano a la nariz, aturdida. ¿Era una expresión o había roncado de verdad? Nunca nadie se lo había dicho. El ochenta por ciento de los hombres con los que había dormido roncaban a los tres segundos de haber cerrado los ojos y el veinte restante nunca se había quejado. Sus compañeras de cuarto de la facultad, que era con quienes Reina había convivido más tiempo con diferencia, jamás se lo habían comentado. Se apoyó en el borde del lavabo y se miró en el espejo. ¿Era una de ellos? ¿Una roncadora? Imposible. ¿Qué haría Matt al respecto? Él, que no había emitido ni un sonido en toda la noche, ni un triste resoplido... No podía tener tan mala suerte. Meneó la cabeza para deshacerse de la desazón. Sería un error. Tenía que serlo. No había notado ninguna sacudida, ninguna patada de mediana intensidad, ninguna presión continuada hacia un lado para que se girara, ningún ruido extraño destinado a hacerla callar. Ninguna de las técnicas, en definitiva, que ella solía usar una detrás de otra antes de despertar a su torturador para echarlo de su casa o irse ella directamente si no se trataba de su cama. Nadie en su sano juicio pasaba la noche en vela con un roncador o roncadora durmiendo a pierna suelta a su lado sin intentar enmendar la situación.

Cogió el teléfono y respondió.

He amanecido estupenda. Espero no haberte molestado mucho. ¿Cuándo sales? Tengo ganas de verte. (Carita escupiendo un corazón).

Era verdad que quería verlo. Bastante más que a Dennis Shawn o a la tal Courtney. Tenía ganas de ver su cara franca y alegre, reírse con sus bromas y coger su mano bajo la luz del sol. Le apetecía escuchar lo que tuviera que contarle de su feria y de su vida y hablarle de lo primero que se le pasara por la cabeza. Quería sentir sus labios en su boca de nuevo, jugar con su lengua, agarrar su trasero firme por encima de la tela de su pantalón. Deseaba descubrir la ciudad, y muchas otras cosas más, con él.

Se dio una ducha rápida y luego se curó con delicadeza las pequeñas marcas de la operación. Había algo íntimo y consolador en el hecho de aplicar povidona yodada con una gasa blanca a sus heridas. Una pequeña comunión con su cuerpo lacerado y en proceso de recuperación. Un toque de cariño a su carne y a su piel, que se iba regenerando poco a poco, sin que ella hiciera nada al respecto. «Vamos, vamos, no hay tiempo que perder. Arriba», parecía decir. «Construye, una célula y otra después. Solo necesitas pequeños toques de ternura, que no cierre en falso, y luego estará curado».

Miró en el espejo su cuerpo desnudo, manchado de marrón. Se pasó las manos por el vientre, perfectamente liso y terso. No había cambiado nada, solo unas pequeñas incisiones que apenas se notarían con el paso de los años. Y, sin embargo, todo se había transformado. Todo cambia a todas horas, en todos los rincones del planeta. Una célula, y otra y otra más. Millones de células destruyéndose y reconstruyéndose una y otra y otra vez.

«Arriba», se dijo, «célula a célula. Paso a paso», y se puso guapa para ella y para nadie más. Y cogiendo las gafas de sol de la mesilla de la entrada, salió a la luz resplandeciente de Los Ángeles.

63

The Cosy Ozzy era de todo menos acogedor, pero hacían un café buenísimo. Una enorme foto de Ozzy Osbourne ribeteada en oro daba la bienvenida a los clientes desde su posición de honor, en lo alto de la pared principal. La luz entraba a raudales por los grandes ventanales, iluminando un mobiliario ecléctico, negro en su mayoría. Reina había llegado diez minutos antes de la hora. El día le había cundido y se encontraba animada. Había comprado un precioso brote de palmera que cabía con holgura en el asiento trasero del coche, se había hecho la manicura y la pedicura, había comido una lasaña vegetal riquísima y se había tomado un helado de avellana mientras paseaba tranquilamente por Venice Beach. Se sentía optimista y un poco expectante. No todos los días se tenía la oportunidad de conocer a una de las mayores (y *guapérrimas*) estrellas del firmamento hollywoodiense. De momento, iba a charlar un rato con la tal Courtney y vería a dónde la conducía eso. Luego, se lo contaría todo a Joe y quedaría con Matt para ver cómo le había ido el día. ¿Se lo contaría a él? No tenía ni idea, pero no tenía un plan mejor.

El lugar estaba abarrotado de gente joven, vestida con todo tipo de prendas, desde ligeros vestidos de verano hasta gabardinas, chándales y vaqueros de cintura alta. Chicos y chicas trajinando con sus móviles, *tablets* o con guiones impresos en papel. Reina esperaba con sus manos desnudas y los ojos inquietos. Los nervios comenzaban a arremolinarse en sus tripas. Los notaba agitarse, como piojos pasando de pelo en pelo, poniendo sus cuatrocientos huevos a la velocidad del rayo. «Cálmate», pensó, «solo es una chica», pero sabía que esa chica podía ser mucho, mucho más.

La campanilla de la puerta sonó y Reina elevó la mirada. Allí estaba, era ella, estaba segura, una chica con la piel color praliné y el pelo afro, que miró su reloj antes de levantar la cabeza. Barrió la estancia hasta dar con ella. Reina movió los dedos en un saludo discreto y Courtney se dirigió hacia su mesa con resolución.

—¿Reina?

—La misma. ¿Courtney?

—Sí.

Reina se inclinó para darle dos besos, pero se frenó justo a tiempo para extender la mano y evitarles a las dos un momento incómodo. A pesar de los años que llevaba viviendo en Estados Unidos, la costumbre española de besar las mejillas de los desconocidos permanecía obstinadamente arraigada en el fondo de su cerebro. Le salía de forma casi automática y eso la había metido en más de un apuro, sobre todo con algunos miembros del sexo opuesto, que, o bien malinterpretaban inmediatamente la situación, o se quedaban bloqueados sin saber cómo reaccionar. Courtney, por su parte, solo levantó ligeramente su ceja izquierda ante su extraña danza y no pareció darle mayor importancia.

—Bueno —comenzó la chica mientras tomaba asiento—. Sam me ha dicho que eres una *groupie* de Dennis y querías conocerlo.

—Bueno, yo no usaría la palabra *groupie* pero…

—Pero quieres besarlo.

Reina parpadeó por toda respuesta.

—O que te bese él a ti. Tanto da. No eres la única, ¿sabes? Los alrededores del plató están llenos de fans enardecidas que no paran de chillar en cuanto ven un trozo de Dennis. Da igual lo que sea, piel, pelo o tela. Tengo sus gritos clavados en el cerebro. Pero tú no te pareces en nada a esas chicas, Reina, si me permites que te lo diga. Don, ¿me pones lo de siempre, cariño, por favor?

A espaldas de Reina, un hombre clavado a Ozzy Osbourne asintió, obediente.

—Pero no creerías lo que he visto por aquí, cielo, y ni siquiera llevo un año. Así que, si quieres una foto, un beso, un abrazo o un buen revolcón, dímelo. No depende de mí, pero no está de más saberlo.

—No quiero revolcarme con Dennis Shawn —confesó Reina cuchicheando como una colegiala.

—Ah, ¿no?

—No. Vi su película en un momento de bajón y me lo imaginé besándome como besa a Luka, nada más.

—Sí, ese beso es de lo mejorcito de la peli y Marianne es un verdadero encanto, aunque ahora anda un poco mosca porque se acaba de enterar de que cobra tres veces menos que Mr. Shawn. La pobre, parece que nació ayer. Sabes que medio planeta ha pensado en algún momento lo mismo que tú, ¿verdad?

—¿Tú no lo has pensado?

—¿Yo? ¡No! Yo trabajo aquí, amiga. Yo no veo al mismo Dennis Shawn que todos vosotros veis. Yo veo al de verdad, ¿vale? Al que le huele el aliento por la mañana y es un auténtico capullo cuando tiene un mal día.

Don llegó con un vaso de tubo cargado hasta los topes de zumo de tomate con una ramita de apio a modo de pajita.

—¿Es un batido vegetal? —quiso saber Reina.

—¿Qué? ¡No! ¡Qué asco! Es un Bloody Mary. Don hace los mejores de la ciudad. No sé cómo sobreviviría a este trabajo sin ellos, ¿verdad, Don, cariño?

—Verdad. ¿Te pongo otro café? —respondió Ozzy mirando a Reina.

—Ponme otro de esos, mejor. Flojo de vodka y picante, tiene una pinta deliciosa.

—Marchando.

—¿Dennis Shawn es un capullo? —inquirió Reina en voz baja una vez volvieron a estar a solas.

—No, no, no es mal tipo, ¿sabes? Es solo que se lo empieza a tener un poco creído, como los chulitos del instituto, pero a escala interplanetaria. Según el día es simpático, y generalmente es bastante amable, pero hay veces que… Dejémoslo en que yo no tengo ninguna necesidad de sentir sus labios en los míos.

—Pero ¿de verdad hay alguna posibilidad de que yo…? Es decir, él…

—Para, para, para. Yo no soy ninguna madama, ¿entiendes? Ni él es Richard Gere en *American Gigolo*, a ver qué te vas a pensar, pero aquí nunca se sabe, Reina, cielo. Si quieres intentarlo me lo dices, te cuelo y el resto ya es cosa tuya. Quizá te lo cruzas o quizá no, quizá le pillas de buenas y le dices que solo quieres una foto para rememorar el beso de Luka y… ¡qué sé yo! Eso ya depende de ti, ¿entiendes?

387

Don apareció con un vaso idéntico al de Courtney y Reina no le dio tiempo a que lo dejara en la mesa. Cogiéndolo directamente de la bandeja se lo llevó a los labios y bebió con fruición. En verdad estaba rico, mejor incluso que el café.

—Pero ¿y lo de los revolcones, entonces?

—Hija, es un decir. Yo nunca he visto ni oído nada, pero es divertido veros la cara cuando os lo digo. Dennis está casado y Rhonda está por aquí con el pequeño Lewis.

—¿Has dicho Lewis? —Reina se estremeció.

—Sí, lo llamaron así por el difunto padre de Rhonda. El caso es que es una familia joven y aparentemente feliz. Ella sonríe todo el rato, incluso cuando él dice cosas como: «Prefiero ir a correr a la playa cuando los niños se despiertan». ¿No te jode? ¿Y quién no? Luego añade: «A Rhonda le encanta cambiarle los pañales y hacerle el desayuno», y ella se queda allí plantada, sin decir nada, con una sonrisa tensa y su bronceado perfecto. Y, ¿sabes qué?

—¿Qué?

—¡Pues que no le gusta una mierda! Los pañales apestan a cuatro kilómetros a la redonda, y Lewis tira todos los vasos de leche que le ponen a tiro por diversión, el muy cabrón.

Reina encontraba a Courtney la mar de simpática, no acababa de saber si era por su total ausencia de filtros a la hora de hablar o por el Bloody Mary que se estaba apretando, pero, fuera como fuese, se lo estaba pasando bomba.

Intentó rememorar la escena del beso, pero en su lugar se le apareció la cara de Matt, sonriente, con el pelo mojado. Y a continuación la de Joe: «Quiero ser el primero en ver la foto».

—¿Crees que tengo alguna oportunidad? —preguntó con desgana.

Courtney la miró con ojo crítico.

—A ver, no estás mal. Eres resultona y diferente a todas las adolescentes que suelen venir a por él.

—Vaya, gracias.

—De nada —continuó Courtney sin percibir la ironía—. Quizá lo de que seas una madurita sea un plus…

—La verdad es que no estoy muy segura, Courtney. No sé si quiero besar a Dennis Shawn o que me bese él a mí. Y mucho menos que todo quede registrado en un archivo que sobrevivirá por los siglos de los siglos…

Courtney apuró de un trago su bebida y luego apoyó su mejilla en la palma de su mano.

—Es solo un tío, ¿sabes? Hace de héroe, está bueno, gana un montón de pasta y todo el mundo le hace la pelota, pero al final del día es solo un tío más, que se suena los mocos, se tira pedos y ronca como todos los demás.

—¿Dennis Shawn ronca?

—Y no sabes cómo, amiga.

Reina se rio con ganas.

—¿Sabes una cosa? Paso. Me basta con verlo en la pantalla. Tengo casi treinta y seis años y ya me han pasado suficientes cosas en este viaje. No necesito ningún beso. Te diría que siento haberte hecho perder el tiempo, pero lo cierto es que ha sido un placer conocerte.

—Lo mismo digo, Reina, cielo. Sam me dijo que eras un poco rarita pero que su amigo Joe era cojonudo. A mí me has parecido una tía de puta madre, la verdad. Bueno, pues si ya has tomado tu decisión será mejor que me vaya yendo.

Se levantó de la silla para dirigirse a la barra.

—Déjalo, yo invito —la cortó Reina.

—¿Seguro?

—¡Claro! Vete tranquila, esto corre de mi cuenta.

—Gracias, pero aun así pienso cargárselo a Sam en cuanto lo vea.

Reina volvió a reír.

—Me parece justo. Que te vaya muy bien por aquí, Courtney. Espero que te salgan muchos *castings*.

—¿*Castings*? Nah, eso no es para mí. Yo soy compositora. Ahora me toca hacer de canguro de los *assistants* de las estrellas de la gran pantalla, pero algún día, escucha bien lo que te digo, compondré las mejores bandas sonoras originales de la historia del cine.

—No me cabe la menor duda.

Y tal y como había llegado, Courtney se fue.

64

No ha habido suerte. Tenías razón. Era un plan loco y tonto.

Reina escribió a Joe nada más salir de la cafetería, mientras caminaba hacia el apartamento para encontrarse con Matt.

Joe contestó casi al instante, obligándola a pararse entre la gente para responder.

¿Y eso?

Está blindado, pero Courtney muy maja. Ejércitos de fans jóvenes en los alrededores. Pocas posibilidades para una treintañera viejuna.

¡Los treintañeros no somos viejunos, estamos en la flor de la vida! ¿Es muy pronto para decir «Te lo dije»?

Sí.

Ok. ¡¡¡PERO TE LO DIJE!!!

(Imagen de un puño con el dedo corazón desplegado.)

Bueno, bueno, tampoco es para ponerse así. Él se lo pierde. ¿Tú cómo estás?

Bien. No voy a llorar por las esquinas porque un tío al que no conozco de nada no me haya besado en la boca. Hay cosas bastante peores...

Joe tardó un poco en contestar, lo justo para que Reina cruzara la calle mirando al frente.

Y mejores…, escribió él al fin. *¿Qué tal está Matt?*

Reina sonrió. Su amigo era único levantándole la moral.

Bien. Sale ahora de su feria. Hemos quedado para ir a tomar algo. No ronca, (manos arriba) *¡¡¡pero dice que yo sí!!!* (Tres caras horrorizadas consecutivas).

Varias caras descojonándose de risa.

¡¡Lo sabía!!

No te rías. Me va a dejar.

No todos tenemos los estrictos estándares de Reina Ezquerra. Si eres lo suficientemente buena en la cama seguro que lo deja pasar. (Guiño, guiño).

Ah, entonces no tengo de qué preocuparme. (Guiño, guiño). *Lástima que me hayan prohibido echar polvetes en dos semanas.* (Cara horrorizada, cara horrorizada. Cara de mujer llevándose la mano a la frente en gesto de derrota).

¿Roncas y tienes prohibido follar en dos semanas? ¡¡Estás jodida!! (Cuatro caritas riéndose).

Bueno, técnicamente, no. (Otras cuatro caritas riéndose).

Reina miró el reloj para calcular cómo de tarde llegaba y se sorprendió positivamente al descubrir que iba sobrada de tiempo. Joe seguía escribiendo.

Y dejando a un lado tu aburrida vida sexual, ¿lo demás qué tal?

Lo demás bien, poco a poco. Los Ángeles bien también, todo muy fashion. ¿Qué tal tu regreso a casa? ¿Los niños?

Ellos bien, yo no tanto. Tendría que haberme quedado. Soy gilipollas. La próxima vez que me haga el hombre familiar dame una hostia, por favor.

Soy tu chica. Por cierto, ya tengo fichada la palmera de Luke, por si quieres ir buscándole hueco en el jardín.

Justo lo que me faltaba, gracias.

De nada. (Carita angelical).

Te dejo, los monstruos acaban de llegar a casa. (Gorrito de fiesta, carita con mata suegras, serpentinas y confeti y carita a la que le explota el cerebro).

Reina se sonrió y se despidió pulsando el botón de carita escupiendo un corazón y tres bíceps musculosos para darle ánimos, luego guardó el móvil en el bolso y giró a la derecha para tomar la larga avenida que llevaba hasta el apartamento. Habían quedado allí para que Matt pudiera dejar el material del festival y darse una ducha rápida antes de salir a tomar algo.

Nada más abrir la puerta principal oyó el ruido del agua cayendo en la ducha.

—¿Hola? —gritó.

—¡Hola! He llegado un poco antes. Salgo en cinco minutos.

Reina se paseó, nerviosa, por el salón, hasta terminar sentada en el sofá, con un cojín encima de su ombligo, como si un poco de tela y relleno pudieran contener su inquietud...

Matt apareció al poco, descalzo y vestido solo con unos vaqueros claros.

—Hey, me alegro de verte.

Se inclinó hacia ella para darle un beso ligero, pero Reina le rodeó el cuello con los brazos, impidiéndole alejarse. Matt respondió, arrodillándose en el suelo y abrazándola sin romper el contacto.

Reina tenía los ojos cerrados y sonreía para sí. Ese era el beso que había estado esperando, la foto que tendría que mandarle a Joe si la tuviera, el momento correcto con la persona correcta. Luka con Thor sin que él tuviera que irse volando a ningún sitio.

Se desasió con cuidado y lo miró a los ojos.

—Yo también me alegro de verte.

Matt rio, divertido.

—Ya lo veo. No se me ocurre un recibimiento mejor, la verdad.

Se incorporó de un salto y se dejó caer como un gato en el sofá, junto a ella.

—¿Qué tal ha ido tu día? ¿Has hecho algo interesante?

—No ha estado mal —respondió Reina, evasiva—. ¿Y el tuyo? ¿Te ha ido bien en el festival?

—Muy bien. He conocido a un montón de gente interesante, incluso a algunos de los que sigo en redes porque su trabajo me flipa. He repartido tarjetitas supermolonas con mi nombre y mis datos de contacto a puñados. De hecho, me he quedado sin ellas y he tenido que pasarme al móvil, que es mucho más práctico, por otro lado… Tengo que ponerme las pilas. Hay gente alucinante ahí fuera.

—Tú eres alucinante.

Matt torció la cabeza para mirarla mejor y le regaló una media sonrisa.

—Mira quién habla. —Le tocó la punta de la nariz.

—¿Tú crees? —Reina seguía abrazándose al cojín como si fuera un salvavidas.

—Claro, ¿por qué lo preguntas?

—Por nada…

Matt se echó a reír.

—Oh, no. No me digas que eres de esas a las que hay que adivinarle el pensamiento, por favor, es agotador.

—Bueno, vale, es algo. En tu mensaje decías que cuando te has ido me has dejado roncando. ¿Era literal? ¿De verdad estaba roncando?

Matt la miró, desconcertado.

—Bueno, yo no diría exactamente roncando, pero sí te salían unos sonidos muy graciosos de la nariz. Estabas adorable.

—Oh, no. —Reina se dobló sobre su abdomen y enterró la cara en sus muslos.

—¿Qué? ¿Qué pasa? —preguntó Matt, alarmado.

Reina se incorporó.

—Soy una roncadora —se lamentó—. No puedo con ellos y resulta que yo ronco como la que más. ¿Te he despertado? ¿Te he molestado mucho?

—¿De qué hablas? He dormido como un bebé. —Se interrumpió un momento para pensar. No recordaba haber dormido así de bien en mucho tiempo. No había oído absolutamente nada, pero aún podía sentir la cálida suavidad de la piel de Reina pegada a su cuerpo, el olor de su champú metiéndose en su nariz—. No he oído nada de nada hasta que ha sonado la alarma.

Reina liberó el enorme suspiro que le aprisionaba el pecho.

—¡Uf! Menos mal. No sabes el peso que me quitas de encima.

—No es para tanto.

—Para mí sí.

—¿El qué? ¿Los ronquidos?

—Dormir. Ya te lo dije, y no era broma. Me gusta dormir, necesito dormir. Pero no de cualquier manera, necesito dormir bien, a gusto, descansar. Me gusta dormir con las ventanas bien tapadas, a oscuras, tumbada, calentita, en silencio. Nada de echar cabezaditas en cualquier sitio y de cualquier modo. Dormir es un placer, y los ronquidos arruinan el placer. Los ronquidos hacen añicos el sueño, quebrantan el descanso, exasperan hasta el infinito, destrozan los nervios. ¡Los ronquidos son lo peor! No entiendo cómo la humanidad ha inventado máquinas para llegar a Marte, pero no la solución a los ronquidos. Ratones fluorescentes, injertos de pelo, prótesis inteligentes... ¿Y qué pasa con las narices y sus sonidos? ¿Eh? ¿Qué pasa con los miles y miles de personas que no pueden dormir bien a causa de los ronquidos?

Matt la miraba con cara de pasmo.

—Pues sí que es importante para ti.

—Mucho.

—¿Y tú? ¿Qué tal has dormido?

—¿Yo? Muy bien, estupendamente, de hecho.

—¿No he roncado?

—No has roncado, y es una de las cosas que más me gustan de ti.

—Vaya, qué halagador. Pero hay algo que no entiendo.

—¿El qué?

—Joe ronca.

—¿Y?

—Odias a las personas que roncan.

—No las odio a ellas, odio sus ronquidos y Joe no es mi pareja, no vivo con él, no duermo con él. Es mi amigo, lo quiero y tolero sus emisiones nasales esporádicamente si es necesario.

—Pero ¿y si yo roncara?

Reina permaneció en silencio un minuto, pensativa.

—Da igual, porque no roncas —concluyó.

—Pero ¿y si lo hiciera en el futuro?

—Prefiero no pensar en ello.

—Bueno, vale… —dijo Matt con aire misterioso—. A ver, no es que no lo entienda. Yo también tengo mis manías…

—Ah, ¿sí? —quiso saber Reina—. ¿Y se puede saber cuáles son?

—Bueno, verás, yo también necesito algo a la hora de dormir. Pensaba que era muy importante, hasta que te conocí y vi que no era para tanto, en realidad.

—Estoy deseando saberlo.

—Pues entonces allá va. —Matt giró sobre su trasero hasta quedar justo enfrente de Reina. Esta lo imitó. Él le tomó las manos.

—Me gusta dormir con mujeres de tetas grandes.

Reina abrió mucho los ojos y no pudo evitar que su mandíbula inferior se desplomara.

—Es como un tic, ¿sabes? —continuó Matt, impertérrito—. Me quedo abrazado a ellas, reposo alguna de mis manos en uno de sus senos y me ayuda a relajarme.

Un conato de risa se filtró entre sus palabras, mientras sus hombros comenzaban a temblar.

—Las tuyas no son muy grandes, que digamos.

Reina comenzó a golpearlo con fuerza con el cojín.

—¡Qué imbécil eres! ¡Eso no tiene nada que ver!

—Y, aun así, nunca he dormido mejor que contigo, aunque no haya mucho de donde agarrar.

—¡Idiota! —clamaba Reina, puesta en pie para poder golpearlo mejor—. Mis tetas son estupendas y no están ahí para que tú puedas dormir tranquilo.

Matt dejó de defenderse del ataque de Reina y pasó al contraataque, agarrándola por la cintura y neutralizando sus brazos con los suyos, mientras la sentaba en su regazo.

—¿No me has oído? No quiero dormir con nadie que no seas tú, por muy pequeñas que sean sus tetas.

Ella lo miró un segundo e hizo un puchero.

—¿No te gustan mis pechos?

—Me encantan, son perfectos.

—Sí que lo son. —Se enderezó y agitó su larga melena—. No vuelvas a comparar los ronquidos con las tetas o tendré que castigarte.

—¿Ah, sí? —Los ojos de Matt rebosaban picardía—. ¿Y si te digo que lo estoy deseando?

—Entonces tendré que hacer tus deseos realidad…

65

No fueron a ninguna parte. No pasearon bajo la luz de la luna, ni cenaron en un restaurante caro, ni se fotografiaron en el Paseo de la Fama. Se quedaron en la cama, desarropados, bañados por la luz del sol que entraba por las ventanas, filtrada por la tela fina de las cortinas. Matt no se durmió anclado a ninguna de las tetas de Reina, pero ella sí que se sumió en un sueño relajado, encogida en un ovillo cálido y suave. No roncó.

Le había castigado. Mucho. Le tumbó en la cama, lo desvistió con calma y luego puso a trabajar sus manos, su boca, su lengua, su pelo, su anatomía entera, despertando sensaciones ocultas en él, lanzándole al borde del abismo una y otra vez, impidiéndole tocarla, o besarla. Había sido una puta tortura. La mejor que había sufrido nunca. Ella fue meticulosa, como un forense practicando una autopsia, tocando los puntos claves con decisión, sin vacilar ni un momento, atacando sus zonas más sensibles, dejándole sin aire, arrancándole gemidos, obligándolo a suplicar. El médico la había prohibido echar casquetes después de la operación, pero supo que ella también estaba excitaba. Podía olerlo, casi podía saborearlo. Joder, cómo quería saborearlo. Pero no le dejó. Justo antes de liberarlo, se frotó contra él con las bragas puestas, en silencio, con los ojos cerrados, la boca entreabierta. Se corrieron juntos. Se miraron. Ella rozó la punta de su nariz con la de él, rodó hasta el colchón, entrelazó sus pies helados con los suyos y se durmió, sin más. Como una muñeca a la que se le hubiera terminado la cuerda.

En algún punto de la noche, después de que ella abriera los ojos, batiendo sus pestañas perezosamente, pidieron comida china y se la comieron en el sofá mientras veían una antiquísima versión en blanco y negro de *Los Miserables*.

—¿Qué te apetece hacer mañana? —preguntó Matt después de pescar una gamba rolliza con sus palillos—. Yo terminaré a mediodía. Tengo toda la tarde libre.

Había una fiesta de clausura del festival, pero no tenía muchas ganas de ir. Solo les quedaba una noche más en la ciudad antes de emprender el regreso y quería aprovecharla para estar con ella.

—Me da un poco igual. ¿Qué te apetece a ti?

Matt se fijó en cómo movía los palillos. Los sostenía entre sus dedos de una forma poco ortodoxa pero extrañamente eficaz. No resultaba sofisticada, ni elegante, pero estaba claro que, a ella, eso le importaba un pepino y, por otra parte, había dejado el plato de arroz completamente limpio.

—Me gustaría visitar el Staples Center, aunque no sé si habrá entradas a estas alturas… Y los estudios de cine. No podemos irnos sin intentar ver a algún famoso.

—Hummn —Reina se llevó un trozo de rollito de primavera y lo masticó con detenimiento—. Deja que mire a ver si queda alguna entrada para el estadio.

Se levantó y se dirigió, descalza, a la habitación, los palillos todavía en su mano derecha. Regresó al cabo de un momento con el iPad.

—¿Te gusta el baloncesto? —preguntó él mientras miraba en la enorme pantalla plana del salón cómo un hombre mal encarado observaba con suspicacia a otro hombre, grande y fuerte, que acababa de levantar una enorme carreta con su espalda.

—Ajá, no soy una entendida, que conste. No me sé los nombres de los entrenadores y de todos los jugadores de la liga, pero me parece uno de los deportes más entretenidos de ver, junto con el tenis. Has tenido suerte, quedan entradas.

—¡Bien! Déjame ver.

—Ah, ah —negó Reina—. Yo invito.

—De eso nada. Trae aquí. —Se estiró para agarrar el iPad, pero Reina fue más rápida y se refugió en el baño, cerrando el pestillo tras de sí.

—Venga ya, no me hagas esto. ¡No es apropiado!

—Lo apropiado está sobrevalorado. Me apetece invitarte. ¿Cuál es el problema?

Matt seguía forcejeando con el pomo de la puerta.

—¡Es raro!

—¡Qué tontería! Ya está, compradas.

Se oyó el chasquido metálico del pestillo y Reina salió con una amplia sonrisa pintada en su cara.

—Mañana a las cuatro. Es una cita. Toma, yo ya no lo necesito. —Le entregó la *tablet* y caminó con aire de suficiencia hasta el sofá.

—Bueno, pues entonces yo invito a los estudios. ¿Cuál te apetece más? ¿Universal, Warner, Paramount o Sony Pictures? ¡Están todos!

Matt comenzó a toquetear la pantalla y Reina se envaró.

—No hace falta, de verdad. ¿Por qué no dejas que te invite sin más? No hay necesidad de compensar el regalo, así pierde todo el encanto.

—No es para compensar. Joe me dijo que te encantaba el cine y las pelis de acción. Estamos a un paso de Hollywood y lo menos que puedo hacer es… ¡Oh, mira! ¡Están rodando *Thor Reloaded*! ¿No te encantaba esa peli? Joe comentó que la habías visto antes de hacer el viaje y era flipante, déjame ver si hay algún tipo de pase…

—¡No!

—¿No? ¿Por qué no?

—He ido hoy. Está impracticable.

—¿Ya has ido?

El reproche le rascó la garganta al salir, pero lo que más incomodó a Matt de su reacción fue la decepción viscosa que lo invadió de inmediato.

Reina lo miraba desde el sofá con los ojos como platos, un puñado de fideos recubiertos de salsa de soja colgando peligrosamente de sus palillos.

—Es decir —Matt se aclaró la garganta—, no pasa nada, pero me hubiera gustado saberlo, nada más.

Dejó la *tablet* a un lado y Reina apoyó los palillos en el plato.

—Lo siento —dijo ella—. Yo… —No supo continuar.

—¿Tenías las entradas cogidas con antelación o algo?

Matt trataba de buscar respuestas adecuadas para combatir el desánimo que le embargaba. Juraría que había visto algo allí, una chispa, una conexión, unas ganas de hacer cosas juntos. No entendía bien qué estaba pasando. Es decir, no podía enfadarse porque hubiera ido de excursión sin él, ¿verdad? Sabía que no podía, no era razonable. Ella podía hacer lo que le viniera en gana, ir a donde quisiera, le resultaba atractivo, incluso, pero ¿no podía habérselo dicho? «Voy a ir a un estudio». No era para tanto. No pasaba nada. Quizá entonces él habría tenido la oportunidad de acompañarla. De verla hacer algo que le gustaba. De construir un recuerdo juntos. O: «He ido a un estudio esta tarde», no era lo mejor, pero le habría preguntado: «¿Y qué tal? ¿Has visto a alguien famoso? ¿Te has hecho alguna foto?». Pero no le había dicho nada. Nada. Y ahora se sentía como si hubiera invadido una cámara secreta que ni siquiera sabía que existía.

—¡Sí! —respondió Reina a su pregunta—. Es decir, no…

Matt la miró sin comprender.

—¿En qué quedamos?

Notó un cosquilleo familiar en las yemas de los dedos, la sensación difusa que lo invadía cuando estaba seguro de que alguien le estaba tomando el pelo.

—¿Sabes qué? —zanjó—. No importa, me voy a la cama. Estoy cansado y mañana tengo que madrugar.

—Matt —gimoteó Reina desde el sofá—. Matt, espera.

Pero él ya había llegado a la habitación y cerrado la puerta con más fuerza de la necesaria.

Ella entró al poco.

—No es lo que piensas.

Se apoyó en la pared de enfrente. Matt la contempló un segundo, lo justo para ver sus esbeltas piernas, sus bragas de algodón, la informe camiseta de manga corta, y su pelo oscuro cayendo por los hombros. Su polla se inflamó. «Joder», se maldijo mientras se tapaba con un cojín para disimular.

—¿Y qué es lo que pienso, exactamente?

—Me hubiera encantado ir contigo, de verdad, pero es que… —Se volvió a interrumpir.

—¿Es que qué? —Tenía ganas de arrinconarla, de espolearla, de infligirle algún tipo de daño verbal por hacerle sentir como un imbécil. Él no era ningún imbécil, joder. Odiaba sentirse así.

Pero, por otra parte, tampoco era un cabrón, y si tenía que elegir entre ser lo uno o lo otro, se quedaba con lo primero. Por eso, aunque le costó una barbaridad, se mordió la lengua y esperó.

Reina seguía allí, plantada como un pasmarote.

—No sé si soy capaz —murmuró—. Oh, Dios, me muero de vergüenza. —Se llevó las manos a la cara—. Y Joe me va a matar.

—¿Qué tiene que ver Joe con todo esto? —escupió Matt.

«¿Y por qué coño tiene que ser todo tan complicado, maldita sea?», añadió para sí.

—Todo. —Reina dio tres pasitos hasta el pie de la cama y se sentó—. Él... Yo... Todo este viaje comenzó por Thor. —Alargó su brazo y cogió el otro cojín.

—Y...

—Cuando me enteré de que estaba embarazada fui a casa de Joe y él estaba viendo la peli de Thor. ¿La has visto?

—No.

—Bueno, pues está muy bien. Es entretenida y me distrajo mucho de mis... eh... de mi problema.

—Vale...

Reina tenía la vista clavada en la cremallera del cojín, abriéndola y cerrándola una y otra vez.

—El caso es que yo estaba muy de bajón y, como te decía, me gustó mucho, especialmente la parte en la que Thor... Oh, Dios... —enterró un instante la cabeza en el cojín y la volvió a levantar— la parte en la que Thor besa a Luka, la otra prota.

Lo estaba pasando mal, Matt no sabía muy bien por qué, pero estaba claro que no estaba siendo divertido para ella.

—Le pregunté a Joe si creía que alguien, algún día, me besaría a mí así.

—¿Y por qué no te iban a besar así? —preguntó Matt.

—Porque estaba embarazada de un tío que no era mi novio y no quería saber nada de mí.

—Lisa me contó que le hiciste firmar un papel para que no supiera nada de ti.

—Bueno, sí, pero ya me entiendes... ¿Quién iba a querer besar a alguien que se queda irresponsablemente preñada de un tío al que se folla esporádicamente?

—Yo. Yo querría —afirmó, y lo dijo de todo corazón.

Reina dejó de toquetear la cremallera y lo miró a los ojos antes de desplegar una sonrisa resplandeciente.

—Tú, es verdad. Pero entonces no te conocía, no sabía ni que existías. Y estaba absoluta y completamente convencida de que había hecho algo terrible e iba a recibir un horrible castigo en forma de soledad y falta de amor adulto por el resto de mis días.

—Ajá...

—El caso es que la escena de Thor y Luka se me quedó grabada a fuego, ¿sabes? Vivía con mis ojos lo que estaba segura de que no me pasaría en mi vida. Y, en un momento dado, leí que el actor, Dennis Shawn, estaba grabando la secuela aquí y tuve una idea.

Lo miró una vez más, las mejillas aún coloreadas. Matt no dijo nada.

—Quería venir aquí, con Joe, y conseguir... Ay, madre... Por favor, prométeme que no te vas a reír.

—Te lo prometo.

—¡Júralo!

—¡Lo juro!

Reina le dirigió una mirada cargada de advertencias.

—Quería conseguir un beso como el de Thor y Luka.

Matt parpadeó.

—¿Perdona?

—Quería que Dennis Shawn me besara como besa a Luka en la peli.

Matt volvió a parpadear.

—Me estás tomando el pelo.

—No.

—¿Me estás diciendo que mi primo y tú os habéis hecho tres mil y pico kilómetros en coche porque estabas convencida de que podías conseguir que Dennis Shawn te besara como en su última película?

—Sí.

Matt perdió el control. Sus facciones se contorsionaron, intentando mantenerse en su sitio y fallando estrepitosamente. Matt soltó el cojín que tenía en la entrepierna y se llevó las manos al abdomen, pero no pudo contener la enorme carcajada que lo sacudió de arriba abajo.

—Me has jurado que no te ibas a reír —le reprochó Reina, que seguía sentada muy tiesa, al borde de la cama.

Él no respondió, ocupado en revolcarse por el colchón como una croqueta.

—Ya lo sé, ¿vale? —continuaba ella—. Es bochornoso. Fue una auténtica gilipollez. Yo creo que fueron las hormonas y...

Matt abrió la boca para inspirar hondo, pero en lugar de parar volvió a caer presa de otro ataque de risa.

—¡Las hormonas! —exclamó entre sacudidas.

—Y te quedaste completamente horrorizado cuando te sugerí que algún día podías ir a ver la casa de los padres de los Twenty One Pilots que salía en el videoclip.

—¡Es que es para horrorizarse! ¡Es de película de terror!

Reina se enderezó y cuadró los hombros antes de responder.

—Pues quizá no todo el mundo piensa como tú, ¿sabes? Veo que te ríes mucho, y que piensas que soy una auténtica *freak*, pero aún no te he contado el final de la historia y creo que te va a sorprender la de gente que encuentra lo que yo he hecho de lo más natural.

Matt se calló de golpe.

—Espera un momento. ¿No es el final?

—No lo es.

Ya no estaba roja. Su cuello estaba erguido y su barbilla levantada, como si hubiera recogido todos los pedazos de su maltrecha dignidad y se hubiera construido un trono con ellos.

—Como te he dicho, fui al estudio.

—Oh, cierto.

—Una prima de un colega de Joe trabaja de *assistant* allí.

—Joder, qué casualidad.

—Mucha.

—¿Y la viste?

—Sí.

El cosquilleo había regresado, pero esa vez no estaba relacionado con la furia, sino con la inseguridad. Matt no había visto *Thor Reloaded* pero sí había visto fotos de Dennis Shawn y hasta él se lo follaría si fuera con dos copas de más y el tipo fuera simpático y le fuera el sexo con tíos.

—¿Y qué tal?

—Muy bien, la verdad. Quedamos en una cafetería y me preguntó algunas cosas. Me dijo que ella solo podía meterme por ahí y el resto ya dependía de mí.

—¿En serio?

—Ajá, muy en serio. Me dijo que había un montón de chicas locas por sus huesos montando guardia, pero que yo podía ser su tipo, resultarle... ya sabes, más interesante...

—Ya veo.

«Mierda», pensó. No podía competir contra el puto Dennis Shawn. Era joven, guapo, alto, fuerte, amable, millonario y, por lo que había oído, era jodidamente divertido. Resultaba de lo más deprimente. Y Reina era... Reina era la hostia. ¿Quién no iba a darle un beso de tornillo si se le ponía a tiro? Se notó la boca seca.

—¿Y qué pasó?

—Bueno, la verdad es que entré, me lo crucé y empezamos a hablar. Es un tipo encantador.

Oh, Dios, tenía que haberlo visto venir. Matt la había visto sortear a hombres hechos y derechos en el partido de *rugby*, mandar a la mierda a Lewis por meterse con su férula de descarga, y chillar como una energúmena al ver a un *stripper* vestido de *highlander*. Por supuesto que había conseguido el beso de Dennis Shawn, el pobre hombre no tenía ni la más mínima oportunidad.

—Entonces —continuaba Reina, animada—, le comenté lo mucho que me había gustado su película y la escena del beso con Luka y...

—No quiero oírlo. Déjalo. No hace falta que vayamos al estudio. Se me han quitado las ganas.

—¿No quieres saber el final? Si hace nada te estaba haciendo mucha gracia.

—No, ya no me apetece.

—Pues no veo por qué, porque no pasó nada.

Matt notó una sensación extraña en sus hombros, como si de ellos le hubieran salido un par de enormes globos de helio impacientes por alcanzar el cielo. Ladeó la cabeza.

—No llegué a entrar. No me apetecía. Hacía días que no pensaba en Thor, ni en Dennis, ni en Luka. Joe me concertó la cita y no quise decirle que no, después de arrastrarle por medio país... La chica es majísima, por cierto, y gracias a ella he descubierto los mejores Bloody Marys que he probado en mi vida. Charlamos un rato, me dijo lo de la legión de fans y lo de colarme en el estudio y, cuando le dije que mejor no, se fue.

—¿Así sin más?

—Así sin más. Ya no me interesa Dennis Shawn, ni para darle un beso, ni para hacerle una foto, ni para nada de nada.

Matt sonrió como un imbécil, pero esa vez no le importó sentirse así.

—Y también descubrí un pequeño detalle que me confirmó que Thor y yo no estamos hechos el uno para el otro.

—¿Cuál?

—Ronca un montón.

—¡No! —Matt rio con fuerza.

—¡Sí!, y su hijo se llama Lewis. —Reina arrugó la cara involuntariamente.

—Arghh.

—No creo que pueda estar cerca de un Lewis nunca más.

—Hay que tener mal gusto.

—¿Verdad? —Reina se puso en pie y recogió el cojín que Matt había tirado al suelo mientras se desternillaba. Luego se sentó a su lado con desenfado, su rodilla apoyada en el muslo de él.

—Bueno, pues esa es toda la historia y la razón de que no te contara dónde había pasado la tarde. Ahora ya lo sabes absolutamente todo de mí, ese era mi secreto más inconfesable. Y ahora me da la sensación de que estoy en franca desventaja y no me gusta ni un pelo, que conste. Creo que lo suyo sería que igualaras el marcador confesándome ahora mismo tu secreto más absurdo y bochornoso.

Matt consideró seriamente contarle que había besado a Joe en los labios solo para poder estar con ella en Las Vegas, pero le tenía mucho aprecio a sus huevos y si algún día su primo se enteraba de que se había ido de la lengua se los arrancaría de cuajo, así que dijo lo primero que se le pasó por la cabeza.

—Ni lo sueñes. Además, yo no tengo ningún secreto de esos. Comparada con la tuya, mi vida es de lo más predecible. O lo era, hasta hace poco. Pero puedo compensarte invitándote a ver el maravilloso estudio en el que se está grabando *Thor Reloaded*...

—¡Ni de coña!

—Entonces solo me quedan las entradas del Staples Center, pero no pasa nada, será un placer invitarte.

—Eso tampoco. Ya están compradas y corren de mi cuenta. Tendrás que pensar otra cosa.

—Bueno, vale. Pero ¿puede ser mañana, por favor?, me ha encantado la conversación, pero algunos tenemos que madrugar.

—De acuerdo —concedió Reina—, pero no pienses que te vas a librar tan fácilmente.

—De eso estoy completamente seguro.

66

El festival llegaba a su fin y Matt miraba, asombrado, su caja de tarjetas de visita que se había currado para llamar la atención completamente vacía. Bueno, no exactamente vacía, pues la había ido rellenando con todas las tarjetas igualmente alucinantes que había ido coleccionando en los últimos dos días y ahora estaba a rebosar, junto con la agenda de su móvil, de jugosos datos de contactos profesionales de todo el mundo a los que poder escribir ofreciendo su trabajo.

Había sido un chute de autoestima, no lo iba a negar, y de creatividad, y de energía y de talento. Participar en los *workshops*, escuchar las ponencias, descubrir todas las tendencias que estaban trasformando el sector había sido increíble. Durante sus dos primeras presentaciones se había sentido acomplejado, como fuera de lugar, pero, cuando gente reconocible se paraba a ver su trabajo y le felicitaba por alguna de sus creaciones, se operó un cambio en él y comenzó a creer, sinceramente, que podía crecer profesionalmente y dedicarse a lo que le gustaba.

—¡Hey, Matt! —le saludó un tipo bajo y fornido llamado Ron—. ¿Te veo en el bar dentro de un rato?

—No puedo, tengo que coger un vuelo. ¡Pero te escribiré pronto!

Le pareció que esa respuesta era mucho más escueta y elegante que la verdad. Explicar que prefería ir a visitar el pabellón de los Lakers con una chica estupenda a estar con ellos bebiendo cervezas y hablando de las últimas actualizaciones y *plugins* de programas de diseño le resultaba algo farragoso.

Abrió la puerta del edificio con fuerza y salió al exterior. Al otro lado de la calle lo esperaba el 406 de Reina con ella dentro. El claxon sonó estrepitosamente y él corrió para meterse dentro, el motor ronroneando, impaciente.

—¿Vamos bien? —preguntó una vez se hubo abrochado el cinturón de seguridad.

—Depende del tráfico, pero creo que sí.

Llegaron por los pelos, pero una familia llegó aún más tarde que ellos y se llevó la mirada reprobadora del guía. La visita comenzó y ambos se quedaron impresionados por las dimensiones del lugar y la cantidad de eventos deportivos y culturales que se organizaban al año.

—Tengo que volver cuando comience la temporada —comentó Matt cuando salían de ver los vestuarios—. No sé cómo ni cuándo, pero juro que algún día me sentaré en las gradas de este estadio con un perrito caliente hasta arriba de mostaza y un vaso gigante de cerveza.

—¿Eres fan de los Lakers?

—Soy fan del buen baloncesto y de los Bulls de Jordan, que ya no van a volver, así que los Lakers me valen siempre y cuando me hagan pasar un buen rato.

—Ah, pues entonces te pasa como a mí. Los equipos me dan bastante igual.

—¿No eres fan de ninguno?

—De ninguno —afirmó Reina con rotundidad—. Yo soy de Pau.

—¿Gasol?

—¿Acaso hay otro? De donde sea él, seré yo, y no tengo mucho más que decir. Es lo más cercano a la fe que he experimentado en la vida.

—¿Y Marc?

—Pues, verás, es una putada, porque es el hermano pequeño de Pau y, como hermana pequeña que soy, me solidarizo por completo con él, pero en lo que se refiere al baloncesto… Pau llegó antes, al baloncesto y a mi corazón, no puedo luchar contra eso. Es el primero de una dinastía. Quizá el tiempo pase y demuestre que no es el mejor de los tres, pero ha sido el primero, y eso marca. Yo soy Pau *forever*, qué se le va a hacer.

—Pero ¿disfrutas viendo partidos en los que no esté Pau?

—¡Claro! Disfruto viendo un buen partido y jugadas emocionantes, disfruto viendo las coreografías de las animadoras, aunque sigan empeñándose en vestirlas como a mamarrachas busconas, disfruto con las palomitas, los dedos gigantes de gomaespuma y los chillidos enfervorecidos de la multitud. Que juegue Pau sería como la guinda del pastel, pero, si no está, el pastel me sabe igualmente rico, no pasa nada. Además, ya lo vi en Chicago con Joe, así que...

—¿También en el baloncesto llego más tarde que Joe? —se quejó Matt medio en broma, medio en serio.

Reina lo abrazó.

—Te aseguro que hay sitios a los que Joe no ha llegado en su vida, cariño —le guiñó un ojo—, ni llegará, por la cuenta que le trae...

—Humm —se animó Matt—. No querrás que hagamos una visita exprés al lavabo, ¿verdad?

Reina vio cómo el grupo se paraba junto a la tienda de recuerdos y comenzaba a despedirse.

—Ni lo más mínimo, pero no me importaría dejar mi mano por aquí. —Introdujo su mano en uno de los bolsillos traseros del vaquero de Matt—. Esto tampoco lo he hecho nunca con Joe, por si te interesa —comentó ella mientras le sobaba a fondo. Matt ronroneó, pero el toqueteo no duró mucho, porque en cuanto entraron en la tienda Reina se puso a cotillear todos los artículos y se olvidó de él por completo.

Pasaron veinte minutos largos antes de que se decidiera por un calendario para Joe y una gorra de Pau para ella. Tuvo que camelarse al dependiente para que entrara en el almacén a ver si quedaba alguna por ahí y casi le abrazó al ver que había encontrado una.

—Camiseta de los Spurs, gorra de los Lakers, bragas de los Chicago Bulls... ya solo te falta algo de los Memphis Grizzlies.

—Tengo unos calcetines. Los compré al poco de que empezara en la NBA, me los pongo siempre que salgo a hacer deporte.

—Por supuesto. Te estoy imaginando con todo puesto a la vez y la imagen no tiene desperdicio. Y ahora que ya has completado tu colección, ¿hay algún otro sitio donde te apetezca ir?

—Pues, verás, me están entrando unas ganas irrefrenables de entrar en alguna de las tiendas de Rodeo Drive con mis viejas Converse y mi nueva gorra y probarme unos cuantos modelitos de lujo, a lo *Pretty Woman*, a ver qué pasa —respondió ella—. Y, para el final del día, conozco un sitio perfecto. ¿Te apetece?

—Las tiendas caras y exclusivas no son lo mío —confesó Matt—, pero pagaría por ver las caras de las dependientas cuando te vean venir.

El día transcurrió entre fotos, paseos y alguna que otra compra más. Luego hicieron una parada en el apartamento para descargar las bolsas, ducharse y cambiarse de ropa y no tardaron en salir para dirigirse al Cosy Ozzy.

—Me apetece celebrar este día y no se me ocurre un lugar mejor —explicó Reina mientras aparcaba en un sitio muy justito—. Las copas están tan ricas que no me extrañaría que acabemos como cubas.

El camarero clavado a Ozzy seguía detrás de la barra, con la misma camisa negra, la misma tez pálida, la misma melena oscura y espesa, como si no hubiera tenido ni un minuto libre desde la última vez que ella estuvo allí.

—Bueno, yo ya me cogí un buen pedo aquella tarde en Salt Lake City en la que jugamos al Tetris —comentó Matt mirando el sitio con curiosidad—, así que esta vez te lo dejo todo a ti.

Se sentaron en una mesita baja y estrecha que justo acababa de quedarse libre.

—Espera un momento —dijo Matt de repente, mientras alargaba la mano para agarrar con firmeza la muñeca de Reina—. En Salt Lake City aún estabas embarazada, ¿cierto?

Reina se puso en pie de un salto.

—Tengo que ir urgentemente al lavabo —se excusó, pero Matt no la dejó ir.

—No deberías haber bebido alcohol. ¿Cómo pudiste beberte todos esos chupitos entonces?

—En serio, Matt, la vejiga me va a reventar.

—¡Todavía me dura esa resaca! —exclamó mientras Reina correteaba hacia la planta de abajo—. ¡Me engañaste!

Se quedó solo un buen rato y aprovechó para atar todos los cabos sueltos. Sospechó que Reina estaba tardando tanto aposta y se la imaginó sentada en la taza del váter de un minúsculo cubículo mal iluminado, sonrió, aprovechó para pedir un par de club sándwiches y sendos Bloody Marys y se dispuso a esperar pacientemente. Ojalá el baño oliera fatal.

Ella apareció al cabo de un cuarto de hora largo.

—¿Le pagaste al camarero? —inquirió Matt en cuanto se sentó de nuevo a la mesa.

Reina se hizo la ofendida.

—¡No le pagué ni un céntimo! Me lo gané con mi encanto personal. Me dijo que sentía debilidad por las damas en apuros.

—No creo que hayas estado en apuros ni una sola vez en tu vida, Reina Ezquerra.

—¡Oye! —Esta vez se ofendió de verdad.

—Me debes la revancha. Y Joe también. Jamás me hubierais ganado de no ser por los chupitos. ¡Eres una tramposa!

Se notaba que no estaba enfadado, pero tampoco le gustaba que le hubieran tomado el pelo delante de sus narices.

—De tramposa nada. Tuve que dejarme ganar varias veces para disimular.

—Sí, seguro.

—¿No me crees? Puede que me hubieras ganado al Tetris, pero soy la puta ama jugando al Pac-Man, así que en el mejor de los casos habría sido empate técnico, chaval, con chupitos o sin ellos. Cuidado con lo que dices.

—Imagino que ya nunca lo sabremos —refunfuñó Matt.

—Te propongo una cosa —dijo Reina, cogiéndole de la mano—. Nos queda un laaargo viaje de regreso y Salt Lake City nos pilla de camino. ¿Qué te parece si hacemos noche allí, nos pasamos por el bar y echamos la revancha? Sin trampa ni cartón, solos tú, yo y unos chupitos de tequila de verdad.

Matt la miró desde debajo de sus espesas pestañas marrones, mientras meneaba la cabeza.

—¿Y si cambiamos el tequila por Sprite? Solo de pensar en el dolor de cabeza que tuve al día siguiente me entran escalofríos. Y aún me persigue una pesadilla en la que Joe me soba el trasero en busca de la llave de mi habitación.

Reina se giró para llamar al camarero.

—¿O no fue una pesadilla? —inquirió él, suspicaz.

—Teníamos que dejarte en tu habitación. Una lástima que Joe no sea más delicado, ¿verdad? ¿Has pedido? ¿Te he dicho que aquí hacen unos Bloody Marys de muerte?

Matt no dijo nada, pero ya había encajado todas las piezas del puzle. El alivio que sintió al saber que su primo no se había propasado con él mientras estaba borracho fue maravilloso.

El local seguía abarrotado. El ambiente de cafetería distendida del que había disfrutado Reina la víspera se había esfumado y había sido sustituido por una atmósfera moderna y sofisticada, los vaqueros altos desterrados por estrechos vestidos de cóctel y estrechas camisas de colores estridentes pulcramente planchadas.

—Pues tenía una sorpresa para ti —comentó Matt casualmente mientras estiraba el cuello para ver si les traían su comanda—, pero después de lo de los chupitos ya no sé si quiero dártela.

—¿Qué? Por supuesto que quieres dármela. Tú hubieras hecho lo mismo en mi lugar y lo sabes. ¿Qué se suponía que tenía que hacer, eh? ¿Confesarte la verdad? Tú no querías escuchar eso, tú querías jugar contra mí, flirtear y demostrarme lo bueno que eres con los mandos, y yo te dejé hacerlo. En realidad, solo hice lo que tú querías, por lo que está más que justificado recibir esa sorpresa.

—Eres imposible, ¿sois todas las españolas iguales o solo tú?

—Yo soy única, por supuesto, pensaba que a estas alturas ya te habías dado cuenta. Aunque no más que tú, por otra parte, que eres maravilloso, encantador y muy muy detallista con los demás.

—No hace falta que te pongas en plan pelota. No te pega. Espera aquí, pelota, lo tengo en el coche. —Extendió la mano para recibir las llaves.

Reina se las dio, intrigada, y se quedó pensando en qué podría ser hasta que una chica rubísima, delgadísima y palidísima se acercó con los Bloody Marys y una fuente repleta de patatas fritas coronada por dos sándwiches gigantes con una pinta deliciosa. Lo depositó todo en la mesa con sequedad.

—Sabes que esta no es la hora apropiada para tomar este cóctel, ¿verdad? —le espetó, muy estirada.

—Lo sé perfectamente, gracias —respondió Reina, sorbiendo de la pajita mientras le sostenía la mirada. Al tercer sorbo la chica se dio la vuelta y se fue, moviendo su culo respingón y ofendido hasta la barra. Para cuando Matt regresó, cargado con una carpeta de cartón duro bajo el brazo, la copa había menguado a la mitad.

—¿Y eso? —preguntó señalando el zumo rojo con la cabeza—. Sí que tenías sed.

—He tenido un pequeño duelo con la camarera. He ganado, pero ha tenido un coste. Bueno, ¿dónde está mi sorpresa? ¡Odio esperar!

—Me lo imagino, pero vas a tener que aguantarte un poquito más, no te hagas la indignada, te lo mereces. Sin embargo, como soy un tipo magnánimo, te pondré en antecedentes. Resulta que esta mañana, mientras estaba en el festival, me he acordado de toda esa historia de Dennis Shawn, Luka y el beso y casi me entra otro ataque de risa. Pensaba en la soberana estupidez que había sido…

—¡Oye!

—Y en cómo demonios se prestó Joe a acompañarte. Debe quererte mucho.

—Pues lo cierto es que sí, gracias, y no creo que se lo haya pasado tan mal, después de todo.

—Pero, por otro lado, me daba un poco de pena que no hayas podido completar tu absurda misión, y, aunque ni por asomo te ayudaría a besar a otro tío que no fuera yo, no he podido dejar de pensar en cómo ayudarte a conseguir tu objetivo de morrearte con Thor.

—Oh, Matt, es un detalle, de verdad, pero no hacía falta.

—Tampoco es que se me hayan ocurrido muchas cosas, en realidad. ¡Oh, este potingue de tomate está realmente rico! Verás, primero he pensado en encontrar algún otro Thor al que pudieras besar, ya sabes, alguno inofensivo y simpático que no supusiera una amenaza a mi masculinidad.

—¿Y?

—Pues he pensado en esa película de los ochenta, que se titulaba *Aventuras en la gran ciudad*, con Elisabeth Shue haciendo de canguro, ¿sabes cuál te digo?

—¡Sí! ¡Me encanta!

—Salía un mecánico fuerte y borde al que la niña confundía con Thor.

—Lo recuerdo perfectamente, me hizo sufrir hasta el final.

—Pensé que ahora sería un entrañable anciano, retirado en alguna parte del país.

—¿Lo has buscado?

—Al final, no. He pensado que explicarle que era el segundo plato por detrás de Dennis Shawn podría romperle el corazón.

—No tendría por qué enterarse. Podrías decirle que me pone besar a ancianos que alguna vez hicieron de Thor, aunque no me pone en absoluto, que conste. Y el beso no sería en la boca, por descontado, sino en la mejilla.

—No me gusta mentir a ancianos.

—A mí tampoco. —Reina suspiró de alivio.

—Por eso —continuó Matt—. He cambiado de estrategia y te he hecho otra cosa.

Matt puso sobre la mesa la carpeta de cartón y la abrió sin mucha ceremonia.

—Lo he hecho en los ratos libres, no han sido muchos, así que no he podido terminarlo como me gustaría.

Le tendió un folio Din A-4 de primerísima calidad y Reina se quedó muda de la impresión. En él había dos dibujos hechos a lápiz. El de la parte superior representaba el beso de Thor con Luka, solo que la nuca de Thor era la de Matt, su corte de pelo sustituyendo a la característica melena del dios nórdico. Luka, por su parte, tenía las facciones de Reina, la nariz pequeña y respingona, sus pómulos altos y alguna que otra peca aquí y allá. La postura, el escenario, la ropa, eran idénticos a los de la película: las manos de ella en la cara de él, la capa ondeando al viento, las abruptas montañas del campo de batalla, cada nube del cielo, todo, excepto los protagonistas, que eran ellos dos. La parte inferior presentaba la misma escena, pero desde el punto de vista opuesto, que permitía ver la expresión de Thor-Matt, su perfecta mandíbula cuadrada, su maravillosa nariz romana, sus párpados coronados de espesas pestañas, sus orejas pequeñas y simétricas. Reina, por su parte, lucía su pelo rizado y oscuro, su cuello esbelto y fino y un triángulo de lunares en su omóplato derecho.

—Ahí tienes tu beso —dijo Matt a media voz—. ¿Te gusta?

Por toda respuesta Reina se inclinó sobre la mesa y lo besó en los labios, sus manos acariciando las mejillas, la cabeza torcida en el mismo ángulo que en la escena que había visto tantas veces. Se despegó al cabo de un momento, ignorando las miradas de la concurrencia.

—Es maravilloso. ¿Por qué no me has dicho que dibujabas tan bien? ¡Eres un genio!

—No es nada, en serio. Me gustaría retocarlo con un poco más de calma, pero quería dártelo hoy.

—Nada de retoques, está perfecto. Me encanta. Pienso enmarcarlo y colgarlo en mi salón.

—¿En serio?

—De verdad. Espera un momento.

Se giró para sacar el móvil de su bolso, apuntó al papel y le hizo una foto que luego envió a Joe con una sola frase: «Lo conseguí» y una manita con los dedos índice y mediano abiertos en una V de victoria.

—Se ha cerrado un círculo. Mi viaje no podía terminar mejor. Soy feliz, me haces feliz. Gracias.

Levantó su copa en el aire y Matt la chocó en un brindis silencioso.

—¿Otra? —propuso Reina—. Yo no tengo ni idea de pintar, pero tengo una fantástica tarjeta de crédito. —Se giró hacia la barra y, mirando directamente a Ozzy, le pidió dos Bloody Marys más. Luego se volvió para admirar el dibujo de nuevo.

Aún cayeron dos copas más antes de que se decidieran a cambiar de sitio. La bandeja de comida había menguado notablemente mientras charlaban y reían, pero el alcohol empezaba a campar alegremente por sus venas.

Cuando salieron a la calle era noche cerrada. Los últimos retazos de luz escapaban veloces por el horizonte. Se pararon al borde de la carretera para orientarse y luego se dirigieron hacia el coche.

—Creo que no deberíamos cogerlo —sugirió Reina tras guardar la carpeta con el dibujo en el maletero.

—¿No te fías de mí? —preguntó Matt, ofendido—. Voy bien, puedo conducir perfectamente.

Reina soltó una carcajada.

—¿Estás de broma? Es posible que me ganaras al Tetris con un ojo cerrado y tambaleándote de un lado a otro, pero nos hemos tomado cuatro copas y no pienso montarme contigo en un coche ni loca. Cogemos un Uber o un Cabify y listo.

Matt la miraba muy serio, con las mandíbulas fuertemente apretadas.

—Puedo conducir.

Reina guardó su móvil y se le encaró.

—¿Te he ofendido? ¿En serio? Ya sé que puedes conducir, yo también puedo. Puedo sentarme, abrocharme el cinturón, girar las llaves del contacto y mover las marchas, pero tal y como vamos eso no es conducir, es hacer el gilipollas. La cuestión es que no quiero hacerlo, y tampoco quiero que lo hagas tú. ¿Cuál es el problema? No creo que seas menos tío porque tengamos que coger un taxi.

—Yo no he dicho eso.

—¿Pues entonces por qué te pones así?

—No me he puesto de ninguna manera.

—¿De verdad? ¿Tú crees?

Matt se pasó la mano por el pelo e inspiró hondo por los agujeros de su perfecta nariz.

—Está bien. Taxi. No hay problema.

Reina fue a decir algo, pero se interrumpió. Algo cerca de una farola cercana había llamado su atención.

—¿Qué miras? —Matt siguió su mirada hasta dar con un chico joven, con gorra, gafas de sol, camiseta y vaqueros que restregaba la suela de sus zapatillas contra el bordillo de la acera. Detrás de él un par de chicas rebuscaban frenéticamente en sus bolsos.

—Ha pisado una mierda, qué putada.

—Esa tía me suena —murmuró Reina.

—¿Quién?

—La del pañuelo en la cabeza. —Dio unos pasos hacia el grupo para ver mejor—. ¡Es Courtney! —exclamó al fin—. ¡Courtney! —berreó—. ¡Hola!

Caminó hacia ellos, levantando exageradamente el brazo para hacerse notar. Matt la alcanzó al poco.

—Es Dennis Shawn —le susurró al oído en cuanto se puso a su lado.

—¿Qué? —preguntó Reina sin dejar de andar.

—El de la gorra. Es el puto Dennis Shawn.

Ya habían llegado a la farola y Reina se había quedado sin habla. Courtney la reconoció de inmediato.

—¿Reina? ¡Hola! ¿Qué haces por aquí?

—Hemos estado tomando algo en el Cosy Ozzy. No estaba segura de que fueras tú. ¿Qué tal te va?

—Bien, bien, acabamos de salir del trabajo e íbamos a tomar algo también, pero hemos tenido un pequeño percance. No tendrás por casualidad unas toallitas o algo así.

Una mujer alta, delgada y con un estiradísimo moño rubio platino la miró con algo muy parecido a la reprobación.

—¡Pues sí! —exclamó Reina, triunfal—. Un paquete entero, de hecho. —Sacó del bolso el paquete que le había regalado Joe y se lo entregó a Courtney. Todos se quedaron congelados durante un segundo. El chico dejó de frotar la zapatilla y miró hacia la mano de Courtney, la rubia pareció estirarse diez centímetros más y Courtney cayó en la cuenta de que alguien iba a tener que hacer algo con esas toallitas y ella tenía todas las papeletas. Su joven boca se retorció en una mueca de desagrado.

—Allí hay un charco —intervino Matt, apuntando hacia un punto situado justo detrás de ellos.

—¿Dónde? —preguntó la mujer escoba.

—Allí. —Matt señaló una boca de riego goteante que sobresalía del césped y al pequeño charco que se había formado al lado.

El tipo de la gorra se dirigió a él con decisión y, haciendo equilibrios sobre una pierna, se dispuso a sumergir la suela sin mojar el resto de la zapatilla. Los demás lo observaban todo en silencio, como si estuvieran siendo testigos de un despegue de la NASA. Dennis mojaba la suela y luego la restregaba concienzudamente contra el césped como un toro a punto de embestir. Lo repitió cinco o seis veces hasta que pareció quedar satisfecho y regresó a la farola.

—Me cago en los putos perros y en los putos dueños que no recogen sus putas mierdas. Estas zapatillas cuestan un riñón, joder. Soy Dennis, por cierto —añadió, tendiéndole la mano a Matt—. Gracias por lo del charco.

—De nada —respondió él, devolviéndole el apretón.

—¿Y tú eres? —Se giró hacia Reina.

—Reina, encantada. —Dennis la miró de arriba abajo antes de volver a hablar.

—¿Conoces a Courtney?

Detrás de Dennis, Courtney se estiró casi tanto como su jefa. Reina afirmó con la cabeza.

—Sí, es la prima de un amigo de Pittsburgh y quedamos hace un par de días para que nos enseñara la ciudad.

—¿No te invitó a venir al plató? —Se giró hacia su asistente muy, pero que muy despacio.

—Sí, sí —respondió Reina atropelladamente—, pero Matt tenía que asistir a un festival de diseño y no quería ir sin él, es un gran fan tuyo.

Matt casi se lesiona una vértebra al girar el cuello para mirarla.

—Oh, qué lástima, ¿y ha terminado ya tu festival?

—Eh, sí, hoy.

—Perfecto, pues entonces podéis venir mañana al estudio si queréis.

—Mañana volamos temprano de vuelta a Pittsburgh —contestó Matt con sequedad.

—¡Qué rabia! —intervino Reina, interpretando el papel de su vida.

—Bueno —Dennis parecía algo contrariado—, ¿queréis venir a tomar algo, haceros una foto?

—Una foto sería perfecto —dijo Reina.

—¿Tú sola? ¿Los dos?

Matt miró a Reina con ojos interrogantes.

—Los dos —respondió ella sin vacilar.

—Los dos pues.

Con gesto fluido se quitó la gorra y las gafas y se lo dio todo a Courtney, que esperaba, solícita, a su espalda. Luego se pasó los dedos por el pelo y abrió los brazos, invitándolos a acercarse.

Matt y Reina se acercaron y se colocaron uno a cada lado del actor. Dennis tomó el móvil que Reina le tendía y la abrazó por la cintura mientras, con el brazo libre, rodeaba los hombros de Matt para encuadrar. A continuación, los acercó hacia sí, enfocó y gritó: «Thoooor».

—¡Thoooor! —repitieron ellos, obedientes, y sonó un clic.

—*Voilà*. Aquí tenéis. —Dennis le tendió el móvil a Reina y se giró hacia la rubia—. ¿Nos vamos? —La mujer giró sobre sus zapatos de tacón y echó a andar hacia el bar. Courtney se quedó clavada en el sitio, con una toallita húmeda aún virgen en la mano.

—¿Seguro que no queréis venir?

—Seguro —respondió Reina—, pero ¿nos puedes recomendar algún sitio para salir de fiesta? Es nuestra última noche aquí y queremos aprovecharla.

—El Space-K. Buena música, buenas copas, buen precio… os sentiréis como en casa.

—Gracias.

—De nada. Os dejo, el deber me llama. —Y agitando la toalla a modo de pañuelo se dio la vuelta y se fue.

Una vez a solas, Reina y Matt se miraron a los ojos durante un segundo y estallaron en una sonora carcajada.

—¿Qué demonios ha sido ESO? —preguntó Matt al cabo de un minuto, señalando exageradamente a la farola.

—¡No tengo ni idea! ¿Te puedes creer que hayamos dicho Thoooor junto a Dennis Shawn? Estoy alucinada.

—¡Olía a mierda! ¡Dennis Shawn olía completa y absolutamente a mierda!

—No seas malo —le reprochó Reina—. Es lo que suele pasar cuando pisas una caca.

—Jamás se me había ocurrido pensar que a los famosos pudieran pasarles esas cosas.

—Ni a mí. Ha sido como ver un unicornio, ¿verdad?

—Exacto, como un unicornio que acaba de cagar en mitad del bosque. Pero ¿para qué coño sirve un unicornio al fin y al cabo, eh? —preguntó con un tono filosófico—. ¿Para cortarle el cuerno y hacerse un té? ¿Para domarlo y montarlo? ¿Para convertirlos en hamburguesas?

—Bueno —respondió Reina, como si en lugar de estar borracha en medio de una calle desierta estuviera en un programa de tertulia intelectual—. Yo creo que los unicornios sirven para soñar, para ilusionarse, para atreverse a hacer cosas, ¿no? Es cierto que Dennis Shawn olía a mierda y no me apetecía mucho tomarme nada con él, ¿de qué íbamos a hablar? ¡No tenemos nada en común! Pero, si no fuera por él, yo no estaría aquí contigo. Su peli me hizo olvidarme de un problema gordo, y me inspiró para proponerle un plan a Joe. Me dio un objetivo cuando más lo necesitaba. Uno muy tonto y muy loco, sí, pero tampoco hacía daño a nadie y era justo el que necesitaba para levantarme de la cama y echar a andar. Así que, cuando lleguemos al Space-K, voy a brindar por los unicornios, por Dennis Shawn y por nosotros porque todos nos lo merecemos.

—Me parece correcto. ¿Me dejarás pagar?

—Ni de coña.

—Eso ya lo veremos. Oye, enséñame la foto, ¿no? Quiero ver cómo hemos quedado.

Reina sacó el móvil de su bolsillo y tecleó hasta dar con la foto. Dennis, en el medio, salía espectacular. El pelo peinado hacia atrás, una sonrisa radiante, su característico hoyuelo en la mejilla derecha, el cutis perfecto y su fibroso cuerpo en una pose relajada y atractiva al mismo tiempo. Matt y Reina eran, sin embargo, harina de otro costal.

—¡Será mamón! —exclamó Matt.

—Ya sabía yo que lo de decir «Thor» no era buena idea.

Y, en efecto, no lo había sido, pues los dos salían con la boca fruncida en una «o» trompetera muy poco favorecedora.

—¿Lo habrá hecho aposta? ¿Será una técnica malévola para que él siempre quede bien y sus fans pesados mal?

—¿Tú crees?

—¡No lo sé! Es famoso. ¡Pueden hacer cualquier cosa!

—Joder, me dan ganas de borrarla. Creo que no he salido así de fea en una foto en toda mi vida.

—¿Estás de broma? ¡Tienes una foto con Thor! Puede que no te esté besando como a Luka, pero has estado a esto. —Juntó sus dedos índice y pulgar hasta que casi se tocaron.

—Te has puesto nervioso, ¿a que sí? —le pinchó Reina.

—¿Yo? Qué va. Soy el mayor fan de Dennis Shawn, lo has dicho tú, no yo, y por eso te repito que no puedes borrarla, aunque salgas absolutamente horrible. ¡Es un gran hito, un milagro de Hollywood! Tienes que enmarcarla, subirla a Facebook, a Twitter, a Instagram, compartirla en WhatsApp, mandarla por *mail* a los compañeros de trabajo. ¡Se tiene que enterar todo el mundo! —Elevó los brazos por encima de su cabeza y giró sobre sí bajo el cielo oscuro—. ¡Y Joe! ¡Tienes que mandársela a Joe! Ya verás cuando se entere de que he estado con Dennis Shawn y él no, voy a restregárselo por los siglos de los siglos.

Obediente, Reina pulsó el icono de WhatsApp y buscó el chat que tenía con Joe. Le había respondido al último mensaje que le había escrito en el Cosy Ozzy diciéndole que había conseguido lo que buscaba.

Me alegro mucho, pequeñaja. Te dije que aún te quedaban muchos besos por recibir.

Reina pulsó el botón para adjuntar foto y seleccionó la imagen, pero justo antes de darle a enviar levantó la cabeza y miró a Matt.

—¿Sabes qué? No tiene por qué enterarse. Nadie tiene por qué enterarse, en realidad. Solo lo sabremos tú, yo y Dennis Shawn, al que probablemente le importe una mierda como la que ha pisado lo que hagamos o dejemos de hacer con su foto. Será nuestro primer secreto, nuestra pequeña broma privada, no quiero compartirla con nadie más.

Matt se acercó hasta ella y la levantó para colocarla a horcajadas sobre sus caderas.

—Como desees —susurró, y luego la besó como habría hecho un dios nórdico al que acabaran de robarle el corazón.

ETAPA 9:

LOS ÁNGELES (CALIFORNIA)-¿?

67

Reina Ezquerra y Matt Henderson caminaban con pesadez hacia el Peugeot 406 bajo el sol de Los Ángeles. El traqueteo de las ruedas de la maleta de Reina sobre la acera les marcaba el paso. Habían decidido caminar en lugar de pedir un taxi o un Uber para despejar la cabeza. Tenían un largo camino en coche por delante y las secuelas de la noche aún perduraban. El Space-K fue todo lo que Courtney les había prometido: divertido, con buena música y precios asequibles. Nada más llegar, Reina se dirigió a la barra y pidió dos *gin-tonics* para brindar por los unicornios, la siguiente ronda fue en honor de Dennis Shawn y luego hubo una más, por ellos dos. Para cuando llegaron al apartamento apenas se tenían en pie. Reina calculaba que habrían dormido unas cinco o seis horas. Se habían puesto el despertador temprano porque debían dejar el apartamento antes del mediodía y aún tenían que empaquetarlo todo. Se movían los dos como zombis, lidiando cada uno con su propia maldición: una resaca de alta intensidad que los había vuelto mudos, lentos y algo torpes. Después de ducharse por separado y beberse cada uno un café bien cargado, consensuaron que un poco de aire no les vendría mal. Fue así como acabaron andando por Ventura Boulevard, resguardados tras las gafas de sol y el efecto mágico de los ibuprofenos que se habían tragado nada más levantarse.

El coche les esperaba, manso, a unos cuantos metros del Cosy Ozzy, que estaba cerrado. Reina pulsó el botón de la llave en la distancia y ambos escucharon el bip que indicaba que estaba abierto. Una vez que hubieron cruzado la calle, abrieron el maletero y colocaron su equipaje sin mucho miramiento.

—¿Cómo te encuentras, viejo amigo? —saludó Reina al Peugeot mientras abría la puerta del conductor.

—¿Quieres que conduzca yo? —se ofreció Matt.

—No, voy bien y además, me apetece. Empiezo a entender el amor de Joe por los viajes en carretera.

—¿Y qué vamos a hacer con esta? —preguntó él señalando con la cabeza al pequeño esqueje de palmera que Reina había recogido el día anterior antes de ir a buscarlo para ir al Staples Center—. Lleva aquí metida un día.

—Y más que va a estar. Crecen en los desiertos, Matt, créeme, está mejor que tú y que yo. Aun así, si tanto te preocupa, me parece que me queda algo de agua. —Rebuscó un momento en el bolso hasta dar con una botellita de plástico medio llena que vertió sobre la tierra seca.

—Ale, ¿contento? ¿Estás listo? ¡Nos vamos!

Reina se sentó en su asiento, se abrochó el cinturón de seguridad y giró la llave en el contacto, todo en menos de diez segundos. Luego se inclinó sobre la radio y trasteó con ella hasta dar con la emisora adecuada. La voz profunda de David Bowie cantando *Heroes* sonó como si estuviera sentado en el asiento de atrás, junto a la palmera.

Reina y Matt se miraron un momento y sonrieron hasta que les dolieron las mejillas. Al fin y al cabo, si algo habían aprendido en los últimos días, era que, efectivamente, cualquiera podía ser un héroe. Aunque solo fuera por un día.

AGRADECIMIENTOS

«Solo no puedes, con amigos sí». Esta frase del mítico programa ochentero *La bola de cristal* ayuda a Reina en un momento un poco regulero de su vida y también me ha ayudado a mí. Con buenos amigos todo es mucho más fácil de disfrutar y de superar. Me siento muy afortunada de contar con un inestimable grupo de amigos, familiares y compañeros de trabajo que han estado a mi lado a lo largo de los años, ayudándome a superar los baches cuando más lo he necesitado y a pasarlo bien cuando se ha terciado, que afortunadamente ha sido a menudo. Habéis sido y seguís siendo una fuente de inspiración y alegría y estoy convencida de que sin vosotros no hubiera llegado hasta aquí, así que GRACIAS.

En cuanto a esta maravillosa aventura de escribir y publicar mi primera novela, estoy doblemente agradecida a:

Laura Rojas-Marcos por animarme a intentarlo; al Madrid Writers' Group por compartir sus consejos sobre escritura y escuchar mis textos cuando empecé a escribir esta historia; a María Casas, por darme la confianza que necesitaba para intentar publicar en una editorial, entre muchas otras cosas; a mis primerísimos lectores y lectoras, por su entusiasmo, sus comentarios, correcciones e ilusión: Patricia, Ana, Gema, Fran, Jose, Rober, Carmen y Jorge, sois los mejores y espero que me ayudéis con muchos más. A Ro, alias «la negociadora», por su paciencia, sus consejos y todo el tiempo que invirtió en asesorarme, tranquilizarme y ayudarme. ¡Te debo mil millones de botellas de vino! A Yolanda, por sus acertadas sugerencias en todo lo relacionado con la fantástica portada propuesta por Harper y por desvelarme las diferencias entre ilustración y diseño gráfico. Patricia Rincón me ayudó a definir la escena del hospital y la intervención quirúrgica de Reina, y Carlos se leyó varias veces la escena del partido de *rugby* hasta que quedó perfecta. Todos los errores que haya al respecto son míos. Mi prima Shirley Kaestner me proporcionó información muy valiosa sobre las calles y parques de Atlantic, Iowa, y Jorge Reyes me guio virtualmente por Los Ángeles. Con sus comentarios me provocaron unas ganas terribles de visitar ambas ciudades. Gracias a los dos. Y a Ana y a Sonia por las sesiones de maquillaje y fotografía.

Un gracias muy emocionado a HarperCollins Ibérica en general, y a Elena, María Eugenia, Sandra, Elisa, Ada, Guillermo, Laura y Mónica en particular, por apostar por mí desde el principio, hacerme sentir como en casa y convertir la historia de Reina en el libro que inaugura su nuevo sello de literatura femenina. Es un honor y un privilegio.

Infinitas gracias a Raul, compañero, amigo, lector, *assistant*, psicólogo y animador profesional. Me encantas. Qué suerte haberte encontrado en mi camino y seguir compartiéndolo contigo.

Y por último, pero no menos importante, gracias a ti, que me estás leyendo, por apostar por esta historia y dedicarle tu valioso tiempo. Espero que hayas disfrutado del viaje y que sea el primero de muchos.